Diogenes Taschenbuch 24696

de
te
be

CHARLES LEWINSKY, 1946 in Zürich geboren, ist seit 1980 freier Schriftsteller. International berühmt wurde er mit seinem Roman *Melnitz*. Er gewann zahlreiche Preise, darunter den französischen Prix du meilleur livre étranger. *Der Halbbart* war nominiert für den Schweizer und den Deutschen Buchpreis. Sein Werk erscheint in 16 Sprachen. Charles Lewinsky lebt im Sommer in Vereux, Frankreich, und im Winter in Zürich.

Charles Lewinsky

Doppelpass

ROMAN

Diogenes

Die Erstausgabe erschien 2009 im Nagel & Kimche Verlag, Zürich
Covermotiv: Design by Diogenes Verlag unter Verwendung
einer Illustration von Anthony Peters

Diogenes Verlag AG Zürich
www.diogenes.ch
30/23/44/1
ISBN 978 3 257 24696 4

Vorwort

Ein Fortsetzungsroman? Für eine Zeitschrift? Wie kannst du nur?

Das waren so die Fragen meiner Freunde und Kollegen, als *Doppelpass* angekündigt wurde. Die Form sei doch völlig veraltet, sagte man mir. Tiefstes 19. Jahrhundert. Wer habe heute, im Zeitalter des blitzschnellen Internets, schon die Geduld, nach jedem Kapitel eine ganze Woche zu warten, nur um zu erfahren, wie eine Geschichte weitergehe? Und überhaupt: Wer lese denn heute überhaupt noch Zeitschriften?

Lauter berechtigte Einwände.Warum habe ich das Projekt trotzdem in Angriff genommen? Ich kann da nur die Antwort von Sir Edmund Hillary zitieren, als man von ihm wissen wollte, warum er denn auf den Mount Everest geklettert sei. *»Because it was there«*, sagte er.

Nun ist das Schreiben von Romanen bestimmt nicht so gefährlich wie das Besteigen von Achttausendern. (Selbst der schlimmste Verriss lässt sich nicht mit dem Sturz in eine Gletscherspalte vergleichen.) Aber wie soll sich ein für Bungeesprünge und andere adrenalinträchtige Vergnügungen völlig ungeeigneter Schriftsteller sonst das angenehme Kribbeln eines Abenteuers verschaffen? Und erst noch ohne dafür seinen Schreibtisch zu verlassen?

Und ein paar Parallelen zu einer Bergtour gibt es schon. Zum Beispiel die Wahl der richtigen Route. Wenn man sich als Bücherschreiber in einer Geschichte verläuft – und das kommt öfter vor, als der geneigte Leser vielleicht denkt –, dann gibt es am Computer für den Notfall immer diese wunderbare Delete-Taste, mit der man die eigenen Fehler für alle Zeiten im elektronischen Orkus verschwinden lassen kann. Im Normalfall kann man sich als Autor jederzeit umentscheiden, kann eine Szene in eine neue Richtung weitergehen lassen oder sie an eine andere Stelle verschieben.

Bei einem Fortsetzungsroman geht das nicht. Was erschienen ist, ist erschienen, und wenn einem hinterher einfällt, dass es anders viel besser gewesen wäre, dann nützt einem das gar nichts mehr.

Und wie bei einem Gipfelsturm wusste ich auch von Anfang an, wo mein Ziel war. Nicht auf 8800 Meter Höhe, sondern nach fünfzig Folgen à 10 000 Anschläge. Exakt dort sollte die Geschichte zu Ende sein. Der Handlungsbogen musste also freihändig gespannt werden. Ohne die Möglichkeit, nachträglich noch Stützpfeiler einzuziehen.

Aber lassen wir die Klettersport-Vergleiche. Ich gebe ja gern zu: Die Sache hat mich einfach gereizt, weil sie schön schwierig war. *Because it was there.* Und weil sich eine ganze Menge großer Vorgänger auch schon mit dem gleichen Problem herumgeschlagen haben. Charles Dickens, Alexandre Dumas oder Arthur Conan Doyle – das ist doch eine ehrenwerte Ahnenreihe.

Als es dann um die Buchausgabe ging, war die Versuchung natürlich groß, nachträglich ein paar Verbesserungen anzubringen. Die eine oder andere Formulierung zu ändern. Oder den Bezug auf schon wieder vergessene Tagesaktualitäten wegzulassen. Ich habe dieser Versuchung widerstanden. *Doppelpass* erscheint hier ganz genau so, wie die Geschichte ein Jahr lang in der *Weltwoche* gestanden hat. Für einen Fortsetzungsroman, finde ich, gehört sich das so.

Charles Lewinsky

I

Der Lastwagen hielt ohne Vorwarnung an. Er hörte den metallischen Schlag, mit dem die Heckklappe entriegelt wurde, und dachte erschrocken: ›Wir sind in eine Kontrolle geraten.‹ Die Kisten, die sein Versteck umgaben wie eine Mauer, wurden zur Seite geschoben. Er hätte sich gern unsichtbar gemacht, aber da war kein Spalt mehr, in dem er sich hätte verkriechen können. Dann fiel auch schon Licht zu ihm herein, nicht grell und blendend, wie er es erwartet hatte, sondern mild und gedämpft. Es musste schon Abend sein.

Der Mann, der da stand, trug keine Uniform, nur eine Windjacke über einem T-Shirt. Der Fahrer, wenn es auch nicht derselbe war, den er beim Einsteigen gesehen hatte. Der Mann kratzte sich am Bauch und sagte etwas in einer rauen, fremden Sprache. Es konnte »Hier sind wir« bedeuten oder »Aussteigen« oder ganz einfach: »Hau ab!« Man musste die Worte nicht verstehen; die Geste war so eindeutig wie die Ungeduld.

Seine paar wenigen Habseligkeiten waren schnell eingesammelt. Den Mantel, der ihm zusammengerollt als Kopfkissen gedient hatte, zog er an. Damals im Auffanglager hatte er ihn sich aus einer Kleiderspende herausgesucht. Die andern hatten ihn dafür ausgelacht und Marabu genannt, denn der Mantel war zu lang, und manchmal stolperte er über den Saum. Aber er wärmte, und nur darauf kam es an.

Sein einziges Reisegepäck war eine blaue Plastiktasche mit dem Logo einer Fluggesellschaft. Irgendwann einmal, das hatte er sich vorgenommen, würde er zum Flughafen gehen und einfach einsteigen. Einsteigen und nach Hause fliegen. Einen Mantel mit Pelzkragen würde er dann anhaben, und ein Angestellter würde ihm die Tasche hinterhertragen.

Irgendwann einmal.

Als er von der Ladefläche auf die Straße sprang, knickten seine Knie ein. Er hatte sich allzu lang nicht richtig bewegen können. Der Mann schob ihn mit einer hastigen Bewegung zur Seite und verriegelte die Heckklappe wieder. Er nickte ihm nicht zu, bevor er zur Fahrerkabine zurückging, schaute ihn nicht einmal an. Aber an der nächsten Kreuzung ließ er die Bremslichter aufleuchten, und das konnte man, wenn man wollte, als Abschiedsgruß deuten.

Dann war er allein.

Das Erste, was ihm auffiel: Die Straße war so sauber. Eine andere Sauberkeit, als er sie kannte. Nicht als ob gerade eine Putzkolonne um die Ecke gebogen wäre, sondern als ob hier gar niemand wohnte, als ob sich hinter den Hecken auf beiden Seiten gar keine Häuser versteckten, sondern nur unbebautes Land. Oder als ob die Menschen hier gar nicht auf den Gedanken kämen, etwas wegzuwerfen. Obwohl sie doch so viel hatten. Da lag nirgends ein Papierfetzen. Keine Zigarettenpackung und keine Melonenschale.

Gab es hier überhaupt Melonen? Bestimmt. Hier gab es

alles, hatte Vetter Tom geschrieben. ›Man kann hier alles kaufen‹, hatte in einem Brief gestanden. ›Man muss nur genug Geld haben.‹

Oft hatte er ja nicht geschrieben, oder vielleicht waren manche Briefe auch unterwegs verlorengegangen. Der Weg war weit, durch zwei Kontinente und über das Meer, und der Mann, der den Postjeep fuhr, war meistens betrunken. Aber wenn eine Nachricht gekommen war, aus dieser fremden Welt, dann hatten sie sie alle gelesen. Oder sich vorlesen lassen.

Eine Nachricht aus der Schweiz. Von Vetter Tom, der mit ihm um drei Ecken verwandt war. Vetter Tom mit den goldenen Füßen.

Manches hatten sie nicht verstanden und hatten es sich ausdeuten müssen wie ein Rätsel. ›Ich habe jetzt ein Haus‹, hatte Vetter Tom einmal geschrieben. ›Es gehört nicht mir, aber es ist doch mein eigenes.‹ Darüber hatten sie lang diskutiert.

›Es geht mir gut‹, hatte in jedem Brief gestanden. Und einmal sogar: ›So gut, wie Ihr es Euch überhaupt nicht vorstellen könnt.‹ Als er das gelesen hatte, genau diesen Satz, da hatte er beschlossen, eines Tages auch in dieses Land zu fahren. ›Sie sprechen hier vier Sprachen‹, hatte Vetter Tom geschrieben. ›Aber man muss sie nicht alle können.‹

Vier Sprachen. Bei ihm zu Hause in Guinea waren es acht. Es hatte das Geld der ganzen Familie gebraucht, um hierherzukommen. Aber jetzt war er da, und das Haus von Vetter Tom musste ganz in der Nähe sein.

Die Adresse stand auf dem Zettel, der, vierfach gefaltet, in dem kleinen Lederbeutel unter seinem Pullover steckte, ein dritter Glücksbringer neben dem Stein, der ihm Kraft spenden, und der Feder, die seine Reise leicht machen sollte. Er musste das Papier nicht herausholen, um sich an den Namen der Straße zu erinnern.

Birkenweg.

Eine Birke war ein Baum.

In dem Lager, wo er zwei Monate gewesen war, nachdem beim ersten Versuch die Küstenwache ihr Boot aufgebracht hatte, in dem Lager gab es einen Aufenthaltsraum, und dort ein Regal mit einer seltsam zusammengewürfelten Bibliothek: eine Reihe spanischer Romane, die niemand las, weil sie kein Spanisch konnten, auch wenn sie alle von der Notwendigkeit träumten, es zu lernen, eine viersprachige Bibel neben einem Koran, und auf demselben Brett ein ganzer Stapel von Broschüren über Empfängnisverhütung und Aids-Vermeidung. Sie lachten darüber, aber mit einem sehnsüchtigen Unterton, weil die Männer ja von den Frauen getrennt waren, und man sich nicht einmal hätte anstecken können, wenn man es gewollt hätte. Aber es gab da auch ein Wörterbuch und ein Lexikon, und darin hatte er die Birke gefunden, sogar mit einem Bild. Ein Baum mit einem schlanken, weißen Stamm, schwarz gefleckt. Auch die Form der Blätter hatte er sich eingeprägt, aber jetzt war Herbst, und die Äste waren kahl.

Rund um die Häuser wuchsen viele Bäume, aber er konnte ihre Stämme nicht sehen, weil sie sich alle hinter Mauern und Zäunen und akkurat geschnittenen Hecken verbargen. Über den Toren starrten Überwachungsgeräte in die Nacht hinaus, wie er sie auch schon aus dem Lager kannte. Er hatte dort gelernt, dass man den Kameras am besten auswich, wenn man sich unter ihnen wegduckte, und er tat das jetzt so automatisch, wie man sich aus Höflichkeit vor einem alten Mann verneigt oder aus Vorsicht einem Polizisten den Bürgersteig freigibt.

Seine Schuhe schoben bei jedem Schritt eine kleine Bugwelle aus trockenen Blättern vor sich her, und das erinnerte ihn daran, wie sie damals, beim ersten Versuch, durch das seichte Wasser gewatet waren, um zum Boot zu gelangen. Auch damals war es ihm vorgekommen, als ob seine Füße festgehalten würden. Zweitausend Dollar hatte der Schlepper genommen, und die Lichter auf der spanischen Insel waren schon sichtbar, als die Küstenwache sie doch noch aufbrachte.

Er hörte einen Hund bellen. Es klang beleidigt, als ob man ihm etwas versprochen und das Versprechen dann nicht gehalten hätte. Eine Stimme versuchte das kläffende Tier zu beruhigen, und als das nicht gelang, wurde ein Fenster geschlossen. Dann war es wieder still zwischen den Zäunen und Hecken, so still, dass man den Wind hören konnte, und manchmal, wenn er besonders heftig blies, das Knattern der Fahnentücher.

Noch etwas fiel ihm auf: An dieser Straße parkten keine Autos, obwohl auf beiden Seiten genügend Platz gewesen wäre. Hier fuhr wohl jeder direkt vor sein Haus und schloss hinter sich das Tor. Ein Auto war in diesem Land etwas Selbstverständliches, hatte Vetter Tom geschrieben, man war nicht reich, nur weil man eines besaß oder sogar zwei. Wenn es nicht mehr fuhr, ließ man es reparieren, und wenn es einem nicht mehr gefiel, kaufte man sich ein neues. Ein glückliches Land.

»Man darf hier nicht auffallen«, hatte man ihm mit auf den Weg gegeben, und so schnappte er sich den Reisigbesen, den jemand neben einem Haufen Laub hatte stehen lassen, und ging wischend weiter. So würde er nicht mehr wie ein Eindringling aussehen, war seine Überlegung, sondern wie jemand, der eine Funktion hatte, eine Arbeit, die zu seiner Hautfarbe passte. Die Mimikry schien zu funktionieren: Ein Wagen fuhr an ihm vorbei, ohne die Fahrt zu verlangsamen.

An der nächsten Kreuzung entdeckte er ein Straßenschild mit zwei Namen. Ulmenweg. Akazienweg. Aber da standen keine Akazien. Die hätte er mit oder ohne Blätter erkannt. Durstbäume hatte seine Mutter sie genannt, weil sie auch die trockensten Sommer unbeschadet überstanden.

Er ging nach rechts, weil ihm Akazien vertraut waren und er von Ulmen noch nie etwas gehört hatte. Wahrscheinlich waren auch das Bäume. Man benannte hier wohl alle Straßen nach solch starken Beschützern.

Der Birkenweg, als er ihn endlich fand, war eine Sackgasse. Links und rechts je fünf Häuser in ihren Gärten, und am Ende der Straße die Rückseite eines Friedhofs, das einzige Grundstück mit niedriger Mauer. Das letzte Tor auf der linken Seite hatte die richtige Nummer.

Birkenweg 10.

An der Klingel stand kein Name. Auch am Briefkasten nicht. Vielleicht war Vetter Tom so berühmt, dass er das nicht brauchte. Weil jeder, der ihn besuchen wollte, wusste, wo er wohnte. Oder vielleicht … Er hatte klingeln wollen und tat es nun doch nicht.

Vielleicht …

Es war schon bald ein Jahr her, seit er sich die Adresse

aufgeschrieben hatte. So lang war er jetzt schon unterwegs. Es war doch möglich, dass Vetter Tom gar nicht mehr hier wohnte, sondern jemand anderes. Jemand, der nicht lange nachfragen, sondern sofort die Polizei alarmieren würde.

Klingeln oder nicht? Er zögerte immer noch, als sich in seinem Rücken ein Auto näherte. Er musste sich nicht umdrehen, um zu spüren, dass es nicht auf der Durchfahrt war, nicht nur einfach zufällig vorbeikam.

Ein Auto näherte sich. Es war deutlich zu hören, dass es immer langsamer wurde, wie auf der Suche nach etwas. Auf der Suche nach ihm? So schnell? »Hier gibt es keine Schlamperei, auf die man sich verlassen kann«, hatte man ihn gewarnt. Er drückte sich hinter die große Plastiktonne, die neben dem Eingang in einer Nische der Hecke stand. Die frisch geschnittenen, immergrünen Zweige stachen ihn in die Hände und ins Gesicht.

Das Auto hielt an.

Schritte.

Schritte, die sich näherten.

Der Geruch von zu lang getragenen Kleidungsstücken. Ein Geruch, den er nur allzu gut kannte. Verschwitzte Kleidung und kalter Rauch. Kein wohlhabender Geruch.

Der Mann – er konnte ihn nicht sehen, aber Frauen riechen anders – war nur noch wenige Schritte entfernt. Blieb stehen und …

»Keita«, sagte der Mann. Sagte seinen Namen. Sprach ihn falsch aus, aber etwas anderes konnte es nicht heißen. Noch keine Stunde, dass der Lastwagen ihn ausgeladen hatte, und sie wussten nicht nur, dass es ihn gab.

Sie wussten auch, wer er war.

2

Keita?«, fragte der Taxifahrer in die Gegensprechanlage hinein. Er musste es drei- und viermal wiederholen, bis er endlich eine Antwort bekam. »Einen Augenblick«, sagte eine Frauenstimme und dann, nach einer Pause: »Sie können den Zähler ruhig schon laufen lassen.« Im Hintergrund hörte man Musik und Gelächter.

Die Fenster des Hauses waren hell erleuchtet. Hinter den Vorhängen bewegten sich Menschen, und selbst im Schattenriss war zu sehen, dass sie alle Gläser in der Hand hatten. Als dann die Tür geöffnet wurde, schwappten Musik und Lärm heraus wie aus einem angestochenen Fass. Was immer hier gefeiert wurde: Es war kein kleines Fest.

Eidenbenz hatte die lauteste Stimme von allen, und das war ihm in seiner Karriere schon oft nützlich gewesen. In Versammlungen oder Fernsehdiskussionen konnte er damit andere Meinungen einfach übertönen, konnte seinen Gegnern so lang ins Wort fallen, bis sie entnervt aufgaben und ihn reden ließen. Der Blocher hatte das auch immer so gemacht, und vom Blocher konnte man nach wie vor etwas lernen. Dabei hatte Eidenbenz eine sympathische, joviale Stimme, eine ›Onkelstimme‹, wie er es selber nannte, und ihre Lautstärke war seiner Meinung nach das Beste, was man als Politiker haben konnte. »Ich brauche keinen Lautsprecher«, sagte er gern. »Ich bin selber einer.« Und dann lachte er das schallende Lachen, das zu seinem Markenzeichen geworden war. Jede Silbe wie ein eigenes Wort. Wenn der Giacobbo ihn parodierte, dann schob der nach jedem Satz so ein Lachen ein. Es war gut, wenn man parodiert wurde. Das hieß, dass man bekannt war, und nur wer bekannt ist, ist auch beliebt. Und man konnte beweisen, dass man Humor hatte.

Obwohl der Giacobbo ja eigentlich der Falsche war, um ihn nachzumachen, dieses schmale Handtuch. Einmal war er bei dem in der Sendung Promigast gewesen, und auf die Frage, wie ihm denn seine Parodie in dem Einspielfilmchen gefalle, hatte er geantwortet: »Sie sollten das den andern machen lassen, den Müller. Für einen Eidenbenz haben Sie einfach nicht die Postur.« Da waren die Lacher dann wieder auf seiner Seite gewesen.

Eidenbenz, der Städter, hatte eine Figur wie ein Kranzschwinger, und er machte sich gern noch breiter, indem er die Hände in die Hüften stützte, nicht mit den Handflächen nach innen wie ein beleidigter Schwuler, sondern mit den Handrücken, wie es die Buben auf dem Spielplatz machen, wenn sie mit anderen Streit suchen. »Man muss die Ellbogen ausfahren«, sagte er, wenn ihn jemand darauf ansprach.

Jetzt stand er in dieser herausfordernden Pose unter der Tür. Die anderen, die hinter ihm aus dem Haus gewollt hatten, mussten warten und wirkten dadurch wie sein Hofstaat. »Also, Keita«, sagte Eidenbenz ohne sich umzudrehen, »genieß deine Verlobung noch! Aber nicht zu gründlich. Da muss ich als dein Vereinspräsident darauf bestehen. Nicht dass du morgen im Training vor lauter O-Beinen nicht mehr laufen kannst.« Er lachte sein Eidenbenz-Lachen, und die Leute im Hausgang wieherten das Echo, selbst die, die keine Ahnung hatten, wovon eigentlich die Rede war.

Er machte ein paar Schritte auf den Kiesweg hinaus, und die andern, wie wenn man den Korken aus der Flasche zieht, strömten hinter ihm her aus dem Eingang: Keita, seine Claudia und die paar Journalisten, die absichtlich zufällig von der Party erfahren hatten. Das Fernsehen hatte mal wieder nur die Weicheier von *glanz & gloria* geschickt, keinen vom Sport und keinen von der *Tagesschau*. Das war natürlich gegen ihn, Eidenbenz, gerichtet, aber von solch kleinen Nadelstichen ließ sich ein Mann wie er schon lang nicht mehr aus der Ruhe bringen.

Schon lang nicht mehr.

»Feiert noch schön!«, rief er also und drehte sich, weil er eine Kamera klicken hörte, doch noch einmal um. »Und vergesst nicht, ein paar auf mein Wohl zu trinken. Ihr wisst ja, was ich mag.« Das war wieder für einen Lacher gut, denn dass Eidenbenz nur Bier trank und nie etwas anderes, das gehörte zu seinem öffentlichen Bild. Eidenbenz sagte immer »öffentliches Bild« und nie »Image«. Warum sollte man einen englischen Ausdruck verwenden, wenn es ein gut schweizerdeutsches Wort für etwas gab?

»Machen wir!«, rief einer der Journalisten zurück, und Eidenbenz grüßte ihn mit hochgerecktem Daumen. Der Mann war zwar nur von dem lokalen Käseblatt, aber in ein paar Jahren schrieb so einer vielleicht bei der *Weltwoche*, und dann zahlte es sich aus, nett zu ihm gewesen zu sein. Obwohl sie die *Weltwoche* ja so oder so in der Tasche hatten.

»Tut mir leid, dass ich so früh wegmuss. Aber die Pflicht ruft. Die Politik macht auch wegen einer Verlobung keine Pause. Schon gar nicht jetzt, wo es einen Bundesrat zu wählen gibt.« Da war er schon beim Gartentor. »Du wärst auch ein guter Kandidat, Keita!«, setzte er noch hinzu, und schon lachten wieder alle. Man musste nur mit den Leuten umgehen können.

Der Taxifahrer war ein schmächtiger Mann, mit einem Schnurrbart, der viel zu groß für sein Gesicht war. Ein Ausländer. Kosovare oder so etwas. Bei sich zu Hause hatten sie keine Autos, und bei uns fuhren sie Taxis.

»Sind Sie Herr Keita?«, fragte der Fahrer. Ein Akzent, den man mit dem Messer schneiden konnte.

Eidenbenz, der es gewohnt war, dass man ihn erkannte, lachte nur und wollte einsteigen. Aber der Mann mit dem zu großen Schnurrbart stellte sich ihm in den Weg und blockierte die Tür. »Ich bin für einen Herrn Keita«, sagte er.

»Ist schon in Ordnung«, sagte Eidenbenz. »Der Keita wohnt hier. Aber der will nicht wegfahren. Der feiert heute Verlobung. Gestern die beiden Tore und heute eine schöne Braut. Ein richtiger Glückspilz.« Er lachte sein Eidenbenz-Lachen, aber der Taxifahrer lachte nicht mit.

»Ich hoffe, es ist in Ordnung«, sagte er ängstlich. »Sonst bekomme ich Ärger mit der Zentrale. Vielleicht sollte ich besser …«

»Wenn ich sage, es ist in Ordnung, dann ist es das auch«, unterbrach ihn Eidenbenz. »Nehmen Sie lieber Ihre Mappe da weg!« Er saß in Autos nicht gern hinten. Er brauchte den Überblick.

Es gab ja eigentlich keinen Grund, sich mit dem Taxifahrer zu unterhalten. Aber Eidenbenz war einfach nicht der Typ, der stumm neben jemandem sitzen konnte, ohne wenigstens den Versuch zu machen, ihn für sich zu gewinnen. Einmal, im vollen Morgenzug nach Bern, war er sogar mit dem Kondukteur in ein Gespräch geraten. So ein alter Gewerkschaftssozi war das gewesen und hatte eine dumme Bemerkung gemacht von wegen dem Gratis-GA erster Klasse. Er hätte sich ja über den Mann beschweren können, ihm richtig einen reindrücken, aber er hatte lieber mit ihm diskutiert. Bis Bern hatte der kein einziges Billett mehr kontrolliert, und bei der nächsten Wahl, darauf wäre Eidenbenz jede Wette eingegangen, hatte er bestimmt nicht mehr ohne zu überlegen die SP-Liste eingeworfen.

Kleinvieh macht auch Mist.

»Sie wissen ja, wer der Keita ist«, sagte Eidenbenz.

»Nein«, sagte der Fahrer. Drehte nicht einmal den Kopf, sondern stierte ins Halbdunkel hinaus, als ob er seine Brille zu Hause vergessen hätte.

»Tom Keita«, sagte Eidenbenz. »Der beste Spieler vom FC. Gegen Basel hat er zwei Tore gemacht. Die Gigi Oeri hat fast eine Herzbaracke gekriegt. Aber bei der macht das nichts. Sie kriegt ihre Pillen ja mit Rabatt.« Er lachte sein Lachen, aber der Fahrer ließ sich immer noch nicht anstecken. Fuhr stur fünfzig, obwohl hier überhaupt kein Verkehr war. Hatte seine Fahrprüfung wahrscheinlich auf einer Schafweide gemacht. Von der Schweiz wusste der überhaupt nichts. Hatte noch nie etwas von Gigi Oeri gehört und vom Keita auch nicht.

»Interessieren Sie sich nicht für Fußball?«

»Hab ich nicht gern«, sagte der Fahrer unter seinem

Schnurrbart hervor. »Nach einem Spiel sind die Fahrgäste immer so laut. Einmal hat einer in den Wagen gekotzt. Direkt auf das Polster.«

»Muss einer von denen gewesen sein. Wenn unsere Mannschaft so spielen würde wie die, würde mir auch schlecht.« Mit einfachen Leuten musste man handfeste Sprüche machen. Träf. Das predigte er seinen jungen Leuten immer wieder. Nicht klug daherschwafeln, bloß weil man studiert hatte. Dem Volk aufs Maul schauen. Das hatte schon der Luther gesagt, und der Mann wusste, wovon er redete. Hatte schließlich auch eine Außenseiterpartei zur Mehrheit geführt, wenn man so wollte. Genau wie damals der Blocher.

Der Taxifahrer lachte nicht. Wahrscheinlich hatte er den Witz gar nicht verstanden. Heutzutage ließen sie jeden Taxi fahren, der knapp mit Messer und Gabel essen konnte. Einmal hatte Eidenbenz sogar einen erwischt, der wusste nicht einmal, wo der Bahnhof war. Man sagt ja, dass jemand nur Bahnhof versteht, aber der verstand nicht einmal das. Musste es sich auf dem Stadtplan zeigen lassen. Aber die Taxiprüfung bestanden. Wahrscheinlich hatte ihn so ein Weltverbesserer aus reinem Mitleid durchkommen lassen.

Eigentlich konnte es Eidenbenz ja egal sein, ob ihn der Taxifahrer mochte oder nicht. Ein Ausländer ohne Stimmrecht. Aber das war jetzt wie ein Spiel für ihn. Er griff also in die Tasche, wo er immer ein paar von den Gutscheinen bereithatte, und sagte: »Hier. Wenn Sie das an der Kasse abgeben, bekommen Sie ein Freibillett.«

Der Taxifahrer wartete bis zum nächsten Lichtsignal. Erst als dort rot war und er angehalten hatte – er zog sogar die Handbremse an, obwohl die Straße überhaupt nicht abschüssig war –, streckte er die Hand aus.

Er sah sich den Zettel an, so langsam und gründlich wie einer, der über das Alphabet nicht weit hinausgekommen ist, und fragte dann: »Fußball?«

»Ich bin der Präsident«, sagte Eidenbenz. »Der Präsident vom besten Fußballklub der Schweiz.«

Der Fahrer steckte den Gutschein sorgfältig in seine Brieftasche. Unterdessen war es wieder grün geworden, und hinter ihnen hupte einer ungeduldig. Erst beim nächsten Lichtsignal ging ihr Gespräch weiter.

»Wenn Sie der Präsident sind«, sagte der Taxifahrer, »dann kennen Sie vielleicht den Herrn Eidenbenz.«

Eidenbenz lachte sein patentiertes Lachen. »Doch«, sagte er, »den kenne ich ganz gut. Wir trinken regelmäßig ein Bier zusammen.«

»Dann können Sie mir sicher sagen …« Der Taxifahrer stierte in den Verkehr hinaus wie ein Kurzsichtiger. »Dann können Sie mir sicher sagen: Ist das wirklich so ein Arschloch, wie man überall hört?«

Als er bei seiner Sitzung ankam, musste sich Eidenbenz zur Fröhlichkeit zwingen. Er schüttelte ein paar Hände, klopfte auf ein paar Schultern und setzte sich dann an seinen Platz, wo ein großes Helles schon bereitstand. Er nahm einen tiefen Schluck, wischte sich den Schaum vom Mund und fragte: »Also, Leute, es geht um unseren Kandidaten für den Bundesrat. Soll ich euch gleich sagen, was wir beschließen, oder wollt ihr zuerst ein bisschen diskutieren?«

3

Die letzten Gäste gingen um halb drei. Claudia lächelte sich tapfer durch die Nacht und war bis ganz zum Schluss so vorbildlich charmant, dass Ilona Federspiel von der Miss-Swiss-Organisation stolz auf sie gewesen wäre. Sie selber hatte zur Fete nicht kommen können, wegen ihrem Unfall. Im Badezimmer ausgerutscht. Es war schwer gewesen, nicht darüber zu lachen.

»Liebenswürdig müsst ihr sein«, hatte Ilona ihnen immer eingetrichtert. »Liebenswürdig, liebenswürdig, liebenswürdig! Und wenn es euch noch so sehr ankotzt.« Nur wer liebenswürdig war, wurde von den Leuten auch geliebt, und nur wer von den Leuten geliebt wurde, bekam Geld dafür, dass er sich für einen Katalog ablichten ließ oder am Autosalon von einer Karosserie herunter strahlte.

Nur wer geliebt wurde, machte Karriere.

Also lächelte Claudia und sagte immer wieder: »Wie schade, dass Sie schon gehen müssen.« Und gähnte erst, wenn sich die Tür schon hinter dem Gast geschlossen hatte.

Sie war damals nur Vierte geworden. Es war kein Jahr für Blondinen gewesen. Und der eine Preisrichter … Direkt hatte er ja nichts gesagt, aber sie wusste: Wenn sie mit ihm ins Bett gegangen wäre, dann hätte das Ergebnis anders ausgesehen. Obwohl: Vierte war ja nicht schlecht.

Und sie hatte etwas daraus gemacht. Mehr als andere. War drangeblieben und hatte fleißig weiter in jede Kamera gestrahlt. Der Durchbruch war dann gekommen, als sie sich ausgezogen hatte. Nicht für den *Playboy,* das wäre billig gewesen, und das machten unterdessen schon Fünfzigjährige. Nein, für *Peta,* die Tierschutz-Organisation. ›Lieber nackt als im Pelz‹. Das hatte Stil, man stand in einer Reihe mit Leuten wie Pamela Anderson und Naomi Campbell und konnte den Leuten doch zeigen, was an einem dran war. Zwei Monate lang hatte sie an allen Plakatwänden gehangen.

Und der Skandal, der sich später daraus entwickelte, hatte auch nicht geschadet. Dieser Typ, der beim Fotoshooting für *Peta* die unerlaubten Bilder gemacht hatte, aus einem Winkel, aus dem die entscheidenden Körperstellen nicht diskret abgedeckt waren. Die Fotos waren dann im Internet aufgetaucht, es hatte sie jeder gesehen, wenn es auch keiner zugab, und sie selber hatte in ganz vielen Interviews erklären können, wie verletzt sie von diesem Vertrauensbruch war. Einmal, bei Aeschbacher, hatte sie sogar geweint. Das war ein Risiko gewesen, weil man scheiße aussieht, wenn einem der Eyeliner übers Gesicht läuft, aber es hatte sich ausgezahlt. Wer damals, in ihrem Jahr, Miss Swiss geworden war, das wusste heute keine Sau mehr. Während sie …

Nicht schlecht für eine abgebrochene Pädagogikstudentin.

Mitten im Wohnzimmer schlüpfte sie aus ihren Schuhen. Das war auch so ein Beweis dafür, dass die Wissenschaft an den falschen Dingen herumforschte. Eine Sonde zum

Jupiter schicken, das konnten sie. Aber Schuhe, die gleichzeitig elegant und bequem waren, die hatte bis heute noch keiner erfunden.

Im ganzen Haus sah es aus wie in der Küche der alternativen Kindertagesstätte, in der sie als Studentin einmal ein Praktikum hatte machen müssen. Chaos pur. Zum Glück konnte man sich eine Putzfrau leisten. Richtig angemeldet natürlich, mit pünktlich einbezahlter AHV. Bei ihnen gab es nichts zu schnüffeln. Frau Ramires hatte versprochen, sie würde morgen eine Freundin zur Arbeit mitbringen, um ganz bestimmt pünktlich fertig zu werden. Nein, nicht morgen, korrigierte sich Claudia. Heute. In ein bisschen mehr als drei Stunden würden die beiden vor der Tür stehen. Hoffentlich machten sie beim Putzen nicht zu viel Lärm. Wenn man nicht genügend geschlafen hatte, nützte das beste Make-up nichts.

Aber um exakt drei Uhr nachmittags musste alles wieder picobello aussehen. Mehr als picobello. Da kam die *Schweizer Illustrierte* für ihre Homestory. Drei Seiten hatten sie ihr versprochen. Der Sven Epiney hatte nur zwei gehabt, beim ersten Mal. Mit drei Seiten war man bei den Leuten. Dann gehörte man dazu. Es war ja auch eine gute Story für die. Eine Fast-Miss-Swiss und ein Fußballstar als glückliches Paar. Am Herd, beim gemeinsamen Kochen, oder im Wohnzimmer, gemütlich aufs Sofa gekuschelt. Mit nackten Füßen natürlich. In der *SI* hatten die Leute in den Homestorys immer nackte Füße. Das sah dann so aus, als ob sie der Fotograf in einem intimen Moment überrascht hätte.

Beinahe wäre sie in ein Sektglas getreten, das jemand

achtlos auf dem Parkett hatte stehen lassen. Die Leute waren aber auch zu rücksichtslos. Frau Ramires hatte ganz schön Arbeit vor sich.

Sie selber würde dann nur noch den Feinschliff machen. Ein paar Bücher wie zufällig im Zimmer platzieren, die Autobiografie von Barack Obama zum Beispiel, oder eine Abhandlung über die Ursachen der Finanzkrise. Zeigen, dass man auch einen IQ hatte und nicht nur eine Körbchengröße.

Und Blumen natürlich. Blumen machten sich in solchen Reportagen immer gut. Sie hatte extra noch welche bestellt, aber es wäre gar nicht nötig gewesen. Die Gäste hatten einen halben botanischen Garten mitgebracht. Sie hob einen umgekippten Aschenbecher vom Boden auf und ließ ihn gleich wieder fallen. Es hatte keinen Sinn, überhaupt anzufangen. Um drei Uhr am Morgen und ganz allein.

Tom war schon gegen halb eins im Schlafzimmer verschwunden. Mit seiner Superausrede, mit der er sich immer vor allem drücken konnte. »Morgen früh im Training muss ich fit sein.« Die Leute fanden das immer ganz toll und bewunderten seine Disziplin. Dabei hatte er für Feten einfach nichts übrig. Nicht einmal an der eigenen Verlobung. »Müssen wir wirklich so ein Theater machen?«, hatte er gefragt. »Wir sind doch schon zwei Jahre zusammen.« Aber da hatte sie sich durchgesetzt. Für einen guten Zweck Christbaumkugeln bemalen oder einen Aufruf zum Schutz der Delphine unterschreiben, das war ja alles ganz nett. Aber eine Homestory in der *SI* bekam man dafür nicht. Nicht drei ganze Seiten.

Sie blieb vor einem venezianischen Spiegel stehen und

betrachtete kritisch ihr Gesicht. Das Make-up immer noch perfekt, auch nach der langen Nacht. Die Wangenknochen ein bisschen zu hoch, aber das konnte man mit strategisch aufgetragenem Rouge ausgleichen. Um die Augen noch kein einziges Fältchen. Zumindest keins, das man sehen konnte. Die Lippen waren schon immer ihr bestes Feature gewesen. Von Natur aus. Sie hatte nichts aufspritzen lassen müssen, wo man nachher aussah, als ob man ein Paar Wienerli quer im Mund hätte. Sie hatte überhaupt nie etwas an sich machen lassen. Na ja, fast nichts. Sie konnte zufrieden mit sich sein.

In fast jedem Zimmer hingen ein paar Spiegel. Sie sammelte Spiegel. »Von Kunst verstehe ich nichts«, hatte sie einmal der *Schweizer Familie* gesagt, »aber wenn ich in einen Spiegel schaue, sehe ich immer etwas Hübsches.«

Kopfschmerzen hatte sie auch. Von dem Gequalme und von der Anstrengung, die ganze Party lang alles richtig zu machen. Die Leute dachten immer, solche gesellschaftlichen Anlässe seien ein reines Vergnügen. Nichts als Glitter und Glamour und so. Die Leute hatten ja keine Ahnung.

Frische Luft. Das war es, was sie jetzt brauchte. Die Fenster aufreißen. Oder noch besser: in den Garten gehen und vor dem Einschlafen eine Ladung Sauerstoff tanken. Ja, das war das Richtige.

Sie zog nicht einmal einen Mantel an. Schlüpfte bloß in die Holzschuhe, die eigentlich bloß zur rustikalen Verzierung neben der Eingangstüre standen. Sie hatte nun wirklich keine Zeit, sich auch noch selber um die Beete zu kümmern.

Die Luft war kühl und fast schon winterlich. Ein bisschen Rauch war darin zu spüren, vielleicht weil jemand verbotenerweise Laub verbrannt hatte, oder weil die ersten schon ihre Cheminées anzündeten. Und die Stille war herrlich. So entspannend. Sogar ein erster Vogel zwitscherte. Ein richtiger Frühaufsteher. Als ob er noch eine Menge zu erledigen hätte, bevor der Winter ihn endgültig vertrieb.

Aber sonst: Stille. Wohltuende, kostbare Stille.

Und Schritte.

Schritte mitten in der Nacht.

Zuerst war sie sich nicht sicher. Ein Igel, das wusste sie aus einem Naturfilm, klang ganz ähnlich, wenn er sich einen Weg durchs trockene Laub bahnte. Auch wenn sie hier noch nie einen Igel gesehen hatte.

Nein, das war kein Igel. Das war ein Mensch. Da schlich jemand durch den Garten. Durch ihren Garten. Am Morgen um drei.

Sie merkte, wie die Angst in ihr hochschwappte wie eine heiße Welle. Da war jemand. Ein Einbrecher. Oder nur ein Obdachloser, der im Gartenhäuschen Unterschlupf suchte? Unsinn. Obdachlose gab es hier nicht. Nicht in diesem Quartier. Es musste ein Einbrecher sein.

Erst gestern hatte wieder so ein Artikel in der Zeitung gestanden. Da gab es regelrechte Banden, die organisiert in die Schweiz kamen, ganze Straßen überfielen wie die Heuschrecken und dann wieder über die Grenze verschwanden.

Ein Einbrecher.

Der sie noch nicht bemerkt hatte. Der Mond war nur eine ganz schmale Sichel, und die Straßenlaternen leuchteten nicht in den Garten hinein. Ein Einbrecher, der sich ganz sicher fühlte, denn die Schritte kamen näher. Immer näher.

Im Allgemeinen, hatte sie gelesen, wichen solche Banden den Menschen ja aus. Verschwanden einfach, wenn ein Haus nicht leer war, und probierten es beim nächsten. Aber wenn der sie jetzt antraf, wenn sie sein Gesicht sah und also eine Zeugin war, dann konnte es doch sein, dass so einer rabiat wurde. Sie zum Schweigen bringen wollte mit allen Mitteln.

Jetzt war er schon ganz nahe.

Und der Tom schlief da oben in seinem Bett. Träumte wahrscheinlich von einem Kunstschuss, mit dem er die Weltmeisterschaft entschied. Schlief einfach, während sie in Lebensgefahr war. In der Nacht ihrer offiziellen Verlobung.

Jetzt konnte sie den Mann sogar sehen. Im Gegenlicht eines beleuchteten Fensters war einen Moment lang seine Silhouette zu erkennen. Ein kräftiger, breit gebauter Mann. In einem langen Mantel.

›Der bringt mich um‹, dachte sie. ›Der packt mich einfach am Hals und erwürgt mich.‹ Und gleichzeitig schoss ihr durch den Kopf: ›Das gibt eine Titelgeschichte. In allen Zeitungen.‹

Sie konnte ihn jetzt nicht mehr sehen, und auch die Schritte hatten aufgehört. Wahrscheinlich machte er sich schon an einem Fenster zu schaffen. Sie musste Alarm schlagen. Tom aufwecken. Lärm machen. Aber wie?

Später hätte sie nicht sagen können, wie sie auf die Idee kam. Zum Überlegen war gar keine Zeit. Sie bückte sich, fasste einen der Holzschuhe und schleuderte ihn gegen das

Haus. Traf, ohne bewusst gezielt zu haben, haarscharf die Scheibe des Schlafzimmers. Nur einen Moment später – es konnte nicht wirklich so schnell gegangen sein, aber es kam ihr so vor – streckte Tom den Kopf aus dem Fenster.

»Hilfe!«, schrie Claudia. »Wir werden überfallen!«

4

K31.

Warum ihm der verdammte Name nicht aus dem Kopf wollte? Es war doch wirklich egal, wie die Waffe hieß.

K31. K31. Ein Geradezug-Karabiner. Geradezug. Sein Hirn hatte sich die Bezeichnung gemerkt, obwohl er nicht die geringste Ahnung hatte, was sie bedeutete.

Er hatte geschossen, nur das war jetzt wichtig. Er, Tom Keita, Sturmspitze und Torschützenkönig, hatte einen Menschen erschossen. Auf dem sauber gemähten Rasen seiner Villa lag ein toter Mann, den Kopf im Blumenbeet.

›Die Blumen sind doch schon verblüht‹, dachte es in ihm, obwohl dieser Gedanke ja nun wirklich völlig sinnlos war. ›Warum regt sich Claudia dann so auf? Warum schreit sie so?‹

Er hatte ihn doch nur erschrecken wollen. Nur erschrecken. Mit dem Gewehr bedrohen und so vertreiben. Oder festnehmen lassen. Ihn mit der Waffe so lang in Schach halten, bis Claudia die Polizei angerufen hatte.

Ihn mit dem K31 in Schach halten.

Sie hatten ihm das Gewehr am Sechseläuten geschenkt, als er mit dieser Zunft in Zürich im Umzug hatte mitlaufen dürfen. Quer durch die Stadt, und man bekam Blumensträuße und Applaus. Den Applaus war er gewohnt, aber die viel zu vielen Blumen hatte er nur ungeschickt im Arm gehalten. Wie ein Amateur-Torhüter, der selber nicht weiß, wie er gerade diesen Ball gefangen hat.

Das war jetzt nicht wichtig. Das war jetzt alles nicht wichtig.

Wenn Claudia nur aufhören würde zu schreien. Sie, die sich sonst immer so gut unter Kontrolle hatte. Es klang, als ob sie mit jedem Ton ein Stück von ihrer Angst aus sich herauskotzte. Dabei wurde ihre Stimme nie wirklich laut. Selbst jetzt noch, mitten in der Panik, dachte sie daran, kein Aufsehen zu erregen. Keine negative Publicity.

Er hatte doch nicht gewusst, dass da eine Patrone im Magazin war. Er kannte sich mit solchen Sachen doch nicht aus. Ein einziges Mal war er dann in einem Schützenverein gewesen. Von einem Reporter begleitet. Er hatte sich das Gewehr erklären lassen, ohne wirklich zuzuhören, und er hatte ein paarmal abgedrückt. Aber vor allem hatte er Autogramme gegeben.

Und jetzt lag da ein fremder Mann im Gras und war tot.

War wahrscheinlich tot. Lag auf jeden Fall da und rührte sich nicht.

Der Zunftmeister hatte eine Ansprache gehalten nach dem Essen. Er hatte nicht alles verstanden, aber es musste eine lustige Rede gewesen sein, denn ringsum lachten sie nach jedem Satz, überlaut und mit roten Köpfen. »Der beste Schütze der Schweiz braucht auch ein echt schweizerisches Gewehr«, hatte der Zunftmeister gesagt, und dann hatte die Kapelle einen Marsch gespielt, und zwei Buben in Landsknechtsuniformen hatten den Karabiner durch den Saal getragen.

Den K31.

Mit einem Blumenstrauß im Lauf.

Als ihm der Zunftmeister das Gewehr in die Hand drückte, waren alle aufgestanden.

Er hatte doch nicht wissen können, dass da noch eine Patrone ...

Er hatte sich ans Fenster gestellt und den Karabiner durch die zerbrochene Scheibe auf den fremden Mann gerichtet. »Hände hoch!«, hatte er gerufen, und der Mann hatte auch tatsächlich einen Arm gehoben. Nur einen. Es hatte ausgesehen, als ob er ihm zuwinken wollte. Ihm zuwinken wie einem alten Freund.

Und dann war der Schuss losgegangen. Wie von selber.

Der Rückstoß hatte ihn nicht an der Schulter getroffen, wie das wohl vorgesehen war, sondern am Kinn. Er hatte das Gewehr nicht richtig gehalten. Er kannte sich mit solchen Sachen doch nicht aus. Einen Moment lang war es genau so gewesen wie damals, als er bei einem Kopfball diesen Fußtritt bekommen hatte. Den Stollen direkt ans Kinn. Im Strafraum. Es war natürlich hohes Bein gewesen und gefährliches Spiel, der Schiri hatte einen Elfmeter gepfiffen, den hatte er selber schießen wollen, aber dann war schon der Mirko angelaufen, der immer den Macho spielen musste, und hatte den Ball prompt an den Pfosten ...

Das war jetzt nicht mehr wichtig.

Das Kinn tat ihm weh, und der Hals war ganz verspannt. Hoffentlich würde das morgen beim Training ...

Das war auch egal.

Bis jetzt hatte Claudia wortlos geschrien, wie jemand ein Lied singt, von dem er sich nur noch an die Melodie erinnert, aber nicht an den Text. Jetzt fand sie endlich die Worte, nach denen sie die ganze Zeit vergeblich gesucht hatte. »Komm runter«, schrie sie. *»Viens ici tout de suite!«* Als ob er noch gar kein Deutsch gelernt hätte.

Er hängte den Karabiner an die Wand zurück, an den Haken über dem Bett, den er erst vor zwei Tagen dort angebracht hatte. Weil Claudia das so wollte. »Das sieht gut aus, wenn die von der *SI* kommen«, hatte sie gesagt. »So ein altes Landsturmgewehr als Dekoration, das macht sympathisch.«

Außer wenn man gerade jemanden damit erschossen hat.

Er überlegte, ob er sich eine Hose anziehen sollte. Er schlief in Boxershorts und T-Shirt, und irgendwie schien ihm das für einen toten Mann nicht passend.

Aber darauf kam es jetzt auch nicht mehr an.

Er ging ins Erdgeschoss hinunter, und der Weg kam ihm länger vor als sonst. Der Treppe entlang hingen gerahmt die Trikots, die er von wichtigen Spielen als Andenken nach Hause gebracht hatte. Am wertvollsten waren die 7 von Ribéry und die 19 von Messi. Sie hatten beide Spiele verloren, hin und zurück, aber sie hatten sich dabei nicht blamiert, das konnte niemand behaupten. Sie hatten …

K31. Das war jetzt die einzige Nummer, auf die es ankam.

Ein Geradezug-Karabiner.

Der Vorgänger des Sturmgewehrs. Seltsam, was sich so ein Gehirn alles merkt.

Was war überhaupt ein Sturmgewehr?

Er öffnete die Haustüre, und die Luft draußen war kälter, als er es erwartet hatte. Oder lag es daran, dass er Angst hatte?

Er hatte überhaupt keinen Grund, Angst zu haben. Es war Selbstverteidigung gewesen. Oder etwa nicht?

Er ging den Kiesweg entlang und dachte: ›Ich hätte Schuhe anziehen sollen. Wenn jetzt da eine Scherbe von der Fensterscheibe liegt … Bei Galatasaray haben sie Lincolns Füße für sechs Millionen versichert. Wenn ich mir den Fuß kaputtmache – der Trainer bringt mich um.‹

Auch das war jetzt nicht mehr wichtig.

Claudias Make-up ganz verschmiert. Sie sah aus wie eine dieser Clownsfiguren, die sie so liebte, aber von der Wand genommen hatte, weil sie nicht mehr Mode waren. Ein weißes Gesicht mit einer dicken schwarzen Träne.

»Du hast alles kaputtgemacht«, sagte sie, und nach all dem Schreien war ihre Stimme jetzt heiser.

»Es war keine Absicht.«

»Wieso hast du das getan?«

»Ich wollte dich beschützen.«

»Du bist ein Arschloch«, sagte Claudia und legte ihren Kopf an seine Brust. »Du bist ein Arschloch, aber ein Held. Ich hasse dich«, sagte sie und drückte sich so fest an sein T-Shirt, als ob sie in ihn hineinkriechen wollte. »Ich liebe dich. Hast du es wirklich wegen mir getan?«

»Für dich tue ich alles«, sagte er. Er hatte das Gefühl, dass es das war, was sie in diesem Moment von ihm hören wollte.

»Und jetzt ist alles kaputt«, sagte sie, aber es klang nicht wie ein Vorwurf.

Vom Schlafzimmerfenster aus war der Mann auf dem Boden deutlicher zu erkennen gewesen als jetzt aus der Nähe. So wie sie da standen, deckten sie das Licht aus dem

Wohnzimmer ab. Was da im Gras lag, hätte auch ein Sack mit Dünger sein können, den jemand dort abgeladen hatte. Ein Erdhügel. ›Der Hügel von einem Grab‹, dachte es in seinem Kopf.

»Er war plötzlich da«, sagte Claudia. »Ich wollte noch ein bisschen Luft schnappen, und auf einmal war er da. ›Ein Einbrecher‹, habe ich gedacht, ›oder …‹« Sie machte eine Pause, und Tom war sich sicher, dass sie in Zukunft jedes Mal diese Pause machen würde, wenn sie jemandem die Geschichte erzählte. Ob bei einem Freund oder bei einem Journalisten, sie würde jedes Mal an der genau gleichen Stelle verstummen, die Augen für einen Moment schließen und dann mit leiserer Stimme fortfahren: »… oder etwas noch Schlimmeres.«

Er legte den Arm um sie und streichelte mit der anderen Hand ihren Kopf. Für gewöhnlich mochte sie solche Berührungen nicht, weil sie ihre Frisur durcheinanderbrachten, aber jetzt ließ sie es geschehen. Sie war warm und weich, und wenn man sein Gesicht in ihre Haare legte und tief einatmete, dann verschwand der aufdringliche Duft des Parfums, und sie roch wie ein kleines Mädchen.

Wie jemand, den man beschützen musste.

»Wir werden das zusammen durchstehen«, sagte er. Aber sie schob ihn von sich weg und war plötzlich nur noch wütend. »Immer machst du alles kaputt«, sagte sie. »Immer. Ausgerechnet heute, wo wir doch diese Homestory haben.«

Als er dann das Geräusch hörte, dachte er zuerst an ein Tier. Eine Katze. Oder vielleicht der Fuchs, dem man in den Gärten manchmal sogar am helllichten Tag begegnete.

Aber es war kein Fuchs und keine Katze. Es war der

Mann, der nur ein paar Schritte von ihnen entfernt mit dem Kopf im Blumenbeet lag und stöhnte.

Stöhnte.

Und sich bewegte.

Er war nicht tot.

Als Claudia endlich mit der Taschenlampe zurückkam – eigentlich war es nur ein Schlüsselanhänger, aber mit einem ganz starken Lichtstrahl –, da hatte er den Mann schon erkannt. Hatte zuerst nicht glauben wollen, was er da sah, wie einem die Nachricht von einem Lottogewinn oder von einem Todesfall auch nicht gleich in den Kopf will. Und hatte es dann doch glauben müssen.

Claudia richtete das Licht auf den Mann, und sogar sie, die ihn doch gar nicht kannte, bemerkte sofort die Ähnlichkeit. Vielleicht auch nur, weil für einen Weißen sowieso alle Schwarzen gleich aussehen.

»Ich weiß, wer das ist«, sagte Tom.

»Du kennst ihn?«

»Später. Zuerst muss ich ihn verbinden. Hol bitte den Sanitätskasten aus dem Auto!«

Dass Claudia wieder zu sich selber zurückgefunden hatte, konnte man an der störrischen Kopfbewegung sehen, mit der sie auf den Auftrag reagierte. Sie mochte es nicht, wenn man sie herumkommandierte. Aber sie ging.

»Nicht bewegen!«, sagte Tom. In Malinke, der vertrauten Sprache, die er schon so lange nicht mehr verwendet hatte. Die Briefe hatte er immer auf Französisch geschrieben. »Wo habe ich dich getroffen?«

Es war nur eine Fleischwunde am Arm. Ein Kratzer eigentlich nur. Dass er hingefallen war, das war mehr der

Schreck gewesen. Ein ungeschickter Schritt, und dann war er über den Saum seines zu langen Mantels gestolpert. Beim Sturz hatte er sich den Kopf an etwas Hartem gestoßen.

An einem Gartenzwerg mit Schubkarre, den ihnen jemand aus Jux zum Einzug geschenkt hatte.

»Wie kommst du hierher?«, fragte Tom.

»Das ist eine lange Geschichte.«

»Du bist seltsam angezogen.«

»Ich weiß«, sagte sein Vetter. »Ich bin ein Marabu.«

5

Ein Gewehr über dem Bett«, sagte Klara Holzer und strahlte, als ob sie gerade in einer Tombola den ersten Preis gewonnen hätte. »Einfach süß!«

Sie hatte, wie es nicht anders zu erwarten gewesen war, so ziemlich alles süß gefunden, was Claudia und Tom ihr im Haus gezeigt hatten. In der Branche verspottete man die Journalistin wegen ihrer permanenten Begeisterung als Klara Süßholzer, aber sicherheitshalber tat man das nur hinter vorgehaltener Hand. Es ging nämlich bei den Reichen und Schönen der Schweiz das Gerücht, dass sie gleichzeitig auch Kassandra sei, die nie enttarnte, anonyme Verfasserin jenes bitterbösen Klatschkolumnen-Blogs, in dem schon so mancher prominente Seitensprung oder Drogenentzug ans Licht der Öffentlichkeit gezerrt worden war. »Es ist doch auffallend, wie oft jemand in diesem Blog vorkommt, der kurz zuvor bei ihr eine Homestory hatte«, flüsterte man sich bei den Stehpartys über die Teller mit dem Fingerfood hinweg zu. Und bekam dann vielleicht zur Antwort: »Sie braucht das bestimmt als Ausgleich. In der *SI* muss sie ja immer alles wunderbar finden, und das hält auf die Dauer keine Sau aus.«

Ob Klara Holzer tatsächlich die Verfasserin von *Das jüngste Gerücht* war, wusste niemand mit Bestimmtheit zu sagen, und deshalb hielten es alle für wahr. Die Einzige, die von diesem Verdacht noch nie etwas gehört hatte, war Klara selber. Ihre kritiklose Begeisterung für die Lebensumstände von Fernsehpräsentatoren, Schönheitsköniginnen und Spitzensportlern war, auch wenn das niemand glauben wollte, ebenso echt wie die heimelige Mischung aus Kumpanei und Demut, mit der sie sich den Objekten der öffentlichen Begierde näherte und die ihre Homestorys bei den lesenden Analphabeten des Landes so beliebt machte.

»Süß!«, strahlte sie jetzt noch einmal. »Was meinst du, Kurt? Wenn er auf dem Bett läge, vielleicht in diesem Pyjama in den Vereinsfarben, das sie jetzt im Fanshop verkaufen, und dahinter hängt der Karabiner an der Wand – wäre das nicht ein tolles Motiv?«

»Das krieg ich vom Ausschnitt her nicht hin«, brummte Kurt Schädler und machte ein so angeekeltes Gesicht, als ob sie ihn aufgefordert hätte, eine Kloschüssel samt Inhalt zu porträtieren. Der Fotograf war immer schlecht gelaunt und ein bisschen rüpelhaft, aber er machte nun mal die schönsten Bilder und verstand sich wie kein anderer darauf, Tränensäcke und Orangenhaut per Photoshop verschwinden zu lassen. »Er ist eben ein Künstler«, meinten die Eingeweihten, »und einem Künstler muss man vieles nachsehen.«

»Es wäre nur zu machen, wenn er auf dem Bett liegt und das Gewehr im Arm hält.«

»Würden Sie …?«, fragte Klara Holzer.

»Nein«, sagte Tom. »Auf gar keinen Fall.«

»Seine Waffe ist ja doch eher der Fußballschuh«, warf Claudia schnell dazwischen. Sie hatte damit gar keinen

Scherz bezweckt, aber die Journalistin belachte den Satz so herzlich und ausgiebig, als habe sie noch nie eine brillantere Formulierung gehört. »Seine Waffe ist der Fußballschuh«, wiederholte sie. »Einfach süß! Das wäre die perfekte Bildunterschrift. Wollen Sie nicht doch …?«

»Nein«, sagte Tom.

Nach dem, was in der Nacht passiert war, hatte er das Gewehr eigentlich abhängen und irgendwo verstecken wollen, aber Claudia war dagegen gewesen. »Die Geschichte damals am Sechseläuten stand in allen Zeitungen«, war ihr Argument. »Wenn sie dich nach dem Karabiner fragen, kannst du ihn nicht irgendwo in einen Schrank weggepackt haben. Das wirkt undankbar.«

Er hatte sich deshalb vorgenommen, die Leute von der *SI* einfach gar nicht in sein Schlafzimmer zu lassen, aber dann hatte man aus dem Untergeschoss dieses Geräusch gehört, diesen Schrei, und bevor noch jemand danach fragen konnte, hatte er schnell vorgeschlagen, in den ersten Stock zu gehen, dort gebe es auch noch manch Interessantes zu sehen.

Was sein Vetter da unten nur trieb? Er hatte ihm doch zehnmal eingeschärft, sich absolut still zu verhalten. Es musste nun wirklich niemand wissen, was für ein Besucher sich da bei ihm versteckte, ohne Visum und ohne Papiere. »Illegaler Immigrant beim Fußballstar« – das hätte diesen Journalisten was zu schreiben gegeben! Das wäre eine große Story geworden, aber eine, das hatte ihm Claudia schnell klargemacht, die er sich auf gar keinen Fall leisten konnte. Schon gar nicht jetzt, wo man ihnen drei Seiten in der *SI* versprochen hatte.

Die Homestory hatte man nicht mehr absagen können. Wenn sich die englische Königin zum Staatsbesuch angemeldet hat, kann die Calmy-Rey auch nicht einfach im Buckingham Palace anrufen und sagen: »Es ist mir etwas dazwischengekommen. Könnten wir es auf nächste Woche verschieben, Madame?«

Was gab es im Keller zu schreien? Schmerzen waren es bestimmt nicht. Die Wunde hatte sich schließlich als harmloser Streifschuss erwiesen, ein bisschen Jod drauf und ein Verband und fertig. Sie hatten sogar noch darüber gelacht, alle drei, weil der weiße Streifen am Arm aussah wie eine Kapitänsbinde. Und die Beule am Kopf ... Mein Gott, so etwas erwischte ihn in jedem zweiten Training. Vor allem die Jungen, Übereifrigen stiegen bei den Spielchen vier gegen vier manchmal so hart ein, als ob es mindestens um den UEFA-Pokal ...

»Tom!« Er merkte Claudias Stimme an, dass sie es nicht zum ersten Mal sagte. »Hörst du überhaupt zu?«

»Natürlich.« Er hatte nicht die geringste Ahnung, was man ihn gefragt hatte.

»Frau Holzer hat vorgeschlagen, du könntest im Garten den Rasen mähen.«

»Wie es jeder brave Bürger vor seinem Einfamilienhäuschen tut«, sagte die Süßholzer eifrig. »Der Star als Mensch wie du und ich. Das mögen meine Leser.«

»Es hat doch schon geschneit«, sagte Tom. »Da wächst das Gras nicht mehr.«

»Das sieht man doch auf dem Foto nicht.« In Claudias Stimme schwang ein unausgesprochenes ›Dummerchen‹ mit. »Also?«

»Warum nicht?«, sagte Tom. Im Garten konnte man bestimmt kein Geräusch aus dem Keller hören.

»Wunderbar!«, jubelte Klara Holzer und rief: »Kurt! Kurt! Wir gehen in den Garten!« Der Fotograf war nirgends zu sehen. »Wahrscheinlich qualmt er schon wieder. Ich kann es ihm einfach nicht abgewöhnen. Sie sind natürlich Nichtraucher?«

»Natürlich«, antwortete Claudia für ihren Verlobten.

»Das war jetzt wieder eine dumme Frage von mir. Sie als Spitzensportler! Wo Sie doch so auf Ihren Körper ... Da fällt mir ein: Könnten wir das Foto im Garten bitte mit nacktem Oberkörper machen? Ja? Das wäre einfach süß!«

Vom Garten führte ein Lüftungsrohr direkt in den Keller, und so konnte er ihre Stimmen ganz deutlich hören. Eine Frau, die sehr viel lachte. ›Wie man lacht, wenn man dahinter etwas anderes versteckt‹, dachte er. Ein Mann, der schlechte Laune hatte. Und natürlich Vetter Tom und seine Frau. Die gar nicht seine Frau war. Er hatte Toms Erklärung nicht wirklich verstanden. Gestern hatten sie mit ganz vielen Gästen Hochzeit gefeiert, aber trotzdem waren sie noch nicht verheiratet. Auch so eine Sitte, die er nicht kannte. Er würde Tom noch einmal fragen müssen.

Die Frau gefiel ihm nicht. Sie kommandierte Tom herum, und sie war viel zu dünn. Für richtige Arbeit überhaupt nicht zu gebrauchen. Wenn er sie sich auf dem Feld vorstellte ...

Aber hier arbeitete man nicht auf dem Feld. Hier arbeitete man überhaupt nicht. Nicht so, wie er das gewohnt war. Hier war man reich.

Nur schon dieses Zimmer. Tom hatte zwar, ganz entschuldigend, gesagt: »Es ist nur ein Keller.« Aber es war ein wunderschönes Zimmer, so luxuriös, wie er noch nie eines gesehen hatte. Mit bequemen Sesseln, in denen man mehr lag als saß, einem Kühlschrank voller Getränke und einem Fernseher. Wie hatte Tom das genannt? Partykeller. Er musste ihn nachher fragen, welche Partei damit gemeint war.

Der Fernseher hatte dann fast das Unglück angerichtet. Es lag ein Gerät darauf, mit vielen Knöpfen, er hatte versuchsweise auf einen von ihnen getippt, und plötzlich war das Bild angegangen und der Ton auch, ein Mann hatte einen anderen mit einer Pistole erschossen, und der war von einem Dach gestürzt und hatte dabei geschrien, ganz laut geschrien. Nachdem er schnell den Stecker aus der Wand gezogen hatte, war dann wieder alles still gewesen, aber es hätte doch sein können, dass jemand den Schrei gehört hätte.

Sie waren immer noch im Garten. Man hörte nur die Frauen. Eine kommandierende Stimme und eine lachende. Die Fenster waren schmale Streifen, ganz oben an der Decke, aus einem Glas, das nicht richtig durchsichtig war. Er hätte gern gewusst, was da draußen passierte, aber andererseits war es auch wieder gut, dass man nicht hinaussehen konnte. Dann sah auch niemand hinein.

»Es darf niemand wissen, dass du hier bist«, hatte Tom gesagt. Richtig ängstlich hatte er geklungen. Und dabei war er hier doch ein wichtiger Mann, mit seinen goldenen Füßen. ›Sie behandeln mich, als sei ich der Erstgeborene aller Erstgeborenen‹, hatte in einem seiner Briefe gestanden. Da kannte er doch bestimmt auch alle wichtigen Leute, und wenn man die richtigen Leute kennt, das weiß jeder, ist nicht mehr wichtig, was in den Gesetzen steht. Wenn man ein reicher Mann ist, schon gar nicht. Warum sollte das hier in der Schweiz anders sein als überall sonst auf der Welt?

Und natürlich war Vetter Tom ein reicher Mann. Jemand, der einen Keller hat mit einem Fernseher und einem Kühlschrank und mit Sesseln, in denen man liegt wie im bequemsten Bett. Wenn das ein Zimmer war, für das man sich entschuldigte, wie musste da erst der Rest des Hauses aussehen?

In der Nacht hatte Tom ihm nichts zeigen können. Seine Frau, oder Fast-Frau, war ganz aufgeregt gewesen und hatte darauf bestanden, dass er gleich sofort hier unten verschwand. Soweit er das verstanden hatte, erwartete sie irgendwelche Dienerinnen, die das Haus saubermachen sollten, für Gäste, die noch wichtiger waren als die, die zur Hochzeit gekommen waren.

Zu dieser seltsamen Fast-Hochzeit.

Und jetzt waren sie mit diesen Gästen gar nicht im Haus, sondern draußen im Garten. Was sie da wohl machten? Vielleicht eine Zeremonie, um böse Geister abzuwehren.

»Können Sie das Gras bitte auch zusammenrechen?«, fragte Klara Holzer. »Auch wenn keines da ist? Mir ist nämlich gerade eine wunderbare Bildunterschrift eingefallen. Er macht den Garten sauber, und darunter schreibe ich: ›Der Ausputzer‹.«

»Ich bin kein Ausputzer«, sagte Tom. »Ich spiele Sturmspitze.«

»Männer nehmen solche Sachen immer so ernst.« Klara Holzer strahlte schon wieder. »Einfach süß!«

6

Weltwoche: Herr Eidenbenz, auch Sie wurden vor der Bundesratswahl als einer der möglichen Kandidaten gehandelt …

Eidenbenz: Wer nicht? Wenn man alles hätte glauben wollen, was in den Zeitungen stand, hätte man meinen müssen, es sei gar keine Bundesratswahl, sondern ein Jekami.

Und Sie persönlich? Wollen Sie wirklich nicht irgendwann in den Bundesrat? (Eidenbenz lacht lang und laut.)

Heißt das ja oder nein? Sehen Sie, in der Schweiz ist es doch so: Wer in einem Interview offen zugibt, dass er einmal Bundesrat werden will, der wird es nie. Also sagt jeder, der an dem Job interessiert ist, zuerst einmal Nein.

Und Sie sagen Nein? Lassen Sie mich doch ausreden! Weil aber jeder, der sich selber irgendwann als Kandidat sieht, vorsorglich Nein sagt, denkt ihr Journalisten bei jedem, der Nein sagt, dass er eigentlich ja meint. Und dann wird er es ebenfalls nie.

Man kann also gar nicht Bundesrat werden? Gewählt werden fast immer nur die, denen man es nicht zutraut. Und so sieht unsere Regierung denn auch aus. (Lacht)

Sie fordern immer, dass man nicht um den heißen Brei herumreden soll … So richtig heiß wird in Bundesbern schon lang nichts mehr gekocht.

… aber bei dieser Frage weichen Sie doch aus. Weil sich die Frage nicht stellt. Der Ueli Maurer ist frisch gewählt.

Mit dem knappsten möglichen Resultat. Na und? Wenn mein Verein am Schluss der Saison nur wegen dem Torverhältnis Meister wird, dann fragt ein Jahr später auch keiner mehr, ob das ein Tor war oder zehn.

Bleiben wir bei der Politik. Eben. Der Maurer ist gewählt, und von den andern fünf Bundesräten scheint in den nächsten hundert Jahren keiner an Rücktritt zu denken.

Fünf und eins macht nur sechs. Ich dachte immer, wir hätten sieben Bundesräte. Sie können eben nicht rechnen. Da sind ein paar dabei, die kann man höchstens als halbe Portionen zählen.

Wen meinen Sie damit? Wenn Sie das nicht selber herausfinden können, sind Sie als Politikjournalist auf dem völlig falschen Posten.

Herr Eidenbenz, Sie sind schon dreißig Jahre politisch aktiv … Dreißig? Schon mehr als vierzig!

Das geht mit Ihrem Alter doch gar nicht auf. Meine erste politische Aktion habe ich als Fünfjähriger gestartet. Im Kindergarten hat das Fräulein von uns verlangt, dass wir uns jeden Nachmittag für eine halbe Stunde schlafen legen sollten. Dagegen habe ich eine Unterschriftensammlung organisiert.

Erfolgreich? Überhaupt nicht. Wir konnten ja alle noch nicht schreiben. (Lacht)

Das war jetzt ein Witz, nicht? Der größte Witz sind für mich Leute, die keinen Humor haben. (Lacht) Sie sollten jetzt Ihr Gesicht sehen! Wie der Ospel, wenn er den aktuellen Aktienkurs der UBS anschaut!

Wenn Ihre politische Karriere schon so früh begonnen hat – wussten Sie schon damals, dass Ihr Platz am rechten Flügel war? Ich bin doch nicht der rechte Flügel. Da, wo ich bin, ist die Mitte.

Aber … Ich kann nichts dafür, wenn die anderen Parteien immer mehr nach links rutschen. Möchten das Ruder auf dem Staatsschiff übernehmen und haben einen total kaputten Kompass.

Sie wollen jetzt aber nicht ernsthaft behaupten, die FDP oder die CVP seien Linksparteien? Wenn etwas aussieht wie eine Ente, schnattert wie eine Ente und watschelt wie eine Ente, dann ist es höchstwahrscheinlich kein Königstiger.

Und zu welchem Flügel zählen Sie sich in der eigenen Partei? Zu gar keinem. (Lacht) Machen Sie nicht so ein überraschtes Gesicht! Sie dürfen nicht vergessen: Ich bin nicht nur Präsident meiner Kantonalpartei, sondern auch von einem Fußballklub. Und dort habe ich die wichtigste aller Regeln gelernt: Über die Flügel kann man zwar einen Angriff vortragen, aber die Tore schießt man immer in der Mitte.

Sehr viele Tore hat Ihre Partei in der letzten Zeit nicht geschossen. In meinem Verein haben wir schon viele Spiele gewonnen, bei denen wir scheinbar unaufholbar zurücklagen.

Wenn wir jetzt schon auf den Fußball gekommen sind – wie sehen Sie die Chancen Ihres Klubs? Werden Sie Schweizer Meister? Und brauchen Sie dazu das Torverhältnis? Wenn ich die Ergebnisse voraussagen könnte, würde ich jede Woche im Toto gewinnen und müsste nie mehr arbeiten. (Lacht) Aber im Ernst: Wir sind hervorragend aufgestellt. Wir haben ein ausgeglichenes Kader, das einen tollen Saisonstart hingelegt hat. Und wir haben einen Mittelstürmer, um den uns alle anderen Vereine beneiden.

Sie meinen Tom Keita. Haben Sie im letzten Match gesehen, wie er ganz allein die gesamte gegnerische Abwehr ausgespielt hat? Ich bin immer noch heiser, so laut habe ich gejubelt.

Sie halten es also in Ihrem Verein ganz ähnlich wie schon seit Langem in Ihrer Partei: Alles ist auf einen Mann ausgerichtet, und wenn der keine Tore mehr schießt, bricht das ganze System zusammen. Wir haben viele Leute, die das Zeug zum Kapitän haben.

Meinen Sie jetzt den Verein oder die Partei? Beides. Unsere Gegner werden sich noch wundern.

Ihr Starspieler Tom Keita stammt aus Guinea. Ist es nicht ein Widerspruch, dass Sie sich als Präsident eines Fußballklubs auf Menschen mit Migrationshintergrund verlassen, während Sie als Politiker eine eindeutig fremdenfeindliche Haltung einnehmen? Ich war noch nie in meinem Leben fremdenfeindlich!

Wenn ich Ihnen ein paar Sätze aus Ihrer Ansprache bei der letzten kantonalen Delegiertenversammlung Ihrer Partei vorlesen dürfte … Da ging es um illegale Immigranten! Die sich in einem Lastwagen über die Grenze schmuggeln lassen. Um kriminelle Ausländer ging es! Kriminelle! Menschen, die in unserem Land leben, aber sich nicht an unsere Gesetze halten wollen! Drogendealer und so! Das ist etwas ganz anderes!

Man könnte auch den Eindruck haben, dass Sie jedem Ausländer, der nicht einen Sack voller Geld mitbringt, kriminelle Absichten unterstellen. (Eidenbenz blättert in seinem Terminkalender.) Da müssen mir meine Leute doch glatt etwas falsch in die Agenda eingetragen haben. Von welcher Zeitung kommen Sie, junger Mann?

Von der ›Weltwoche‹. Und da lafern Sie so einen Hafechääs zusammen? Ich kann mir nicht vorstellen, dass der Köppel damit einverstanden wäre.

In unserer Redaktion sind die Mitarbeiter politisch völlig unabhängig. (Eidenbenz lacht lange.) Sie haben ja doch Sinn für Humor!

Um auf ein ganz anderes Thema zu kommen … Wird auch besser sein.

Die Änderung des Bundesgesetzes über Betäubungsmittel ist ja vom Volk angenommen worden … Leider. Es wird nicht mehr lang dauern, dann steht in der Migros neben den Ravioli Heroin im Regal.

Jetzt übertreiben Sie aber! Ich sage nur: Wehret den Anfängen!

Von Ihnen persönlich hätte man in diesem Zusammenhang eine tolerantere Haltung erwartet. Wieso?

Dieses Gesetz hat ja für Sie eine ganz besondere Bedeutung. Für mich? Wieso für mich?

Es ist allgemein bekannt, dass Ihre Frau … Lassen Sie meine Frau aus dem Spiel!

… seit einiger Zeit wegen ihrer Drogensucht in einer Entzugsklinik … (Eidenbenz schreit.) Eine Schmerzklinik! Sie ist in einer Schmerzklinik! Mit Drogensucht hat das überhaupt nichts zu tun.

Man hört das anders. Woher? Das müssen Sie mir jetzt einmal sagen! Woher beziehen Sie Ihre sogenannten Informationen?

Nun ja, im Internet wird seit längerer Zeit darüber diskutiert … Im Internet! Im Internet wird über jeden Seich diskutiert! Da können Sie auch ein Forum finden, wo alle Leute daran glauben, dass die Erde eine Scheibe ist! Oder dass die Mondlandung überhaupt nicht stattgefunden hat. Aber nur weil sich jemand in seinem Blog irgendeine Verleumdung aus den Fingern saugt, ist es noch lange nicht wahr.

Sie bestreiten …? Ich bestreite überhaupt nichts.

Sie bestätigen also …? Weder das eine noch das andere. Weil ich mit Leuten wie Ihnen überhaupt nicht rede.

Sie haben diesem Interview zugestimmt. Einem Interview, ja. Aber wenn mich jemand unter dem Vorwand eines Interviews nur provozieren will … Mit solchen Leuten muss man ganz anders umgehen.

Wie soll ich das verstehen? Sie können jetzt aussuchen. Was wollen Sie lieber haben? Den Süd- oder den gekröpften Nordanflug?

Ich weiß nicht, was Sie … Weil Sie jetzt nämlich hier rausfliegen. In hohem Bogen.

Aber … Und vergessen Sie Ihr Aufnahmegerät nicht. (Eidenbenz lacht.) Schön klein, diese Maschinchen heute. Nicht wie diese umständlichen Tonbandgeräte, die man früher hatte. Und so stabil. Man kann sie auf den Boden schmeißen … so …

He! … man kann sogar darauf herumtrampeln … so … und so

Hören Sie auf! … und sie funktionieren immer noch. Wenn man sie allerdings aus dem Fenster schmeißt …

Herr Eidenbenz! Hoppla, jetzt ist Ihr Spielzeug in meinem Goldfischteich gelandet. Und der ist nicht einmal zugefroren. Wenn Sie danach tauchen wollen – tun Sie sich keinen Zwang an.

Wie soll ich denn jetzt …? Ihren Artikel schreiben? Machen Sie sich keine Sorgen, den autorisiere ich sowieso nicht. Und beim Köppel werde ich mich auch über Sie beschweren. Mit Nachdruck! Wir haben ja in jedem Heft ein großes Inserat von meiner Firma drin. Auf das wird er sicher nicht gern verzichten wollen. Gerade jetzt, wo man wegen der Finanzkrise die Inserenten bald mit der Lupe suchen muss. Da verzichtet er schon eher auf Ihre Mitarbeit.

Sie wollen von meinem Chef verlangen, dass er mich …? So etwas würde ich nie tun.

Gott sei Dank. Ich verlasse mich darauf, dass er selber denken kann. Und entsprechende Konsequenzen zieht.

Herr Eidenbenz … Aber machen Sie sich keine Sorgen! So ein schlaues Kerlchen wie Sie, das jeden Mist glaubt, den irgend so ein Schmierfink im Internet verbreitet, so ein journalistisches Großtalent wird bestimmt leicht bei einer anderen Zeitung unterkommen. Vor allem, wenn Sie mich als Referenz angeben!

Ich wollte doch nur … Sie wollten nur gehen. Und da will ich Sie auch gar nicht dran hindern. Dort ist die Türe!

Können wir nicht …? Nein, wir können nicht! Und nur, damit das klar ist: Von diesem Interview erscheint in der *Weltwoche* kein Wort! Nicht ein Wort, ist das klar?

7

Prost«, sagte Eidenbenz und trank. Er stellte sein leeres Bierglas ab, und jemand drückte ihm ein volles in die Hand. So wie es sein musste.

Der Klub, das war schon unter seinem Vorgänger so gewesen, feierte Weihnachten immer erst im Januar. Im Dezember hatte niemand Zeit für solche Anlässe, da hätte die Woche zwanzig Tage haben müssen, um all die Geschäfts- und Vereinsessen unterzubringen, zu denen man eingeladen war. Anfang Januar war ein viel besserer Termin. Wenn die Leute aus den Skiferien zurück waren und auch das Training wieder angefangen hatte. Der Bundesrat hielt seinen Neujahrsempfang ja auch immer erst dann ab, wenn die Diplomaten genügend Zeit gehabt hatten, ihren Silvester-Kater zu kurieren. Damit sie sich ordentlich in Reih und Glied aufstellen konnten, nur um dem Hans-Ruedi Merz die Hand zu schütteln. Was für die auch nicht gerade vergnügungssteuerpflichtig war. Da hatte man es hier im Klub schon lustiger.

»Prost«, sagte Eidenbenz.

Überall hingen Girlanden und Fähnchen in den Vereinsfarben. Keine Weihnachtsdekoration, natürlich nicht. Davon hatten um diese Jahreszeit alle die Nase voll, seit die Plastik-Samichläuse neuerdings schon im Oktober begannen, die Fassaden hochzuklettern. Und keine Weihnachtslieder. Lieber zum tausendsten Mal *We Are The Champions* als Hintergrundsmusik. »Wenn ich noch einmal *Jingle Bells* um die Ohren geknallt kriege, wird mir schlecht«, hatte er verkündet. Natürlich nur privat. Man musste die Leute ja nicht vor den Kopf stoßen.

Der Weihnachtsabend selber war eine Katastrophe gewesen. Sie hatten Sonja ein paar Tage aus der Klinik entlassen, nicht wegen ihrer Fortschritte, vermutete er, sondern weil sie dort über die Feiertage nicht genügend Personal zusammenbrachten. Sie lächelte jetzt viel, was ihn irritierte. Der neue Gesichtsausdruck passte nicht zu seiner Frau, die immer mehr ein Mäuschen gewesen war. Unauffällig halt. Und es steckte ja auch keine Fröhlichkeit hinter ihrem Lächeln. Wie angeklebt hing es ihr unter den leeren Augen.

»Prost«, sagte Eidenbenz. Den Gast, der da aus dem Gewühl heraus das Glas zu ihm hin hob, kannte er gar nicht. Man musste die Einladungsliste mal wieder überprüfen.

Das Unheimliche, das, was Eidenbenz am meisten irritierte, war die Tatsache, dass Sonja plötzlich so gut funktionierte. Ja, funktionierte. Wie ferngesteuert. Wo es vorher Hochs und Tiefs gegeben hatte – immer weniger Hochs und immer mehr Tiefs –, war jetzt alles ausgeglichen und glatt. Nur ohne Kraft. Sie blieb manchmal einfach stehen oder sitzen, hörte nicht mehr, was man zu ihr sagte, und vergaß, mit was sie gerade beschäftigt war. Wie eine Uhr stehenbleibt, wenn sie nicht richtig aufgezogen ist.

Aber sie schluckte wenigstens diese Pillen nicht mehr, das war doch schon mal etwas. Wenn sie nicht irgendwo im Haus noch welche versteckt hatte. In den letzten Monaten bevor sie in die Klinik kam, war sie in dieser Hinsicht sehr geschickt geworden.

Den Weihnachtsabend selber verbrachten sie natürlich nicht zu Hause. Sonja konnte die Arbeit ja nicht machen, und überhaupt ... Schwierige Verhandlungen führte Eidenbenz auch lieber auf neutralem Gelände. Das hatte sich immer bewährt.

›Exklusives Fünfgang-Menu in festlicher Atmosphäre‹, hatte das Hotel versprochen. Nun ja, gegen das Essen war nichts einzuwenden gewesen. Das konnte man ja wohl auch verlangen bei diesen Preisen. Nur warum sie das immer alles so kompliziert benennen mussten, das hatte er noch nie verstanden. Aber es war alles erstklassig, und auch nicht zu schickimicki, sondern handfest, so wie er das mochte. Wo man auch etwas auf dem Teller hatte außer Verzierung.

Aber die Stimmung ...

»Prost«, sagte Eidenbenz und klopfte auf eine Schulter. »Na klar werden wir dieses Jahr Meister. Wer denn sonst?«

Jemand reichte ihm ein neues Glas.

Philipp hatte sich auch an Weihnachten schlecht benommen. Wie immer in letzter Zeit. Hatte sich geweigert, eine Krawatte anzuziehen. »Der Stern von Bethlehem war auch kein Mercedes-Stern«, hatte er gesagt. War ganz stolz auf den uralten Spruch. In der Protestphase halt.

Und dann, am Tisch, hatte er praktisch kein Wort gesagt. Nur seine Mutter angesehen und ihr ab und zu die Hand getätschelt. Was Sonja mit einem Lächeln beantwortete. Aber sie lächelte jetzt ja dauernd.

Damit man nicht völlig stumm am Tisch saß, hatte Eidenbenz den ganzen Abend allein Konversation machen müssen. Die Themen waren ihm schon vor dem Tafelspitz vom Wagyu Kobe Beef ausgegangen. Es machte wirklich keinen Spaß, ein Fünfgänger mit zwei Leuten, die das gute Essen einfach stehen ließen. Sonja sowieso und Philipp aus Trotz. Nur weil der irgendwo gelesen hatte, Wagyu-Rinder würden mit Bier gefüttert und täglich massiert. Solang auf der Welt so viele Menschen Hunger litten, sei das eine Schande. Wenn er nur immer etwas zu stänkern hatte.

Ein furchtbarer Weihnachtsabend war das gewesen. Eidenbenz hatte schon vor den Schokoladevariationen auf Orangenschaum angefangen, auf die Uhr zu sehen. Nach dem erlösenden Kaffee hatte er sich dann ausnahmsweise einen Schnaps erlaubt. Nicht einmal ein Bier gab es zum Essen, weil Sonjas Ärzte um diesen Verzicht gebeten hatten.

»Prost«, sagte Eidenbenz zu niemand Bestimmtem. Hinterher hatte es Philipp dann plötzlich eilig gehabt. Er wolle noch in den Ausgang. Am Heiligen Abend und nach Mitternacht. Früher war man um diese Zeit ins Bett gegangen.

»Du musst dich schon entscheiden, über was du dich beschweren willst«, hatte Philipp gesagt. »Entweder ist noch Abend, oder es ist nach Mitternacht.« Und Sonja hatte gelächelt.

Traurig, dieses Lächeln.

Er war nicht froh gewesen, als sie wieder in die Klinik einrücken musste, natürlich nicht. Aber es war schon besser, wenn sie dort die Pflege bekam, die sie in ihrem Zustand brauchte. Und wenn sie für einige Zeit aus dem Rampenlicht verschwand. Nicht dass noch irgendwelche Gerüchte entstanden.

»Prost, Herr Eidenbenz.«

Das war die hübsche ... Wie hieß sie schon wieder? Claudia. Die Verlobte vom Keita. Ein nettes Mädchen. Nicht Eidenbenz' Typ, natürlich, auch wenn er zwanzig Jahre jünger gewesen wäre. Oder dreißig. Zu dünn für seinen Geschmack. »Eine Frau ist wie ein Kotelettknochen: An beiden muss etwas dran sein.« Der Spruch kam immer gut an.

»Und ein erfolgreiches neues Jahr.«

»Werden wir haben«, sagte Eidenbenz. »Werden wir haben.« Früher, als Sonja noch auf solche Sachen achtete, hatte sie einmal behauptet, wenn er anfange, die Dinge doppelt zu sagen, dann wisse man, dass er betrunken sei. Unsinn, natürlich. Wegen ein paar Schluck Bier war ein Eidenbenz noch lang nicht besoffen. Noch sehr lang nicht.

»Wo hast du deinen Tom?«, fragte er.

Claudia machte eine Geste, die das ganze Gedränge der Gäste einschloss. »Irgendwo dort drüben.«

»Du musst ein bisschen auf ihn aufpassen, Mädchen.« Eidenbenz war in einer jovialen Stimmung, und wenn ihm so zumute war, nannte er alle Frauen Mädchen. Vor allem, wenn sie jung und hübsch waren. »Nicht dass ihn dir noch eine andere wegschnappt.«

»Da ist wohl keine Gefahr, Herr Eidenbenz.«

»Sag das nicht, Mädchen. Sag das nicht.« Ohne es zu merken, fing Eidenbenz schon wieder an, seine Sätze zu wiederholen. »Es würde es noch manche gern einmal mit so einem probieren.«

›Das hätte ich jetzt nicht sagen sollen‹, dachte er im gleichen Moment. Aber diese Claudia schien nicht beleidigt zu sein, sondern lächelte freundlich. Ein hübsches Lärvchen.

Nur viel zu dünn.

»Du hast ja gar nichts zu trinken.« Er winkte eine der Frauen vom Partyservice zu sich. Die Geste geriet ihm ein bisschen zu groß. In seinem Glas war doch noch mehr Bier gewesen, als er gedacht hatte.

»Hoppla«, sagte er. Und gleich noch einmal: »Hoppla.«

»Nichts passiert, Herr Eidenbenz. Bier macht ja keine Flecken.«

Ein nettes Mädchen. Wirklich sehr nett.

Die Frau mit dem Tablett stand jetzt bei ihnen, und er tauschte auch noch gleich sein eigenes Glas gegen ein volles aus. *Gouverner, c'est prévoir.*

Was hatte er sagen wollen? Ach ja, natürlich.

»Wegen vorher ... Nicht dass du denkst, ich hätte Vorurteile.«

»Natürlich nicht, Herr Eidenbenz.«

»Überhaupt keine Vorurteile. Ich habe nichts gegen Farbige und nichts gegen Ausländer. Schon gar nicht, wenn sie Fußball spielen können.«

Er lachte, das laute Eidenbenz-Lachen, und sie lachte mit. Hatte den Witz verstanden. Eine junge Frau mit Humor. Sehr gut. Es waren nicht alle so intelligent.

»Es ist so ...«, sagte er. »Es ist so ... Wenn einer was leistet, dann ist er auch willkommen. Nur die Schmarotzer ...« Ein schwieriges Wort zum Aussprechen. Das war ihm noch gar nie aufgefallen. »Nur die Schmarotzer, die haben bei uns nichts zu suchen. Die nur kommen, um sich in die Hängematte zu legen.«

»Welche Hängematte, Herr Eidenbenz?«

Doch nicht so intelligent.

»AHV«, sagte er. »IV. All das, was wir uns mühsam erarbeitet haben. Mühsam erarbeitet. Kommen einfach her und meinen, die Schweiz sei ein Selbstbedienungsladen. Aber weißt du, Mädchen, wen ich noch viel mehr auf der Latte habe? Noch viel mehr auf der Latte?«

»Ja, Herr Eidenbenz?«

»Die Leute, die das auch noch unterstützen. Wie jetzt bei dieser Kirchenbesetzung in Zürich. Die meinen, wir müssten jedem Asyl geben, der bei sich zu Hause keine Stelle findet. Jedem Asyl. Oder gleich den roten Pass. Dabei: Schweizer zu sein, das hat man nicht in seinen Papieren. Das hat man hier.« Eidenbenz schlug sich mehrmals gegen die Brust. »Hier hat man das.«

»Ich glaube, ich sollte jetzt wirklich den Tom suchen.« Sie hatte von ihrem Bier noch überhaupt nichts getrunken. Nur daran genippt.

»Moment«, sagte Eidenbenz. »Jetzt kannst du etwas lernen, Mädchen. Weißt du, wer die Schlimmsten sind? Die Allerschlimmsten?« Die Worte kamen ihm jetzt flüssig und die Gesten auch. »Leute, die solche Wirtschaftsflüchtlinge auch noch bei sich verstecken. Wirtschaftsflüchtlinge einfach verstecken. Illegal. Denen irgendwelche zugelaufenen Herrschaften wichtiger sind als unsere Gesetze. Denen sollte man … weißt du, was man denen sollte?«

Ihm war plötzlich schwindlig. Wahrscheinlich wegen des Lärms und wegen der vielen Leute. Man wurde nicht jünger.

»Wollen Sie sich nicht ein bisschen hinsetzen, Herr Eidenbenz?«

Ein nettes Mädchen. Zu dünn, aber nett.

»Bei solchen Leuten«, sagte er, während sie sich nach einem Stuhl für ihn umsah, »bei solchen Leuten geht mir das Sackmesser im Sack auf. Verstehst du, was ich meine, Mädchen? Das Sackmesser im Sack.«

8

Aus den Fenstern konnte man Berge sehen. Hohe weiße Berge. Schnee, hatte ihm Tom erklärt. Das war jetzt auch schon wieder ein paar Tage her. Sie waren in der Nacht angekommen, und am nächsten Morgen hatten die Berge geleuchtet. »Hast du schon einmal Schnee erlebt?«, hatte Tom gefragt.

In dem spanischen Lager hatte es geschneit. Am letzten Tag. Sie waren schon alle im Hof versammelt gewesen, hatten gut bewacht auf die Busse gewartet, die sie zum Hafen bringen würden, zu dem Schiff, das zurückfuhr nach Afrika, und da war auch Schnee gefallen. Aber es musste ein anderer Schnee gewesen sein, nicht wie der, den sie hier in diesem reichen Land hatten. Ein Schnee, der nicht liegen blieb, sondern auf dem Boden sofort wieder zu ganz gewöhnlichem Wasser wurde. Es war kalt gewesen an jenem Tag, und die andern hatten ihn um seinen langen Marabu-Mantel beneidet.

Hier war es noch viel kälter. Nicht in der Wohnung, da war es sogar zu warm, aber draußen. Die Kälte brannte einem im Hals, wenn man tief einatmete. Immer nur nachts natürlich, denn am Tag durfte er die Fenster nicht öffnen. Es sollte ja niemand merken, dass die Wohnung nicht leer war, wie es sich gehörte.

In den Zimmern war alles aus Holz. Nicht nur die Möbel, sondern auch die Wände und die Decke. Siebenundfünfzig Latten waren es nebeneinander im großen Zimmer und sechsunddreißig im kleinen. Wenn man sich langweilt, hat man viel Zeit zum Zählen.

Viel zu viel Zeit.

Es gab zwar einen Fernseher, aber aus dem kam nur ein einziges Programm, in dieser Sprache, die er nicht verstand. Er saß trotzdem jeden Tag ein paar Stunden davor, weil er nichts anderes zu tun hatte, und weil er hoffte, etwas dabei zu lernen. Es gab so vieles, das er nicht verstand in diesem neuen Land.

Einmal hatte er Tom auf dem Bildschirm gesehen. Er war sich ganz sicher, dass es Tom gewesen war. In einer Halle hatten sie Fußball gespielt, und Tom hatte ein Tor geschossen und dann so getanzt, wie sie zu Hause im Dorf tanzten. Es hatte ausgesehen, als ob er dabei singen würde. Vielleicht das alte Siegerlied, wie in alten Zeiten die Jäger, wenn sie mit Beute aus dem Busch zurückkamen. Damals, als es noch Jäger gab im Dorf.

Als es noch Beute gab.

Toms Stimme hatte er nicht hören können in dem allgemeinen Jubel. Vielleicht, wenn er den Fernseher hätte lauter stellen dürfen. Aber das war verboten. »Du bist gar nicht da«, hatte Tom ihm erklärt. »Dich gibt es gar nicht. Die Wohnung steht leer.«

Nicht nur die Wohnung. Das ganze Haus, so schien es ihm. Er konnte das nicht verstehen. Es gab doch bestimmt viele Leute, die ein Dach über dem Kopf brauchten.

Am Anfang, als Tom ihn hergebracht hatte, da war es

anders gewesen. Man hatte ringsum Leute gehört mit ihrem Reden und Lachen und dem Trampeln von schweren Schuhen.

Nur mit ihm redete niemand. Er war ja auch nicht da. Dann waren sie wieder weg gewesen. Von einem Tag auf den andern. Tom hatte das vorausgesagt. »Bald sind die Ferien vorbei«, hatte er gesagt. »Dann müssen sie alle wieder zur Arbeit.«

Man benutzte solche Wohnungen nur ein paar Wochen im Jahr, die restliche Zeit blieben sie leer. ›Kalte Betten‹ hatte Tom das genannt, und auch das hatte er nicht verstanden. Sein Bett war nicht kalt. Da lag eine dicke Decke voller weicher Federn, und wenn nicht die Träume gewesen wären, hätte er gut geschlafen.

Er war es nicht gewohnt, allein zu sein. Er war es nicht gewohnt, jemand zu sein, der gar nicht da war.

Bei Tom und Claudia hatte er nicht mehr bleiben können. Nicht wegen Claudia. Oder doch wegen Claudia, aber nicht so, wie er es erwartet hatte. Sie hatte ihn von Anfang an nicht gemocht oder hatte sogar, so schien es ihm manchmal, Angst vor ihm. Aber das hatte keine Rolle gespielt, wo Tom doch sein Verwandter war, aus dem gleichen Dorf und damit mit dem gleichen Namen. Tom hatte das auch ganz klargemacht. Ohne zu zögern. Hatte ihm den Partykeller zur Verfügung gestellt, solang er ihn brauchte, und wenn kein Fremder da war, sogar das ganze Haus.

Bis dann etwas passiert war. Er hatte es nicht verstanden, aber es musste etwas Schlimmes gewesen sein. Claudia hatte sehr viel Angst in ihrer Stimme gehabt, Angst und dann später auch Zorn. Hatte, während sie auf Tom einredete, immer wieder zu ihm hingeschaut, so wütend, als ob er an dem Unglück schuld wäre, das da offenbar passiert war.

Es hatte etwas mit dem Computer zu tun, den sie in ihrem Zimmer hatte. Für gewöhnlich war er dort nicht willkommen gewesen, aber an jenem Tag, mit all der Aufregung, war alles anders. Wohl weil es darauf auch nicht mehr ankam. Er hatte zuerst durch die Tür hineingeschaut und war dann einfach eingetreten. Sie redeten über ihn, um das zu verstehen, musste man die Sprache nicht können.

Claudias Zimmer war sehr hell, und an den Wänden hingen Spiegel in allen Größen. Viele verschiedene Spiegel. Vielleicht hatte das etwas mit Hexerei zu tun. Wenn böse Geister in einen Spiegel schauen, dann erschrecken sie über sich selber und machen sich davon. Er war nicht abergläubisch, nicht so wie andere, aber sicher ist sicher, und darum hatte er ganz schnell nach dem Beutel unter seinem T-Shirt gefasst. Nach der Feder und dem Stein.

Es roch gut in Claudias Zimmer. Wie ganz viele Blumen, obwohl da nirgends Blumen waren. An den Geruch konnte er sich stärker erinnern als an alles andere.

Claudia und Tom standen vor dem Computer. Claudia zeigte auf den Bildschirm und war sehr aufgeregt. Es hatte etwas mit einer Kassandra zu tun, hatte ihm Tom später erklärt, das war eine Frau, die es nicht wirklich gab und die doch etwas geschrieben hatte. Keinen Brief und auch kein Buch. Etwas, das Angst machen konnte.

»Es ist ein Blog«, hatte Tom gesagt, aber er wusste nicht, was ein Blog war.

»Was versteckt Tom Keita in seinem Keller?«, hatte diese

Kassandra geschrieben. »Was oder wen? Das ist eine Frage, die Sie ihm als sein Vereinspräsident einmal stellen sollten, Herr Eidenbenz.«

Claudia hatte auf Tom eingeredet, mit einer Stimme, die immer höher und schriller wurde, und als er ihr widersprach und nicht tun wollte, was sie von ihm verlangte, hatte sie ein kleines Glasfläschchen genommen und es an die Wand geworfen.

Ein Fläschchen mit einem ganz teuren Parfum, hatte ihm Tom hinterher erklärt. Vielleicht hatte es in dem Zimmer deshalb so stark nach Blumen gerochen.

»Es tut mir leid«, hatte Tom gesagt. Da saßen sie schon zusammen im Auto und fuhren auf dieser Straße mit den vielen Kurven. »Es tut mir wirklich leid, aber in der nächsten Zeit kannst du nicht bei uns wohnen. Wenn dich jemand bei mir sehen würde, wäre das ganz schlimm.«

»Wieso?«, hatte er gefragt. »Wir sind doch Verwandte.«

»Darauf kommt es nicht an«, hatte Tom gesagt. In diesem Land war wirklich vieles anders.

Claudia hatte den Schlüssel zu einer Wohnung, die niemand benutzte. Die Besitzerin hatte sich ein Bein gebrochen, und mit gebrochenem Bein benutzte man diese Wohnungen nicht. Tom brachte ihn hin, in seinem Auto, das beim Fahren fast kein Geräusch machte. Man saß darin so bequem wie in einem Sessel, und weil die Scheinwerfer den nächtlichen Nebel wie Wolken aussehen ließen, war es fast, als ob man schwebte.

Tom hielt an einer Tankstelle an, die auch ein Laden war, mit vielen Leuten, die dort noch mitten in der Nacht einkauften. Es dauerte sehr lange, bis er zurückkam, so lang, dass man sich Sorgen machen musste, aber dann tauchte er doch endlich auf, mit einem großen Karton voller Lebensmittel. »Ich musste noch Autogramme geben«, sagte er zur Entschuldigung.

In der Schweiz wurde die Milch nicht schlecht. Das war auch so eine Sache. Man konnte sie einfach stehen lassen und irgendwann aufmachen, nach einer Woche oder nach einem Monat, und sie schmeckte immer gleich. Das Essen steckte man in eine Maschine, die nach drei Minuten piepste, dann musste man nur die Verpackung aufschneiden, und schon konnte man sich an den Tisch setzen. Es war nur alles nicht richtig gewürzt. Was immer man in die Maschine steckte, es hatte jedes Mal dieselbe wohlerzogene Sanftheit. Aber man wurde satt davon, mehr als nur satt. Die Portionen waren zu groß für ihn, doch es widerstrebte ihm, Nahrung wegzuwerfen, und so aß er immer alles auf. Er merkte, dass er schon ein kleines Bäuchlein bekam, vom guten Essen und vom Mangel an Bewegung. »Du wirst ohne frisches Brot auskommen müssen«, hatte Tom gesagt. »Es ist besser, wenn dich niemand sieht.«

Es war ein bisschen, als ob er eine gefährliche Krankheit hätte, wegen der man ihn von allen anderen Menschen isolieren musste. Obwohl es bestimmt nirgends auf der Welt so ein luxuriöses Krankenhaus gab. Mit Holz an den Wänden und weißen Bergen vor den Fenstern.

Tom hatte versprochen, ihn so bald wie möglich zu besuchen. Vielleicht, hatte er gesagt, würde er bis dann schon eine Lösung gefunden haben. Wahrscheinlich noch nicht die offizielle Erlaubnis, aber ganz bestimmt einen Ort, an dem er bleiben konnte, ohne sich verstecken zu müssen.

Das würde sich schon machen lassen, hatte Tom gemeint. Er wisse noch nicht wie, aber irgendwie habe sich hier noch immer alles machen lassen. Wenn man nur genügend Tore schoss, halfen sie einem gern.

Bisher war Tom noch nicht gekommen. Aber er hatte ja auch viel zu tun, mit dem Training und den Spielen in den Hallen und mit all den Autogrammen, die er die ganze Zeit geben musste.

Wenn man den Telefonhörer ans Ohr hielt – er hatte es einmal ausprobiert, aus Neugier und aus Langeweile –, dann kam kein Summton. Auch hier in der Schweiz schien nicht alles zu funktionieren. Und Tom hatte ja auch vergessen, ihm seine Nummer aufzuschreiben.

Er hatte sich angewöhnt, immer mal wieder einen Rundgang durch die Wohnung zu machen und dabei seine Schritte zu zählen. Nicht weil ihn die Zahl interessiert hätte, sondern ganz automatisch. Im Lager damals auf dieser spanischen Insel hatten sie die Fliegen gezählt, die sie in einer Stunde totschlagen konnten. Sie hatten sogar auf das Ergebnis gewettet. Hier gab es keine Fliegen. Vielleicht war es schon zu kalt für sie.

Wenn man im Wohnzimmer den Tisch zur Seite schob, konnte man sogar Liegestütze machen. Gegen das Bäuchlein vom zu vielen Essen. Auch sie ließen sich zählen.

Er war gerade wieder bei vierzehn angekommen, als er ein ungewohntes Geräusch hörte. Ein Geräusch, das er in dieser Wohnung noch nie gehört hatte.

Da war jemand an der Türe.

9

Ein Mann. Ein fremder Mann. Ein Schwarzer. In Unterhosen und mit nacktem Oberkörper. Muskulös. Eine Narbe am Arm. Nicht unattraktiv. Überhaupt nicht unattraktiv. Irgendwie interessant sogar. Aber …

Ilona hatte gesagt, die Wohnung sei leer. Die ganze Saison. Weil sie sich doch das Bein gebrochen hatte. Ganz idiotisch ausgerutscht. Beim Aussteigen aus der Badewanne. Auf allen vieren zum Telefon gerobbt. Die Sanitäter hatten die Tür aufbrechen müssen, weil sie nicht aufstehen konnte. Hatte auf dem Teppich gelegen, nackt und nass. Ausgerechnet Ilona, die immer so gestylt war. Nicht mehr jung, aber perfekt geliftet.

Konnte natürlich nicht Ski fahren mit dem Bein, und deshalb stand die Ferienwohnung leer, und sie hatte ihr den Schlüssel angeboten. Ihrer Sekretärin. Einfach so. Und hatte ihr drei Tage freigegeben. Großzügig. Ilona war immer großzügig. Und dabei eine scharfe Rechnerin. Das musste man sein, wenn man jedes Jahr die Miss-Swiss-Wahl organisierte. Aber nicht geizig. Hatte ihr den Schlüssel gegeben und ganz vergessen, dass sie die Wohnung schon jemand anderem versprochen hatte.

Der fremde Mann, der Schwarze, stand einfach da in seiner Unterhose. Nicht Calvin Klein und nicht Tommy

Hilfiger. Etwas Billiges. Aber ein muskulöser Bauch. Nicht gerade Waschbrett, aber beinahe.

Stand einfach da und sagte keinen Ton.

»Sind Sie ein Freund von Ilona?«

Keine Antwort. Als ob er die Frage gar nicht verstanden hätte.

»Ilona. Sie kennen doch Ilona.«

»Pardon?« Ein seltsamer Akzent, aber es war wohl Französisch. Von ihr aus. Nach einem Welschlandjahr macht einem das keine Probleme.

»Vous connaissez Ilona?«

»Peut-être.«

Was war das für eine Antwort? Versuchte er etwa den Lässigen zu markieren? In einer Unterhose vom Grabbeltisch?

Stand einfach da. Machte keine Bewegung. Weder um die Tür wieder zu schließen, noch um sie hereinzulassen. Ließ sie einfach da stehen mit ihrer Tasche in der Hand.

Vielleicht war er nur schüchtern. Die meisten Männer waren schüchtern, wenn sie es mit Frauen zu tun hatten.Vor allem die Männer, die besonders selbstsicher taten.

»Puis-je entrer?«

Er machte einen Schritt zur Seite. Kräftige Beine, aber ein bisschen zu kurz. Definitiv kein Model. Wahrscheinlich kannte ihn Ilona privat. Wenn es ums Networken ging, war sie absolute Spitze.

Die Wohnung sauber aufgeräumt. Nur der Tisch an die Wand geschoben, dass die Stühle dahinter eingeklemmt waren. Er zog ihn an seinen Platz zurück, so eifrig, als ob er ein schlechtes Gewissen hätte.

Sie sah sich diskret um, aber da war nirgends etwas Persönliches zu entdecken. Nicht einmal eine Zeitung oder ein Buch. Der Fernseher lief, ohne Ton.

»Ilona hat mir die Wohnung angeboten.« Ihr Französisch war überhaupt nicht eingerostet. »Ich wollte hier ein paar Tage ausspannen, aber …«

»Natürlich«, sagte der Mann. »Ich werde gehen.« Stand auf und machte einen Schritt zur Zimmertüre hin. Als ob er gleich anfangen wolle zu packen.

»Nein, bitte nicht.« Obwohl es natürlich das Praktischste gewesen wäre. »Es muss ein Missverständnis sein, dass wir beide gleichzeitig … Ilona ist manchmal ein bisschen … Aber Sie kennen sie ja.«

Der Mann lächelte zum ersten Mal. »Nicht sehr gut«, sagte er. »Nein, ich kenne Ilona nicht sehr gut.«

Wenn er lächelte, merkte man erst, wie jung er war. Schöne Zähne. Wirkten vielleicht auch nur wegen des Kontrasts so besonders weiß.

Dann sah er plötzlich an sich hinunter und errötete. Nein, er errötete nicht. Aber man sah seinem Gesicht an, dass er rot geworden wäre, wenn er nicht so eine dunkle Haut gehabt hätte.

»Pardon«, sagte er. Hielt sich die Hand vor den Schritt. Ganz verlegen. Irgendwie herzig. Rannte hinaus.

Konnte einer wirklich vergessen, dass er gar nichts anhatte?

Dann kam er zurück und war angezogen. Eigentlich schade. Eine schlabberige Hose und ein T-Shirt mit einem Fußballklub-Logo. Definitiv kein Model. Was Ilona wohl mit dem am Hut hatte?

Wollte sich wieder hinsetzen, ganz automatisch, und zögerte dann. Als ob er sich nicht traute. Blieb stehen. »Soll ich einen Tee machen?«

»Lieber Kaffee. Ohne Milch und ohne Zucker. Ich muss auf meine Linie achten.«

Das war ein Stichwort, das sich schon oft bewährt hatte. Die Männer sagten dann: »Auf die Linie achten? Sie doch nicht!« – und schon kam man ins Gespräch. Sie waren immer sehr beeindruckt, wenn sie hörten, wo sie arbeitete. Obwohl sie selber bei einer Miss-Swiss-Wahl keine Chance gehabt hätte. Weil ein hübsches Gesicht dafür nicht reichte. Man musste auch abgehungert sein bis auf die Knochen. Aber das hätte sie sich nie angetan. Lieber ein bisschen pummelig und dafür das Leben genießen. Dafür war der Job genau richtig. Man lernte eine Menge interessanter Leute kennen, und es war immer etwas los.

Nescafé. Er brachte doch tatsächlich ein Glas mit heißem Wasser und eine Dose Nescafé. Nicht einmal auf einem Tablett. Den Löffel holte er aus der Hosentasche. Ein komischer Typ.

Aber irgendwie süß.

»Und wie machen wir das jetzt? Wir können hier ja nicht gut alle beide …«

»Ich kann auf dem Boden schlafen«, sagte er. »Das bin ich gewohnt. Oder ich gehe einfach. Aber rufen Sie bitte nicht die Polizei.«

Polizei?

»Ich bin nämlich gar nicht hier.« Als ob damit alles erklärt wäre. »Es ist niemand in der Wohnung.«

»Aber Ilona …«

»Ich kenne keine Ilona.« Er zuckte die Schultern und legte seine beiden Hände vor sich auf den Tisch. Wie um zu zeigen, dass sie leer waren. Die Handflächen heller als der Rest seines Körpers.

Wenn man eine Chefin hat, die ständig ihre Termine vergisst und sich dann wundert, warum man sie nicht an etwas erinnert hat, von dem man gar nichts wissen konnte, wenn man jeden Tag das Chaos anderer Leute zurechtorganisieren muss, dann lernt man zu fragen. So lang zu fragen, bis man weiß, was wirklich los ist.

Zuerst war er wortkarg. Nicht als ob er etwas verstecken wollte. Mehr wie einer, der eine Weile mit niemandem geredet hat und nicht mehr weiß, wie das geht. Aber dann sprudelte es nur so aus ihm heraus. Manchmal musste sie sogar ihre Hand auf die seine legen, wie um zu sagen: Nicht so schnell! Auch wenn man gut Französisch konnte – so leicht war sein Akzent auch wieder nicht zu verstehen.

Er war gleich alt wie sie. Das war das Verrückte. Nicht auf den Tag genau, natürlich, das wäre zu viel Zufall gewesen. Aber doch auf den Monat. Gleich alt und hatte schon so viel erlebt. Und alles wichtige Sachen.

Das war etwas, was sie sich schon oft überlegt hatte. Die meisten Sachen im Leben waren nicht wichtig. Waren nicht wirklich. Man machte etwas, oder man ließ es bleiben, und es kam überhaupt nicht drauf an. Ob man in das eine Lokal ging oder in ein anderes, ob man dieses Kleid anzog oder jenes – alles scheißegal. Wichtige Dinge passierten selten. Jemanden heiraten, das wäre so etwas gewesen. Vielleicht. Aber mit einem ins Bett gehen zum Beispiel – das konnte man tun oder bleiben lassen, und vier Wochen später erinnerte man sich nicht einmal mehr.

Alles nicht wichtig.

Aber er …

Nur schon, wie er sich nach Marokko durchgeschlagen hatte, weil es dort Schiffe gab, die einen nach Spanien schmuggelten. Und wie es beim ersten Mal schiefgegangen war. Von der Küstenwache erwischt. Sie hatten ihm den Pass abgenommen, den teuren, falschen, fast echten Pass, und hatten ihn in ein Lager gebracht. Es war kein Gefängnis, und man hatte ihn nicht gefoltert oder so, aber er war doch eingesperrt gewesen. Hatte etwas Wichtiges erlebt. Etwas Wirkliches. Und dann der zweite Versuch. Der erfolgreiche. Achtundvierzig Stunden in einem Lastwagen versteckt, bis er in der Schweiz angekommen war.

Und wollte ein Cousin vom Tom Keita sein. Wollte sogar gleich heißen. Sie interessierte sich nicht für Fußball, aber den Namen kannte sie. Im Moment schrieben ja alle Zeitungen über ihn. Sein Cousin.

So ganz glaubte sie ihm das zwar nicht. Männer erzählten gern von all den wichtigen Menschen, die sie kannten. Wollten einen damit beeindrucken.

Obwohl … Tom Keita war mit dieser Claudia zusammen, die auf den Fotos in der *SI* so überfreundlich gelächelt hatte. Die war einmal – vor ihrer Zeit – Miss Swiss gewesen, oder doch Dritte oder Vierte, und kannte daher Ilona Federspiel. Es war also durchaus möglich, dass er den Schlüssel zur Wohnung auf diesem Weg …

Aber darauf kam es eigentlich gar nicht an. Er war einer, der wichtige Dinge erlebt hatte. Wirkliche Dinge. Und war dabei nicht älter als sie. Nun ja, die paar Tage. Einer mit einer Narbe am Arm und einer billigen Unterhose. Aber interessant. Anders als die Typen, die man sonst traf. Nicht nach der gleichen Schablone geschnitten. Einer, dem man sonst nicht begegnete.

Und einfach nur ausspannen war eigentlich langweilig. Natürlich, die drei freien Tage hatte sie gern angenommen. Und die Ferienwohnung. Aber man wollte ja auch etwas erleben. Und hier oben war jetzt keine Saison. Total tote Hose. In den Bars traf man wahrscheinlich nur arbeitslose Skilehrer. Aufreißertypen, die sich die Goldmedaille im One-Night-Stand holen wollten.

Während er …

Er konnte einen so hilflos anschauen wie ein ganz kleiner Junge. Irgendwie schnuslig.

Und er hatte nicht schlecht ausgesehen, vorher in seiner Unterhose.

Wenn man ihn anlächelte, wurde er ganz verlegen. Das hatte sie an Männern schon immer gemocht. Und mit einem Schwarzen hatte sie noch nie. Wenn auch bestimmt nicht all die Wunderdinge stimmten, die man sich von ihnen erzählte.

Man konnte sich auch anders erholen als beim Skifahren.

Ihn erst einmal näher kennenlernen. Sympathisch war er ja. Und muskulös. Irgendwie reizvoll.

»Heute können Sie gern noch hierbleiben«, sagte sie deshalb.

»Danke.« Als ob es ganz selbstverständlich wäre, dass sie zu bestimmen hatte.

»Wir werden schon aneinander vorbeikommen.«

»Man kann die Zimmertüren abschließen. Ich schlafe dann hier drin. Auf dem Boden.«

Lächeln. Ihn einfach wieder anlächeln.

»Das wird nicht nötig sein.«

10

Eidenbenz verstand etwas von Statistiken. Er liebte sie sogar. Nicht nur, weil man sie verwenden konnte, um den eigenen Standpunkt zu untermauern. Das war einfach. Mit einem genügend großen Haufen Zahlen und ein bisschen Kreativität konnte man alles beweisen, auch das Gegenteil. Und bis der Gegner nachgerechnet hatte, lag schon wieder die nächste Statistik auf dem Tisch. Grafisch schön aufgemacht, wobei man den Maßstab selber bestimmte.

Nein, Eidenbenz liebte Statistiken, weil er nicht nur die Kunst beherrschte, sie zu verbiegen, sondern auch noch eine viel schwierigere: sie richtig zu lesen. Wenn der Bundesrat stolz verkündete, die Zunahme der Neuverschuldung habe abgenommen, dann klang diese Abnahme der Zunahme für die meisten so, als ob der Staat Geld gespart hätte. Nur Eidenbenz fiel nicht darauf rein. Anderen musste man manchmal etwas vormachen, dafür war man Politiker, aber doch nicht sich selber.

Wie jetzt gerade die Sache mit den Mitgliederzahlen. Zwar hatte er sein Sekretariat eine Pressemeldung rausschicken lassen, von wegen so und so viele Neueintritte in der Kantonalpartei und damit die höchste Mitgliederzahl überhaupt, blabla, aber das war mehr ein Ablenkungsmanöver gewesen.

Die Tatsache war, und da biss die Maus keinen Faden ab: Es gab zwar immer noch Neueintritte, aber sie wurden mit jedem Monat weniger. Während die Zahl der Austritte …

Nicht, dass es viele gewesen wären. Natürlich nicht. Aber jeder einzelne war einer zu viel. Einer Partei, in der man aus Überzeugung war – jawohl, aus Überzeugung! –, kehrte man nicht den Rücken. »Man geht auch nicht aus der Beiz, solang noch Bier im Fass ist«, hatte er an einer Vorstandssitzung gesagt. Sie hatten gelacht, wie sie über seine träfen Sprüche immer lachten, aber sie hatten das Problem nicht ernst genommen. Sie waren halt nicht die Hellsten. Was auch nicht zu erwarten war, in einer Partei, wo die oben bestimmten, was die unten zu denken hatten. Aber das mit den Neuanmeldungen machte ihm echte Sorgen. Das war mehr als nur eine Abnahme der Zunahme.

»Wehret den Anfängen«, sagte Eidenbenz laut in sein leeres Büro hinein. Und nahm gleich den Notizblock, den er für solche Geistesblitze immer zur Hand hatte, und schrieb den Satz auf. ›Wehret den Anfängen‹ – das konnte man irgendwann einmal auf Plakate drucken bei einer Abstimmungskampagne. In dem Satz war alles drin, was ein Slogan haben muss: Er war kurz, er klang vertraut, und jeder konnte darunter verstehen, was er wollte. Oder hatten ihn schon einmal die anderen verwendet? Egal. Die Leute hatten ein kurzes Gedächtnis.

»Wehret den Anfängen!«, sagte er noch einmal mit seiner sonoren Onkelstimme. Und sein Sohn antwortete: »Du hast es also schon gehört.«

Philipp war hereingekommen, ohne anzuklopfen. Eidenbenz hatte ihm schon hundertmal – ach was, tausendmal! – gesagt, dass man nicht einfach so hereinplatzt, schon gar nicht in ein Büro, aber es hatte natürlich nichts genutzt. In dem Alter nützte überhaupt nichts. Bei seinem letzten Vortrag zu dem Thema hatte Philipp sogar gelacht und gesagt: »Wenn du auf dem Schreibtisch deine Sekretärin vögeln willst, musst du eben die Tür abschließen.« Dabei hatte Eidenbenz überhaupt keine Sekretärin. Nicht zu Hause.

Saufrech war der Bub in der letzten Zeit geworden. Seit Sonja in dieser Klinik war und er allein mit ihm fertigwerden musste, war es eigentlich nicht mehr zu machen. Am liebsten hätte er ihn in ein Erziehungsheim gesteckt oder in ein ganz strenges Internat. Aber wie hätte das ausgesehen. »Die Familie ist der Kern unserer Gesellschaft«, stand im Parteiprogramm.

»Was habe ich schon gehört?«

»Ach, nichts.« Der Philipp versuchte ein harmloses Gesicht zu machen, aber einem Vater macht man nichts vor.

»Heraus mit der Sprache!«

»Aber brüll nicht wieder gleich los.«

»Ich brülle nie.« Eidenbenz merkte, dass seine Stimme sehr laut geworden war, und wiederholte leiser: »Ich brülle überhaupt nie.«

»Ich habe auf mein Pult gekotzt«, sagte Philipp. »In der Deutschstunde.«

»Du hast – was?«

»Siehst du, jetzt brüllst du doch.«

Eidenbenz griff in den Hosensack und knetete auf dem Gummiball in den Vereinsfarben herum, den er als Talisman immer bei sich trug. Es war eine Aktion, die ihn beruhigte und von der er sicher war – na gut, fast sicher –, dass sie niemand bemerkte.

»Du hast dich also übergeben?«

»Gekotzt«, wiederholte Philipp und schien auf die Sache richtig stolz zu sein. »In hohem Bogen. Der Schubi, der vor mir sitzt, schickt die Rechnung für die Reinigung von seinem Pullover.«

»Hast du dir den Magen verdorben? Ich hab dir schon tausendmal gesagt: Immer nur Hamburger und Pizza, das ist nicht gesund. In deinem Alter braucht man Vitamine. Gemüse und so. Wenn deine Mutter …«

»Ist ja gut, Betty Bossi.« Philipp setzte sich einfach auf die Kante des Schreibtisches, auch so etwas, das sein Vater ihm immer wieder verboten hatte. »Aber mit dem Essen hatte es nichts zu tun. Schon eher mit dem Trinken. Smirnoff Ice. Das Zeug geht runter wie Rivella.«

»Ich hab dir schon tausendmal gesagt …«

»Du sagst alles tausendmal. Das musst du dir bei deinen Reden angewöhnt haben.«

»Diese Alcopops sind gefährlich.«

»Ich kann bei einer Fete nicht gut mit einer Flasche Pastmilch ankommen.«

»Wie viel hast du … ?«

»An der Menge hat es wohl nicht gelegen«, sagte Philipp und sah ihn herausfordernd an. »Das Zeug mischt sich einfach nicht gut mit Hasch.«

Eidenbenz hatte sich wirklich vorgenommen, nicht zu brüllen. Aber was zu viel ist, ist zu viel.

»Hasch?«, brüllte er. »Du rauchst … ?«

»Ich rauche nicht«, sagte Philipp und wurde immer

fröhlicher, je mehr sein Vater sich aufregte. »Rauchen ist ungesund. Ich kiffe nur.«

»Und übergibst dich dann in der Schule.«

»Nicht regelmäßig. Und dem Vögeli habe ich gesagt, dass wir gestern Pilze gegessen haben.«

»Wir haben gestern gar keine Pilze …«

»Jetzt schon. Und da muss ein schlechter drunter gewesen sein. Der Vögeli hatte richtig Mitleid.«

»Du hast deinen Klassenlehrer angelogen?«

»Es war eine – wie nennst du das immer? – informationspolitische Notwendigkeit. Wie damals, als euer Mirko besoffen einen Unfall gebaut hat, und die Pressestelle vom Verein hat verkündet, er sei nur vom Training übermüdet gewesen.«

»Wir mussten ihn schützen. Das ist unsere Aufgabe als Klubleitung. Wenn sich die Presse auf die Geschichte gestürzt hätte …«

»Siehst du«, sagte Philipp und machte ein so freches Gesicht, dass Eidenbenz schon wieder auf seinem Gummiball herumkneten musste, »genau das habe ich mir auch überlegt. Ich musste dich schützen. Das ist meine Aufgabe als Politikersohn. Ich meine: Wie würde das aussehen, wenn morgen in der Zeitung stünde, der Sohn vom Eidenbenz sei völlig verladen in die Schule gekommen?«

»Es wird doch kein Journalist …« Eidenbenz war ganz erschrocken.

»Da bin ich mir nicht so sicher.« Philipp grinste, als ob das Ganze nur ein Jux wäre. »Der Schubi ist sauer wegen seinem Pullover, und sein Vater ist bei den Grünen und schreibt für so ein Blättchen. Könnte doch sein, dass der etwas aus der Geschichte macht. Aber du sagst ja immer: Was sie über einen schreiben, ist egal, solang sie nur den Namen richtig buchstabieren.«

Eine Führungspersönlichkeit zeichnet sich dadurch aus, dass sie bei Problemen nicht in Panik gerät, sondern reagiert. Wie im Dienst: Lage erfassen und Gegenmaßnahmen ergreifen. »Ich rufe Gertsch an. Er wird dir ein ärztliches Zeugnis schreiben. Von mir aus Pilzvergiftung.«

»Muss das sein? Bei dem hockt man immer so ewig im Wartezimmer.«

»Du wirst hingehen. Pro forma. Und er wird dir ein Zeugnis schreiben.«

»Obwohl ich gar keine Vergiftung habe?«

»Du hast eine Vergiftung«, sagte Eidenbenz in dem Ton, mit dem er im Parteivorstand jeden Widerspruch niederbügelte. »Das ist die Sprachregelung, und du wirst dich daran halten.«

»Das hätte ich ja nie gedacht«, sagte Philipp. »Dass ausgerechnet du einen Scheininvaliden unterstützt.«

Der Krach hatte keinen klaren Sieger. Wenn es ein Fußballspiel gewesen wäre, dann hätte der Matchbericht gelautet: ›Eidenbenz senior gegen Eidenbenz junior unentschieden null zu null.‹ Wobei der Senior zwar immer wieder neue Angriffe vortrug, sich damit aber regelmäßig in der gut gestaffelten Abwehrreihe des Juniors verfing, einer Abwehr, die aus sarkastischem Lächeln, ironischen Kommentaren und ausgesprochenen Frechheiten bestand. Wenn Philipp ihn nur anschaute und sich dabei diese lächerliche, viel zu weite Hose hochzog, dann verdribbelte sich Eidenbenz mit seinen besten Argumenten, verstolperte, um im Fußballbild zu bleiben, den rhetorischen Ball und musste froh sein, nicht ausgekontert zu werden. Schließlich musste er sich mit ein paar unplatzierten Weitschüssen – Hausarrest! Taschengeldentzug! – begnügen, die allerdings alle weit neben dem erzieherischen Tor landeten. Bei Kindern in dem Alter hatte man einfach keine Chance. Sie verstießen nicht nur gegen alle Regeln, sondern akzeptierten noch nicht mal, dass es überhaupt Regeln gab. Manchmal hatte Eidenbenz das Gefühl, eine ganze Kantonalpartei sei leichter zu führen als so eine kleine Familie.

Nachdem er Dr. Gertsch angerufen und die Sache geklärt hatte, ging es ihm schon wieder besser. So ein alter Dienstkollege war doch etwas Praktisches. Der Mann stellte keine langen Fragen, sondern funktionierte einfach. Fatzbumm und erledigt. So musste es sein. Pilzvergiftung.

So, und jetzt wieder an die Arbeit. Zurück zu den wichtigen Dingen. Das mit den Mitgliederzahlen war wahrscheinlich nur ein vorübergehendes Problem. Vielleicht waren sie in der letzten Zeit wirklich ein bisschen zu heftig eingefahren. In der Sache natürlich immer berechtigt, hundertprozentig, aber es konnte doch sein, dass der eine oder andere etwas in den falschen Hals bekommen hatte. Auch bei den Sympathisanten. Es gab immer Leute, die zwar ganz vernünftig dachten, aber doch lieber keine Späne machen wollten, wenn es ans Hobeln ging. Die einerseits voll hinter der Parteilinie standen und andererseits aus lauter Tierliebe an einem Abstimmungsplakat herumkrittelten, nur weil da ein paar schwarze Vögelchen drauf waren. Die richtige Gesinnung, aber ohne den Mut zur Konsequenz.

Aber solche Probleme konnte man beheben. Es brauchte

eine einzige spektakuläre Aktion, über die dann alle Journis schrieben. Etwas Positives. Menschliches. Herzerwärmendes.

Eidenbenz lächelte. Es war schon toll, was man aus einer Statistik alles herauslesen konnte.

11

Unter der Dusche, beim Umziehen oder in der Sauna redete man über Frauen, über Autos und über Geld. Nicht über Fußball. Damit hatten sie den ganzen Tag zu tun.

Manchmal, wenn die Gruppe kleiner war, sprach man auch über Ärzte, tauschte die Adressen von Spezialisten aus, die einen nach einer Verletzung schnell und diskret wieder in Schuss bringen oder in einer Schwächeperiode aufpeppen konnten.

Nur über private Dinge redete man eigentlich nie.

Wenn einer ein Problem hatte, dann behielt er das für sich. Persönliche Probleme waren in ihrem Beruf ein Handicap. Wenn man Glück hatte, waren sie nur so unangenehm wie eine Adduktorenzerrung, und wenn man Pech hatte, so bedrohlich wie ein kaputtes Knie. Wer Probleme hatte, war nicht hundert Prozent bei der Sache, und wenn der Trainer etwas davon mitbekam, saß man plötzlich auf der Bank, hatte seinen Stammplatz in der Startaufstellung verloren, und der eigene Marktwert ging schneller in den Keller als ein Hedge Fund.

Also redete man lieber über Frauen, über Autos und über Geld. Die wirklich wichtigen Dinge besprach man mit seiner Familie oder mit seiner Freundin. Aber wenn die

Familie weit weg ist und die Freundin für das Thema nicht zu haben ist – was tut man dann?

Sonst hatte Tom mit Claudia immer alles besprechen können. Aber in diesem Punkt gingen ihre Meinungen einfach zu weit auseinander. »Ich will nichts mehr davon hören«, hatte sie gesagt. »Sei doch froh, dass sich die Sache so gelöst hat.«

Aber es ging nicht um eine Sache. Es ging um einen Menschen. Wenn er nicht bald mit jemandem darüber reden konnte, wurde er verrückt.

Eidenbenz sagte immer, seine Türe stünde jederzeit für sie offen; er sei immer gern bereit, seinen Spielern mit Rat und Tat zur Seite zu stehen. Aber gerade Eidenbenz durfte von der Geschichte auf keinen Fall etwas erfahren. Vor allem Eidenbenz nicht.

Warum er schließlich ausgerechnet auf Mirko Milatovic kam, dafür gab es eigentlich keinen besonderen Grund. Bisher war Mirko ein Kumpel für ihn gewesen, mehr nicht. Ein Mann, mit dem man ein Glas trinken ging oder auch zwei. Vielleicht war es, weil Claudia Mirko nicht mochte. Er sei ein Scheißmacho, hatte sie einmal gesagt.

Aber Tom hatte das Gefühl, dass Mirko mehr war als das. Dass man mit ihm auch noch über anderes reden konnte als über Frauen, Autos und Geld.

Mirko war ein beinharter Verteidiger, und das war in seinem Fall ganz wörtlich zu nehmen. Über sein Bein war schon alles geflogen, was im Schweizer Fußball Rang und Namen hatte, und man sagte von ihm, dass er gelbe Karten sammle wie andere Leute Briefmarken. Er pflegte sein Image als raubeiniger Kämpe ganz bewusst, ließ sein markantes Kinn durch dichte schwarze Bartstoppeln noch neandertaliger erscheinen, als es ohnehin schon war, und nannte, wenn man ihn nach seinen fußballerischen Vorbildern befragte, nicht Rinaldo oder Beckham, sondern den mittelmäßigen Bundesliga-Profi Heribert Finken, der seine Gegenspieler auf dem Feld mit den Worten zu begrüßen pflegte: »Mein Name ist Finken, und du wirst gleich hinken.« Mirko Milatovic bedauerte es sichtlich, dass sich mit seinem eigenen Namen kein entsprechender Satz hatte finden lassen. Nicht einmal ihm, dem großen Sprücheklopfer, war einer eingefallen.

Mirko – aber man musste ihn schon näher kennen, um das zu merken – markierte den Macho nur, war aber dabei ein herzensguter Mensch, dem die Opfer seiner Abwehrkünste jedes Mal echt leidtaten, wenn sie auf der Trage vom Feld gebracht wurden. Den Kindern, die bei Länderspielen an der Hand der Stars auf den Rasen marschieren mussten, brachte er Schokolade mit, und auf den dreißig Gigabyte seines iPod war eine ganze Sammlung kitschiger Filme gespeichert, deren Happy Ends ihn immer neu zu Tränen rühren konnten. Was ihn nicht daran hinderte, auf dem Spielfeld den Meister Eisenfuß zu geben.

Ihr Gespräch begann beim Waldlauf, für den sich weder Tom noch Mirko begeistern konnten. Tom, für den Fußball auch als Profi immer noch vor allem Spiel war, hatte nie wirklich eingesehen, was eine Trainingseinheit ohne Ball bringen sollte, und Mirko schimpfte über die Februarkälte, bei der man sich doch glatt die Ohren und noch ganz andere Körperteile abfror. »Bei solchen Temperaturen sollte man um diese Zeit im Bett liegen«, meinte er, »und zwar möglichst nicht allein.« Aber der Trainer war nun mal der liebe Gott, zumindest solang Eidenbenz das wollte, und so stapften sie ohne Begeisterung hinter dem Rest der Mannschaft her über den Waldweg und stießen bei jedem Schritt weiße Atemwolken aus. Das Tempo war nicht übermäßig schnell. Man konnte sich dabei gut unterhalten.

»Du bist doch eigentlich kein Schweizer?«, begann Tom.

»Wie bitte?«

»Ich meine: mit deinem Namen. Ich meine: ursprünglich.«

»Ursprünglich ist überhaupt niemand Schweizer«, sagte Mirko. »Selbst die Blochers und die Schlüers haben sie irgendwann eingebürgert.«

»Nein, was ich wissen wollte: Wie ist deine Familie eigentlich hier ins Land gekommen?«

»Bist du neuerdings in der AUNS?«

Aber Tom wusste nicht einmal, was die AUNS war. Und Mirkos Witz, es handle sich um einen Druckfehler für ›Anus‹, verstand er überhaupt nicht.

»Das Thema interessiert mich einfach«, sagte er. »Aus einem bestimmten Grund.«

Mirko schaute ihn fragend an, konzentrierte sich deshalb nicht auf den Weg und wäre beinahe über eine Wurzel gestolpert.

»Nun ja«, sagte er, »meine Eltern sind damals ... Bei uns zu Hause war Bürgerkrieg, man wusste von einem Tag auf den anderen nicht, was passieren würde. Da war es besser, in einem andern Land ganz neu anzufangen.«

»Und wie sind sie hergekommen? Mit einem Visum? Oder illegal?«

»Sag mal, arbeitest du nebenher für die Fremdenpolizei oder was? Was soll die Fragerei?«

»Es ist so …«, setzte Tom an, aber weiter kam er nicht.

»He, ihr beiden«, unterbrach sie eine Stimme. »Ihr sollt laufen und nicht quatschen.«

Es war zwar nur Krähenbühl, der Assistenztrainer, den sowieso niemand ernst nahm. Mirko machte denn auch eine verächtliche Geste mit dem Mittelfinger, die ihm auf dem Spielfeld glatt die rote Karte eingetragen haben würde. Aber für den Rest des Waldlaufs schwiegen sie doch lieber.

Nach dem Training, als auf dem Mannschaftsparkplatz nacheinander die PS-starken Motoren aufheulten, blieb Tom neben seinem Prius stehen, den ihm Claudia verordnet hatte. Sie legte Wert auf ein umweltfreundliches Image. »Wenn George Clooney einen Hybrid fährt«, hatte sie gesagt, »dann kann das auch für dich nicht falsch sein.« Tom ging selten ins Kino, aber wer George Clooney war, wusste er doch: der Mann aus dem Nespresso-Werbespot. Und selbst wenn er den Namen noch nie gehört hätte: Was Claudia sich einmal in den Kopf gesetzt hatte, das stierte sie meistens auch durch.

Gleich neben seinem ›Schwulenauto‹, wie es die Mannschaftskollegen gern verspotteten, stand Mirkos schwarzer Opel GT Roadster, das Stoffverdeck ausnahmsweise geschlossen, obwohl der Verteidiger auch bei Minustemperaturen gern mal oben ohne durch die Stadt bretterte. Das war er seinem Macho-Image schuldig.

Mirko kam als Letzter auf den Parkplatz. Er hatte das Handy am Ohr und schien sich über das, was er dort hörte, köstlich zu amüsieren. Dann sagte er ein paar Worte in einer fremden Sprache – Serbisch? Kroatisch? Tom hatte den Unterschied nie wirklich begriffen – und beendete das Gespräch. Er grinste immer noch, als er das Handy schon wieder in der Tasche verstaut hatte. »Mein jüngster Bruder«, sagte er. »Jedes Mal, wenn er wieder eine neue Frau ins Bett gequatscht hat, ruft er mich am nächsten Tag an und erzählt mir alle Details.«

Tom bemühte sich zurückzugrinsen, obwohl er selber eigentlich eher prüde war.

»Und was ist mit dir?«, fragte Mirko. »Hast du eine feuchte Wohnung, dass du immer noch hier herumstehst?«

»Ich wollte noch mal mit dir reden.«

»Über meine Familiengeschichte? Die kannst du im Internet nachlesen. Meine Eltern sind furchtbar stolz darauf, dass ich einen eigenen Eintrag in Wikipedia habe.«

»Es geht nicht um deine Familie«, sagte Tom und war sich gar nicht mehr sicher, ob er sich den richtigen Gesprächspartner ausgesucht hatte.

»Sondern?«

»Um meine. Gewissermaßen. Hast du noch einen Moment Zeit? Ich möchte dir gern etwas erzählen.«

Mirko lehnte sich an seinen Wagen, eine Pose, in der er sich schon oft hatte fotografieren lassen. »Wenn du die Story, die mein Bruder gerade losgelassen hat, übertreffen willst, musst du dich anstrengen. Er schneidet natürlich auf, aber wenn auch nur die Hälfte stimmt, muss der Junge Kunstturner werden. Oder Zuchtstier. Oder beides.«

So sehr Tom Mirko mochte, mit dessen ständigen Sprüchen kam er nie ganz zurecht. »Nein, damit hat es nichts zu tun«, sagte er ganz verlegen.

»Hätte mich bei dir auch gewundert. Du bist so was von monogam, das ist schon krankhaft.« Zu seinem Ruf als harter Mann, den Mirko so eifrig pflegte, gehörte auch, dass er sich gern als großer Stecher und Frauenaufreißer präsentierte. Dabei war er schon seit Jahren in festen Händen. Aber es wäre ihm peinlich gewesen, wenn sich herumgesprochen hätte, dass er seiner Frau treu war. »Also, um was geht es?«

»Aber du musst es wirklich für dich behalten. Ich hab da nämlich ein Problem.« Tom zögerte. Es war gar nicht so einfach, die Sache zu formulieren.

»Hast du Mist gebaut?«

»Nein, nicht ich. Obwohl – eigentlich bin ich schon schuld. Ich hab nicht richtig reagiert. Weil er mich überrascht hat. Und weil doch niemand erfahren durfte …«

»Wer hat dich überrascht?«

»Wenn ein Verwandter von dir etwas angestellt hätte …«, druckste Tom herum. »Dein kleiner Bruder zum Beispiel. Würdest du ihm dann helfen?«

»Der braucht meine Hilfe nicht.«

»Aber wenn … ich meine … wenn in deiner Familie etwas passieren würde. Nur rein theoretisch. Würdest du dann …?«

»So«, sagte Mirko und war jetzt ganz ernst. »Jetzt machst du mal Schluss mit ›wenn‹ und ›es könnte sein‹ und ›rein theoretisch‹. Was ist passiert?«

Es war eine lange Geschichte, und Tom hätte eigentlich mit seiner Verlobungsparty anfangen müssen, mit Claudias nächtlichem Hilferuf und mit dem Sechseläuten-Karabiner über seinem Bett. Aber das war alles zu kompliziert, und so sagte er nur: »Ich habe einen Menschen verloren.«

»Wer ist gestorben?«

»Niemand«, sagte Tom. »Er ist nur verschwunden. Spurlos.«

12

Es kam nicht oft vor, dass er sich mit Claudia stritt. Sie hatte sowieso immer recht, und wenn sie nicht recht hatte, konnte sie einen doch so schwindlig reden, wie ein brasilianischer Dribbling-Künstler einen schwindlig spielt.

Ihr Zauberwort, gegen das er nie anzudiskutieren wusste, war immer *die Öffentlichkeit,* was die wohl sagen, denken oder schreiben würde. Für ihn war Öffentlichkeit etwas ganz Einfaches: ein paar tausend Leute, die jubelten, wenn man ins Tor traf, und buhten, wenn man den Schuss verzog. Solang der Jubel lauter war als die Buhs, ging es einem gut, und der Vertrag wurde verlängert. So einfach war das.

Für Claudia dagegen war Öffentlichkeit fast so etwas wie eine der vielen Gottheiten, vor denen sich die alten Leute in seinem Dorf immer noch fürchteten. Man musste sie durch ständig neue Opfergaben besänftigen, indem man beispielsweise bei einem Wohltätigkeitsanlass, der einen gar nicht interessierte, in die Kameras lächelte oder auf Anfrage zu einem Thema, von dem man keine Ahnung hatte, ein druckfertiges Statement abgab. Wenn man sie richtig behandelte, war die Öffentlichkeit ein Freund. Aber sie konnte, das war Claudias große Angst, jederzeit auch bösartig werden, ganz plötzlich und ohne Vorwarnung. »Im Moment sind sie alle nett zu uns«, erklärte sie ihm immer wieder, »natürlich weil du Tore schießt und weil unsere Verlobung eine gute Story ist. Aber wenn sie mehr Zeitungen verkaufen können, indem sie uns in die Pfanne hauen – meinst du, sie würden auch nur einen Augenblick zögern?«

Die Öffentlichkeit, das war Claudias Weltbild, lauerte hinter jedem Baum und in jeder Klatschspalte, gesichtslos und in vielen Gestalten, genau wie die bösen Geister, gegen die auch die stärksten Amulette nicht wirklich etwas ausrichten konnten. »Denk nur an diese Kassandra, an die bösartigen Andeutungen in ihrem Blog! Diesmal hat es zum Glück keine schlimmen Auswirkungen gehabt, aber woher hat sie gewusst, dass da jemand in unserem Keller versteckt war? Na?«

Nein, mit Claudia konnte man nicht diskutieren. Im Allgemeinen hatte er ja auch gar nichts dagegen, wenn sie das Kommando übernahm. Er war ganz froh, dass sie sich um die tausend lästigen Alltagsdinge kümmerte, sodass er den Kopf für das Training und die Spiele frei behielt.

Aber dieses eine Mal hatte er sich mit ihr gestritten. Richtig gestritten. Hatte für einmal nicht nachgegeben, und sich auch von der Drohung mit der gefährlichen Öffentlichkeit nicht umstimmen lassen. Es gab Dinge, von denen verstand Claudia nun mal nichts. Sie hatte keine Ahnung von den Verpflichtungen gegenüber einem Verwandten – na schön, ein entfernter Verwandter, noch nicht einmal ein richtiger Cousin, aber er hatte doch den gleichen Namen, kannte die gleichen Geschichten und die gleichen Lieder.

In der ersten Überraschung, ohne Zeit zum Überlegen, hatte er zugelassen, dass man den unerwarteten Besucher in diese fremde Ferienwohnung abschob, wo man ihn nicht einmal anrufen konnte, weil der Telefonanschluss aus Sparsamkeitsgründen abgemeldet war. Aber das war doch nur als kurzfristige Improvisation gedacht gewesen, eine Zwischenlösung für ein paar Tage. Und jetzt waren es schon Wochen. Also hatte er sich mit Claudia gestritten, und für einmal hatte er sich durchgesetzt, worauf sie die Tür zu ihrem Zimmer so heftig zugeknallt hatte, dass dort einer von den vielen Spiegeln von der Wand gefallen war.

Telefonisch hatte er sich für einen Tag vom Training abgemeldet. Er sei ein bisschen erkältet, hatte er gesagt, das schien ihm am einfachsten. Krähenbühl, der Assistenztrainer, hatte ihm die Ausrede auch geglaubt. Hatte ihm gleich den Vereinsarzt vorbeischicken wollen, und es war gar nicht so einfach gewesen, sich dieser Fürsorge zu entziehen. Er brauche keinen Doktor, sondern nur Ruhe, hatte er gesagt, das Ganze sei eigentlich nur eine Vorsichtsmaßnahme, damit die Entzündung im Hals nicht schlimmer würde. Morgen könne er bestimmt schon wieder trainieren, und für das wichtige Spiel am Wochenende sei er ganz bestimmt wieder fit. Er war selber überrascht gewesen, wie leicht ihm das Lügen fiel. Er hatte es, vielleicht weil Claudia jedes Mal so ein Theater um ihre kleinen Öffentlichkeitsschwindeleien machte, immer für etwas sehr Schwieriges gehalten.

Er nahm dann nicht den eigenen Wagen mit dem auffälligen Logo des Sponsors, sondern den kleinen von Claudia. Ohne sie vorher zu fragen. Er hatte es probiert, aber die Tür ihres Zimmers blieb geschlossen, und sie wollte sein Klopfen nicht hören.

Auf der Fahrt kam er sich vor wie jemand, der die Schule schwänzt. Ein richtig schlechtes Gewissen hatte er. Aber er musste hinfahren. Es ging nicht anders. Das war er nicht nur seinem Verwandten schuldig, sondern vor allem sich selber.

»Es ist mir völlig egal, was irgendwelche Leute darüber denken«, hatte er zu Claudia gesagt. »Ich hol ihn jetzt zu uns, und da bleibt er auch. Und zwar nicht versteckt unten im Partykeller, sondern ganz offiziell im Gästezimmer. Wie sich das gehört für jemanden aus meinem eigenen Dorf. Und wenn ein Reporter zu Besuch kommt, dann stell ich ihm ihn vor.«

»Aber er ist illegal hier in der Schweiz«, hatte sie gejammert. »Und du weißt ja, wie Eidenbenz in diesem Punkt denkt. Er wird toben.«

»Möglich«, hatte er gesagt. Und versucht, das flaue Gefühl im Magen einfach zu ignorieren. »Er wird sich auch wieder beruhigen. Sie brauchen mich im Verein.«

»Aber das Ganze ist so überflüssig. In politische Dinge soll man sich nie einmischen. Das hat uns Ilona immer eingebläut. Das bringt nur Ärger. Weil man alle, die anderer Meinung sind, gleich von Anfang an gegen sich hat.«

»Es geht nicht um Politik«, hatte er gesagt.

»Sondern?«

»Um Familie.«

Worauf sie die Türe zugeknallt und abgeschlossen hatte. Sie würde sie auch wieder aufmachen, versuchte er sich einzureden. Ein Paar neue Schuhe, und alles war wieder gut. Claudia war ja nicht stur. Nicht wirklich. Sie nahm nur viel zu wichtig, was in den Zeitungen über sie geschrieben wurde. Wegen der Karriere, von der sie träumte, ohne wirklich zu wissen, was das für eine Karriere sein sollte.

Als er vor dem Ferienhaus ankam – ein Betonbunker, als Riesenchalet verkleidet –, standen da viel mehr Autos auf dem Parkplatz, als er erwartet hatte. Die Sportferien, natürlich. An die hatte er überhaupt nicht gedacht.

Es durfte ihn jetzt möglichst keiner sehen. Das war der Nachteil, wenn man ein bekanntes Gesicht hatte: Mehr als eine Handykamera brauchte heute niemand mehr, um sich als Leserreporter mit einem Promifoto hundert Franken zu verdienen. Und so ein Bild aus einem Ferienort, während er doch eigentlich im Bett lag und eine Erkältung auskurierte, das wäre genau die Art von gefährlicher Öffentlichkeit gewesen, vor der ihn Claudia immer wieder so beredt gewarnt hatte.

Zum Glück hatte er, weil er sich nicht wirklich erkälten wollte, eine Wollmütze mitgebracht, die sich tief in die Stirn ziehen ließ. Wenn er sich dann auch noch den Schal mit den Vereinsfarben recht breit um den Hals wickelte, war vom Gesicht außer der Sonnenbrille nicht mehr viel zu sehen.

›Ich muss aussehen wie ein Einbrecher‹, dachte er. Hinterher erschien ihm das seltsam. Dass er das schon vorher gedacht hatte.

Und dann war er tatsächlich eingebrochen.

Die Klingelknöpfe waren alle nicht mit Namen beschriftet, sondern nur mit den Nummern der Wohnungen. IV/6. Das war Ilona Federspiels Wohnung. Die sechste Wohnung im vierten Stock.

Auf sein Klingeln kam keine Reaktion. Natürlich nicht. Sie hatten ihm ja eingeschärft, dass er eigentlich gar nicht hier sein dürfe.

Die Haustüre war abgeschlossen, aber am obersten Klingelknopf stand *Briefträger*. Als er dort drückte, klickte das Schloss auf.

Ein kleiner Junge, einen Fuß im Gips, kam an Krücken aus dem Aufzug gehumpelt. Er trug Jeans und ein T-Shirt. Auch wenn es draußen kalt war, im Haus war gut geheizt. Der Kleine starrte den vermummten fremden Mann an und fragte dann: »Sind Sie nicht …?«

»Nein«, sagte Tom schnell. »Ich bin es nicht. Aber wir werden oft miteinander verwechselt.«

»Meine Mutter schwärmt so für Sie«, sagte der kleine Junge.

»Tatsächlich?«

»Und meine Großmutter auch. Sie hat alle Ihre Platten.«

»Platten?«

»Meine Großmutter ist altmodisch«, sagte der kleine Junge. »Sie hat noch nicht mal einen CD-Player. Die wird staunen, wenn ich ihr das erzähle. Dass ich einen Mann getroffen habe, der fast aussieht wie Roberto Blanco.«

Er humpelte zu einer Türe, die mit *Skikeller* beschriftet war, und verschwand. Das Treppenhaus war wieder völlig leer.

Der vierte Stock. Die sechste Wohnung. Er war zwar schon einmal hier gewesen, aber er hätte trotzdem nicht mehr sagen können, welche Türe die richtige war. Dafür sah hier alles zu gleich aus. Eine Urlaubsfabrik.

An das kleine Emailschild mit den Initialen hatte er sich auch nicht mehr erinnert. I. F. Ilona Federspiel. Der einzige Wohnungseingang, neben dem kein Plastikrost für nasse Skischuhe bereitstand.

Er klingelte.

Er klopfte.

Nichts.

Wahrscheinlich versuchte der da drin sogar den Atem anzuhalten.

Im Treppenhaus war niemand mehr zu hören. Das ganze Gebäude wie ausgestorben. Wahrscheinlich waren um diese Zeit alle auf der Piste. Wenn sie nicht ein Bein im Gips hatten. Wollten die kostbare Ferienzeit ausnutzen. Obwohl das Wetter ja wirklich nicht so toll war.

»Du kannst aufmachen!«, rief er. In ihrer Sprache, die in diesem Land außer ihnen beiden kaum jemand verstand. »Ich bin es. Tom.«

Nichts. Auch nicht, als er lauter rief.

Und noch lauter.

Irgendetwas war hier nicht in Ordnung.

In einem Fernsehkrimi hatte er einmal gesehen, wie jemand ein Türschloss mit einer Kreditkarte aufmachte. Er hatte noch mit Claudia darüber diskutiert, ob das wirklich möglich sei.

Es funktionierte tatsächlich. Gleich beim ersten Versuch. Die Tür war wohl nicht abgeschlossen gewesen, sondern nur zugezogen. Ein leises Klicken, und sie ließ sich öffnen.

Als er hineinging und die Türe ganz schnell und möglichst lautlos hinter sich wieder zuzog, kam er sich wirklich vor wie ein Einbrecher.

Da war niemand in der Wohnung.

Absolut niemand.

Keine Spur von seinem Cousin.

Die Fensterläden geschlossen. Alles perfekt aufgeräumt.

Das Bett abgezogen, und das Bettzeug, sauber gewaschen, im Schrank verstaut. Der Kühlschrank leer und abgetaut.

Hier war niemand. Und aus dem muffigen Geruch von lange nicht gelüfteten Zimmern zu schließen: Hier war schon eine ganze Weile niemand mehr gewesen.

Der Mann aus seinem Heimatdorf war verschwunden.

Als ob es ihn nie gegeben hätte.

13

Sei doch froh, wenn er verschwunden ist«, sagte Mirko schon zum zweiten Mal.

Sie waren hintereinander her zu einem Pub gefahren, dessen Dekoration so original irisch war wie sein Besitzer, der Tomislav hieß. Er hatte früher mal in derselben Kleinstadt, aus der auch Mirkos Familie stammte, ein Kaffeehaus besessen. Bis das eines Tages ausgebrannt war. In einem dieser komplizierten Bürgerkriege, bei denen noch nicht einmal die Beteiligten selber wussten, wer da eigentlich gegen wen kämpfte und warum.

Der Pub war um diese Zeit eigentlich noch geschlossen, aber Mirko wurde trotzdem wie ein alter Kumpel begrüßt, mit Umarmung und Wangenkuss und rituellen wortreichen Beschimpfungen. ›Vollidiot‹ und ›Missgeburt‹ schienen für die beiden freundschaftliche Koseworte zu sein.

Auch Tom bekam eine Umarmung ab. Mirko grinste, als er sah, wie unwohl er sich bei diesem plötzlichen Herzlichkeitsüberfall fühlte.

Tomislav stellte ihnen, ohne erst lang auf eine Bestellung zu warten, Getränke auf die Theke. Ein Bier für Tom und ein Glas Milch für Mirko. Ja, tatsächlich: Milch. Hier, wo man ihn kannte, schien sich der Verteidiger um sein Macho-Image keine Sorgen zu machen.

Auf den Fernsehern über der Bar lief Sport. Eine Art von Sport. Absurd muskelbepackte Männer versuchten mit vor Anstrengung verzerrten Gesichtern riesige Reifen zum Überschlag zu bringen. Zum Glück war der Ton ausgeschaltet, sodass man ihr Ächzen nicht hören musste.

Das einzige Geräusch im Lokal kam von einem Staubsauger, mit dem Tomislav irgendwo im Hintergrund sinnlos herumfuhrwerkte. Durch den demonstrativen Krach wollte er wohl beweisen, dass er ihr privates Gespräch ganz bestimmt nicht belauschte.

»Wenn er einfach nicht mehr da ist, ist dein Problem doch gelöst«, sagte Mirko.

»Das meint Claudia auch.«

»Deswegen kann es doch ausnahmsweise mal richtig sein.« Claudia mochte Mirko nicht, und die Empfindung schien auf Gegenseitigkeit zu beruhen. »Oder ist da noch etwas anderes?«

»Soll ich ihn etwa einfach vergessen?« Es klang wie ein Vorwurf. Warum wollte Mirko nicht begreifen, um was es ihm ging? »Ich bin doch für ihn verantwortlich.«

»Das fällt dir verdammt spät ein.«

»Zumindest möchte ich wissen, wo er jetzt ist!«

»Er wird etwas Besseres gefunden haben.« Mirko zuckte die Schultern. »So wahnsinnig begeistert habt ihr beiden ihn ja nicht empfangen.«

»Es war so überraschend!«

»Komisch«, sagte Mirko. »Und die Sportreporter schreiben immer, dass du so blitzartige Reflexe hast.«

»Ich kann es jetzt hinterher nicht mehr ändern. Aber … Er kennt sich in der Schweiz doch gar nicht aus.«

»Dann kauft er sich eine Landkarte.«

»Er spricht die Sprache überhaupt nicht.«

»Er kann Französisch wie du, oder? Das versteht in der Schweiz jeder.«

»Und wovon soll er leben?«

»Weißt du«, sagte Mirko, mit derselben unschuldigen Geste, die er auf dem Spielfeld machte, wenn er gerade mal wieder einen Gegenspieler zu Fall gebracht hatte, »weißt du, Tom, es ist verdammt schwer, in der Schweiz zu verhungern.«

»Aber …«

Mirko trank sein Glas leer, wischte sich den weißen Rand von der Oberlippe und setzte zu einer Ansprache an. Auf den Bildschirmen schleppte sich ein gigantischer Mann mit einem Baumstamm ab.

»Ich will dir mal was sagen, Keita. Ausnahmsweise mal ganz ernst. Du machst dir in Wirklichkeit gar keine Sorgen um deinen Cousin oder was immer er ist.«

»Natürlich mache ich mir …«

Aber Mirko ließ ihn nicht ausreden. »Nein. Du machst dir nur Sorgen um dich. Um deinen guten Ruf bei dir selber. Weil du eigentlich ein furchtbar netter Mensch bist.«

»Ich bin kein …«

»Doch. Und darum weißt du auch genau, dass du dich ihm gegenüber benommen hast wie ein Arschloch.«

»Ich habe …«

»Du hast versucht, ihn verschwinden zu lassen. Hast ihn vor der Welt versteckt. Zuerst im Keller und dann in dieser Ferienwohnung. Nachdem du zur Begrüßung mit dem Gewehr auf ihn geschossen hast.«

»Das wollte ich doch überhaupt nicht. Ich wollte ihn nur … Außerdem habe ich gedacht, er ist ein Einbrecher.«

Aus lauter Verlegenheit nahm Tom einen zu hastigen Schluck von seinem Bier und verschluckte sich. Wo er Bier doch überhaupt nicht mochte. Schon gar nicht mitten am Tag.

Als er fertig gehustet hatte, fragte er ziemlich kleinlaut: »Was hättest du denn getan? Wenn da plötzlich einer aufgetaucht wäre. Der zwar den gleichen Namen hat wie du, aber noch nicht mal richtig mit dir verwandt ist.«

Mirko schüttelte den Kopf. »Ich wusste gar nicht, dass deine Claudia Bauchrednerin ist«, sagte er.

»Wieso?«

»Weil ich jetzt gerade sie habe reden hören und nicht dich.«

»Aber es stimmt. In diesem Punkt hat sie recht. Er ist gar kein richtiger Cousin. Er kommt nur aus dem gleichen Dorf.«

»Nur aus dem gleichen Dorf? Das ist natürlich etwas ganz anderes.« Mirkos Blick war jetzt beinahe mitleidig. »Tomislav!«, rief er. Und dann, weil ihn der Wirt wegen seines Staubsaugers nicht gleich hörte, noch einmal lauter: »Tomislav!«

Auf den Bildschirmen ging der *Strongman*-Wettbewerb immer noch weiter. Die Zuschauer jubelten lautlos und schwenkten ihre Fähnchen. Wo die Leute nur immer all die Fahnen herhatten bei solchen Anlässen?

»Brauchst du noch mehr Milch, Mirko?«, fragte der Wirt. »Wenn das so weitergeht, muss ich mir nur wegen dir eine eigene Kuh in den Keller stellen.«

»Den Witz hast du schon dreimal gemacht. Und es geht ihm genau wie dir selber: Er wird mit dem Alter nicht besser.«

Dort, wo Tom herkam, hätte man sich mit solchen Sprüchen Feinde fürs Leben gemacht. Aber für die beiden waren gegenseitige Beleidigungen ganz offensichtlich etwas, mit dem man Freundschaft demonstrierte.

»Pass auf, Tomislav«, fragte Mirko jetzt, »sind wir zwei miteinander verwandt?«

»Wie bitte?«

»Mein Freund Tom möchte das wissen. Ob du mein Cousin bist. Oder mein Onkel. Oder vielleicht meine Tante.«

»Ich wusste gar nicht, dass man von Milch besoffen werden kann.«

»Eine klare Antwort, bitte: Du und ich – sind wir irgendwie, um irgendwelche Ecken rum, miteinander verwandt?«

»Um Himmels willen, nein«, sagte Tomislav. »So hässliche Leute wie dich gibt es in meiner Familie überhaupt nicht.«

»Der war nicht schlecht«, sagte Mirko, und sie klatschten sich ab wie nach einem perfekten Doppelpass. Dann wurde Mirko wieder ernst.

»Die nächste Frage: Als du damals in der Schweiz aufgetaucht bist und mir erklärt hast, du kämst aus der gleichen Stadt – habe ich dich rausgeschmissen? Bloß weil du nicht mit mir verwandt warst? Bloß weil ich dich überhaupt nicht kannte?«

»Nein, du hast …«

»Vielleicht habe ich dich in den Keller gesperrt? Oder mit dem Gewehr auf dich geschossen?«

»Du hast mir Geld geliehen«, sagte Tomislav.

»Jeder macht mal einen Fehler.«

»Meine Familie hast du unterstützt. Bis wir als Flüchtlinge anerkannt waren. Und als ich dann diesen Pub aufmachen wollte …«

»Das war eine rein geschäftliche Investition«, sagte Mirko schnell. »Das Geld wirst du mir brav zurückbezahlen. Bis auf den letzten Rappen.«

»Wissen Sie«, sagte der Wirt zu Tom, und die eigene Feierlichkeit schien ihm ein bisschen peinlich zu sein, »der Mirko hört das nicht gern, aber er hat uns damals das Leben gerettet.«

»Quatsch.« Es war Mirko sichtlich unangenehm, dass ihn jemand für einen guten Menschen halten könnte. »Ich hab bloß deine Jammerei nicht mehr ausgehalten. ›Jammer, jammer, jammer, ich bin so ein armer Flüchtling‹, jeden Tag bis spät in die Nacht. Ich wollte bloß meine Ruhe haben. Ich brauche meinen Schönheitsschlaf.«

»Bis du schön wirst, müsstest du länger schlafen als Dornröschen.« Schon waren sie wieder mitten in ihrer freundschaftlichen Kabbelei, zuerst auf Deutsch und dann in dieser Sprache, von der Tom immer noch nicht wusste, ob sie jetzt eigentlich Kroatisch oder Serbisch war. Oder etwas ganz anderes.

Und dann – Tom hätte nicht sagen können, ob ihn Mirko dazu aufgefordert hatte – ließ Tomislav sie plötzlich wieder allein und musste ganz dringend seinen Staubsauger einschalten.

In den drei Fernsehern hatte sich unterdessen ein Kraftprotz in ein Joch gezwängt und versuchte, einen Lastwagen von der Stelle zu ziehen.

»So viel zum Thema Verwandtschaft«, sagte Mirko.

»Okay.« Tom zeichnete mit dem Finger eine Spirale aus Bier auf die Theke. »Ich hab kapiert, was du mir sagen willst.«

»Dann ist es ja gut.«

»Ich hätte mehr für ihn tun müssen.«

»Möglich.«

»Aber …«

»Aber«, sagte Mirko, »es hat auch keinen Sinn, dass du dir jetzt pausenlos den Kopf darüber zerbrichst. Scheiße duftet nicht besser, wenn man ständig darin herumrührt. Wenn ich mir mal wieder eine gelbe Karte einfange und dafür vom Trainer meinen Anschiss kassiere, dann liege ich deshalb auch nicht die nächsten Nächte wach und mache mir Vorwürfe. Passiert ist passiert. Neues Spiel, neues Glück.«

»Vielleicht hast du recht.« Tom klang noch nicht wirklich überzeugt.

»Natürlich habe ich recht. Weil ich immer recht habe. Ich bin nämlich Mirko Milatovic, der große Denker und Philosoph. Bekannt von Film und Fernsehen. Ich bin so allwissend, dass ich sogar spüre, wo es hier etwas zu knabbern gibt.«

Mirko tauchte akrobatisch hinter die Theke ab. Als er sich wieder aufrichtete, hatte er eine Packung Erdnüsse in der Hand. Er schien sich im Pub wirklich auszukennen.

»Und jetzt?«, fragte Tom. »Was mache ich jetzt?«

»Gar nichts. Weil es nämlich im Moment nichts gibt, was du machen kannst. Ohne Ball kann man keine Tore schießen.«

»Ich denke halt immer, ich müsste ihn finden.«

»Und hast du auch schon einmal daran gedacht, dass er sich vielleicht nicht finden lassen will? Nicht von dir? Weil er enttäuscht ist von dir?«

Mirko ließ sich vom Barhocker gleiten und stopfte die letzten Erdnüsse in den Mund. »So«, sagte er kauend, »und jetzt muss ich dringend was Anständiges essen gehen. Waldläufe sind zwar völlig sinnlos, aber sie machen Appetit.«

»Danke«, sagte Tom.

»Wofür?«

»Dass du mir zugehört hast.«

»War alles nur Training für meine nächste Karriere.« Mirko grinste über Toms verständnisloses Gesicht. »Wenn's mit dem Fußballspielen mal nicht mehr klappt, werde ich Beichtvater. Gehe hin in Frieden, mein Sohn, und sündige fortan nicht mehr.«

Auf den drei Bildschirmen bekam ein Kraftsportler einen Pokal überreicht. Er sah nicht wirklich glücklich dabei aus.

»Aber trotzdem«, sagte Tom, als sie schon wieder unter der Türe standen. »Ich möchte schon gern wissen, wo er jetzt ist.«

14

Nachts ging er gern durch das menschenleere Gebäude. Der Geruch nach Holz und Harz hatte etwas Lebendiges, und wenn irgendwo ein Brett knarrte, konnte man sich einbilden, es sei der Ruf des Doktorvogels. »Wer ihn hört, bleibt gesund«, sagten die alten Frauen im Dorf und zählten abergläubisch die Rufe, um zu erfahren, wie viel Jahre sie noch zu leben hätten.

Bei seinen nächtlichen Rundgängen machte er das Licht nicht an. Es war ein gutes Gefühl, seinen Weg auch im Dunkeln zu finden. Es war dann fast ein bisschen, als sei man zu Hause.

Sein Schlafplatz war unter dem Dach, die gekreuzten Balken wie ein Zelt. Man konnte auf dem Rücken liegen und durch das schräge Fenster die Sterne sehen oder die Wolken. Man konnte wach liegen und träumen, man konnte einschlafen und sich erinnern, und oft wusste er nicht mehr zu unterscheiden, was er wirklich erlebt und was er sich nur erträumt hatte.

Vielleicht war so ein Unterschied aber auch gar nicht wichtig.

Sie hatte ihn zum Abschied noch einmal geküsst, aber nur noch flüchtig, mit ihren Gedanken schon wieder woanders. Hatte dabei, als ob sie sich schon nach jemand

Neuem umsähe, den Kopf weggedreht, sodass sich nur ihre Wangen gestreift hatten, links und rechts, hatte ihm einen aufmunternden Schubs gegeben, so wie es eigentlich nur Männer untereinander tun, und dann war sie gegangen. Einfach gegangen. Ihre Absätze klapperten auf den Stufen, als ob sie es eilig hätte, und wahrscheinlich hatte sie es ja auch eilig. Er hörte noch, wie ihre Schritte unten die große Werkstatt durchquerten, dann quietschte die schwere Türe, und er wusste, dass er sie wohl nie wiedersehen würde.

Nie wieder.

Sie hatte ihm von Anfang an gesagt, dass es so sein würde. »Keine Gefühle«, hatte sie gesagt. Ganz sachlich. Diese Sachlichkeit gehörte in diesem Land wohl dazu. So wie man sich vor einem Kartenspiel über die Höhe der Einsätze verständigt. Wer kein richtiges Geld hat, spielt eben um falsches. In dem spanischen Auffanglager waren es Kieselsteine gewesen. Zehn Stück für jeden, und wer keine mehr hatte, schied aus. Nur Kieselsteine, die man nach dem Spiel wieder wegwarf. Aber das Herz klopfte einem doch, wenn man gute Karten hatte.

Oder schlechte.

Jetzt, wo es vorbei war, hätte er nicht sagen können, wie denn die seinen gewesen waren. Gut oder schlecht? Er war in einem fremden Land und hatte die Spielregeln nicht gekannt. Die hatte sie ganz allein bestimmt. Von Anfang an.

»Zuerst mal etwas essen«, hatte sie gesagt. Hatte den Kühlschrank aufgemacht, hineingeschaut und missbilligend den Kopf geschüttelt. War noch einmal weggegangen und mit einer Einkaufstüte zurückgekommen, richtiges Essen, keine Fertigmahlzeiten, wie sie ihm Tom ins Gefrierfach gepackt hatte. Stand dann am Herd und kochte etwas, schnell und mit sicheren Bewegungen, so wie sie alles in Angriff nahm, was ihr Spaß machte, zupackend und ohne zu zögern.

Sie hatten zusammen in der fremden Wohnung gesessen, an dem fremden Tisch, hatten gegessen und Wein getrunken, und dann hatte sie sich den Mund abgewischt und ihn angesehen mit diesem Lächeln und hatte gesagt: »Jetzt habe ich richtig Appetit.«

Susi hieß sie.

Sie hatte ihm gesagt, was sie von ihm wollte, »Fester!« oder: »Langsam!«, und das hatte ihn anfänglich irritiert, aber dann war es schön gewesen, einfach nur schön. So schön, dass er sogar geweint hatte. Es war so lang her gewesen seit dem letzten Mal. Sie hatte gelacht und seine Tränen abgeleckt und dann nicht nur die Tränen.

Susi.

Er schaute in den nächtlichen Himmel und merkte, dass ihr Bild immer unschärfer wurde. Er hatte sie ja auch nicht lang gekannt. Nur drei Tage. Sie hatte ihm klargemacht, dass es nicht mehr sein würden.

Einmal, als sie miteinander im Bett lagen, hatte plötzlich eine Stimme zu ihnen gesprochen. »Hallo«, hatte die Stimme gesagt, »wo bist du, wo bist du, wo bist du?« Er war erschrocken aufgesprungen, aber da war niemand anderes im Zimmer. Sie hatte über seine Reaktion gelacht und ihm das kleine Telefon gezeigt. So klang es, wenn jemand sie anrief. »Wo bist du, wo bist du, wo bist du?«

Sie bekam viele Anrufe, weil sie viele Freunde hatte. Manchmal meldete sich die Stimme in den intimsten Momenten, und auch wenn sie dann scheinbar nicht darauf reagierte, konnte er doch jedes Mal an ihrem Körper spüren, dass sie nicht mehr ganz bei ihm war.

Sie telefonierte viel, der Apparat wie ein selbstverständlicher Teil von ihr. Er verstand ihre Sprache nicht, aber er hätte ihr ewig zuhören können.

Bis sie ihm dann, während eines langen Gesprächs, plötzlich zunickte und den Daumen nach oben reckte. Hinterher sagte sie: »Das Problem ist gelöst. Ich habe einen Ort für dich gefunden. Wo du Arbeit hast und wo du auch wohnen kannst. Ein netter Mann. Ein sehr netter Mann. Er heißt Martin.« Dann hatte sie plötzlich gelacht. »Er hat mich gefragt, ob du geschickte Hände hast. Ich habe geantwortet: ›Ja, er hat sehr geschickte Hände.‹«

Und dann hatte er ihr sein Geschick noch einmal beweisen müssen. Auf der Stelle.

Susi.

»Wo bist du, wo bist du, wo bist du?«

Er wollte nicht aufwachen, wenn er von ihr träumte, und konnte nicht einschlafen, wenn er an sie dachte.

Da machte er lieber noch einmal seinen Rundgang, durch die Werkstatt und das Lager. Überprüfte lieber noch einmal, ob Martins Büro auch wirklich abgeschlossen war. Martin, der ein Freund von Susi war – nur ein Freund? – und der Arbeit für ihn hatte.

Damals, nachdem sie gegangen war, hatte Martin in diesem Büro hinter seinem Schreibtisch gesessen, auf dem Papiere und Pläne so unordentlich übereinander lagen, als ob eine Welle sie angespült hätte.

»Rauchst du?«, hatte er gefragt.

»Danke, sehr gern.«

Aber Martin übersah seine ausgestreckte Hand und schüttelte den Kopf. »Dann gewöhn es dir am besten gleich ab«, sagte er. »In einer Schreinerei wird nicht gequalmt.«

Sein Französisch war holpriger als das von Susi. Aber es war immer wieder zum Staunen, dass die Leute hier überhaupt mehrere Sprachen beherrschten.

»Wie heißt du eigentlich?«

»Keita.«

Martin lachte, wie man lacht, wenn man zeigen will, dass man einen Witz verstanden hat, ohne ihn komisch zu finden. »Okay«, sagte er. »Wenn du dir den Namen eines Fußballers ausgesucht hast …«

»Ich heiße wirklich Keita.«

»Ich frag ja nicht. Ich bin nicht neugierig. Aber Keita ist mir zu kompliziert. Was hältst du von Mike? Okay, ab sofort heißt du Mike. Susi sagt mir, du hast keine Papiere.«

»Sie haben sie mir abgenommen, als …«

»Okay«, unterbrach ihn Martin. Es schien sein Lieblingswort zu sein. »Mir brauchst du keine Geschichten zu erzählen. Für ein paar Wochen wird es auch ohne gehen. Bis sich etwas anderes für dich gefunden hat. Wir sagen einfach: Du bist direkt vom Himmel gefallen.«

»Direkt vom Himmel.«

»Nett«, sagte Martin. »Einen Engel hatten wir hier bisher noch nicht. Schläfst du gut?«

Ob er gut schlief? Da musste er etwas falsch verstanden haben. Warum sollte Martin wissen wollen …?

»Mike? Ich hab dich etwas gefragt.«

»Ich schlafe gut.«

»Dann gewöhn dir das auch ab.« Er musste ein sehr überraschtes Gesicht gemacht haben, denn Martin lachte. »Ich brauche jemanden, der nachts auf die Bude aufpasst. Seit das Geld knapp geworden ist, wird überall Holz geklaut. Am Tag kannst du dich in der Werkstatt nützlich machen. Einverstanden?«

»Einverstanden.«

»Okay«, sagte Martin. Es war tatsächlich sein Lieblingswort.

»Und wenn einer schnüffeln kommt, von einer Behörde oder so, dann arbeitest du natürlich nicht hier. Bist nur ganz zufällig vorbeigekommen. Willst in deinem eigenen Land eine Schreinerei aufmachen und interessierst dich dafür, wie das bei uns aussieht. Welches Land war das schon wieder?«

»Guinea.«

»Aber du hast keine Papiere.«

»Nein.«

»Okay«, sagte Martin. »Für mich ist das okay.«

Die andern in der Werkstatt stellten überhaupt keine Fragen.

Da war Gebi, ein unverheirateter Mann von etwa fünfzig Jahren, der fast nie etwas sagte, nur zur Begrüßung und zum Abschied den andern ein paar Wortbrocken hinwarf, als ob er lange auf ihnen herumgekaut und sie dann doch unverdaulich gefunden hätte. Er war ein starker Raucher, das konnte man an seinen Kleidern riechen, und weil das Rauchen in der Werkstatt verboten war, hatte er den ganzen Tag einen Süßholzstängel im Mund. Gebi machte die feinen Arbeiten, Haustüren mit Kassetten im alten Stil oder Paneele, die aussahen, als ob sie aus vornehmen Herrschaftshäusern stammten. In seiner Freizeit schnitzte er mit viel Liebe kleine bewegliche Holzfiguren, einen Bauern beim Melken beispielsweise oder eine Bäuerin, die winzig kleine Hühner fütterte.

Im Gegensatz zu ihm war Hansueli, der als eine Art Stellvertreter von Martin fungierte, geschwätzig für zwei. Er schien überhaupt nur arbeiten zu können, wenn auch sein Mund in Bewegung war. Ohne groß darauf zu achten, ob ihm auch jemand zuhörte, kommentierte er die große und die kleine Politik und wusste zum Beispiel auf Anhieb zu sagen, welche Boni für die UBS-Banker angemessen waren und welche nicht. In Mike, den man am Anfang höchstens zum Zusammenwischen von Sägespänen brauchen konnte, fand er ein dankbares Objekt für seine Besserwissereien und machte es sich zur Aufgabe, diesem »Schoggichopf«, wie er es nannte, nicht nur die Grundlagen des Schreinerhandwerks, sondern auch das Schweizerdeutsche beizubringen.

Der Dritte in der Werkstatt war Sven, ein Deutscher in einer altmodischen schwarzen Tracht, der zwar kein Wort Französisch sprach, aber es trotzdem gestenreich und radebrechend gleich am ersten Tag fertigbrachte, dem Neuling klarzumachen, dass so eine Reise aus Afrika nach Europa überhaupt nichts Bemerkenswertes sei, zumindest nicht, wenn man dafür Autos und Schiffe benutze. Er, Sven, dagegen, habe den ganzen Weg zu Fuß zurückgelegt, von Leer in Ostfriesland bis in die Schweiz.

Mike – er hatte den Namen sehr bald als seinen eigenen übernommen – fühlte sich wohl in dieser Männergesellschaft, auch wenn er am Anfang nicht sehr viel Nützliches zur Arbeit beitragen konnte. Manchmal gingen mehrere Tage vorüber, ohne dass er an seinen Vetter Tom und seine Claudia gedacht hätte. Susi hatte versprochen, den beiden Bescheid zu sagen. Es gab bestimmt einen Grund dafür, dass sie sich so lang nicht bei ihm meldeten.

Es gab bestimmt einen sehr guten Grund.

15

Trainieren war ja gut und schön. Den Körper in Schuss halten, klar. Aber dabei derartig schwitzen, dass sich das T-Shirt dunkel verfärbte, das war einfach unästhetisch. Genauso wie der Sport-BH, den man sich durch die viel zu weiten Armlöcher ansehen musste. Von den schlabberigen Trainingshosen ganz zu schweigen. Wozu hielt man sich denn fit, wenn man dabei so aussah, dass jeder Mann nur die Flucht ergreifen konnte?

Die Frau auf dem Trainingsrad neben ihr hatte ihren Blick bemerkt und trat jetzt, wie um etwas zu beweisen, noch fester in die Pedale. ›Gewinn du nur die Tour de France‹, dachte Claudia. ›Bei der Siegerehrung schauen dann doch alle auf mich.‹

Eigentlich war es ja lächerlich, wenn sie sich hier im Fitnessstudio mit den anderen Frauen verglich. Die spielten alle nicht in ihrer Liga. Keine von denen hätte es wagen können, so ein enges Top anzuziehen. Sie schon. Wer hat, der hat, und kann es ruhig auch zeigen. Wie hieß doch der Song aus den *Producers,* den sie damals bei der Bikiniparade gespielt hatten? *When you got it, flaunt it.*

Die verschwitzte Frau hatte ihr Pensum endlich abgestrampelt und machte sich auf den Weg zur Dusche. Die würde sie auch nötig haben. Und ein gutes Deo. Als sie bei Claudia vorbeikam, sagte sie ganz giftig: »Na, steht etwas Interessantes drin?« Manche Leute störten sich daran, wenn man es auf dem Standfahrrad gemächlich nahm und eine Zeitschrift anschaute.

Aber sie hatte den Sport eben nicht nötig. Für die Figur schon gar nicht. Immer ein bisschen weniger essen, als man Appetit hatte, das war das ganze Geheimnis. Und genügend Schlaf.

Da drüben schaute dieser Typ schon wieder zu ihr hin. Mit diesem gewollt desinteressierten Gesichtsausdruck, den Männer aufsetzen, wenn sie noch nicht sicher sind, ob sie einen anbaggern wollen. Gar nicht beachten.

Der Psychotest im neuen *Glamour* war interessant. ›Sind Sie ein Erfolgstyp?‹ Wobei sie diese Tests nie im Ganzen ausfüllte, sondern nach jeder Antwort immer gleich zur Auflösung vorblätterte. Nachsehen, was die meisten Punkte ergab. Nicht, dass sie an solche psychologischen Bauernregeln geglaubt hätte. Aber um sich ein bisschen die Zeit zu vertreiben, waren sie gut genug.

Frage eins: ›Sind Sie mit sich zufrieden?‹ Das war leicht. Natürlich: nein. Wer mit sich zufrieden ist, hat schon aufgegeben. Wie ein Bergsteiger, der es sich auf halbem Weg bequem macht. Der kann dann nur noch absteigen. Oder darauf warten, dass ihn eine Eislawine erwischt. Auf den Gipfel kommt er nie.

Wenn sie mit sich zufrieden gewesen wäre, hätte sie damals ihr Pädagogikstudium abgeschlossen und würde jetzt rotznasigen Erstklässlern das Abc beibringen. Da hatte sie gerade noch rechtzeitig den Absprung geschafft.

Nein, sie war nicht zufrieden. Prinzipiell nicht.

Zehn Punkte. Sie hatte es doch gewusst. Ein guter Start.

Der Typ von vorhin lag jetzt unter einer dieser Kraftmaschinen und stemmte Gewichte. Keine allzu schweren, so wie es aussah. Hatte das Gerät wahrscheinlich nur ausgewählt, weil man von dort so gut zu ihr hinübersehen konnte. Sie dachte ja gar nicht daran, ihn zu bemerken.

Nächste Frage: ›Wonach suchen Sie sich Ihre Freunde aus?‹ Die meisten Leute, da war sie sich sicher, würden heucheln und Antwort a) ankreuzen: ›Nach ihrem Charakter.‹ Weil das gut klang, wenn es auch falsch war. Frau Ramires hatte bestimmt einen wunderbaren Charakter, aber deswegen war Claudia doch nicht mit ihrer Putzfrau befreundet.

Antwort c), ganz klar. ›Danach, ob sie mir nützlich sein können.‹ Man durfte sich nichts vormachen.

Klara Holzer von der SI, das war eine nützliche Freundschaft. Genau so, wie Ilona Federspiel nützlich gewesen war, damals, als sie noch bei Misswahlen mitmachte. Und Tom … Sie liebte ihn, natürlich. Sonst hätte sie sich nicht mit ihm verlobt. Aber die Verbindung war auch nützlich. Für beide Seiten. Das war die einzig vernünftige Basis für eine gute Partnerschaft.

Zehn Punkte. Eben.

Natürlich war so ein Test nur heiße Luft. Etwas, was sich ein Zeitungsschreiber aus den Fingern gesogen hatte, weil auf der Rückseite der Inserate ja auch noch irgendetwas stehen musste. Aber man freute sich doch, wenn man es traf.

Der Typ tat jetzt nicht mal mehr so, als ob er Gewichte stemmte. Lag nur da und schaute zu ihr hinüber. Einmal tief einatmen, bis das Top spannte. Damit er wenigstens wusste, warum ihm die Augen aus dem Kopf fielen.

Wie hieß der Spruch, den sie letzthin gehört hatte? ›Männer denken nur deshalb nicht immer an das eine, weil sie zum Denken nicht gemacht sind.‹ Sehr gut.

Nächste Frage: ›Haben Sie klare Ziele?‹ Das war ihr schwacher Punkt. Sie wusste zwar, dass sie nach oben wollte, ganz nach oben. Aber wo dieses Oben sein sollte, darüber war sie sich noch nicht im Klaren. Etwas in der Öffentlichkeit, natürlich. Miss Swiss, damals, das wäre es gewesen. Obwohl so ein Titel meistens auch nur ein Jahr vorhielt. Es hatte nicht jede das Glück einer Melanie Winiger.

Trotzdem: Antwort d) war sicher richtig. ›Ja, ich weiß ganz genau, was ich im Leben erreichen will.‹ Mal sehen, was in der Auflösung stand.

Hoppla, jetzt war ihr das *Glamour* auf den Boden gefallen. Und der Typ mit den Stielaugen sah natürlich seine Chance gekommen.

»Vielen Dank, sehr nett von Ihnen.« Mit ganz kühler Stimme. Nicht, dass der sich noch etwas einbildete.

»Darf ich Sie zu einem Drink einladen? Den Tropenmix an der Saftbar kann ich wirklich empfehlen.«

So ein übereifriger Kellnertyp. Genau das, was sie an Männern nicht mochte. Aber warum nicht? Die Tramperei wurde allmählich langweilig. Und ihren Coiffeurtermin hatte sie erst in einer Stunde.

Guave, Mango, Ananas. Zu süß für ihren Geschmack. Aber der Typ war so stolz darauf, als ob er die Früchte einzeln aus dem Dschungel geholt hätte. Als ob er ihr nicht nur zwei Dezi Fruchtsaft spendiert hätte, sondern mindestens einen Magnum-Champagner. Gleich würde er seine Anmachnummer starten.

»Entschuldigen Sie …«

Ging schon los. Man müsste eigentlich mal sagen: »Nein, ich entschuldige nicht.« Und dann das blöde Gesicht genießen.

»Darf ich Sie etwas fragen?«

Was wohl? »Kommen Sie oft hierher?« Oder: »Hat Ihnen schon einmal jemand gesagt, dass Sie wunderschöne Augen haben?« Das wäre auch einmal ein Thema für einen Psychotest: ›Welcher Anbaggerspruch geht Ihnen am meisten auf die Nerven?‹

»Sind Sie nicht die Freundin von Tom Keita?«

»Ich bin seine Verlobte.«

»Eben«, sagte der Typ. »Ich habe ein gutes visuelles Gedächtnis. Muss man auch haben, in meinem Beruf. Ich arbeite in der Werbung.«

»So?« Wenn etwas noch lästiger war als ein unerwünschter Flirt, dann waren das Männer, die einem etwas von ihrem Beruf erzählen wollten. Wie wichtig sie dort waren, und warum der Laden ohne sie überhaupt nicht funktionieren würde. Man konnte gar nicht so schnell gähnen, wie sie einen langweilten.

»Und da würde ich Sie gern um einen Gefallen bitten.«

Aber jetzt bitte nicht die alte Fotomodellnummer mit »Ich bringe Sie ganz groß raus« und »Wir müssten nur ein paar Probeaufnahmen …«. Und dann war das Fotoatelier in seinem Schlafzimmer.

»Als Verlobte von Tom Keita kennen Sie bestimmt auch Herrn Eidenbenz.«

Eidenbenz? Wie kam der jetzt auf Eidenbenz?

»Ich wäre wirklich dankbar, wenn Sie mir eine direkte Leitung zu ihm legen könnten.«

Es stellte sich dann heraus, dass es dem Typen – Schneebeli hieß er übrigens – tatsächlich nur um berufliche Dinge ging. Der Verein hatte eine Stelle ausgeschrieben, Leiter Öffentlichkeitsarbeit, und den Job wollte er gerne haben.

»Aber wenn man einfach eine Bewerbung schreibt und seine Unterlagen hinschickt, dann ist man immer nur einer von vielen. Da kann es einem, blöd gesagt, passieren, dass man an einem Tippfehler scheitert. Oder weil einer Sekretärin die Nase auf dem Foto nicht gefällt. Wenn man dagegen die entscheidenden Leute vorher schon kennt ... Es wäre der perfekte Job für mich.«

»Sie sind also Fußballfan?«

»Darf ich ehrlich sein?«

Das war ein Satz, den sagten die Leute meistens, bevor sie anfingen zu lügen. Aber bei diesem Typen, diesem Schneebeli war das anders. Der war dann tatsächlich ehrlich. Gar keine schlechte Masche.

»Was die da auf dem Spielfeld treiben«, sagte er, »ist mir so lang wie breit. Wenn es nach mir ginge, würde man jedem einen eigenen Ball kaufen, dann müssten sie sich nicht um den einen streiten, und die Sache wäre erledigt. Nein, der Job interessiert mich wegen Eidenbenz.«

»Aus politischen Gründen?«

»Politik?«, Schneebeli lachte. »Das ist die einzige Sache, die mich noch weniger interessiert als Fußball. Aber Eidenbenz, das ist ein Mann mit Einfluss. Einer, der Fäden zieht. Wenn man an den rankommt und sich gut mit ihm stellt, dann kann man alles werden. Wenn er einem ein bisschen hilft.«

»Und nur deshalb wollen Sie …«

»Das wär's mir wert. Dafür würde ich den Leuten auch ein Jahr lang erzählen, dass Fußball das schönste Spiel der Welt ist, und der Verein die beste Mannschaft seit der Erfindung der blauen Linie.«

»Das ist Eishockey.«

»Oder was auch immer. Könnten Sie mich nicht irgendwie mit Eidenbenz zusammenbringen?«

Sie versprach ihm gar nichts, natürlich nicht. Sie trank nur ihren Tropenmix aus – immer noch viel zu süß – und entschuldigte sich, sie habe leider diesen Coiffeurtermin, aber es sei sehr interessant gewesen, ihn kennenzulernen, vielen Dank noch für den köstlichen Drink.

Er drückte ihr seine Visitenkarte in die Hand, hatte tatsächlich – im Sportdress! – eine Visitenkarte dabei, und fragte, ob er sie anrufen dürfe. Als ob sie einem wildfremden Menschen ihre Nummer geben würde. Wo sie doch extra dafür gesorgt hatte, dass sie und Tom nicht im Telefonbuch standen.

Aber sie würde es sich überlegen, und wenn sich etwas machen ließe, würde sie sich melden. Ja, ganz bestimmt. Versprochen. Auf Wiedersehen.

Sie dachte auch tatsächlich darüber nach. Nicht wegen der Karriere von diesem Herrn Schneebeli, die war ihr egal. Der Mann war auch ohne ihre Hilfe ein Erfolgstyp, keine Frage. Dazu brauchte sie keinen Psychotest im *Glamour*. Der wusste, wie man es machte.

Aber er hatte sie auf eine Idee gebracht. Für sich selber.

Spätestens seit dieser Neujahrsparty im Vereinsheim kannte sie Eidenbenz doch sehr persönlich. Diese Bekanntschaft musste man nur ein bisschen vertiefen, und dann würde er ihr bestimmt gern weiterhelfen.

Auch wenn sie noch nicht hätte sagen können, wohin.

16

Der Rektor erwartete ihn unter der Türe und führte ihn persönlich zu seinem Platz. Das war auch nicht mehr als recht, denn wenn jemand wie Eidenbenz, der ja weiß Gott auch noch anderes zu tun hat, zu einer ganz gewöhnlichen Schultheateraufführung kommt, dann ist das nicht selbstverständlich. Die Stuhlreihen in der Aula waren schon recht gut besetzt, aber natürlich war für ihn ein Platz reserviert. In der ersten Reihe, wie sich das gehörte.

Er genoss solche Gelegenheiten, wo er nicht offiziell als der große Eidenbenz, sondern quasi als ganz gewöhnlicher Bürger in Erscheinung treten konnte. Die Leute machten kein Theater um einen, natürlich nicht, man war ja in der Schweiz, aber man zog doch ein allgemeines Raunen wie einen Königsmantel hinter sich her. »Das ist der Eidenbenz«, tuschelten sich die Leute zu. »Sein Sohn soll ja auch hier auf der Schule sein.« Man tat, als ob man das Getuschel nicht bemerkte, aber es war nicht unangenehm.

Der Rektor wollte, wie sie das alle machten, auf dem Weg durch den Saal noch schnell ein Anliegen loswerden, von wegen zu große Klassen und zu wenig Zeit für die individuelle pädagogische Betreuung. Eidenbenz hörte nicht wirklich zu, nickte nur, wenn der Rektor eine erwartungsvolle Pause machte, und sagte zum Schluss, der Herr Rektor habe da ein sehr wichtiges Thema angesprochen, etwas, das man unverzüglich angehen müsse, seine Partei habe die Problematik auch schon erkannt und sei dabei, Lösungen zu erarbeiten. Der Rektor hätte aus lauter Dankbarkeit beinahe einen Bückling gemacht und konnte diesen undemokratischen Reflex nur dadurch noch kaschieren, dass er in der selben Bewegung den *Reserviert*-Zettel von Eidenbenz' Stuhl pflückte.

Der Platz daneben war mit einem gleichen Zettel versehen, und Eidenbenz dachte zuerst, sie hätten damit gerechnet, dass er zu zweit käme. Wo doch allgemein bekannt war, dass seine Frau schon seit längerer Zeit in dieser Klinik eine Kur machen musste.

Aber dann war die Reservation für Herrn Vögeli, Philipps Klassenlehrer, der nicht nur Deutsch unterrichtete, sondern gleichzeitig als so eine Art hauseigener Künstler des Gymnasiums fungierte und in dieser Funktion auch diese Aufführung ›pädagogisch begleitet‹ hatte, wie er das nannte. Er erkundigte sich bei Eidenbenz, ob die Pilzvergiftung auch bei ihm ohne böse Folgen vorübergegangen sei, Philipp sei ja erfreulicherweise schon am nächsten Tag wieder putzmunter gewesen. Eidenbenz brauchte einen Moment, bis er sich an den Vorfall, der ja nicht wirklich stattgefunden hatte, erinnerte. Er wollte sich schon ein paar dramatische Einzelheiten ausdenken, Magenkrämpfe oder so, aber Vögeli ersparte ihm die Mühe und setzte, ohne auf eine Antwort zu warten, zu einer Lobeshymne auf Eidenbenz' Sohn Philipp an. Ein ganz ungewöhnlicher junger Mann sei das, wie man ihm als Lehrer nicht alle Tage begegne.

Natürlich, nickte er auf Eidenbenz' Einwand, natürlich,

die reinen Schulleistungen ließen manchmal zu wünschen übrig, aber er führe das nicht auf mangelnde Begabung, ja nicht einmal auf mangelnden Fleiß zurück. Bei kreativen Menschen, und zu denen gehöre Philipp ganz eindeutig, müsse man eine gewisse Sprunghaftigkeit der Interessen schon mal akzeptieren. Eidenbenz hatte in vielen Ansprachen für eine strengere Pädagogik plädiert, für einen Unterricht, der die Schüler nach gutem altem Brauch forderte und nicht nur verhätschelte, und als Parteipräsident hätte er Vögeli bestimmt widersprochen. Er war aber als Vater da, und so lächelte er nur und schwieg.

Bei Themen, die ihn wirklich interessierten, schwärmte Vögeli weiter, könne Philipp dann plötzlich wieder einen sehr großen Einsatz an den Tag legen. Das habe er zweifellos vom Vater, der ja seinen vielen Ämtern und Verpflichtungen bestimmt auch nur mit viel Fleiß und Disziplin gerecht werden könne. Aber der Apfel falle eben nicht weit vom Stamm, und Eidenbenz sei sicher sehr stolz darauf, dass sein Sohn im heutigen Theaterstück nicht nur mitspiele, sondern auch den Text dazu verfasst habe.

Ja, bestätigte Eidenbenz, er sei sehr, sehr stolz. Und fragte sich gleichzeitig, warum ihm Philipp von dieser seiner Autorschaft nie etwas erzählt habe.

Dann wurde es dunkel, nicht schön langsam, wie im Theater, sondern auf einen Schlag, indem der Pedell ganz einfach das Licht in der Aula ausschaltete. Ein Schülertrio spielte zum Auftakt etwas Klassisches. Vögeli wippte im Takt mit dem Fuß dazu und machte ein so stolzes Gesicht, als striche er selber auf dem Podest die Geige oder das Cello.

Dann begann das Theaterstück.

Der Vorhang, dem man seine frühere Existenz als Leintuch noch deutlich ansah, wurde zur Seite gezogen. Das Bühnenbild, wenn man es so nennen konnte, bestand nur aus einer Ortstafel, blau mit weißer Schrift. ›Bethlehem‹ stand darauf.

Eidenbenz schaute seinen Sitznachbarn fragend an. Jetzt, wo man schon bald Frühling hatte, ein Krippenspiel – das war denn doch ein bisschen seltsam. Aber Vögeli flüsterte ihm zu, mit Religion habe das Theaterstück überhaupt nichts zu tun. Er sei in solchen Dingen sehr vorsichtig und rechne es sich als persönlichen Erfolg an, dass sich in der Theatergruppe auch zwei Knaben mit muslimischem Hintergrund sehr aktiv beteiligten.

Hinter ihnen machte jemand »Pscht!«.

Nein, tuschelte Vögeli weiter, das Stück sei überhaupt nicht religiös, sondern vielmehr politisch.

›Politisch?‹, wunderte sich Eidenbenz. Bisher hatte sein Sohn an solchen Themen noch nie Interesse gezeigt. Außer um darüber zu spotten. In dem Alter konnte es wohl nicht anders sein. Obwohl er, Eidenbenz, schon mit fünfzehn …

Dann traten die ersten Schauspieler auf, sehr krippenspielhaft auch sie. Eine Schülerin mit schwanger ausgestopftem Bauch und ein Schüler in einem weißen Nachthemd. Sie stellten sich in holprigen Reimen als Maria und Josef vor, auf der Suche nach einer Herberge. »Wo find ich eine Herberg, wo? Versuch's mal beim Verkehrsbüro!« Das Ganze war wohl als Parodie gedacht. ›Typisch Philipp‹, dachte Eidenbenz missbilligend, mischte dann aber doch sein patentiertes Eidenbenz-Lachen in das allgemeine Vergnügen. Es konnte nie schaden, den Leuten zu zeigen, dass man Humor hatte.

»Erfrischend unkonventionell, finden Sie nicht auch?«, flüsterte Vögeli. Eidenbenz hätte andere Adjektive gewählt, ›albern‹ zum Beispiel oder ›respektlos‹, aber das war wohl nicht der Moment für eine Debatte über die Funktion von Kunst in der Gesellschaft. Kultur war sowieso ein heißes Thema, an dem man sich leicht die Finger verbrennen konnte. Damals, als er sich öffentlich über diese Veranstaltung in Paris empört hatte, wo ein Schauspieler auf ein Bild von Christoph Blocher pinkelte und dafür auch noch Geld von der *Pro Helvetia* bekam, hatte man ihn von allen Seiten angegriffen, bloß weil er die Aufführung, über die er sich so schockiert zeigte, gar nicht selber gesehen hatte. Als ob er die Zeit hätte, nach Frankreich zu fahren, nur um so einem Schmierenkomödianten beim Brünzeln zuzusehen.

Aber das hier war schließlich nur eine Schultheateraufführung, und da musste man fünfe wohl gerade sein lassen. Auch wenn man sich schon fragen musste, wie der Herr Rektor dazu kam, von einer löchrigen Personaldecke zu faseln, wenn seine Lehrer genügend Zeit hatten, so einen Hafenkäse zu betreuen.

Den andern Eltern schien die Aufführung Spaß zu machen. Als Josef ein Handy unter seinem Nachthemd hervorkramte und vergeblich versuchte, das Verkehrsbüro anzurufen, war das Gelächter allgemein, und auch Eidenbenz lachte pflichtschuldig mit.

Bis ihm das Lachen dann endgültig verging.

Denn jetzt trat Philipp selber auf, in einem Anzug, den Eidenbenz sofort erkannte. Philipp musste ihn, natürlich ohne um Erlaubnis zu fragen, aus seinem Kleiderschrank genommen haben. Es war Eidenbenz' guter ›Berner Anzug‹, so genannt, weil er ihn immer nur anzog, wenn er zur Session ins Bundeshaus fuhr und damit rechnete, dass das Fernsehen an diesem Tag Aufnahmen für die *Tagesschau* machen könnte. Das Jackett war seinem Sohn viel zu weit und die Hosenbeine waren zu lang, aber Philipp hatte sich nicht einmal die Mühe gemacht, sie hochzukrempeln, sondern trampte einfach mit seinen Schuhen auf dem Saum herum. Bei dem teuren Stoff!

Philipp sprach nicht in Versen, sondern stellte sich in Prosa als ›Gmeindsmuni von Bethlehem‹ vor, eine Figur, die in der Weihnachtsgeschichte, so wie man sie Eidenbenz damals im Kindergarten vorgelesen hatte, ganz bestimmt nicht vorgekommen war.

Philipp stellte sich breitbeinig neben das Ortsschild, die Hände in die Hüften gestützt. In der zweiten Stuhlreihe begann jemand überlaut zu kichern. Eidenbenz drehte sich irritiert um. Es war der Mann, der vorher »Pscht!« gemacht hatte. Diesmal hörte er nicht auf, als Eidenbenz ihn strafend ansah, sondern fotografierte eifrig das Geschehen auf der Bühne.

»Wir beide kennen nur ein Ziel«, sagte der Joseph auf der Bühne. »Wir suchen hier bei euch Asyl.«

Und die Maria fügte hinzu: »Wobei wir ziemlich eilig wären, ich muss nämlich ein Kind gebären.«

Die Leute lachten schon wieder.

»Sie merken schon: Die Sache brennt. Was macht man da, Herr Präsident?«

Die beiden knieten jetzt in flehender Pose vor Philipp.

Der machte einen Schritt von ihnen weg und stolperte dabei über die zu langen Hosenstöße. Eidenbenz konnte überhaupt nicht verstehen, was daran komisch sein sollte. Das war ein verdammt teurer Anzug.

»Asyl? Bei uns?«, sagte Philipp. »Da kann ich ja nur lachen.« Und dann lachte er. Laut und abgehackt. Trompetete jedes einzelne »Ha« hinaus, als ob es ein eigenes Wort wäre. Es war ein Lachen, das Eidenbenz bekannt vorkam. Irgendwie vertraut.

Und dann merkte er – so etwas spürt man, auch ohne sich umzudrehen –, dass jetzt plötzlich niemand mehr im Saal auf die Bühne schaute, sondern alle nur auf ihn. Als ob sie auf eine Reaktion von ihm warteten.

Weil dieses Lachen sein eigenes Lachen war. Übertrieben natürlich. So ein absurdes Gemecker hatte er in seinem ganzen Leben noch nie von sich gegeben. Aber trotzdem: Es war das Eidenbenz-Lachen. Sein Markenzeichen. Der eigene Sohn machte sich da auf der Bühne über ihn lustig. Vor allen Leuten.

Er zögerte nur einen Moment. Es gibt Momente im Leben eines Politikers, da muss man fatzbumm entscheiden. Und er hatte ja auch gar keine Wahl. Es blieb ihm gar nichts anderes übrig, als mitzulachen.

»Hahaha«, machte Eidenbenz in der ersten Reihe.

»Hahaha«, machte sein Sohn auf der Bühne.

Die Leute schlugen sich vor Vergnügen auf die Schenkel. Vögeli nickte ihm zu, als wolle er sagen: »Habe ich zu viel versprochen?« Und Eidenbenz beschloss, seinem Sohn das Taschengeld zu kürzen. Mindestens.

Aber das war erst der Anfang.

17

Das Schlimmste, aber wirklich das Allerschlimmste, war, dass sie den Philipp hinterher zum Helden machten. Dass sie ihn wegen seines dummen Lausbubenstreichs – und was war es denn anderes gewesen als ein Lausbubenstreich? – bejubelten, als sei er der Winkelried persönlich. »Froh noch im Todesstreich, nie vor Gefahren bleich.« Und das nach einer Schultheateraufführung, nur für Eltern und Verwandte!

Eidenbenz fasste mit der Hand in die Hosentasche und knetete mit aller Kraft auf dem Gummiball in den Vereinsfarben herum. Diesmal beruhigte ihn das nicht. Er konnte förmlich spüren, wie sein Blutdruck anstieg. »Du musst dich mehr entspannen«, hatte Gertsch beim letzten Check-up gesagt. »Versuch's doch mal mit Meditation.«

Der hatte gut reden. Meditation? Und was noch alles? Sollte er sich etwa im Bundeshaus im Schneidersitz auf den Boden setzen und »Ommm« singen?

Es war aber auch kein Wunder, dass man Probleme mit dem Blutdruck bekam. Wenn er nur an den Aktienkurs seiner Firma dachte … Nichts als Ärger hatte man. Und jetzt auch noch dieser Journalist. Hatte sich nicht abwimmeln lassen. Und wenn man ihn abgewimmelt hätte, hätte er trotzdem geschrieben.

Im Allgemeinen hatte Eidenbenz ja Spaß an Interviews. Er verstand es, die Gespräche dorthin zu lenken, wo er sie haben wollte, und wenn er dann auch noch den einen oder anderen seiner träfen Sprüche vom Stapel ließ, fraßen ihm seine Gesprächspartner meist schon bald aus der Hand. Aber heute würde es anders werden. Unangenehmer. Weil man ihn heute nicht nach politischen Dingen fragen würde, sondern nur nach seinem Sohn.

Was andererseits natürlich auch wieder sehr politisch war. Es war aber auch blöd gelaufen. Nur schon dieses Foto, auf dem er den Kopf wegdrehte und dieses beleidigte Gesicht machte. Ein dummer Zufall hatte es gewollt, dass der Vater von Philipps Klassenkamerad Schäbiger mit seiner Kamera direkt hinter ihm gesessen hatte. Wenn es denn Zufall gewesen war und nicht ein abgekartetes Spiel. So etwas konnte man nie wissen. Auf alle Fälle hatte der sich dort breitgemacht, direkt hinter den reservierten Plätzen. Ein Mann, den man nur lachen hören musste, um zu wissen, wessen Geistes Kind er war. Und der dann natürlich einen Artikel über die Aufführung schreiben musste, samt Foto, zwar nur in diesem jämmerlichen Grünen-Blättchen, aber eben doch.

Das wäre an und für sich auch noch nicht weiter schlimm gewesen, denn wer las schon die Ergüsse in so einer Pfarrer-Künzle-Postille? Pro Seite mindestens ein Panda, und jedes Auto, das mehr als einen Fingerhut Benzin verbrauchte, war schuld am Weltuntergang. Aber dann hatte der *Tages-Anzeiger* die Sache aufgegriffen, und die Genossen dort hatten die Geschichte natürlich verdreht. Auf die linke Tour, und das war bei denen ganz wörtlich zu verstehen.

›Eidenbenz junior kämpft für eine bessere Asylpolitik.‹ So ein Quatsch!

Ein Lausbubenstreich war es gewesen, sonst nichts. Eine pubertäre Täubelerei. Ihn, den Eidenbenz, hatte der Philipp ärgern wollen. Den eigenen Vater. Und das war ihm ja auch gründlich gelungen.

Eidenbenz schleuderte wütend den Gummiball gegen die Wand, und als der beim Zurückspringen die Wappenscheibe am Fenster traf und sie beinahe demolierte, kam ihm das gerade recht. Wer sowieso schlechte Laune hat, lässt sich gern darin bestätigen.

Machte einem alles kaputt, dieser Lausbub. Aus purem Trotz. Seit Sonja in der Klinik war, hatte man nur noch Schwierigkeiten mit ihm. Nur schon, wie er sich anzog. Und die Musik, die er hörte. Wenn man das überhaupt Musik nennen konnte. Und jetzt auch noch dieser Skandal bei der Schultheateraufführung.

Skandal, jawohl.

Mit Politik hatte das überhaupt nichts zu tun, ganz egal, was sich diese Schreiberlinge aus den Fingern sogen. Von Politik verstand der Philipp nicht mehr als eine Kuh vom Klavierspielen. Eine besonders unbegabte Kuh noch obendrein. Keine Ahnung hatte der. Konnte er auch noch gar nicht haben, in seinem Alter. Sollte besser anständige Prüfungen schreiben statt Theaterstücke. Mit dem nächsten Zeugnis würde er wahrscheinlich ins Provisorium rutschen. Wenn ihm sein Klassenlehrer, der Vögeli, nicht wieder unverdienterweise die Note aufbesserte. Als Dank für dieses schwachsinnige Theaterstück. Auch so ein Weltverbesserer und Wohlfühlpädagoge.

Eidenbenz fasste ganz automatisch in die Tasche, aber der Gummiball lag jetzt irgendwo im Zimmer, und er konnte ja nicht gut auf allen vieren durch sein Büro kriechen und danach suchen.

Vielleicht war der Vögeli wirklich so naiv, wie er tat. Auf alle Fälle hatte er während der ganzen Szene erwartungsvoll zu ihm hingeschaut. Wie ein Hund, der ein Stöckchen apportiert hat, und jetzt in der Erwartung eines Lobs mit dem Schwanz wedelt. Der hatte doch tatsächlich Begeisterung erwartet für das, was da oben auf der Bühne passierte. Als ob er nicht ganz genau gewusst hätte, dass die versammelten Eltern im Saal nicht über das Theaterstück so schallend lachten, sondern über ihn, den Eidenbenz.

Eidenbenz mochte es nicht, wenn man ihn auslachte. Einen besonders respektlosen Karikaturisten hatte er sogar einmal verklagt. Mit ihm lachen, das war etwas anderes. Wenn er einen Spruch losließ und dann der ganze Saal schallte, das war angenehm. Aber nicht, wenn sie über ihn lachten.

Und genau das hatten sie getan, bei diesem Schultheater.

Weil da nämlich sein Sohn auf der Bühne stand, ›Philipp Eidenbenz (16)‹, wie er dann in den Zeitungen hieß, und den eigenen Vater parodierte. Im guten, aber für ihn viel zu großen Nationalratsanzug. Trampte einfach auf den Hosenstößen herum. In der Reinigung hatten sie gesagt, sie könnten nicht garantieren, dass die Flecken je wieder rausgingen.

Das kam noch dazu.

Obwohl – das mit dem Anzug hätte man dem Philipp ja gerade noch durchgehen lassen können. Ihm stillschweigend die Kosten für die chemische Reinigung vom Taschengeld abziehen und fertig. Man war ja auch einmal jung gewesen. Aber was er sich da mit diesem Theaterstück erlaubt hatte, das war unverzeihlich. Absolut unverzeihlich.

Und er konnte ihn noch nicht einmal dafür bestrafen, konnte keinen Hausarrest verhängen oder ihn zur Buße das Auto waschen lassen, weil die Geschichte unterdessen in allen Zeitungen gestanden hatte und dadurch keine private Angelegenheit mehr war, sondern eine öffentliche.

Und dabei hatte der Lausbub doch nur eines verdient: ein paar hinter die Löffel. Links und rechts.

Stand da auf der Bühne als ›Gmeindsmuni von Bethlehem‹ und erklärte Maria und Josef, warum in seiner Gemeinde kein Platz für sie sei. Tat das aber nicht in Versen, so wie alle anderen in dem Theaterstück redeten, sondern mit einer Ansprache. Und nicht mit irgendeiner. Mit Wort für Wort der gleichen Rede, die Eidenbenz an der letzten kantonalen Delegiertenversammlung gehalten hatte! Wort für Wort. Nur dass der Philipp statt »Schweiz« immer »Bethlehem« sagte. Ha, ha, ha.

Dabei war es eine gute Ansprache gewesen. Eine seiner besten, das hatten alle gesagt. Klare, träfe Argumente. Fast nach jedem Abschnitt hatte es spontanen Applaus gegeben. Manchmal sogar an Stellen, wo er gar keinen eingeplant hatte.

Aber wenn da ein Sechzehnjähriger vor einem ›Bethlehem‹-Schild stand, wenn dem der viel zu große Anzug am schmalen Körper schlotterte, und wenn er dann seinen Vater nachmachte, Geste für Geste, die ausgebreiteten Arme und den mahnenden Zeigfinger, wie er das wohl vor dem

Spiegel eingeübt hatte mit dem Video von der Delegiertenversammlung, wenn er dann auch noch den Tonfall imitierte, die donnernden Aufrufe und das beschwörende Raunen, und das alles mit seiner viel zu dünnen Stimme – dann war natürlich auch die beste Ansprache nur noch lächerlich. Da hätte der Churchill keine Chance gehabt. Nicht einmal der Blocher.

Seine besten Formulierungen, wie zum Beispiel »Die Kirche muss im Dorf bleiben, aber nicht das Minarett«, waren in der Aula als Pointen belacht worden. Die Leute hatten gegrölt wie beim Peach Weber oder beim Marco Rima. Geradezu Festzeltstimmung hatte geherrscht. Und als Philipp als Gmeindsmuni dann auch noch das Ortsschild umdrehte, und auf dessen Rückseite ihr Plakat von der letzten Abstimmungskampagne sichtbar wurde, da hatten sie richtiggehend gejubelt.

Dabei war das ein tipptoppes Plakat gewesen. Auch wenn manche Klugscheißer daran herumgemäkelt und behauptet hatten, Raben seien eigentlich sehr sympathische Vögel.

Ausgelacht hatten sie ihn.

Jetzt kroch Eidenbenz doch auf dem Boden herum und suchte seinen Ball.

Wie das Stück genau zu Ende gegangen war, hätte er gar nicht mehr sagen können. Nur dass Maria und Josef kein Asyl in Bethlehem bekommen hatten und wieder abgezogen waren.

Und dass die Leute applaudiert hatten wie verrückt. Und dabei nicht auf die Bühne geschaut, sondern immer nur auf ihn. Um zu sehen, wie er wohl reagierte. In diesem Moment musste auch das Foto entstanden sein.

Er hatte dann natürlich auch applaudiert und so getan, als sei alles in bester Ordnung. Was war ihm auch anderes übriggeblieben?

›Wenn ich meinem Vater so etwas angetan hätte‹, dachte Eidenbenz, ›er hätte mich über die Knie gelegt und mir den Hosenboden strammgezogen.‹ Schon schade, dass man das heute nicht mehr durfte.

Als dann der Journalist kam und natürlich genau die Fragen stellte, die Eidenbenz erwartet hatte, da war er vorbereitet. Er sei stolz auf seinen Sohn, sagte er ins Diktafon, nicht nur, weil der so viel kreative Begabung gezeigt habe, sondern vor allem, weil er eine eigene Meinung habe und auch den Mut, öffentlich dazu zu stehen. Das sei doch ein Grundprinzip unserer Demokratie, sagte er, die freie Meinungsäußerung, und die müsse man auch dann unterstützen, wenn man mit ihrem Inhalt ganz und gar nicht einverstanden sei. In einer freien Gesellschaft, sagte er, müsse man Kritik ertragen können, auch wenn es der eigene Sohn war, der einem da widersprach. Gerade, wenn es der eigene Sohn war.

Er hatte sich aus dem Zitatenlexikon auch noch einen Satz von Voltaire herausgeschrieben: »Du bist anderer Meinung als ich, und ich werde dein Recht dazu bis in den Tod verteidigen.« Aber das ließ er dann doch lieber weg. Für einen Eidenbenz klang es einfach zu geschwollen.

Das war das Allerschlimmste: dass er dem Philipp auch noch öffentlich auf die Schulter klopfen musste.

Aber so war es nun mal in der Politik.

18

Manchmal, und das überraschte ihn, fühlte er sich fast zu Hause. Dann dachte er: Es könnte so bleiben, wie es ist, und es wäre nicht schlecht.

Es war ein angenehmes Gefühl, ein Gefühl, in dem man es sich hätte bequem machen können, wie man es sich in einem warmen Bett bequem macht, aus dem man gar nicht mehr aufstehen möchte. Aber er wehrte sich gegen diese Versuchung. Er hatte noch nicht erreicht, was das Ziel seiner Reise gewesen war. Noch gar nichts hatte er erreicht.

Zu essen und einen Platz zum Schlafen, das reichte nicht aus. Er verdiente kein Geld, oder doch nicht genug, um einen Teil davon nach Hause zu schicken, wo sie doch darauf warteten. Und vor allem: Er konnte die Schulden nicht zurückbezahlen, die er für die Reise gemacht hatte. Die das ganze Dorf für ihn gemacht hatte.

Er hatte sich sein Leben in der Schweiz anders vorgestellt. Nein, nicht vorgestellt. Erträumt. Er hatte ja nichts von dem Land gewusst, außer dem, was Tom in seinen Briefen schrieb, und was sie sich danach zurechtgelegt hatten. Dass hier alle Leute reich waren. Dass sie Gesetze hatten, die nicht nur in den Büchern standen, sondern an die sich die Leute auch tatsächlich hielten. Dass einem nichts gestohlen wurde, und wenn doch, konnte man zur Polizei gehen und musste sie nicht bestechen. Dass es hier für alle Arbeit gab.

›Ich muss es nur bis in die Schweiz schaffen‹, hatte er gedacht, ›muss nur Tom Keita finden, meinen Verwandten mit den goldenen Füßen. Er wird mir helfen, und dann wird sich schon alles ergeben. Arbeit, Papiere, Geld. Einfach alles.‹

Aber jetzt meldete sich Tom nicht bei ihm, obwohl er unterdessen längst seine neue Adresse haben musste. Susi hatte versprochen, ihn anzurufen, und wenn Susi etwas versprach, dann hielt sie es auch. Da war er sich ganz sicher, auch wenn er sie nicht lang gekannt hatte. In den ersten Tagen hatte er immer wieder aus dem Fenster gesehen, ob nicht Toms Auto vor der Schreinerei vorführe. Jetzt wartete er nicht mehr.

Man durfte sich nichts vormachen. Sein Vetter wollte wohl doch lieber nichts mit ihm zu tun haben. Wollte keine Schwierigkeiten bekommen in diesem fremden Land.

Obwohl ... Tom hatte ihn doch freundlich empfangen, wie das der Brauch ist, wenn jemand aus dem gleichen Dorf kommt und damit aus der gleichen Familie. Hatte ihn bei sich aufgenommen. Aber dann ...

Er würde es eben ohne ihn schaffen müssen. So schwierig konnte das nicht sein. Er hatte es schließlich auch bis hierhergeschafft. Und egal, was Sven, der Hamburger Zimmermann, sagte: Sich übers Meer bis nach Europa durchzuschlagen war schwieriger, als bequem zu Fuß über Landstraßen zu spazieren. Viel schwieriger.

Er hatte das geschafft. Jetzt durfte er sich nur nicht einbilden, er sei schon angekommen. Durfte sich nicht ausruhen. Sich nicht zu früh zu Hause fühlen, bloß weil die Leute hier nett zu ihm waren. Weil Martin ihn aufgenommen hatte, auf Susis Bitte. Weil auch die anderen in der Schreinerei … Deswegen war man noch nicht zu Hause.

Am besten mochte er den wortkargen Gebi. Das war eine Art Mensch, die er gut kannte. Gebi konnte mit einem Stück Holz umgehen wie mit einem lebendigen Wesen, spürte schon unter der Rinde die Maserung, konnte ihren Verlauf lesen, wie ein erfahrener Jäger Spuren lesen kann, die ein anderer gar nicht erkennt. Zu Hause im Dorf hatte es einen alten Mann gegeben, der aus Eisenholz Masken schnitzte, so wie man sie früher für die Zeremonien gebraucht hatte. Jetzt kam einmal oder zweimal im Jahr ein Händler vorbei und kaufte sie ab, für den Touristenmarkt in Conakry. Dem Alten hatten sie als Kinder stundenlang bei der Arbeit zugesehen, und er hatte ihnen erklärt, dass das Gesicht der Maske im Holz immer schon drin sei, man müsse es nur herausholen und befreien. Gebi hätte sich gut mit ihm verstanden.

Auch mit Hansueli, der zu allem eine Meinung hatte und, wie Martin einmal sagte, von nichts eine Ahnung, kam er nach anfänglichen Schwierigkeiten ganz gut zurecht. Man musste ihm nicht zuhören, wenn man nicht wollte, ihm ging es ums Reden, nicht ums Gehörtwerden. Wenn Hansueli eine Frage stellte, das hatte er lernen müssen, dann wollte der keine Antwort haben, sondern gab sie lieber gleich selber, hatte ein Thema nur angeschnitten, um seine neueste Theorie zu verkünden, wie man Fußballmeister würde oder wie die Politiker das Bankgeheimnis retten könnten, wenn sie ihn nur fragen wollten. Wenn man ab und zu nickte oder »Tatsächlich?« sagte, war er schon zufrieden. Solang er dozieren konnte, lief ihm auch die Arbeit gut, als ob sein Mund und seine Hände auf geheimnisvolle Weise miteinander verbunden wären.

Am Anfang hatte Mike die ganze Zeit nur in der Schreinerei verbracht, hatte dort gegessen, geschlafen und – nachdem er sich als nicht ganz ungeschickt erwiesen hatte – auch gearbeitet. Wenn Kunden kamen, verdrückte er sich unauffällig. Martin sollte wegen ihm keine Schwierigkeiten haben.

Aber dann, als ob das ganz selbstverständlich wäre, hatten Sven und Hansueli ihn eines Abends mitgenommen. Sie waren in ein Lokal gegangen, wo die Leute laut aufeinander einredeten, was hier aber keinen Streit bedeutete, sondern gute Laune. Sie hatten Bier getrunken, das ihm schnell in den Kopf stieg.

Es schien ihn niemand zu bemerken. Zumindest starrten sie ihn nicht neugierig an. Es war nicht, als ob er unsichtbar wäre, sondern als ob man ihn schon lange kennte und es deshalb keinen Grund gebe, ihn besonders zu beachten. Nur einmal war ein Mann an ihren Tisch gekommen und hatte gesagt: »Das ist jetzt also euer Gast?«

»Ja«, hatte Hansueli geantwortet. »Das ist Mike.«

»Grüß dich, Mike«, hatte der Mann gesagt. »Ich habe schon eine Menge von dir erzählen hören.«

Und war einfach wieder weitergegangen, an einen anderen Tisch, und hatte dann noch lange dort gesessen und Karten gespielt.

Hansueli hatte die nächste Runde Bier bestellt und dann ein Sprichwort erklärt, von dem er sagte, dass man es kennen müsse, um die Schweiz zu verstehen. »Was ich nicht weiß, macht mich nicht heiß«, hieß das Sprichwort.

Der Ort hier war klein, erklärte ihm Martin am nächsten Tag, und natürlich sprachen sich die Dinge herum. »In so einem Ort kann man nichts verstecken. Nicht dass die Leute neugieriger wären als anderswo, aber wo wenig los ist, bespricht man das wenige, das es zu besprechen gibt, umso gründlicher.« Und nein, er müsse keine Probleme befürchten, beruhigte er ihn, offiziell sei er nur zu Besuch, und ihn nach Pass und Visum zu fragen, das würde nur Umstände bedeuten, ohne dass irgendjemand etwas davon hätte. Und er liege ja niemandem auf der Tasche. Solang er also nicht die Schreinerei anzünde oder unter ein Auto käme, würde sich niemand groß um ihn kümmern. Nicht für ewig natürlich, aber doch für die nächste Zeit.

Und am nächsten Tag hatte Martin gesagt: »Ab sofort werde ich dir einen kleinen Lohn bezahlen. Du stellst dich ja nicht dumm an in der Werkstatt.«

Er fing an, kleine Spaziergänge zu machen, meistens nach der Arbeit. Die Sonne ging dann zwar immer schon unter, aber am Wochenende würden sie die Zeit umstellen, hatte ihm Hansueli erklärt, und dann bleibe es an den Abenden wieder länger hell. Im Dorf nickten ihm die Leute zu wie einem Bekannten. Nur die Kinder schauten ihm nach. Einmal, als er auf einem Mäuerchen sitzend die letzten Sonnenstrahlen des Tages genoss, blieb ein kleines Mädchen vor ihm stehen und fuhr ihm mit dem Finger über die Hand, wie um zu überprüfen, ob die Farbe auch echt sei. Ihre Mutter zog es dann weg und sagte etwas Entschuldigendes.

Auf dem Platz vor der Kirche gab es eine Telefonkabine, und nach einigen Anläufen meinte er auch den Computer verstanden zu haben, mit dem man nach Telefonnummern suchen konnte. Er gab den Namen und die Adresse von Tom Keita ein, sorgfältig Buchstabe für Buchstabe, so wie sie auf dem Zettel aus seinem Brustbeutel standen. Aber das Gerät schien seinen Vetter nicht zu kennen.

Zuerst meinte er, er habe etwas falsch gemacht, aber am nächsten Tag versuchte es Sven für ihn und bekam auch keine Auskunft. »Wenn das wirklich so ein berühmter Fußballspieler ist«, sagte er, »dann hat der bestimmt eine Nummer, die in keinem Verzeichnis steht.« Mike konnte das nicht verstehen. Gerade bei berühmten Leuten gab es doch bestimmt viele, die sie anrufen wollten.

»Kommt er aus demselben Land wie du?«, fragte Sven.

Mike nickte nur. Dabei hätte er gern erzählt, dass er mit Tom Keita schon als Junge Fußball gespielt hatte. Mit einem zusammengeschnürten Bündel Lumpen als Ball, weil niemand einen richtigen besaß. Aber er hatte gelernt, dass die Leute ihm das nicht glaubten.

»Schreib ihm doch einen Brief«, sagte Sven. »Die Adresse hast du ja. Obwohl ich wirklich nicht verstehe, warum manche Leute so ein Theater machen, nur wegen eines Autogramms.«

Er schrieb den Brief an einem Sonntag. Er brauchte den ganzen Tag dafür, denn im Schreiben war er nicht sehr geübt. Martin hatte ihm erlaubt, sein Büro zu benutzen. Wenn man an dem Schreibtisch mit den vielen Papieren saß, kam man sich vor wie ein bedeutender Mann. Wie jemand, der wichtige Geschäfte hat.

›Lieber Vetter‹, schrieb er, ›wenn mein Besuch dir unangenehm ist, dann kann ich das verstehen, und ich will dir auch nicht zur Last fallen. Nur sag es mir bitte, damit ich weiß, dass ich bei anderen Leuten Hilfe suchen muss.

Mir geht es gut, und ich habe sogar schon viele Wörter von der Sprache gelernt, die man hier spricht. Sie lachen, wenn ich es probiere, aber es ist ein freundliches Lachen, wie wenn man einem Kind Mut machen will.

Ich bin auch kein Marabu mehr, weil ich jetzt nicht mehr immer diesen langen Mantel anhabe, sondern eine Jacke, die mir Martin geschenkt hat. Sie sind hier sehr nett zu mir, aber es sind doch fremde Leute.

Wenn du mir einen Brief schickst, dann schreib: *Für Mike*. So nennen sie mich. Mich stört das nicht. Meinen richtigen Namen könnten sie ja doch nicht aussprechen.‹

Hinten auf den Umschlag schrieb er noch einmal groß die Adresse der Schreinerei. Vielleicht hatte Tom sie ja nicht richtig notiert. Oder er hatte den Zettel verloren.Wenn man so viel zu tun hatte wie er, passierte so etwas schon einmal.

Im Dorfladen verkauften sie auch Briefmarken. »A-Post oder B-Post?«, fragte die Verkäuferin, und als er die Frage nicht verstand, lachte sie und sagte: »Nehmen wir A-Post. Dann bekommen Sie schneller eine Antwort.«

Am Tag, als der Unfall passierte, wartete er immer noch darauf.

19

Eidenbenz konnte Dr. Häberle nicht leiden. Erstens weil der so demonstrativ deutsch war und auch nach zwanzig Jahren in der Schweiz immer noch mit schwäbischem Akzent sprach, und zweitens, weil er immer recht hatte. In der Öffentlichkeit war es natürlich anders. Da war es Eidenbenz selber, der politische Trends mit so unglaublicher Präzision vorauszusagen wusste, dass ihn die Interviewer immer wieder nach dem Geheimnis dieser geradezu hellseherischen Fähigkeit fragten. »Alles nur Bauchgefühl«, antwortete er dann. »Bauch genug habe ich ja.« Und lachte sein Eidenbenz-Lachen in die Kameras.

Aber es gab ein Geheimnis, und das hieß Häberle. PD Dr. Häberle.

Wenn der Mann nur teuer gewesen wäre, hätte sich Eidenbenz nicht jedes Mal so über ihn geärgert. Geld war nicht das Problem; das ließ sich immer auftreiben, auch wenn es in der letzten Zeit ein bisschen schwieriger geworden war. Nein, dass dieser blutleere Intellektuelle ihn einfach nicht ernst nahm, ihm die Resultate seiner Umfragen mit einem so herablassenden Lächeln auf den Tisch legte, wie man einem verwöhnten, aber nicht besonders begabten Göttibuben ein neues Spielzeug in die Hand drückt, das war unverzeihlich. Dr. Häberle lächelte immer so herausfordernd, und dabei war ein Eidenbenz doch kein Böllebueb, gopferteckel noch mal! Er war jemand, im Verein und in der Partei, nicht der Allerwichtigste, aber auch nicht niemand, und er wollte entsprechend behandelt werden, gefälligst.

Aber Häberle, das musste man ihm lassen, verstand seine Sache. Wenn er sein Notebook aufklappte, dann waren da Antworten drin, zu denen einem noch nicht mal die Fragen eingefallen wären.

»Der Appell an den xenophoben Reflex«, hatte er gerade doziert, »dürfte nach meinen Untersuchungen den Punkt des optimalen *political return* unterdessen überschritten haben.«

Das war auch so etwas, was Eidenbenz an diesem Zahlenfuzzi auf die Nerven ging. Er knallte einem ohne Vorwarnung eine ganze Salve von Fremdwörtern an den Kopf und schaute einen dabei hinter seiner Brille mit ihrem lächerlich dicken schwarzen Rand hämisch an.

Den Gefallen nachzufragen tat ihm Eidenbenz natürlich nicht. Er war vielleicht kein Studierter, aber von Psychologie verstand er eine ganze Menge. Häberle war eitel, auch wenn er in einem Anzug herumlief, der Eidenbenz noch für die Kleidersammlung zu schäbig gewesen wäre. Häberle prunkte so gern mit der eigenen Gescheitheit wie ein Rapper mit seinen Blingbling-Goldketten. (Wer einen Sohn im Teenageralter hat, kennt sich mit solchen Sachen aus.) Der Herr Privatdozent war gar nicht fähig, sich eine ausführliche Erklärung zu verkneifen. Aber er ließ sich gern Zeit dafür. Dachte wohl, er würde sein Gegenüber auf die Folter spannen. Wo die einzige Folter für Eidenbenz doch darin bestand, dass man in diesem lächerlichen Tearoom noch nicht einmal ein Bier bestellen konnte. Als ob es keinen vernünftigeren Ort für ihr Treffen gegeben hätte.

Sie durften nicht zusammen gesehen werden, das war schon klar. In Häberles Vertrag mit der Universität stand etwas von politischer Neutralität. Man musste sich also an diskreten Orten treffen, das ging nicht anders. Aber ihn deswegen in ein Lokal zu bestellen, wo scheintote alte Weiber unter Mobiles aus buntbemalten Ostereiern auf Crèmeschnitten herummümmelten, das war wohl Häberles Vorstellung von Humor. Oder vielleicht gefiel ihm die verstaubte Siebziger-Jahre-Einrichtung ja wirklich. Einem Typen, der freiwillig Kamillentee bestellt, war alles zuzutrauen.

Zum hundertsten Mal beschloss Eidenbenz, die Zusammenarbeit mit Dr. Häberle einzustellen. Und fügte, wie die letzten neunundneunzig Male auch schon, in Gedanken hinzu: ›Sobald ich ihn nicht mehr brauche.‹

Häberle nahm einen Schluck von seinem Tee und schmatzte mit den Lippen, als ob er einen Château Irgendwas aus einem raren Jahrgang verkoste. »Sodele«, sagte er dann in seinem lächerlichen Schwabendeutsch. »Sie wollen sicher wissen, was das praktisch bedeutet. Also, um es stark simplifiziert auszudrücken …« Auch dieser herablassend lehrerhafte Ton gehörte zu Häberles unangenehmen Angewohnheiten. »Um es extrem zu vereinfachen … Sie hatten in den letzten Jahren großen Erfolg damit, dass Sie auf Ausländern herumgehackt haben.«

»So kann man das nicht sagen!«, protestierte Eidenbenz.

»Natürlich nicht.« Dr. Häberle lächelte ihn an wie einen

schlechten Schüler, dem aus purem Zufall einmal eine richtige Antwort gelungen ist. »Sagen kann man das natürlich nicht. Schon gar nicht in der Öffentlichkeit. Aber wir sind ja hier unter uns. Sie haben es geschafft – sehr geschickt, muss ich sagen –, die zahlenmäßig kleine Gruppe der Ausländer aus Problemstaaten für alle negativen Erscheinungen des schweizerischen Alltags verantwortlich zu machen. Und sich selber und Ihre Partei als die Einzigen zu definieren, die bereit sind, den Kampf dagegen aufzunehmen. Womit Sie Ihren Wählern die Möglichkeit eröffnen, die eigenen Vorurteile als patriotische Empfindung wahrzunehmen.«

Nach Dr. Häberles Maßstäben war das eine sehr einfache Erklärung gewesen, aber Eidenbenz brauchte doch ein paar Sekunden, bis er sie im Kopf entschlüsselt hatte.

»Wir haben als Einzige den Mut gehabt, deutsch und deutlich zu sagen, dass gegen kriminelle Ausländer etwas getan werden muss.«

»Das meine ich«, sagte Häberle.

»Denen man den Schweizer Pass hinterherschmeißt, und dabei können sie in der Bäckerei noch nicht einmal ein Pfünderli bestellen, wenn man ihnen keinen Dolmetscher mitgibt.«

»Genau das«, sagte Häberle.

»Es gibt sogar Fälle, wo so ein neu eingebürgerter Pseudo-Schweizer mit einem Messer auf wildfremde Menschen losgegangen ist.«

»Sehr schön«, sagte Häberle. »Der Schluss vom Besonderen auf das Allgemeine. Ich sage immer: Ein gutes Argument muss nicht logisch sein. Und Sie sind mit dieser Methode ja auch sehr erfolgreich gewesen.« Er sagte nicht

»gewesen«, sondern »gwää«. Eine fürchterliche Sprache, dieses Schwäbische. »Sie sind erfolgreich gwää.«

»Eben«, sagte Eidenbenz.

»Bis auf die letzte Abstimmung. Und die neuesten Umfragen zeigen, dass sich dieser Negativtrend in Zukunft möglicherweise fortsetzen wird. Wenn Sie Ihre Argumentation nicht verändern.«

»Sie meinen ...?« Die Behauptung, den Menschen würden in Zukunft Flügel wachsen und man müsse sich deshalb auf einen Verkehrsstau über den Dächern vorbereiten, hätte Eidenbenz nicht fassungsloser machen können. »Sie meinen ... die Schweizer lieben plötzlich die Jugos?«

»Natürlich nicht.« Dr. Häberle meckerte ein schütteres Lachen, so ein typisches, schwachbrüstiges Kamillentee-Gekichere. »Der Hass gegen alles, was anders ist als wir selber, ist ein Urtrieb des Menschen, und ein Politiker, der auf dieser Saite spielt, wird immer Gehör finden.«

»Dann verstehe ich nicht ...«

»Auf die Melodie kommt es an«, sagte Dr. Häberle und schüttelte den Kopf. »Immer nur Fortissimo – das haben die Leute irgendwann satt. Wenn sie Militärmärsche auch noch so sehr lieben.« Er nahm einen winzigen Schluck von seinem Tee, verzog das Gesicht und winkte der Serviertochter. »Bringen Sie mir einen neuen, bitte! Der hier zieht schon zu lang und ist viel zu stark geworden.«

Die jungen Leute in der Kantonalpartei hatten ja keine Ahnung, was man als Präsident mitmachte. Da musste man mit jemandem an einem Tisch sitzen, dem doch tatsächlich sein Kamillentee zu stark war, und man durfte nicht einmal einen Witz darüber machen, sondern musste geduldig abwarten, bis der sein gefärbtes heißes Wasser bekommen hatte, und erst dann fragen: »Und was heißt das praktisch?«

»Ihre Wähler«, dozierte Häberle und rührte mit der Präzision eines experimentierenden Chemikers exakt ein halbes Säckchen Zucker in sein Glas, »Ihre Wähler haben zwar nicht ihre Meinung geändert – Vorurteile sind die endgültigsten Urteile, wenn ich es mal so nonchalant ausdrücken darf –, aber die allzu direkte Art, in der Ihre Partei sie darin bestätigt, ist den Leuten ein bisschen peinlich geworden. Und auch Ihr persönliches Image ... Gerade jetzt, nach dieser Geschichte mit Ihrem Sohn ... Sehr lustig übrigens, finden Sie nicht auch? Wirklich sehr lustig.«

Häberle gab Geräusche von sich, die er wohl für Gelächter hielt. ›Er meckert wie ein Geißbock‹, dachte Eidenbenz. Er sehnte sich nach einem Bier. Es gibt Gespräche, die kann man bei einem Glas Süßmost einfach nicht richtig führen.

»Natürlich«, sagte Häberle und faltete die aufgerissene Ecke seines Zuckersäckleins sorgfältig zusammen, »natürlich, die Leute sind wankelmütig. Die nächste Abstimmung werden Sie vielleicht wieder gewinnen. Aber die übernächste ganz bestimmt nicht mehr.« Er starrte auf den Bildschirm seines Notebooks und schüttelte bedenklich den Kopf. »Ich beobachte da ein Trendle in Ihrem Ländle ...« Seine Sprache war, wenn das überhaupt möglich war, noch schwäbischer geworden, ein sicheres Zeichen, dass er jetzt zum entscheidenden Punkt kam. »Die Leute möchten das Gefühl haben können, dass sie Ausländern vorurteilsfrei gegenüberstehen. Dass jeder, der die Voraussetzungen erfüllt, auch die faire Chance hat, den roten Pass zu bekommen.«

»Sie meinen …« Eidenbenz traute seinen Ohren nicht. »Sie meinen, die Leute wollen mehr Einbürgerungen?«

Dr. Häberle sah jetzt endgültig aus wie ein missbilligender Lehrer. »Ich sagte: Sie wollen das Gefühl haben. Nur das Gefühl. Sie möchten sich einreden können, sie dächten anders, als sie immer gedacht haben. Selbstverständlich ohne deswegen das Geringste an diesen Gedanken zu ändern. Verstehen Sie, was ich meine?«

»Nicht wirklich.«

»Ich will es Ihnen mit einem Vergleich aus Ihrer Welt erklären«, sagte Häberle. »Mit einem Fußballvergleich. Wie ist es dort bei einem Regelverstoß? Ein Foul ist nur dann ein Foul, wenn der Schiedsrichter es sieht. Und bei wem sieht er es am wenigsten? Bei dem Spieler, der seinem Gegner freundlich beim Aufstehen hilft, nachdem er ihn von den Beinen geholt hat. Der ihm entschuldigend die Hand schüttelt, nachdem er ihm in die Waden getreten hat. Bei dem sympathischen Spieler mit anderen Worten.«

»Ich hab's verstanden«, unterbrach ihn Eidenbenz. »Ich bin ja kein Idiot.«

»Sehr schön.« Dr. Häberle klappte sein Notebook zu. »Es ist natürlich nicht Sache der Wissenschaft, Ihnen konkrete Aktionen zu empfehlen …«

»Lassen Sie nur«, sagte Eidenbenz. »Machen Sie Ihre Umfragen. Das Denken können Sie ruhig mir überlassen.«

20

Der Einfall war Claudia ganz plötzlich gekommen. Nicht allmählich gewachsen, sondern von einem Moment auf den andern einfach da gewesen, fertig und einleuchtend. ›Natürlich‹, hatte sie gedacht, ›warum nicht?‹ Das war doch haargenau, was sie schon so lang gesucht hatte.

Später einmal, in den Interviews, die sie in Gedanken schon vorbereitete, würde sie selbstverständlich erzählen, es sei schon immer ihr Traum gewesen, schon als ganz kleines Mädchen, aber das war nicht die Wahrheit. Was man in einem Interview sagte, musste nicht die Wahrheit sein. Es musste sich nur gut anhören.

Für sich selber wusste sie ganz genau, wann sie den Einfall gehabt hatte. Es war vor ein paar Wochen gewesen. Direkt nach dem Telefongespräch mit dieser Susi, der Sekretärin von Ilona Federspiel. Zuerst hatte sie ja gedacht, es ginge um einen offiziellen Anlass, ein Treffen früherer Kandidatinnen oder so etwas, aber dann hatte der Anruf gar nichts mit der Miss-Swiss-Organisation zu tun, sondern nur mit Ilonas Ferienwohnung. Den Schlüssel habe man ja nun zurückbekommen, vielen Dank, und wenn Claudia ihn mal wieder brauche, solle sie doch einfach anrufen. Ohne ein Wort der Erklärung, auf welchem Weg der Schlüssel wieder zu Ilona gelangt war.

Es war so etwas wie Spott in dieser Stimme gewesen, so wie man redet, wenn man mehr weiß, als man sagt, und das den andern auch merken lassen will, aber sie hatte – »mit mir nicht!« – überhaupt nicht darauf reagiert, sondern war ganz cool geblieben, höflich, aber distanziert. Sie ließe Ilona noch einmal danken, hatte sie gesagt, es sei wirklich sehr nett von ihr gewesen, ihr die Wohnung zur Verfügung zu stellen, nur sei sie bei ihren vielen Verpflichtungen leider nie dazu gekommen, sie auch zu benutzen.

Als ob Tom, dieser Spinner, dort nicht einen wildfremden Mann untergebracht und dann nicht mehr vorgefunden hätte, als er ihn abholen wollte.

Sie hatte das mit ganz ruhiger Stimme gesagt, ohne auch nur einen Moment zu zögern. Sie hatte sich auch überhaupt nichts anmerken lassen, als diese Susi ihr Grüße ausrichtete, sie wisse schon von wem, der gewisse Jemand sei für den Moment bei einem Freund untergebracht, und ob sie ihr die Adresse geben solle.

Es täte ihr leid, hatte sie geantwortet, immer noch total cool, aber sie habe keine Ahnung, von wem die Rede sei. Nicht die geringste Ahnung. Nein, Tom habe keinen Besuch aus seiner Heimat bekommen, überhaupt noch nie, seit er in der Schweiz war, es müsse sich wohl um ein Missverständnis handeln, vielen Dank und einen schönen Tag noch.

Vielleicht war sie deshalb auf die Idee gekommen. Weil sie es geschafft hatte, so cool zu bleiben. Das hätte nicht jede gekonnt.

Tom hatte sie nichts von dem Gespräch erzählt. Kein Wort. Es war gerade keine leichte Zeit für ihn, mit ein paar

Verletzten in der Mannschaft und einem dumm verlorenen wichtigen Spiel, da musste man ihn nicht noch zusätzlich belasten. Er hatte in der letzten Zeit auch kaum noch von diesem Cousin gesprochen. Wenn es überhaupt ein Cousin war. Vielleicht, und das war bestimmt das Beste für alle Beteiligten, fing er schon an, ihn zu vergessen.

Ihre Idee, diese wunderbare Idee, war ihr gekommen, als das Telefongespräch schon zu Ende war. In ihrer Erinnerung kam es ihr vor, als ob sie minutenlang einfach nur dagestanden hätte, bewegungslos, den Hörer immer noch in der Hand. Aber es waren wohl nur Sekunden gewesen.

Dann war sie in die Küche geeilt, wo sie immer für ihre Haushaltshilfe die ausgelesenen Zeitschriften hinlegte. Aber Frau Ramires, in ihrem Übereifer, hatte das Altpapier schon wieder für die Abfuhr bereitgemacht, und so musste sie im Keller drei Zeitungsbündel aufschneiden, bis sie endlich die *Tele* der letzten Woche wieder fand. Sie hatte den Artikel damals ohne besonderes Interesse überflogen, weil sie ihn nicht auf sich bezogen hatte. Aber jetzt …

Wenn man es recht überlegte – warum eigentlich nicht? Warum nicht sie?

Das Schweizer Fernsehen, hatte da gestanden, bereite für den Montagabend eine neue Spielshow vor. Man sei daran, hatte die Pressestelle mitgeteilt, dafür ein eigenständiges, typisch schweizerisches Konzept zu entwickeln. Die pfannenfertigen Formate, die man in den letzten Jahren eingekauft habe, funktionierten zwar, sogar sehr gut, sagte die Pressestelle, aber der eine oder andere Zuschauer habe sie eben vielleicht doch schon auf einem anderen Kanal gesehen. Über den Inhalt der neuen Sendung wolle die zuständige Redaktion noch nichts verraten, ließ die Pressestelle weiter verlauten, aber die Auswahl des Moderators oder der Moderatorin liefe bereits auf Hochtouren. »Wir suchen ein neues, unverbrauchtes Gesicht«, wurde Guido Kräpelin, der Redaktionsleiter, zitiert. »Jemand mit hohen Sympathiewerten, der gleichzeitig über ein hohes Maß an Souveränität verfügt.«

›Genau‹, dachte Claudia.

Na schön, sie hatte so etwas bisher noch nie gemacht. Aber unendlich schwer konnte der Job auch wieder nicht sein. Gut aussehen musste man dafür. Check. Sympathisch sein. Check. Und souverän. Das war es ja überhaupt, was sie auf die Idee gebracht hatte. »Nein, Tom hat nie Besuch aus seinem Heimatdorf bekommen. Es muss sich um eine Verwechslung handeln. Vielen Dank und einen schönen Tag noch.« Souveräner ging's doch gar nicht.

Und überhaupt: Das war doch keine Kunst, so ein paar Fragen von einem Zettel abzulesen. Da hatte sie schon viel Schwierigeres geschafft. Bei der Miss-Swiss-Wahl damals hatte sie ihre Periode gehabt, das volle Programm, Bauchkrämpfe und alles. Und war strahlend im Badeanzug über den Laufsteg defiliert, ohne dass ihr jemand etwas angemerkt hätte. Das war souverän! Und sie war auch die Einzige gewesen, die immer ganz genau gewusst hatte, welche Kamera in Aktion war.

Sie stellte sich vor einen ihrer vielen Spiegel, lächelte ihr bestes Lächeln und fragte: »Wie heißt der höchste Berg der Schweiz?« Und beim nächsten Spiegel: »Von hundert Männern gehen wie viele fremd?« Super sah das aus. Und wenn man mal nicht weiterwusste, hatte man immer noch diesen Knopf im Ohr, damit die Redaktion einem einsagen konnte.

Nicht, dass sie das brauchen würde. Sie fiel nicht aus der Rolle. Nie. Und genau darin, das war ihr während des Telefongesprächs mit dieser Susi schlagartig klargeworden, genau darin lag ihr besonderes Talent. Sie war genau das, was diese Fernsehleute suchten. Die wussten das bloß noch nicht.

Nun war ihr natürlich klar, sie war ja nicht naiv, dass man sich um so einen Job nicht einfach bewerben konnte. Nicht, wenn man eine echte Chance haben wollte. Wer fragen muss, das war die wichtigste Regel im Business, hat immer schon verloren. Man musste gefragt werden. Der Einfall musste von jemand anderem kommen. Es kam nur darauf an, den Richtigen dafür zu finden. Oder die Richtige.

Fast hätte sie sich gleich am Anfang alles vermasselt, weil sie, als sie bei der *SI* anrief, »Frau Süßholzer« sagte statt »Frau Holzer«. Aber sie kriegte gerade noch die Kurve, ohne dass die Klatschreporterin etwas bemerkte. »Nein, ich habe leider keine interessanten Neuigkeiten für Sie«, hatte sie gesagt. »Da ist bei Tom mehr los, mit diesem wichtigen Spiel in zwei Wochen. Aber um einen Rat möchte ich Sie bitten. In einer ganz privaten Angelegenheit. Ich wüsste nicht, zu wem ich sonst so viel Vertrauen haben könnte.«

Natürlich hatte Klara Holzer den Köder geschluckt. Nichts machte sie glücklicher, als wenn sie die Promis, die sie interviewte, auch zu ihren Freunden zählen konnte. Man ließ sie gern in diesem Glauben. Über Freunde schreibt man schließlich nur nette Dinge.

Sie trafen sich, weil es einer der ersten warmen Tage

war, zu einem Spaziergang im Park. Klara Holzer brachte Kurt Schädler mit, ihren unvermeidlichen Fotografen. »Ja, ich weiß, es ist privat. Aber vielleicht ergibt sich doch eine kleine Notiz daraus. Man weiß ja nie.«

Claudia wehrte sich nur pro forma. Sie hatte damit gerechnet und war extra noch einmal in ihrer Lieblingsboutique gewesen. Ein ganz einfaches Frühjahrsmäntelchen, aber sehr eng geschnitten, und so kurz, dass es auch etwas zu fotografieren gab. Man fror zwar ein bisschen an die Beine, aber das musste man sich ja nicht anmerken lassen. Heidi Klum hatte mal bei Minustemperaturen in einem Bikini am Strand gelegen und trotzdem gelächelt. Der Fotograf knipste denn auch eifrig.

»Man hat mich angefragt«, sagte Claudia mit ihrem hilflosesten Gesicht, »und ich weiß wirklich nicht, wie sie auf mich gekommen sind. Ich meine: Ich kann doch so etwas überhaupt nicht. Ich wollte ja gleich absagen, aber dann habe ich mir überlegt: Frag doch erst die Klara. Stört es Sie, wenn ich Klara sage?«

Nein, es störte Klara nicht. Sie war, auch nach so vielen Jahren in dem Beruf, immer noch das geborene Groupie.

So fing es an. Genau so, wie Claudia es geplant hatte.

Klara Holzer fand die Idee gleich auf Anhieb gar nicht so schlecht, fand sie immer besser, je mehr Claudia ihr versicherte, sie fühle sich für so eine anspruchsvolle Aufgabe völlig ungeeignet, und fand sie schließlich so gut, dass sie felsenfest davon überzeugt war, sie selber gehabt zu haben. In ihrer nächsten Klatschspalte schrieb sie deshalb eine kleine Notiz darüber, dass eine gewisse Fast-Miss-Swiss, verlobt mit einem prominenten Fußballer, für eine neue

Aufgabe im Schweizer Fernsehen im Gespräch sei. Sie leitete diese Meldung, wie es ihre neckische Art war, mit der Formulierung ein: ›Ein kleines Vögelchen hat mir zugetragen …‹

Im Internet wurde Kassandra, von der niemand wusste, wer sich hinter dem Pseudonym verbarg, schon deutlicher. Sie nannte Ross und Reiter, oder in diesem Fall Moderatorin und Redaktor, und jeder, der beim Surfen auf ihrem Blog gelandet war, musste glauben, Claudias neue Aufgabe sei beschlossene Sache und ihr erster Auftritt werde schon in den nächsten Wochen über den Sender gehen.

Guido Kräpelin, der zuständige Redaktor, war über das Gerücht aus mehreren Gründen nicht glücklich. Erstens, weil ihm für ein neues Quiz noch jede Idee fehlte. Zweitens, weil er sich für die Moderation eine ungewöhnliche, alle Grenzen sprengende Persönlichkeit vorstellte, nicht gerade Pipilotti Rist, aber ganz bestimmt nicht so ein Lärvchen aus der dritten Reihe der Cervelat-Prominenz. Aber vor allem, weil man in der Programmdirektion jetzt vielleicht meinte, er habe ohne Genehmigung mit der Presse geredet, ein Vergehen, das einen im verschwiegenheitsbesessenen Schweizer Fernsehen glatt die Stelle kosten konnte.

»Etwas steht fest«, sagte er deshalb bei einem abendlichen Glas Rotwein zu seinem Freund Hubert. »Diese Claudia kommt für die Moderation schon mal gar nicht infrage!«

21

Als er aufwachte, aus einem Schlaf, wie er ihn so tief noch nie gekannt hatte, als er wieder auftauchte, da wusste er nicht, wo er war.

›Schnee‹, dachte er. Da war überall Schnee. Schnee, der liegen blieb, auch wenn die Sonne darauf schien. So wie ihm Tom das erklärt hatte. Die Sorte Schnee, die nur in einem reichen Land …

Aber Schnee war kalt. An Schnee konnte man sich nicht verbrennen. Und seine Hand brannte. Da war Feuer an seiner Hand, und er konnte es nicht löschen. Seine Hand war eine Fackel. Jemand hatte Pech darauf geschmiert und Harz. Hatte sie angezündet. Weil es Nacht war und weil kein Mond schien und …

Da war keine Nacht. Seine Augen waren wieder zugefallen, aber er spürte, dass Licht um ihn herum war. Weißliches Licht, wie vor dem großen Regen, wenn die Wolken sich schon sammeln, aber die Sonne immer noch …

Er musste getrunken haben. Das war es. Er hatte zu viel getrunken, und dann war er eingeschlafen und umgekippt, und seine Hand war ins Feuer …

Die andern sangen immer noch. Er erkannte die Melodie nicht, er erkannte überhaupt keine Melodie, aber warum sollten sie sonst gemeinsam ums Feuer sitzen? Man tat das, um zu singen und zu trinken und wieder zu singen. Und manchmal …

Das war kein Gesang. Stimmen, ja, und ein Rhythmus, aber das war keine Trommel. Ein hellerer Klang. Ein ständig wiederholtes Signal. Das war …

Das war eine Maschine. Natürlich. Er war in der Werkstatt, wo denn sonst? Es war die große Kreissäge, die da ihre Warnung piepste. Er kannte doch diesen Ton. Jemand hatte vergessen, die Schutzhaube zu schließen, und jetzt …

Schnee. Wenn er die Augen öffnete, war da Schnee. Ein weißer Berg, und er war darunter begraben und konnte sich nicht bewegen. Er musste um Hilfe rufen. Ja, das war es. Schreien, bis ihn jemand hörte. Aber leise, weil er gar nicht hier sein durfte. Nur ganz leise schreien.

Seine Hand brannte. Der Schnee war aus Feuer, und seine Hand …

»Er wacht auf«, sagte eine fremde Frauenstimme.

»Wie geht es dir, Mike?«, sagte ein Mann. Martin.

Er öffnete die Augen, und da war kein Schnee und kein Berg. Da war eine Bettdecke. Er lag in einem Bett, in einem fremden weißen Zimmer, seine Hand brannte, in seinem Arm steckte ein Schlauch, und eine Maschine piepste, aber es war nicht die große Kreissäge. Es war …

»Durst«, sagte er. Das war nicht das, was er hatte sagen wollen, aber jetzt, wo das Wort schon draußen war, merkte er, dass sein Mund ausgetrocknet war.

Jemand hielt ihm ein Glas an die Lippen. Er trank, aber das Schlucken war zu schwierig für ihn, und das Wasser lief ihm über das Kinn und auf das Gebirge von Betttuch. »Tut mir leid«, sagte er.

»Hast du Schmerzen?«

Er versuchte sich zu Martins Stimme zu drehen, aber sein Kopf war schwer. Lag auf dem Kissen wie ein Stein.

»Streng dich nicht an.« Martins Gesicht war jetzt ganz nah über dem seinen. ›Es wachsen ihm Haare aus der Nase‹, dachte Mike. ›Warum ist mir das noch nie aufgefallen?‹

»Du hast einen Unfall gehabt«, sagte Martin.

»Später«, sagte die Frauenstimme. »Er wird Sie noch nicht verstehen. Lassen wir ihn erst noch ein bisschen schlafen.«

»Okay«, sagte Martin. Das war sein Lieblingswort. Das sagte er immer, wenn er … wenn er …

Er musste etwas Schönes geträumt haben, denn als er aufwachte, war in ihm ein grundloses Gefühl von Glück, das er sich anders nicht erklären konnte. Er schloss die Augen noch einmal, aber er schaffte es nicht, den Traum zurückzuholen. Es waren nicht nur die Schmerzen in seiner Hand, die ihn daran hinderten. Da war auch ein Geräusch, das ihn dabei störte. Nicht die piepsende Maschine, sondern …

Er war nicht allein in dem Zimmer. Da war noch ein Bett, und darin lag ein dünner alter Mann, den Kopf so weit nach hinten gestreckt, als ob es an der Wand hinter ihm etwas Wichtiges zu beobachten gebe. Sein Adamsapfel wölbte sich in die Luft wie ein Geschwür. Bei jedem Einatmen rasselte sein Atem, und dann kam jedes Mal ein Moment der Stille, manchmal nur kurz und manchmal so lang, dass man sich fragte, ob er je wieder ausatmen würde.

Auf dem Nachttisch des alten Mannes stand ein Schokoladenosterhase, verziert mit einer Seidenschleife. Der

Anblick machte ihn hungrig, und die Empfindung hatte etwas Beruhigendes. Was immer mit seiner Hand passiert war, warum immer man sie so dick verbunden hatte, allzu schlimm konnte es nicht sein, wenn er schon wieder Lust hatte, etwas zu essen.

Auf seinem eigenen Nachttisch entdeckte er eine zugedeckte Schüssel und daneben einen Löffel. Es musste eine Suppe sein oder ein Brei. Er versuchte danach zu greifen, aber der Schlauch in seinem Arm kam ihm in die Quere, die Bewegung nahm eine falsche Richtung, und die Schüssel fiel mit einem blechernen Klappern auf den Boden. Er konnte sich nicht hinunterbeugen, um nachzusehen, aber was immer in der Schüssel gewesen war, war jetzt bestimmt verschüttet.

Der alte Mann war plötzlich wach geworden, übergangslos. Er hatte lebendige, fröhliche Augen, die nicht zu seinem faltigen Gesicht passten.

»Du bist ein Glückspilz«, sagte der alte Mann.

»Wieso?«

»Dass du die Suppe nicht essen musst. Sie schmeckt scheußlich. Wie heißt du?«

»Mike«, sagte er. Es hatte keinen Sinn, anders heißen zu wollen.

»Mein Name ist Eugen.« Sein Bettnachbar schaute ihn erwartungsvoll an, als ob das der Einsatz für eine ganz bestimmte Antwort gewesen wäre. »Kennst du das Buch nicht? *Mein Name ist Eugen*. Sonst lachen die Leute immer, wenn ich das sage. Besonders seit dem Film.«

»Tut mir leid.«

»Warum bist du hier?«

»Irgendetwas mit meiner Hand. Ich weiß aber noch nicht …«

»Bei mir ist es die Leber«, unterbrach ihn der alte Mann. »Die Hälfte haben sie mir herausgeschnitten, und jetzt hoffen sie, dass sie alles erwischt haben.«

»Tut mir leid«, sagte er schon wieder.

»Das muss es nicht.« Jetzt, wo Eugen wach war, wirkte er viel jünger. »Ich lebe ja noch. Mein Vater hatte das Gleiche und war nur zweiundfünfzig, als wir ihn begraben haben.«

Dann erzählte Eugen von der Krankheit, die seinen Vater umgebracht und jetzt auch ihn erwischt hatte. Er tat es ausführlich und ohne Wehleidigkeit, als ob er von einem Sturm berichtete, der ihm die Ziegel vom Dach gerissen hatte. Aber bald wurde es zu anstrengend, sich seine Worte zu übersetzen, sie waren nur noch ein Rauschen, wie der Regen rauscht, wenn er nach langem Zögern endlich fällt, wenn er aufs Wellblechdach trommelt, ausdauernder als der beste Trommler. Er machte einen müde, dieser Regen, oh, so müde.

Als er zum dritten Mal aufwachte, saß wieder Martin an seinem Bett.

»Tut es sehr weh?«, fragte er.

»Es geht. Was ist mit meiner Hand?«

»Dir fehlt ein Finger.«

Er brauchte eine ganze Weile – aber vielleicht kam es ihm auch nur vor, als ob es eine ganze Weile gewesen wäre –, bis er verstand, dass das kein Vorwurf war, dass da nicht etwas abhandengekommen war, auf das er hätte aufpassen müssen, und für das er die Verantwortung trug. Dann verstand er, und plötzlich war seine Stirne ganz kalt, so wie es sich eben anfühlt, wenn man von etwas überrascht wird und sich davor fürchtet.

»Ein Finger?«

»Der mittlere an der linken Hand. Es ist an der Kreissäge passiert. Der Spaltkeil war nicht richtig eingestellt.«

Die Kreissäge. Er hatte sie doch piepsen hören. Hier im Zimmer, wo sie gar nicht sein konnte. Aber das Geräusch hatte jetzt aufgehört.

»Sie haben ihn nicht mehr retten können. Zum Glück bist du ja Rechtshänder.«

In dem andern Bett lag niemand mehr. Das fiel ihm jetzt erst auf, und plötzlich war nichts wichtiger als diese Abwesenheit.

»Wo ist Eugen?«

»Wer?«

»Eugen. ›Mein Name ist Eugen‹, hat er gesagt.«

»Vielleicht sollte ich später wiederkommen.« Martin machte ein besorgtes Gesicht. »Die vielen Medikamente gegen die Schmerzen können einen ganz schön durcheinanderbringen.«

»Eugen«, wiederholte er und hätte es viel lauter gesagt, wenn er die Kraft dazu gehabt hätte. »Der alte Mann. Er hatte dieselbe Krankheit wie sein Vater.«

»Ach so, der«, sagte Martin. »Dann hast du das überhaupt nicht mitbekommen? Obwohl sie wirklich nicht leise waren, als sie versucht haben, ihn wiederzubeleben.«

»Wieder ... ?«

»Er ist heute Morgen gestorben.«

Er nickte, ohne Trauer. Fast mit Zufriedenheit, weil wieder etwas seinen Platz gefunden hatte in dem Zusammensetzspiel dieses Tages.

»Mir fehlt ein Finger?«, fragte er noch einmal.

»Da war nichts mehr zu machen. Es ging alles zu schnell. Es tut mir wirklich sehr leid.«

»Das muss es nicht«, sagte er und merkte gar nicht, dass er vor gar nicht langer Zeit auf der anderen Seite eines gleichen Gesprächs gewesen war. »Ich lebe ja noch.«

»Ja«, sagte Martin. »Gott sei Dank. Okay. Aber …« Er fuhr sich mit der Hand über das Kinn und starrte dann seine Handfläche an, als ob man dort den Abdruck seiner Bartstoppeln sehen müsste. »Aber es gibt Schwierigkeiten.«

So ein Krankenhaus, erklärte er, war eine große Bürokratie. Um einen Menschen zu heilen, brauchten sie hier nicht nur Medizin, sondern auch jede Menge Papier. Oder heutzutage wahrscheinlich kein Papier mehr, aber dafür jede Menge Daten für ihre Computer. Den Namen der Krankenkasse und die Nummer bei der Unfallversicherung.

»Und du …«

»Mir fehlt ein Finger?«, fragte Mike.

Das sei jetzt nicht das Problem, sagte Martin. Oder doch nur ein medizinisches. »Solang du gesund gewesen bist, hast du gewissermaßen nicht existiert. Oder du hast doch nicht beweisen müssen, dass es dich gibt, und dass es dich auch geben darf. Aber jetzt, wo du in diese Maschine geraten bist …«

»Tut mir leid«, sagte Mike.

»Andererseits … Es ist bestimmt nicht das erste Mal, dass so etwas passiert. Dass jemand ohne Papiere und ohne Versicherung … Sie haben einen Sozialdienst hier im Spital, und der kümmert sich um solche Fälle. Vielleicht melden sie es nicht weiter. Ich werde mit ihnen reden und ihnen anbieten, dass ich die Kosten für deine Behandlung aus dem eigenen Sack bezahle.«

»Würdest du das tun?«

»Ich befürchte nur, es wird nicht ums Geld gehen. Nicht in erster Linie. Sondern um die Ordnung.«

»Und die habe ich gestört? Weil ich diesen Unfall hatte?«

»Nicht wegen dem Unfall. Ganz generell. Weil du hier bist, obwohl du gar nicht hier sein dürftest.«

22

Vor dem Match war Tom Keita sehr nervös. Es war eines jener Spiele, bei denen die Sportjournalisten schon im Vorfeld zu den ganz großen Worten greifen. ›Sein oder Nichtsein‹, hieß es im *Blick*.

Die Ausgangslage war klar: Der Verein musste gewinnen. Und das gegen den Tabellenführer, gegen den man in der Hinrunde sang- und klanglos verloren hatte. Mit einer Niederlage oder einem Unentschieden war, schon jetzt im April, die letzte realistische Chance auf den Meistertitel vertan, und man würde die Saison unter »ferner liefen« abbuchen müssen.

Das Spiel war seit Wochen ausverkauft. Die Telefonaktion eines Radiosenders, der zwei Plätze ausgelobt hatte, ließ die Leitungen zusammenbrechen. Bei eBay wurden für letzte Tickets sagenhafte Preise bezahlt.

Selbst Claudia, die sich meist mit der Ausrede, sie halte die Spannung nicht aus, davor drückte, war im Stadion. Tom vermutete allerdings, dass das weniger mit echtem Interesse zu tun hatte als mit der Tatsache, dass sie diesmal nicht mit den Spielerfrauen auf der Tribüne sitzen musste. Eidenbenz hatte sie in seine persönliche Loge eingeladen. Die beiden kamen in der letzten Zeit immer besser miteinander aus.

Eidenbenz selber kam, wie das zum Ritual gehörte, vor dem Spiel in die Kabine und verbreitete den hemdsärmligen, schulterklopfenden Optimismus eines selbstbewussten Vereinspräsidenten. Aber als sein demonstrativ dröhnendes Lachen sich dann wieder in Richtung Tribüne entfernte, beugte sich Mirko Milatovic zu Tom Keita und flüsterte ihm zu: »Merkst du's auch? Er hat Angst um sein Geld.«

Es war klar, was er damit meinte. Eidenbenz hatte in einem Interview großspurig versprochen, die Mannschaft für die nächste Saison namhaft zu verstärken. Es wurden auch schon Namen herumgeboten. Ohne Meisterschaft und internationalen Wettbewerb war das aus der Vereinskasse nicht zu finanzieren. Wenn sie heute verloren, würden wieder mal die Sponsoren bluten müssen, und das hieß: Eidenbenz musste tief in die eigene Tasche greifen. Die wahrscheinlich jetzt, mitten in der Finanzkrise, gar nicht mehr so tief war.

Sie wussten alle, um was es ging, und als der Trainer zu einer letzten anfeuernden Ansprache ansetzte, war ihnen das eher lästig. »Eigentlich brauche ich heute gar nichts zu sagen«, begann er und sagte dann doch eine ganze Menge. Den Gegner früh stören. Die Räume eng machen. Und vor allem: sich nicht provozieren lassen.

Mit dem Schiedsrichter der Partie hatten sie schon einmal schlechte Erfahrungen gemacht. Felix Hablützel war dafür bekannt, dass er seine Neutralität gern dadurch unter Beweis stellte, dass er gegen die Heimmannschaft doppelt streng pfiff. Mirko, als harter Knochen verschrien, musste heute besonders vorsichtig sein. Sonst konnte es leicht passieren, dass er durch allzu kompromissloses Einsteigen eine gelbe Karte einfing.

Der Verteidiger tat zwar so, als sei er als Einziger von der allgemeinen Spannung nicht erfasst, aber Tom kannte ihn gut genug, um zu wissen, dass das nur die coole Show war, die Mirko seinem Macho-Image schuldig zu sein glaubte.

Er selber band schon zum dritten Mal die Schuhe neu und fasste sich, ohne es zu merken, immer wieder an die Brust. Für die andern sah das aus, als ob er sich bekreuzigte, aber in Wirklichkeit suchten seine Finger unbewusst nach dem Glücksbeutel mit den Amuletten, den er schon so viele Jahre um den Hals trug.

Als es dann endlich losging, war er so überkonzentriert, dass er wie ein Anfänger den Anstoß vermasselte. Er berührte den Ball zweimal hintereinander, und schon pfiff Hablützel indirekten Freistoß. Es schien kein gutes Omen für das Spiel zu sein.

Tom rannte viel, aber die Pässe seiner Mitspieler erreichten ihn heute nicht. Als er einmal einigermaßen frei zum Schuss kam, segelte der Ball weit am linken Pfosten vorbei. Torchancen waren auf beiden Seiten Mangelware, und es sah alles nach einem dieser verdrucksten Unentschieden aus, die keiner Mannschaft etwas bringen und über die man sich hinterher nur ärgert.

Die Fans der beiden Mannschaften, die sich anfänglich noch lautstarke Sprechchorduelle geliefert hatten, waren immer stiller geworden. Der Pegel stieg kurz an, als Tom Keita ganz allein mit dem Ball vor dem gegnerischen Tor auftauchte. Aber Hablützel entschied auf Abseits.

Und dann, in der 42. Minute, war plötzlich alles anders.

Ein gegnerischer Stürmer, der an Mirko Milatovic nicht vorbeigekommen war, ließ sich theatralisch über die Sechzehn-Meter-Linie fallen. Die Schwalbe war so offensichtlich, dass er beim Pfiff des Schiedsrichters zuerst selber annahm, er gelte ihm und seinem Täuschungsversuch. Aber Hablützel war auf das Manöver tatsächlich reingefallen und entschied auf Foul im Strafraum. Mirko protestierte lautstark und sah die rote Karte. Platzverweis. Elfmeter. Tor.

0:1 zur Pause.

In der Kabine des Vereins herrschte Weltuntergangsstimmung. Mirko hatte nach dem unfreiwilligen Abgang wütend seine Schuhe in eine Ecke gefeuert, und als Assistenztrainer Krähenbühl, nicht gerade ein Meister des psychologischen Feingefühls, ihn deshalb tadelte, trat er mit solcher Wucht gegen die Tür eines Garderobekastens, dass er sich den großen Zeh brach. Für ihn war die Saison zu Ende.

Und für den Verein wohl auch.

Ohne Mirko blieb dem Trainer nichts anderes übrig, als die Aufstellung zu verändern und einen neuen Verteidiger zu bringen. Mit einem Mann in Unterzahl und einem Tor Rückstand traten sie zur zweiten Halbzeit an.

Die Spottgesänge der gegnerischen Fans schwappten wie eine Welle über sie hinweg.

Über kaum ein Spiel wurde hinterher so viel geredet wie über dieses. Wer im Stadion dabei gewesen war, musste die Geschehnisse der zweiten Halbzeit immer wieder schildern, und mit jeder Wiederholung wurden sie noch ein bisschen dramatischer. Aber keiner der Spielberichte enthielt den wirklichen Grund dafür, warum Tom Keita zu seinem legendären Sololauf angesetzt hatte.

Es war an der Kante des eigenen Strafraums. Tom war weit zurückgegangen, um in der bedrängten Verteidigung auszuhelfen. Ein gegnerischer Spieler, in der Hoffnung, den Star des Vereins zu einer unbedachten Reaktion zu verleiten und damit vielleicht einen Freistoß herauszuschinden, fragte ihn mit dem freundlichsten Gesicht der Welt: »Na, du Affe, wann lernt ihr in Afrika endlich Fußball spielen?«

Niemand, schon gar nicht der Schiedsrichter, bekam davon etwas mit. Sie sahen alle nur, wie Tom plötzlich lossprintete, den Ball am Fuß. Wie er einen ersten Gegenspieler mit einer Körpertäuschung ins Leere laufen ließ, einen zweiten umdribbelte und den dritten einfach stehen ließ. Wie er ganz allein, nach einem Spurt über das ganze Feld, auf das Tor zusteuerte, wie der Torhüter ihm entgegenlief, um den Winkel zu verkürzen, und wie Tom mit einem eleganten Heber den Ball über ihn hinweg ins Tor schlenzte.

1:1. Und das war erst der Anfang.

Toms zweites Tor, das selbst Beni Thurnheer für einen Augenblick die Sprache verschlug, entstand aus einem jener artistischen Kunststücke, die man nicht trainieren kann und die dann manchmal doch scheinbar ganz mühelos gelingen, weil an diesem Tag alles zusammenpasst, oder weil, wie ein besonders poetischer Journalist hinterher schrieb, ›die Fußballgötter ihren gnädigen Tag haben‹.

Tom stand mit dem Rücken zum gegnerischen Tor, ein weiter, hoher Pass kam direkt auf ihn zu, und er stoppte ihn nicht mit der Brust, wie das alle erwarteten, sondern leitete ihn mit einem Fallrückzieher direkt weiter. Präzis ins Lattenkreuz. Unhaltbar.

2:1. Aber das war noch nicht alles.

Um den knappen Vorsprung trotz Unterzahl über die Zeit zu retten, wechselte der Trainer des Vereins zwei Defensivspieler ein. Die ganze Mannschaft stand jetzt hinten. Man versuchte keine Entlastungsangriffe mehr, sondern schlug nur noch die Bälle möglichst weit weg.

Und dann, in der Nachspielzeit, als die Anhänger des Vereins schon lautstark den Schlusspfiff forderten, kam es nach einem Eckstoß zu einem folgenschweren Zwischenfall im Strafraum. Ein gegnerischer Stürmer versuchte mit dem Kopf an den Ball zu kommen, nach dem gleichzeitig der Torhüter hechtete. Sie stießen in der Luft zusammen, Faust gegen Kopf. Der Stürmer blieb, diesmal ganz ohne Theatralik, benommen liegen und musste vom Platz getragen werden.

Alle Fachleute, die später die Zeitlupenwiederholung der Szene kommentierten, waren sich darüber einig, dass es sich um einen unglücklichen Zusammenprall gehandelt habe, ganz ohne Absicht und deshalb auch nicht zu ahnden. Aber Hablützel, mit seiner bekannten Vorliebe für Gastmannschaften, entschied nicht nur auf Elfmeter – bereits der zweite in diesem Spiel! –, sondern verwies auch noch den Torhüter vom Platz.

Und das, nachdem der Verein schon dreimal ausgewechselt hatte.

Das Publikum tobte, die einen aus Wut, die andern aus Triumph. Ein paar besonders aufgebrachte Fans konnten von den Ordnern nur mit Mühe davon abgehalten werden, die Absperrungen zu überklettern und den Platz zu stürmen.

Auf dem Platz stand die Mannschaft im Kreis und diskutierte, welcher Feldspieler die undankbare Aufgabe übernehmen und sich für den Penalty ins Tor stellen sollte. Natürlich bestand auch für diesen unwahrscheinlichen Fall ein Plan. Aber Mirko Milatovic, der als Junior einmal Torhüter gewesen war, und dem deshalb die Rolle zugefallen wäre, war in diesem Spiel nicht mehr dabei.

Tom hätte hinterher nicht sagen können, warum er sich, ohne die Entscheidung des Trainers abzuwarten, die Goalie-Handschuhe griff. Vielleicht, weil er nach seinen beiden Toren das Gefühl hatte, an diesem Tag könne nichts schiefgehen.

Und es ging auch nichts schief.

Er sah den Stürmer anlaufen, wie in Zeitlupe kam es ihm vor, er sah ihn schießen und warf sich, ohne zu überlegen, in eine Ecke. Seine Fingerspitzen berührten etwas, und einen verwirrten Augenblick lang dachte er, er sei gegen den Pfosten gestoßen. Aber es war nicht der Pfosten. Es war der Ball.

Der Schlusspfiff ging im allgemeinen Jubel unter.

Seine Kameraden trugen ihn auf den Schultern zur Kurve der treusten Fans. Auch Mirko war plötzlich wieder dabei, barfuß und hinkend. Irgendwann tauchte auch Eidenbenz auf, ganz heiser vom eigenen Jubel. Und Claudia, die auf dem Spielfeld doch überhaupt nichts zu suchen hatte.

So wurde Tom Keita zum Volkshelden. Zwei Tore und ein – als Feldspieler! – gehaltener Elfmeter, das hatte auch Wilhelm Tell nicht geschafft.

Nur etwas verstanden die Leute nicht: warum er, als sich der Reporter des Schweizer Fernsehens endlich zu ihm durchgekämpft hatte, einen so seltsamen Satz sagte.

»Irgendwann«, sagte Tom Keita, »irgendwann lernen auch die Affen Fußball spielen.«

23

Anfänglich hatte er sich sehr schnell erholt. Natürlich, seine Hand schmerzte, das war zu erwarten, und manchmal kam es ihm vor, als ob eine glühende Nadel in seinem Mittelfinger steckte. In dem Finger, den die Säge abgetrennt hatte. Der gar nicht mehr da war. Man konnte den Verband zusammendrücken und fühlte nur eine Lücke. Und trotzdem tat ihm der Finger weh.

Der Arzt meinte, das sei normal und würde ganz von selber aufhören. Sie gaben ihm ein anderes Schmerzmittel und vielleicht noch etwas dazu, denn von da an war er nicht nur angenehm müde, sondern auch mit allem zufrieden.

Seine Kollegen aus der Schreinerei besuchten ihn, einer nach dem andern. Zuerst kam Hansueli, setzte sich ans Bett, sagte kaum guten Tag und begann gleich mit einem seiner langen Vorträge. Ob Mike eigentlich wisse, dass er nach so einem Unfall ein reicher Mann sein könnte, wenn es nicht in der Schweiz passiert wäre, sondern in Amerika? Weil man dort nämlich in so einem Fall den Betrieb auf Schadenersatz verklage, und die Geschworenen würden einem prompt Millionen als Schadenersatz zusprechen, nicht übertrieben: Millionen. Es gebe da eine Frau, die *McDonald's* vor Gericht gebracht habe, nur weil ihr Kaffee zu heiß gewesen sei, die liege jetzt bestimmt irgendwo in der Karibik an einem Strand, lasse sich pausenlos Champagner servieren und wisse gar nicht, wie sie das viele Geld von dieser Hamburger-Braterei ausgeben solle. Nur weil ihr Kaffee einmal zu heiß gewesen war und sie sich ein bisschen verbrüht hatte. Wenn man das auf einen verlorenen Finger hochrechnete …

Mike ließ den Redeschwall über sich ergehen wie eine warme Dusche und gab nur ab und zu ein zustimmendes Geräusch von sich. Mehr erwartete Hansueli auch gar nicht von ihm.

In Mikes Fall, dozierte der weiter, sei das natürlich etwas ganz anderes, erstens weil man hier in der Schweiz sei, wo man für einen zu heißen Kaffee noch nicht einmal fünf Rappen bekäme, und zweitens weil er ja nicht offiziell eingereist sei und schon gar nicht angestellt, weshalb er den Chef auch nicht verklagen könne. Er wisse überhaupt nicht, sagte Hansueli und wiegte bedenklich den Kopf hin und her, ob so jemand wie Mike in der Schweiz überhaupt irgendwelche Rechte habe.

Auf dem Nachttisch stand, noch von Martins Besuch her, ein Teller mit Trauben, und von denen steckte sich Hansueli während seines Wortschwalls eine Beere nach der anderen in den Mund. Als der Teller leer war, stand er auf. Es sei sicher nicht gut, wenn er seinen Besuch allzu lang ausdehne, meinte er, Mike brauche jetzt vor allem Ruhe und Erholung, und überhaupt sei in der Schreinerei eine Menge zu tun, gute Besserung noch und Kopf hoch, es wird schon werden.

Mike hatte irgendwann während der Suada die Augen geschlossen, nur für einen Moment, wie er meinte, aber als er sie wieder öffnete, saß da nicht mehr Hansueli auf dem Stuhl neben seinem Bett, sondern Gebi. Der schüttelte, als er sah, dass Mike aufgewacht war, bedenklich den Kopf und sagte: »Eine dumme Geschichte. Eine sehr dumme Geschichte.« Damit war für ihn die Konversation erledigt, und den Rest seines Besuches kaute er nur noch auf seinem Süßholzstängel herum, denn im Krankenhaus war Rauchen natürlich verboten.

Er hatte ein Geschenk mitgebracht, das er fast schüchtern auf den Nachttisch stellte, eine von seinen Schnitzereien. Ein Mann in Bauerntracht stand neben einem Fahnenmast, an dem man eine winzige Schweizerfahne hochziehen und wieder senken konnte. »Nur eine Kleinigkeit«, sagte Gebi, als Mike ihm dafür danken wollte, und hatte es plötzlich ganz eilig.

Auch Sven, in seiner Hamburger Zimmermannstracht, kam irgendwann vorbei, aber davon bekam Mike nicht viel mit. Er hatte plötzlich ganz heftiges Fieber bekommen und wusste hinterher nur noch, dass Sven über einen eigenen Witz laut gelacht hatte. Dass man mit nur vier Fingern viel besser eine Runde Bier bestellen könne oder so etwas Ähnliches.

Der Arzt, der seinen Patienten eigentlich schon bald hatte entlassen wollen, machte beruhigende Geräusche. »Das kommt manchmal vor«, sagte er. »Für gewöhnlich ist so ein abgetrennter Finger keine große Sache, rein medizinisch, meine ich, aber in Ihrem Fall ist leider eine Wundinfektion dazugekommen. Samt begleitender Entzündung der Lymphwege. Was man laienhaft Blutvergiftung nennt. Sollte nicht passieren, passiert aber doch. Die Schmerzen und das Fieber sind aber kein Grund, sich Sorgen zu machen. Wir kriegen das schon wieder hin. Allerdings werden Sie noch eine Weile hierbleiben müssen. Sicher ist sicher.«

Sie befestigten seine Hand in einer Schleife über dem Bett. Wenn man ins Zimmer kam, musste es aussehen, als ob er permanent jemanden grüßte. Aber das war ihm egal. Ihm war alles egal, verschwommen in einem chemischen Nebel. Auch der Besuch des Manns von der Krankenhausverwaltung kam ihm hinterher vor wie etwas, das er geträumt hatte.

»Keita? Wie der Fußballspieler?«

»Genau. Wir sind verwandt.«

»Sehr witzig. Und Sie halten wahrscheinlich auch Elfmeter. Wie heißen Sie wirklich?«

»Keita.«

»Mit mir nicht«, hatte der Mann gesagt, und beim Hinausgehen die Türe hinter sich zugeknallt. Man konnte im Zimmer hören, wie ihm draußen auf dem Gang eine Krankenschwester deswegen Vorwürfe machte. Aber vielleicht hatte er das auch nur geträumt.

Und, ja, einmal war jemand vom Sozialdienst da gewesen, aber die Mittel, die sie ihm durch diese Kanüle ins Blut tropften, hatten Mike so den Kopf verschmiert, dass er nicht einmal mehr den eigenen Namen wusste.

Irgendwann wachte er auf, schreckte auf, wie man es manchmal tut, wenn man im Traum etwas Bedrohliches erlebt hat. Eine Frau in einem weißen Nachthemd stand in seinem Zimmer. Nein, keine Frau. Ein Mann. Aber mit langen Haaren. Er schob einen Infusionsständer neben sich her und machte in seinen Pantoffeln ganz kleine, vorsichtige Schritte.

Hinter ihm her kam eine asiatisch aussehende Krankenschwester mit einem narbigen Gesicht. Sie trug eine Reisetasche.

»Soll ich Ihnen ins Bett helfen, Herr Berger?«, fragte sie.

»Geht schon«, sagte der Mann. Ganz vorsichtig setzte er sich auf das zweite Bett. Als er beim Hinlegen die Beine hochheben musste, verzog er vor Schmerz das Gesicht.

»Wirklich nur, weil Sie es sind«, sagte die Krankenschwester. »Eigentlich geht das ja nicht. Wenn ich deswegen Schwierigkeiten bekomme …«

Selbst Mike konnte hören, dass sie nicht sehr gut Deutsch sprach.

»Schieben Sie einfach alles auf mich, Schwester Jesusa.« Der Mann mit den langen Haaren drehte sich ganz vorsichtig auf die Seite. »Ich bin Ihnen auf jeden Fall sehr dankbar. Und mein neuer Zimmerkollege bestimmt auch.«

Die Schwester verstaute seine Sachen im Schrank und machte dabei mehr Lärm als unbedingt notwendig. Es war, als ob sie mit dem absichtlichen Gepolter deutlich machen wollte, dass hier immer noch sie das Sagen hatte. Sie überprüfte die Infusion des Neuankömmlings, rückte seine Kissen zurecht, grummelte noch einmal etwas von wegen »Sonderbehandlung« und »sonst auch schon genug zu tun« und verschwand dann in demonstrativer Eile aus dem Zimmer.

»Sie ist eigentlich gar nicht so«, sagte der Mann mit den langen Haaren. »Aber das Erste, was sie ihr hier im Spital beigebracht haben, ist, dass man mit den Patienten nicht allzu nett sein darf.«

Er begann zu lachen, schnitt eine Grimasse und hörte schnell wieder auf. »Ich hoffe, du bist keiner, der dauernd Witze erzählt«, sagte er.

»Witze?«

»Ich lache gern, aber es tut einfach noch zu sehr weh.«

Ein junger Mann. Sogar sehr jung, schien ihm. Aber es war schwierig für ihn, diese bleichen Gesichter richtig einzuschätzen.

»Ich werde versuchen, Sie nicht zu stören«, sagte Mike. »Obwohl mir eine Schwester gesagt hat, dass ich wegen der Mittel furchtbar laut schnarche.«

Der Mann schüttelte den Kopf. »Mich stört gar nichts. Ich kann sowieso nicht schlafen. Sobald ich es versuche, drehe ich mich automatisch auf die Seite, dann tut mir die Narbe weh, und schon bin ich wieder wach.«

»Etwas Schlimmes?«

»Völlig uninteressant. Blinddarm. Das macht ein Chirurg heutzutage schnell vor dem Frühstück, nur um sich aufzuwärmen. Du scheinst mir da ein viel spannenderer Fall zu sein.«

»Wieso?«

»Du bist doch der geheimnisvolle Mann, von dem niemand den Namen weiß.«

»Ich heiße Mike.«

»Und ich Alwin. Wir duzen uns, das ist einfacher. Ich weiß, Alwin ist ein idiotischer Vorname, aber die Leute können ihn sich wenigstens merken. Alwin Berger. Du siehst, ich habe einen Familiennamen. Nicht wie du.«

»Keita.«

»Keine Witze, hab ich gesagt.«

»Ich heiße wirklich …«

»Ich bin ein neugieriger Mensch. Wenn irgendwo eine Geschichte ist, will ich sie kennenlernen. Zum Beispiel, ob das mit deinem Finger wirklich ein Unfall war. Oder vielleicht doch Absicht.«

»Wieso sollte ich …? Und woher wissen Sie überhaupt … weißt du überhaupt …?«

»Schwester Jesusa hatte heute Nacht nicht viel zu tun, ich konnte nicht schlafen, und so haben wir ein bisschen geplaudert. Irgendwie muss man sich die Zeit ja vertreiben. Du bist das große Gesprächsthema hier im Spital. So einen wie dich hatten sie noch nie.«

»Ohne Papiere, meinen Sie?«

»Du. Wir sagen uns du. – Nein, dass einer keinen Ausweis hat, das wird schon mal vorgekommen sein. Aber du willst ihnen ja noch nicht mal deinen Namen verraten.«

»Keita. Ich heiße Keita.«

»Klar. Und ich David Beckham.« Alwin lachte über den eigenen Witz, verzog vor Schmerzen das Gesicht und fasste sich an den Bauch. »Ich wusste doch, du würdest mich gut unterhalten. Du kannst dir ja nicht vorstellen, wie langweilig es wird in so einem Einzelzimmer, wenn man nicht schlafen kann. Erzähl mir deine Geschichte. Von Anfang an. Vielleicht kann ich dir sogar den einen oder anderen guten Rat geben.«

»Kennen Sie sich … kennst du dich denn in diesen Sachen aus?«

»Ich kenne mich in allen Sachen aus«, sagte der junge Mann mit den langen Haaren. »Ich bin Journalist.«

»Ein schöner Beruf«, sagte Mike.

»Wenn man bei einer großen Zeitung angestellt wäre, dann vielleicht. Ich bin nur freier Korrespondent. Wenn in meiner Ecke der Schweiz etwas passiert und ich es rechtzeitig erfahre, kann ich einen Artikel verkaufen. Nebenher arbeite ich noch in einem Büro. Aber vielleicht ist das ja bald nicht mehr nötig.«

»Hast du etwas in Aussicht?«

»Dich habe ich in Aussicht«, sagte Alwin. »Das könnte so eine Geschichte werden, die richtig ans Herz geht. Da haben Leute schon für weniger einen Preis bekommen.«

24

Es war eines jener Lokale, die sich auf exklusive Weise rustikal geben, auch wenn man hier nicht auf dem Land war, sondern mitten in der Altstadt. Auf der ruhigen, bürgerlichen Seite natürlich, wo man sich zu gut ist, um vergnügungssüchtigen Touristen mit Döner Kebab und original bayerischer Blasmusik ans Portemonnaie zu gehen. Eines jener Lokale, die sich trotz der hohen Quadratmeterpreise den Luxus riesiger Abstände zwischen den Tischen leisten, damit man Geschäftliches und Privates unbelauscht besprechen kann. Teuer, aber so, dass es nicht danach aussieht.

Sie hatten den besten Tisch, den runden im Erker, den einzigen mit Blick auf die Gasse. Einen Tisch für sechs Personen, obwohl sie nur zu dritt waren.

Thuri, der legendäre Wirt, machte mit Wampe und roten Hosenträgern den Landbeizer und streckte ihnen die Speisekarte hin, die sie natürlich nicht aufschlugen. Das Angebot hatte seit Jahren nicht gewechselt. Nur Außenseiter kannten es nicht auswendig.

»Nehmen wir alle das Kalbskotelett?«, fragte Eidenbenz. »Das macht euch keiner so gut wie der Thuri. Ich frag mich nur, wo er immer diese riesigen Kälber hernimmt. Wahrscheinlich genmanipuliert.« Er lachte das patentierte Eidenbenz-Lachen, und seine Gäste lachten mit. Auch Tom Keita, obwohl er die Pointe nicht wirklich mitbekommen hatte.

Natürlich nahmen alle das Kalbskotelett. Auch Claudia, die eigentlich viel lieber nur einen Salat gehabt hätte, wegen der Linie und weil sie seit der Werbekampagne für *Peta* gern von sich behauptete, sie sei eigentlich Vegetarierin. Aber nicht, wenn man von Eidenbenz eingeladen war. Wenn der frittierte Regenwürmer mit Älplermagronen vorgeschlagen hätte, würde sie auch das bestellt haben. Es war schließlich etwas Besonderes, so ein Abendessen nur zu dritt, quasi im Familienkreis. Auch wenn natürlich Eidenbenz' Frau fehlte. Die war seit längerer Zeit in einer Klinik verschwunden. Einer Entzugsklinik, munkelte man. Schlafmittelabhängigkeit. Aber darüber redete man nicht.

»Die Zeit, die man fürs Überlegen verschwendet, geht einem nur am Essen ab.« Eidenbenz war sichtlich guter Laune. »Dreimal das Kalbskotelett also. Und einen Wein werdet ihr dazu trinken wollen. Ist von dem Malanser *Gnädig Herre Wy* noch etwas da?«

»Für Sie schon, Herr Eidenbenz.«

»Dann bring eine Flasche, Thuri. Mach auch gleich die zweite auf, damit sie anständig temperiert ist. Und für mich …«

»Ein Bier wie immer, ist doch klar. Wird schon gezapft.« Thuri watschelte in Richtung Küche davon. Irgendwie wirkte er nicht wirklich überzeugend ländlich. Mehr wie ein auf rustikal verkleideter Geschäftsmann.

»Also«, sagte Eidenbenz, als sie angestoßen hatten, »ist doch schön, dass man endlich einmal so zusammensitzt.

Die menschliche Seite – man kommt viel zu wenig dazu. Bei dir alles in Ordnung, Mädchen?«

»Bestens. Sie haben vielleicht davon gehört, dass ich …«

Aber sie kam nicht dazu, Eidenbenz etwas von ihrer brandneuen Fernsehkarriere zu erzählen. Er gehörte zu den Menschen, die lieber selber redeten, als anderen zuzuhören.

»Sehr gut, sehr gut«, dröhnte Eidenbenz. »Äußerst erfreulich. Wie man mir berichtet, reden sie im Internet von nichts anderem. Ach ja, apropos Internet …« Er wandte sich seinem Goalgetter zu. »Was ich dich schon lang einmal fragen wollte: Wen hattest du eigentlich damals in deinem Keller versteckt, Keita, du Halunke?«

Das Kotelett war noch gar nicht auf den Tisch gekommen und blieb Claudia schon im Hals stecken. Sie hatte es gewusst. Seit der Nacht, in der Toms Cousin mit dem unaussprechlichen Vornamen in ihrem Garten aufgetaucht war, hatte sie es gewusst. »Das gibt Schwierigkeiten«, hatte sie zu Tom gesagt, aber er hatte ja nicht auf sie hören wollen.

Man hätte ihn gar nicht hereinlassen sollen. ›Aus meinem Dorf‹, was hieß das schon? Sie lud auch nicht jeden zum Übernachten ein, der im selben Kaff aufgewachsen war wie sie.

Na schön, verbinden hatten sie ihn müssen, nachdem Tom mit dem Gewehr herumgeballert hatte wie ein Verrückter. Obwohl es eigentlich nur ein Kratzer war. Ein Kratzer und eine Beule am Kopf. Aber dann fertig, adieu und gute Reise. Bestimmt nicht einquartieren wie einen verlorenen Bruder. Im Notfall hätte man ihm ein Hotelzimmer bezahlen können. Bestenfalls.

Aber Tom hatte auf stur geschaltet. Sonst war er ja vernünftig und hörte auf sie. Konzentrierte sich auf sein Training. Aber es musste nur einer »Familie« flüstern, und schon war nicht mehr mit ihm zu reden. Wenn sie nur an die Bettelbriefe dachte, von denen jede Woche mindestens einer kam …

Im Partykeller einquartiert, wo es früher oder später jemandem auffallen musste. Musste! Und dann hatte es auch prompt im Blog von dieser Kassandra gestanden. Die vielleicht in Wirklichkeit Klara Holzer hieß. ›Was versteckt Tom Keita in seinem Keller?‹, hatte sie geschrieben.

Einen illegalen Ausländer. Einen Wirtschaftsflüchtling. Erklär das deinem Vereinspräsidenten, Tom. Der mir im Suff erklärt hat, was er von Leuten hält, die so jemanden verstecken. Und der nüchtern auch nicht anderer Meinung ist. Los, erklär ihm das! Wirst schon sehen, was du davon hast. Auf mich hast du ja nicht hören wollen.

Sie hatte gedacht, die Geschichte wäre eingeschlafen. Aber eben, wenn eine Sache mal im Internet ist, dann wird man sie nie wieder los. Sie war sich zwar sicher, dass der Eidenbenz keine Blogs las, sie höchstens als neumodische Erfindungen verlachte, mit denen man nur seine Zeit vertat. Damals, als der Leuenberger damit anfing, hatte er in einem Interview ein paar bitterböse Sprüche losgelassen.

Aber jetzt war das Gerücht doch zu ihm gedrungen. Jemand hatte es ihm ins Ohr geflüstert. Es gab immer Leute, die einem böse wollten.

»Na?«, sagte Eidenbenz, und Claudia konnte sehen, wie Toms Adamsapfel auf und ab hüpfte.

»Es ist so, Herr Eidenbenz …«, setzte er an. »Ich …«

Und dann grinste Eidenbenz plötzlich. War überhaupt nicht wütend oder so. »Ich nehme an«, sagte er, »du trinkst in deiner Kellerbar manchmal ein Gläschen mehr, als dem Trainer lieb wäre. Das ist das ganze Geheimnis, stimmt's? Und daraus will dir diese Kassandra einen Strick drehen. Da kann ich doch nur lachen.«

Und das tat er dann auch ausgiebig. Lachte sein Eidenbenz-Lachen, in dem jedes »Ha« wie ein einzelnes Wort war, nahm zwischendurch einen Schluck Bier und lachte dann noch lauter.

»Aus einer Mücke einen Elefanten machen«, sagte er, »und sich dabei hinter einem falschen Namen verstecken! Das können sie, diese Internet-Schmieranten. Im Privatleben anderer Leute herumschnüffeln, in der Hoffnung einen Fetzen schmutziger Wäsche zu finden. Weil sie vom Stunk leben wie die Aasgeier vom Aas. Aber bei uns beiden werden sie kein Futter finden, was, Keita?«

Wenn Eidenbenz jemandem auf die Schulter klopfte, dann war das kein sanftes Tätscheln. Dann bekundete er seine Freundschaft und tat das, wie alles im Leben, mit voller Kraft. Tom zuckte regelrecht zusammen. Claudia konnte ihm ansehen, dass er der überherzlichen Vertraulichkeit am liebsten ausgewichen wäre. Aber das ging natürlich nicht, und so klopfte Tom nun seinerseits auch auf Eidenbenz' Schulter. Es sah aus, als ob die beiden im Sitzen miteinander tanzten.

»Wir im Verein sind doch keine kleinkarierten Prinzipienreiter«, sagte Eidenbenz. »Solang du in jedem Spiel zwei Tore schießt und einen Elfmeter hältst, kannst du von mir aus jeden Abend eine ganze Flasche Whisky trinken.«

Ein paar Tische weiter applaudierte jemand. Eidenbenz war in seinen Festrednerton hineingerutscht, und so weit konnten die Tische gar nicht auseinander stehen, dass man ihn nicht im ganzen Lokal gehört hätte.

»Ich will euch mal was erzählen«, fuhr er fort, jetzt in einem sehr viel vertraulicheren Ton. »Weil wir hier doch unter Freunden sind. Aber behaltet es für euch.«

Er winkte sie näher, und alle drei beugten sich über den Tisch wie Verschwörer.

Eidenbenz roch nach Bier, aber Claudia, die sonst in diesem Punkt sehr eigen war, hätte den Duft gegen kein Parfum der Welt getauscht. Mit Eidenbenz ein Geheimnis teilen – das war besser als jedes Titelblatt.

»Ich hatte auch einmal Ärger mit diesem Blog«, sagte Eidenbenz.

»Sie?«

Eidenbenz nickte. »Als meine Sonja damals in die Klinik musste. Wegen ihrer chronischen Schmerzen, von denen die Ärzte jetzt endlich herausgefunden haben, woher sie kamen. Sie wird bald wieder zu Hause sein. Aber damals, da hat diese Kassandra doch tatsächlich behauptet, sie mache einen Entzug.«

»Nein!« Claudia hoffte, dass sie die richtige Mischung aus Staunen und Empörung in ihre Stimme gelegt hatte. Obwohl sie das Gerücht ja nun wirklich schon lang genug kannte.

»Es kann auch die Besten treffen.« Eidenbenz klang jetzt ganz pfarrersmäßig. »Obwohl ausgerechnet meine Sonja … Kann sich jemand vorstellen, dass so eine brave Frau Drogen nimmt?«

Nein, sagte Claudia, das könne man sich nun wirklich nicht vorstellen. Und auch Tom schüttelte den Kopf.

»Und deshalb«, sagte Eidenbenz, »glaube ich prinzipiell kein Wort von dem, was diese Kassandra schreibt.«

Gott sei Dank, dachte Claudia. Das war gerade noch einmal gutgegangen.

»Ich wollte auch etwas ganz anderes mit dir besprechen, Keita.«

Aber was es war, das Eidenbenz mit Tom zu besprechen hatte – interessierte sich etwa ein anderer Verein für ihn? –, das erfuhren sie jetzt noch nicht. Denn jetzt kam zuerst einmal ein Salätchen, das sich nach Thuris rustikalen Prinzipien als recht gewaltiger Berg von Grünzeug entpuppte. Und dann standen auch schon die Kalbskoteletts auf dem Tisch, die, wie es Claudia schien, eher von Mammuts zu stammen schienen.

Eidenbenz aß schnell und effizient. Claudia hatte noch kein Drittel ihrer Portion geschafft, als er schon den Knochen in der Hand hielt und abnagte. Wer sich durch die weißen Tischtücher und die Kristallgläser von dieser Technik abhalten ließ, der hatte nicht verstanden, um was es in Thuris Lokal ging.

Dann waren die Teller endlich abgeräumt und die Gläser noch einmal nachgefüllt. »Also«, sagte Eidenbenz. »Du weißt ja, Keita, wir sind hier in einem demokratischen Land, und für Könige haben wir im Allgemeinen nicht viel übrig. Außer wenn sie Torschützenkönige sind. Und in der Nationalmannschaft.«

Hatte er »Nationalmannschaft« gesagt?

»Ja«, sagte Eidenbenz und klopfte Tom schon wieder auf

die Schulter. »Ganz im Vertrauen und noch nicht zum Drüber-Reden: Hast du schon einmal daran gedacht, Schweizer zu werden?«

25

Alwin Berger hatte einen Artikel geschrieben und verkauft. Mit Foto. Keinen großen Artikel, aber immerhin einen, der tatsächlich erschienen war, und das kam bei ihm nicht allzu häufig vor. Er war ja, auch wenn er das Mike anders erzählt hatte, kein Journalist, der nebenher in einem Büro aushalf, sondern ein Bürolist, der ab und zu für Zeitungen schrieb.

›Einer von vielen‹ hatte er den Artikel genannt, und darin Mikes Geschichte erzählt. Das Ganze ein bisschen dramatisiert, nicht aus Sensationslust, sondern nur im Interesse der Sache. Die Leute sollten die Story lesen und nicht gleich weiterblättern, um zu sehen, wo GC diese Woche ein paar hundert Millionen herbekäme. Heutzutage, sagte er abends im *Weißen Hirschen* zu seinen bewundernden Tischgenossen, heutzutage war es leider einfach so: Wenn man nicht schon in den ersten Zeilen ein Feuerwerk zündete, las keine Sau weiter.

Mikes Ankunft in der Schweiz war so ein spektakulärer Einstieg gewesen. Achtundvierzig Stunden in einem Lastwagen versteckt, das hatte etwas. Vor allem, wenn man von der Allwissenheit des Internets profitierte und als Vergleich die Geschichte von den vierundfünfzig Burmesen einbaute, die in diesem Fischkühltransporter erstickt waren. ›Ein

Mensch in Not riskiert sein Leben, um in die Schweiz zu gelangen.‹ Den Satz hatte er tatsächlich in den Computer getippt, dann aber gleich wieder gelöscht, weil die Redaktion ihm den bestimmt als zu unjournalistisch emotional aus dem Text gestrichen hätte. Man hatte es nicht leicht in diesem Beruf und musste leider vieles, das einem wichtig war, weglassen. Wenn ein Artikel verkäuflich bleiben sollte.

So hatte er auch die Verwandtschaft mit dem Fußballstar, von der Mike immer wieder anfing, nicht erwähnt. Die Story war einfach zu unglaubwürdig, und er wollte den armen Kerl ja nicht lächerlich machen. Aber dass jemand auf Mike geschossen hatte, bloß weil er aus Versehen in einen fremden Garten geraten war, das war natürlich ein brauchbares Detail gewesen. Dramatisch. Genauso wie die Geschichte mit der Hand in der Kreissäge. ›Skrupelloser Ausbeuter macht sich die Notlage eines Flüchtlings zunutze und lässt ihn ohne alle Sicherheitsmaßnahmen arbeiten.‹ Da konnte man sich so richtig hundert Zeichen lang empören.

Das Echo auf den Artikel war leider nicht gewaltig gewesen. Keine karrierefördernde Flut von Leserbriefen, wie er sie sich eigentlich erhofft hatte. Die paar wenigen Leute, die sich auch sonst immer empörten, empörten sich auch dieses Mal, und den andern, denen das Thema schon immer gleichgültig gewesen war, blieb es auch weiterhin egal.

Allerdings: Einen wichtigen Brief hatte sein Artikel dann doch ausgelöst. Das Schreiben war im Krankenhaus angekommen, genau an dem Tag, an dem Mike als geheilt entlassen wurde. Ein Schreiben von der Fremdenpolizei.

›Sie befinden sich illegal in der Schweiz‹, hieß es darin.

›Sie werden aufgefordert, unser Land umgehend zu verlassen.‹ Dann stand da noch etwas von einer Ausreisefrist von dreißig Tagen, und dass widrigenfalls eine Anzeige beim Untersuchungsrichter möglich sei, der, wenn er es für gegeben erachte, Haft anordnen könne.

Es war ein höflicher Brief gewesen, das musste man zugeben. Inhaltlich hart, aber korrekt formuliert.

Mike hatte ihm das Schreiben gebracht und ihn um seinen Rat gebeten. Leider war er in einem sehr ungünstigen Moment damit gekommen. Alwin war gerade einem echten, zeilenträchtigen Skandal auf der Spur. Ein Gemeindepräsident hatte eine Waldhütte mit Steuergeldern luxuriös ausbauen lassen und dann dem Jagdverein, in dessen Vorstand er saß, für einen symbolischen Betrag vermietet. Das war genau die Art von Story, die man mit etwas Glück sogar an den *Blick* verscherbeln konnte, und der *Blick* war für einen knallharten Recherchierjournalisten wie Alwin fast so etwas wie der Olymp.

Er hatte also wenig Zeit für seinen ehemaligen Zimmergenossen erübrigen können und ihm nur geraten, besser nicht hier auf dem Land zu bleiben, wo jeder jeden kannte, sondern sich nach Zürich abzusetzen, wo man als Ausländer nicht so sehr auffiel. »Außerdem triffst du dort sicher ein paar Landsleute, die dir weiterhelfen können«, hatte er noch gesagt. »Und wenn es ganz schlimm wird, kannst du immer noch einen Asylantrag stellen.«

Hinterher tat es ihm leid, dass er Mike so abgewimmelt hatte. Erstens natürlich, weil er an dessen Problem ein kleines bisschen mitschuldig war. Der Sozialdienst des Krankenhauses war nämlich nicht verpflichtet, die Fremdenpolizei zu informieren, und hätte es auch nicht getan. Ohne seinen Artikel wäre man dort wahrscheinlich nie auf Mike aufmerksam geworden. Zweitens, und das tat Alwin sehr viel mehr leid, hatte er Mike jetzt aus den Augen verloren, und dabei wäre der, da war Alwin ganz sicher, noch für mehr als einen Artikel gut gewesen.

Die Geschichte mit dem Gemeindepräsidenten verlief sich dann im Sand. Sie hatte zwar im Prinzip gestimmt, aber die Beträge, um die es ging, waren zu klein gewesen, um eine überregionale Zeitung zu interessieren. Alwin musste also wieder ganz kleine Brötchen backen. Im Auftrag des lokalen Käseblattes, das sich von einem positiven Bericht einen Anzeigenauftrag erhoffte, besuchte er in Zürich eine jener Firmenpressekonferenzen, an denen man zwar nie Neues erfährt, aber doch jedes Mal ein ausgezeichnetes Mittagessen vorgesetzt bekommt. Erfolgreichere Kollegen besuchten solche Veranstaltungen nur, wenn sie auf den Bahamas oder doch zumindest in Gstaad stattfanden, aber als journalistischer Taglöhner musste man mitnehmen, was einem angeboten wurde. Alwin hatte seinen Teller am Buffet mehrmals gefüllt – die investierte Zeit musste ja irgendwie amortisiert werden – und war dann mit angenehm vollem Bauch zu einem kleinen Bummel am See aufgebrochen. Die Trommelmusik einer Gruppe von Afrikanern erinnerte ihn an Mike, und so wurde aus dem Verdauungsspaziergang eine Recherche. Wenn sich Mike ohne viel Aufwand finden ließ, überlegte er, dann lag vielleicht doch noch ein Nachzieher zu der Geschichte drin.

Die Recherche erwies sich dann als ganz einfach. »Aus Guinea?«, sagte einer der Männer, ohne mit dem Trommeln aufzuhören. »Die sind nicht hier am See. Die hocken immer in der Bäckeranlage.« Die verschiedenen Volksgruppen, so schien es, hatten alle ihre festen Treffpunkte, meistens in öffentlichen Parks und nur bei sehr schlechtem Wetter in einem Lokal, wo man etwas konsumieren und dafür Geld ausgeben musste.

Alwin kam sich vor wie der legendäre rasende Reporter und bedauerte es fast ein bisschen, dass das Frühlingswetter so warm und er selber deshalb ohne Mantel unterwegs war. Stilecht wäre es gewesen, mit hochgeschlagenem Kragen im strömenden Regen zu stehen, ein Taxi aufzuhalten und zum Fahrer zu sagen: »Zwanzig Franken extra, wenn Sie in zehn Minuten an der Bäckeranlage sind.« Aber die Sonne schien, und er war in dieser Sache nicht auf Spesen unterwegs. Also blieb ihm nichts anderes übrig, als zuerst das Tram und dann den 31er-Bus zu nehmen.

Die Leute aus Guinea waren leicht zu finden. Schon an der Busstation hörte man die Musik aus dem überlauten CD-Player, um den sie sich versammelt hatten. Sie waren zuerst sehr zurückhaltend, weil sie ihn, wie sich herausstellte, trotz seiner zum Pferdeschwanz gebundenen langen Haare für einen Beamten in Zivil hielten. Er hatte für diese Werbe-Pressekonferenz einen Anzug samt Krawatte anziehen müssen und sah wohl einfach zu seriös aus.

Die Stimmung änderte sich, als sie erfuhren, dass er ein Freund von Mike Keita war. Ja, sagten sie, den Keita kannten sie gut. Ein paar Wochen lang war er in Zürich gewesen und hatte wohl auch ein bisschen Geld verdient, in einem Lokal nahe der Langstraße, einem Betrieb, wo man nicht so genau hinschaute, ob der Mann, der die Pfannen und die Böden schrubbte, auch eine Arbeitsbewilligung hatte. Aber – sie beschrieben es wie die Symptome einer unangenehmen, aber leider unheilbaren Krankheit – Mike war es in dieser illegalen Situation nicht wohl gewesen, und er hatte unbedingt etwas daran ändern wollen. Irgendein Idiot, ein Schweizer natürlich, der von diesen Dingen nicht das Geringste verstand, hatte ihm eingeredet, er solle einen Asylantrag stellen. Einen Asylantrag, man stelle sich vor! Das Dümmste, was man in seiner Situation machen konnte.

Alwin nickte zustimmend und bestätigte, ja ja, ein Asylantrag, das sei in diesem Fall wohl wirklich nicht sehr vernünftig. Er tat das mit so viel Überzeugung, dass keiner von seinen Gesprächspartnern auf den Gedanken kam, dass er es selber gewesen sein könnte, der Mike diesen Rat gegeben hatte.

Erstens, erklärte man ihm, stand Guinea nicht auf der Liste der Staaten, in denen man als Oppositioneller oder als Angehöriger einer bestimmten Volksgruppe akut gefährdet war. Zweitens hatte Mike keine Papiere. Und drittens hielt er sich schon längere Zeit illegal in der Schweiz auf. Mit anderen Worten: Sein Asylgesuch würde abgelehnt werden, »schneller, als man eine Banane schälen kann«, wie der Wortführer der Männer es formulierte. Das war aber noch nicht das Schlimmste. Sobald man so einen Antrag stellte, war man den Behörden bekannt, und wer einmal in dieser Mühle steckt, da waren sich alle einig, der kommt nur fein gemahlen wieder heraus.

Sie hatten versucht, Mike seinen Plan auszureden, aber der war stur geblieben, »stur wie ein Pavian«. Man sei doch hier in einem Land mit ordentlichen Gesetzen, hatte er immer wieder gesagt, und in einem solchen Land könne einem bestimmt nichts Schlechtes passieren, wenn man den korrekten Weg gehe. »So naiv ist der«, sagten sie zu Alwin und schüttelten ob so viel Unbedarftheit die Köpfe, »naiv wie ein Katzenfisch, der glaubt, dass er fliegen kann.«

Ob sie wüssten, wo er Mike finden könne? Sie zuckten nur die Schultern. Sie hatten ihn schon ein paar Tage lang nicht gesehen.

»Vielleicht ist er tatsächlich nach Kreuzlingen gefahren, um dort seinen Antrag zu stellen«, sagte der Mann, der für die anderen zu sprechen schien, und die nickten mit ernsten Gesichtern, so wie man es tut, wenn von einem Menschen die Rede ist, der in einem löchrigen Boot das Meer überqueren oder ohne Wasser den Weg durch die Sahara finden will.

»Asyl will er beantragen. Tatsächlich Asyl. Den Idioten, der ihm das geraten hat, sollte man selber aus der Schweiz abschieben.«

Schade, dachte Alwin Berger auf der Heimfahrt. Es wäre bestimmt eine gute Story geworden.

26

Tom wischte sich den Schweiß vom Gesicht und schlenkerte die Tropfen von sich weg, dass sie auf den heißen Steinen zerzischten.

In einem Land aufgewachsen, wo man die Kühle suchte, hatte er nie verstanden, warum es jemand für gesund oder sogar für angenehm halten konnte, sich freiwillig in einen überhitzten Holzkasten zu setzen. Aber der Saunagang stand nun mal auf dem Fitnessplan, und so schwitzte man eben gottergeben vor sich hin.

Im Gegensatz zu ihm schien Mirko die Temperatur überhaupt nichts auszumachen. Er hatte einen Gameboy mitgebracht und drückte selbstvergessen auf irgendwelchen Knöpfen herum. Ab und zu hörte man ein Piepsen oder den Fetzen einer elektronischen Melodie.

Piep. Piep. Boing.

»Du, Mirko …«, sagte Tom.

»Nicht jetzt. Ich bin mitten im Training.« Tom verstand nicht. »Aber dein Zeh ist doch immer noch …«

»Dieses Training.« Mirko hielt den Gameboy hoch. »Ich hab mir das von meinem kleinen Neffen ausgeliehen. *Soccer Manager* heißt das Spiel. Wenn ich noch einen anständigen Mittelstürmer einkaufen kann, hab ich eine echte Chance, die Meisterschaft zu gewinnen.«

Boing.

»Ich wollte dich etwas fragen.«

»Na schön.« Mirko legte die Spielkonsole beiseite. »Hier drin ist es sowieso so feucht, dass mir die Finger dauernd von den Tasten rutschen. Geht es schon wieder um deinen verschwundenen Verwandten?«

»Nein.« Tom wollte ganz automatisch an seinem Hosenbein zupfen, eine Geste, die er immer machte, wenn er verlegen war. Nur dass er diesmal gar keine Hose anhatte. Stattdessen kratzte er sich an der Wade. »Was ich gern wissen möchte: Wie geht das eigentlich vor sich, wenn man Schweizer wird?«

»Schweizer werden?«, sagte Mirko. »Da musst du noch ein Vierteljahr warten.«

»Dauert das so lange?«

»Es kann auch sehr schnell gehen. Aber die Zeremonie wird immer nur am 1. August durchgeführt.« Er wischte sich mit der Hand übers Gesicht, nicht um den Schweiß wegzuwischen, sondern nur, um sein Grinsen zu verdecken. Er mochte Tom, weil der bei allem sportlichen Erfolg ganz naiv geblieben war und sich deshalb wunderbar verarschen ließ. Auch diesmal biss er prompt auf den Köder an.

»Was für eine Zeremonie?«

»Hast du das noch nie am Fernsehen gesehen? Das übertragen sie doch immer live. Direkt nach der Ansprache des Bundespräsidenten. Auf dem Rütli wird ein großer Kessel mit flüssiger Schokolade aufgestellt …«

»Schokolade?«

»Beste Schweizer Qualität. In dem Kessel müssen die

Kandidaten dreimal untertauchen, und wer das überlebt, bekommt den roten Pass.«

»Nein, im Ernst!«

Aber Mirko war jetzt im Schuss und noch lange nicht bereit, ein seriöses Gespräch zu führen. »Bei dir wird das allerdings schwierig werden«, sagte er. »Da werden sie extra weiße Schokolade besorgen müssen. Schwarz genug bist du ja schon.« Er fand den eigenen Scherz so komisch, dass er sich vor Vergnügen auf die Brust trommeln musste. Die Tropfen flogen in alle Richtungen.

Tom lachte nicht mit. Er wollte wirklich eine Antwort haben. Er konnte sich so eine Einbürgerung einfach nicht richtig vorstellen. So etwas Ähnliches wie damals in Zürich, am Sechseläuten in der Zunftstube, stellte er sich vor. Nur natürlich ohne Verkleidungen. Aber irgendwie sehr feierlich.

Er zerbrach sich schon seit einigen Tagen den Kopf darüber. Als Eidenbenz den Vorschlag gemacht hatte, da hatte alles noch so einfach geklungen. Nicht schwieriger als ein Auto kaufen oder eine Wohnung mieten. Auch Claudia hatte gemeint, wenn jemand mit so viel Einfluss wie sein Vereinspräsident dahinterstünde, dann sei das Ganze nur eine Formalität und schnell erledigt. Nur wie genau es ablaufen würde, das hatte ihm keiner erklärt.

»Wie war das damals bei dir, Mirko?«

»Beim ersten oder beim zweiten Mal?«

»Du hast zweimal ...?«

»Na klar«, sagte Mirko. »Die Ehrenrunde ist doch immer das Schönste an einem Sieg.« Aber trotz des lockeren Spruchs sah er gar nicht mehr aus, als ob ihm ums Scherzen wäre.

»Beim ersten Anlauf hat es nicht geklappt«, sagte er.

»Wieso?«

»Weil ich erst bei den C-Junioren war, nehme ich an. Damals noch als Torhüter.«

»Wie bitte?«

»Ich war noch ein kleiner Junge. Beim ersten Versuch. Wir wohnten in diesem Kaff, wo mein Vater in der Schraubenfabrik arbeitete. Im Schichtbetrieb am Band. ›Man wird nicht reich dabei‹, sagte er immer, ›aber besser als bei uns zu Hause ist es allemal.‹ Er stellte den Antrag für die ganze Familie, und die Gemeindeversammlung schmetterte ihn für die ganze Familie ab. In derselben Turnhalle, in der ich mir jahrelang die einzig wirklich guten Noten in meinem Zeugnis geholt hatte.«

»Aber warum?«

»›Mangelnde gesellschaftliche Integration.‹ Obwohl wir Geschwister alle vier hier aufgewachsen und zur Schule gegangen waren. Zugegeben, in meinem Fall nicht gerade als Klassenbester, aber wenn es darauf ankäme, müssten sie das halbe Land ausbürgern.«

»Und trotzdem …?«

Man merkte Mirkos Stimme an, dass ihn die Geschichte immer noch ärgerte.

»Natürlich«, sagte er, »meine Mutter hat nie richtig gut Deutsch gelernt. Und bei einer Staatskundeprüfung würde sie bestimmt durchfallen. Hält den Christoph Mörgeli wahrscheinlich für einen Kandidaten bei *MusicStar*. Aber das war wohl nicht der Grund, warum sie uns abgelehnt haben.«

»Sondern?«

Statt einer Antwort griff Mirko nach der großen Schöpfkelle und kippte einen Schwall Wasser auf die Steine. Eine unangenehm heiße Dampfwolke verbarg für einen Moment sein Gesicht. Erst nach einer Pause sprach er weiter.

»Warum wohl? Bestimmt nicht wegen diesem Integrations-Blabla. Es hatte mehr damit zu tun, dass wir einen so ausländischen Namen hatten. Milatovic klingt einfach nicht so gut wie Hürlimann oder Rusterholz.«

»Ich heiße Keita. Das ist auch nicht gerade urschweizerisch.«

»Aber du bist ein erfolgreicher Fußballspieler. Das gleicht alles andere aus. Nicht wie mein Vater nur ein Büezer, den man kostenlos zur Sau machen kann. Er war damals ziemlich fertig, besonders weil ein paar Arbeitskollegen am nächsten Tag auch noch blöde Sprüche machten. Von wegen, er solle sich doch lieber ein Land suchen, wo der Nationalheld Wilhelm Tellovic heiße und so.«

»Scheiße«, sagte Tom.

»Schön formuliert«, sagte Mirko.

»Und beim zweiten Anlauf?«

»Das war in derselben Turnhalle wie beim ersten Mal. Mit den genau gleichen Leuten wie ein paar Jahre früher. So kam es mir wenigstens vor. Auf alle Fälle roch es immer noch genau gleich nach Reinigungsmitteln und alten Socken. Nur der Ablauf der Veranstaltung war anders.«

»Sie haben euch aufgenommen?«

»Mit Glanz und Gloria. Und einem Blumenstrauß für meine Mutter, vom Gemeindepräsidenten persönlich überreicht. Er konnte gar nicht verstehen, warum sich mein Alter nicht richtig gefreut hat.«

»Sie waren also toleranter geworden?«

»Quatsch«, sagte Mirko. »Aber ich spielte damals schon in der Nati A.«

»In der was?«

»Du bist wirklich noch nicht lange hier. Das war dasselbe wie jetzt die Axpo Super League. Sie hieß früher bloß anders, weil sich noch kein Konzern den Namen gekauft hatte.«

Der Sand in der Glasröhre an der Wand war endlich durchgelaufen, und Tom wollte schon erleichtert die Türe öffnen. Aber Mirko hielt ihn zurück und drehte die Sanduhr auf den Kopf. »Komm, wir bleiben noch eine Runde«, sagte er, »draußen hören einem zu viele Leute zu.«

Ohne Begeisterung setzte sich Tom wieder auf sein klatschnasses Handtuch. Diesmal auf der untersten Liege, nicht wie Mirko ganz oben. »Aber keinen Aufguss mehr!«

»Schwächling. – Also, was wolltest du eigentlich wissen?«

»Ob es kompliziert ist. Schweizer werden, meine ich.«

»Wenn sie dich brauchen, ist es einfach. Wenn sie dich nicht brauchen, erfinden sie jede Menge Schwierigkeiten. Aber so einen wie dich brauchen sie ja. Nach deinem Superspiel sowieso.«

Erst als Tom später über das Gespräch nachdachte, fiel ihm auf, dass Mirko die ganze Zeit über »sie« gesagt hatte und nicht »wir«. Und dabei war er doch Schweizer und spielte in der Nationalmannschaft.

Seltsam.

»Wie bist du eigentlich so plötzlich auf die Idee gekommen?«

»Du darfst es aber niemandem weitererzählen: Eidenbenz hat es vorgeschlagen.«

»Da hat unser Herr Präsident ausnahmsweise mal etwas Vernünftiges ausgeheckt. Und wenn jemand Schwierigkeiten macht, bekommt er es mit dem Hitzfeld zu tun. Der hat letzten Endes mehr zu sagen als jeder Politiker. Zumindest solang es noch eine Chance gibt, sich für die WM zu qualifizieren.«

»Es reizt mich natürlich schon, aber …«

»Aber was?«

»Irgendwie kann ich mir einfach noch nicht vorstellen, dass ich vor einem Spiel mit in der Reihe stehe und die Schweizer Nationalhymne singe.«

»Dann mach es doch wie die andern auch: Beweg irgendwie den Mund zur Musik. Den doofen Text kann sowieso niemand auswendig. Morgenrot und Strahlenmeer! Klingt wie ein Werbeprospekt für ein Atomkraftwerk.«

»Meinst du, die Fans würden mich akzeptieren?«

»Nach deinem gehaltenen Elfmeter bist du praktisch schon Ehrenbürger.«

»Aber Nationalmannschaft ist noch mal etwas anderes. Ich sehe ja wirklich nicht aus wie der typische Schweizer.«

»Seit wann spielt das eine Rolle? Nach der Niederlage gegen Luxemburg letztes Jahr hätten sie auch einen Marsmenschen genommen, wenn er nur Tore schießen kann. Und überhaupt: Sieht Gerald Asamoah aus wie ein typischer Deutscher? Oder Claude Makélélé wie ein typischer Franzose?« Mirko schlug seinem Freund mit der flachen Hand gegen die nasse Stirn. »Du solltest deinen Schädel für Kopfbälle brauchen und nicht zum Denken. Das liegt dir nämlich nicht. Schieß in der WM-Qualifikation ein paar Tore, und das ganze Land wird schwören, schon auf dem Rütli sei ein Keita dabei gewesen. Als Programmverkäufer.«

»Du nimmst die Sache nicht ernst«, sagte Tom. Es klang wie ein Vorwurf, aber eigentlich war er erleichtert.

»Nicht ernster, als sie es verdient«, sagte Mirko. »So, und jetzt lass mich in Ruhe. Ich habe mit meinem Neffen gewettet, dass ich bis zum Wochenende Landesmeister bin.«

Er griff nach dem Gameboy, und bald gingen die Geräusche wieder los.

Piep. Piep. Boing.

27

Man musste auch mal spontan sein können, dachte Claudia. Einfach so eine nette Geste. Durchaus angebracht unter guten Freunden.

»Ihr müsst den Leuten das Gefühl geben, dass ihr an sie denkt«, hatte ihnen Ilona Federspiel eingetrichtert und schickte selber jedem ihrer vielen Bekannten zum Geburtstag einen persönlichen Glückwunsch. Auch Leuten, die sie nur ein- oder zweimal getroffen hatte. Zumindest wenn die wichtig waren oder einmal wichtig werden konnten. Natürlich, das machte bestimmt ihre Sekretärin für sie, dieselbe, die damals wegen des Schlüssels für die Ferienwohnung so unhöflich angerufen hatte, aber trotzdem.

Nein, schaden konnte es ihr bei Eidenbenz bestimmt nicht. Im Gegenteil. Und bei ihm gut dazustehen, das war ja auch der Zweck der Übung. Ein bisschen ungewöhnlich war es vielleicht, wo sie seine Frau doch gar nicht persönlich kannte. Aber aufdringlich konnte er es auch nicht finden. Aufmerksam war es von ihr, ja, das war das Wort. Aufmerksam. Und die Verbindung war ja da. Ohne ihre Krankheit hätte er seine Frau bestimmt zu diesem Abendessen beim Thuri mitgebracht.

Mit drei Küsschen hatte er sich auf der Gasse von ihr verabschiedet, nicht zwei, wie es üblich war, sondern drei, links und rechts und wieder links. Ein enger Freund also, wenn man es richtig überlegte.

Und sie war eben ein spontaner Mensch. Sie hatte lang darüber nachgedacht, und das war bestimmt der richtige Satz. »Ich bin eben ein spontaner Mensch«, würde sie sagen und ihr den Blumenstrauß in die Hand drücken. Oder ihn nur abgeben, mit ein paar Zeilen, die sie auch schon vorbereitet hatte. Für den Fall, dass Sonja Eidenbenz nicht zu Hause war. Oder sie nicht empfangen wollte. Oder konnte. Es würde da bestimmt ein Dienstmädchen geben. Oder eine Haushälterin. Ganz allein konnte es Eidenbenz ja nicht geschafft haben. In der langen Zeit, in der seine Frau in der Klinik war.

Vor lauter Nachdenken hatte sie gar nicht bemerkt, dass das Signal wieder grün war. Beim Anfahren knirschte die Kupplung. Früher oder später war ein neuer Wagen fällig.

Die Blumen vorher auswickeln, das durfte sie auch nicht vergessen. Wie sich das gehörte. Früher, mit diesen durchsichtigen Folien, war es einfacher gewesen, da hatte man auch ohne Auspacken zeigen können, wie viel man in einen Strauß investiert hatte. Und das ewige Problem, wo man mit dem Papier hinsollte, war auch weggefallen. Aber Folien waren jetzt nicht mehr korrekt, wegen der Umwelt und so.

Einmal, noch bevor sie Tom kennenlernte, hatte ihr ein Verehrer Blumen gebracht, und die waren doch tatsächlich bloß in Zeitungspapier eingewickelt gewesen. Ausgerechnet in den *Blick,* das musste man sich mal vorstellen. Den hatte sie aber ganz schnell abserviert.

Heute könnte das nicht mehr passieren. Jetzt wo der

Blick dieses kleinere Format hatte. Da passte kein Blumenstrauß mehr hinein.

Furchtbar, diese Einbahnstraßen. Ständig musste man Umwege fahren. Aber andererseits ein Zeichen dafür, dass man sich in einem der besseren Quartiere befand. Dessen Hausbesitzer genügend Einfluss bei der Stadt hatten, um sich den Durchgangsverkehr vom Hals schaffen zu lassen.

Parkplätze waren auch kein Problem. Zwar nur blaue Zone, aber so lang wollte sie sowieso nicht bleiben. »Ich war ganz zufällig in der Gegend, und da dachte ich …«

Vor dem Aussteigen noch schnell die Sonnenblende herunterklappen und einen Blick in den Spiegel werfen. Vielleicht doch zu brav, das Make-up. Fast ein bisschen bünzlig. Aber bei nicht mehr ganz jungen Frauen kam es immer besser an, wenn man nicht allzu gut aussah.

Die Blumen nicht vergessen. Am liebsten hätte sie das Papier auf die Straße geschmissen, aber das hätte jemand sehen können.

Ein schönes Haus. Passte zu Eidenbenz. Massiv und nicht allzu modern. Nicht protzig, aber doch so, dass man merkte: Hier wohnte jemand, der das Kleingeld nicht zählen musste.

Nur die vergoldeten Spitzen des Gartenzauns hätten nicht sein müssen. Auch wenn es natürlich kein echtes Gold war. Trotzdem, das wirkte schon ein bisschen neureich.

Eine ganze Reihe von Klingelknöpfen, obwohl das doch wirklich kein Mehrfamilienhaus war. »Privat«, das war der richtige Knopf. Es war schließlich ein privater Besuch. Unangekündigt. Wie man das ruhig mal machen kann, unter Freunden.

Sonja Eidenbenz kam selber an die Tür. Sie sah älter aus, als man erwarten konnte. Zwei strenge Falten links und rechts vom Mund, wie man sie bekommt, wenn man zu viel an Problemen herumstudiert. »Ihr müsst lächeln«, hatte Ilona Federspiel ihnen damals gepredigt. »Möglichst viel lächeln. Das ist auch gut für die Haut.« Sonja Eidenbenz hatte bestimmt nie etwas davon gehört. Und ihre Frisur ... Na schön, sie war bei sich zu Hause und hatte keinen Besuch erwartet. Aber trotzdem. So wäre Claudia noch nicht einmal ins Bett gegangen.

»Ja?«, sagte Frau Eidenbenz.

Claudia stellte sich vor. Die Verlobte von Tom Keita, ganz zufällig gerade in der Gegend, so gut mit Ihrem Mann befreundet, und darum gedacht, man müsste sich doch auch mal kennenlernen.

»Wieso?«, sagte Frau Eidenbenz.

»Ich bin eben ein spontaner Mensch«, sagte Claudia und streckte ihr die Blumen hin. »Ich habe mich so gefreut, als ich in der Zeitung gelesen habe, dass Sie wieder zu Hause sind.«

»Es stand nicht in der Zeitung.« Frau Eidenbenz hatte den Strauß immer noch nicht genommen. »Nur im Blog von dieser Kassandra.«

»Möglich. Kann sein. Man weiß ja hinterher oft nicht mehr ...«

»Sie schon«, sagte Frau Eidenbenz. »Sie sind nicht der Typ, der so etwas verwechselt.«

Es war vielleicht doch keine gute Idee gewesen, einfach so spontan vorbeizukommen.

Sonja Eidenbenz betrachtete ihre Besucherin prüfend

und gleichzeitig desinteressiert, wie man sich in der Boutique ein Kleid anschaut, wenn man eigentlich gar keines braucht. Dann, ohne dass man in ihrer Miene eine Veränderung hätte bemerken können, fasste sie einen Entschluss. »Kommen Sie herein«, sagte sie. »Wenn Sie schon mal da sind. Ich habe mir gerade einen Tee gemacht. Und geben Sie die Blumen her.«

Der Tee war irgendein Kräutergemisch. Wie gekochtes Gras, dachte Claudia. Lieblos serviert. Sie hätte den Geschmack gern mit Zucker ein wenig überdeckt, aber es stand keiner auf dem Tisch, und danach zu fragen hätte wie eine Kritik gewirkt.

Nun, sie hatte schon Schlimmeres vorgesetzt bekommen und sich nichts anmerken lassen. Das Kalbskotelett zum Beispiel, das sie mit Eidenbenz hatte essen müssen. Wo sie doch eigentlich Vegetarierin war.

Frau Eidenbenz machte keine Anstalten zu einer höflichen Konversation, aber einfach schweigend dazusitzen, das ging ja auch nicht.

»Es muss furchtbar sein, dauernd Schmerzen zu haben«, sagte Claudia deshalb. »Ich freue mich, dass es Ihnen wieder besser geht.«

»Wieso?«

Was war das für eine Frage?

»Nun ja, es ist doch schön, wenn jemand nicht mehr krank ist.«

»Ich war nicht krank«, sagte Frau Eidenbenz. »Ich hatte auch keine Schmerzen. Ich war süchtig. Abhängig. Jetzt bin ich es nicht mehr, sagen sie. Nicht einmal von den Mitteln, die sie mir gegeben haben, damit die Sucht aufhört. Aber ob es mir deshalb besser geht? Das scheint mir gar nicht so sicher.«

»Süchtig?« Claudia sagte es so überrascht, wie sie nur konnte. Es wurde zwar schon lang so etwas gemunkelt, aber natürlich musste man abstreiten, jemals davon gehört zu haben.

»Bleiben Sie so«, sagte Sonja Eidenbenz unvermittelt. »So ist es sehr gut. Nicht bewegen!«

Claudia verstand zwar nicht, was das sollte, aber mit dem automatischen Reflex eines geübten Models befolgte sie das Kommando. Ihre Gastgeberin nahm eine Kamera vom Tisch und knipste. Noch mal und noch mal und noch mal.

»Wunderbar«, sagte sie dann und legte die Kamera wieder hin. »Könnte nicht besser sein. Das passt genau in meine Sammlung.«

Die Arme war wohl ein bisschen verwirrt.

»Ich sollte Sie vielleicht nicht länger …« Claudia war schon halb aufgestanden. Aber Sonja Eidenbenz schien sie gar nicht zu hören.

»Benzodiazepine«, sagte sie. »Wissen Sie, was das ist? Nein? Ich habe das Wort vorher auch nicht gekannt. Man lernt eine Menge in so einer Kur. Für mich waren es einfach ›meine Pillen‹. Beruhigungsmittel. Schlafmittel. Ich hab sie allerdings nicht genommen, weil ich nicht schlafen konnte, sondern weil ich nicht wach sein wollte. Bloß: Man braucht immer mehr davon, und sie wirken immer weniger.«

Claudia versuchte das peinliche Thema zu wechseln. »Vielleicht sollten wir die Blumen … Wenn Sie mir sagen, wo ich eine Vase …« Wieder wollte sie aufstehen, aber Frau Eidenbenz winkte sie in ihren Korbsessel zurück.

»Lassen Sie sie liegen. Blumen sind wie Menschen: Sie werden erst richtig interessant, wenn sie zu welken beginnen. In der Klinik habe ich zweimal in der Woche einen Strauß bekommen. War wohl ein Dauerauftrag.«

»Hatten Sie ein schönes Zimmer?« Sie hätte sich selber ohrfeigen können. So eine dumme Frage. Aber irgendetwas musste man doch sagen.

»Wunderschön.« Das war wohl ironisch gemeint, auch wenn man es aus dem Tonfall nicht heraushören konnte. »Aber noch schöner war der Raum für die Gruppentherapie. Mit diesen Landschaftsbildern an der Wand. Alles so geschmackvoll. Nur die Leute haben gestört. Rein ästhetisch. Waren Sie schon einmal in einer Gruppentherapie?«

»Nein«, sagte Claudia. »Es hat sich nie ergeben.« Wieder so ein dummer Satz.

»Das kommt noch.« Frau Eidenbenz nahm einen Schluck Tee. Es war ihr nicht anzumerken, ob ihr das Gebräu schmeckte. »Früher oder später sitzen auch Sie mal dort im Kreis. Keine wirklich bequemen Stühle, aber wahrscheinlich soll einen das wach halten. Ich habe mir immer die Gesichter angesehen. Am interessantesten sind sie, wenn sie nicht die Wahrheit sagen. Verstehen Sie, was ich meine?«

»Ja, natürlich.« Obwohl sie kein Wort verstand. »Ich glaube, ich verstehe.«

»Stopp!«, kommandierte Frau Eidenbenz. »Genau so bleiben!« Wieder nahm sie ihre Kamera und knipste. Und legte sie wieder hin, ohne sich die Bilder auf dem Display auch nur einen Moment lang anzusehen.

»Ich sollte jetzt wirklich besser gehen. Ich habe noch eine Verabredung.«

»Sie haben keine Verabredung«, sagte Sonja Eidenbenz. »Aber gehen Sie nur. Sie finden den Weg bestimmt auch allein. Wissen Sie, was ich mir in der Klinik vorgenommen habe?«

»Ja?«

»Zwei Dinge: keine Pillen mehr zu schlucken und keinem mehr etwas vorzumachen.«

28

Das Gebäude sah aus wie ein Bunker. Wie eine Festung. Wie ein Gefängnis. Natürlich, es gab hier keinen Stacheldraht und keinen Wachtturm wie in dem Lager in Spanien und trotzdem … Im Vergleich zu diesem Betonklotz kam ihm das in der Erinnerung vor wie ein Urlaubsort.

Er hatte lang hin und her überlegt und war schließlich doch nach Kreuzlingen gefahren. Der Mann, der mit ihm in diesem Krankenhauszimmer gewesen war, hatte ihm das geraten, und der war ein Journalist und musste sich auskennen.

»Stell einen Asylantrag«, hatte er gesagt. Und das konnte man – außer am Flughafen in Zürich – nur in Chiasso, in Vallorbe, in Basel und eben hier in Kreuzlingen.

Aus dem Zug ausgestiegen, hatte er einen Mann angesprochen, um sich nach dem Weg zum Empfangszentrum zu erkundigen. Er hatte die Frage nicht einmal stellen müssen, als ihm der Mann schon die Richtung wies. Man sah ihm wohl an, wo er hinwollte.

Ein imposantes Gebäude. Es erinnerte ihn ein bisschen an ein Schloss, das er in der Schreinerei auf einem Kalenderblatt gesehen hatte. Und ein bisschen an ein Getreidesilo.

In dem Glaskasten am Eingang zwei uniformierte Männer. Soldaten oder Polizisten. Dunkelblaue Uniformen mit hellblauen Hemden. Ein Fallschirmjäger-Beret auf dem Kopf und daran das Abzeichen ihrer Einheit.

Securitas.

Eine Elitetruppe, wahrscheinlich.

Vor ihm warteten schon mehrere Leute. Auch ein Ehepaar mit einem kleinen Mädchen. Europäer.

Er versuchte mit ihnen zu reden, aber sie verstanden ihn nicht. In der kleinen Kirche zu Hause hatte es einen Geistlichen gegeben, der sich europäischer gab als alle Missionare, obwohl er doch aus dem Nachbardorf stammte. Der hatte einmal die Geschichte vom Turmbau zu Babel erzählt. Wo sich die Menschen nicht mehr verstehen, weil jeder eine andere Sprache spricht. So kam es ihm vor.

Aus dem Innern des Gebäudes hörte man immer wieder eine Lautsprecherstimme. Es klang ein bisschen wie am Bahnhof, wenn die Züge angesagt werden. Nur dass es hier wohl nicht um Eisenbahnen ging, sondern um Menschen.

Die Abfertigung war zügig. Man musste nur »Asyl« sagen, egal in welcher Sprache, und schon lief eine gut geölte Maschine an. Man bekam einen Zettel mit Informationen in die Hand gedrückt und wurde in eine Art Warteraum begleitet. Natürlich kein Warteraum mit bequemen Stühlen und Zeitungen, so wie er das im Krankenhaus erlebt hatte. Hier war man für längere Aufenthalte eingerichtet. Ein Warteraum mit Übernachtungsmöglichkeit. Er zählte zwanzig Kajütenbetten.

Es gab hier nur Männer. Deshalb hatte man wohl auch am Empfang das Ehepaar getrennt, obwohl die Frau geweint und geschrien hatte. Mike fragte sich, ob ihr kleines

Kind wohl auch hätte bei ihr bleiben dürfen, wenn es ein Junge gewesen wäre und kein Mädchen.

Der Raum war eng für die vielen Leute. Aber dass sie einem hier kein Hotelzimmer anbieten konnten, das musste man verstehen.

Die Betten schienen alle belegt. Dann machte der Beamte, der ihn hierherbegleitet hatte, eine ungeduldige Bewegung, und ein unrasierter Mann räumte grummelnd mehrere Plastiktüten von einer oberen Matratze. Mike dankte ihm, ohne eine Reaktion darauf zu bekommen. Entweder verstand ihn der Mann nicht, oder er wollte ihn nicht verstehen.

Es waren mehrere Afrikaner in dem Raum, aber keiner aus seinem Land. Das war auch nicht zu erwarten gewesen.

Mit einigen der Männer konnte man sich unterhalten, aber besonders gesprächig war keiner von ihnen. Mike kannte das aus dem spanischen Lager. In den ersten Tagen hatten sie alle nur sehr wenig miteinander geredet. Später hatte sich das dann geändert, nach zwei Wochen oder dreien.

Aber so lang würde er hier ja nicht bleiben.

An der Wand eine große Uhr. Weil man die Zeit so deutlich ablesen konnte, schien sie besonders langsam zu vergehen.

Die Lautsprecherstimme, jetzt konnte er sie verstehen, bestellte die Leute zu verschiedenen Terminen und Untersuchungen. Sie sprach alle Namen, egal aus welchem Land sie kamen, mit derselben Betonung aus, und das hatte, auf seltsame Weise, etwas Hoffnungsvolles. Wie der erste Schritt zu einer Einbürgerung.

Am Nachmittag hörte er schließlich auch seinen Namen. »Zur sanitarischen Eintrittsuntersuchung«, sagte die Stimme.

Er kletterte von seinem Bett – es gab in dem Raum nur wenige Stühle, und die waren alle mit Kleidern und Gepäck belegt –, und wollte sich auf den Weg machen. Eine Hand hielt ihn an der Jacke zurück. Es war ein älterer Mann, der aussah, als habe er sein ganzes Leben in diesem Warteraum verbracht. »Wenn du etwas Wertvolles hast«, sagte der Mann in gebrochenem Deutsch, »dann nimm es lieber mit. Es wird hier viel gestohlen.«

Der nicht mehr junge Arzt, vor dem er ein paar Minuten später in Unterhosen stand, machte einen gelangweilten Eindruck. Mike konnte das gut verstehen. Wer Medizin studiert, will Herzen transplantieren oder sonst etwas Bedeutendes. Derjenige sein, den man ruft, wenn kein anderer mehr helfen kann. Nicht jeden Tag in einem Zimmer sitzen, das mehr wie ein Büro aussieht als wie ein Ordinationsraum, und im Viertelstundentakt irgendwelche Flüchtlinge nach ansteckenden Krankheiten untersuchen.

Mike hustete, sagte »Ah« und ließ sich das Stethoskop auf die Brust drücken. Er wusste, dass er gesund war, aber das galt natürlich erst, wenn es auch auf einem offiziellen Papier stand.

Die Narbe am Arm interessierte den Doktor.

»Eine Schusswunde?«

»Ja.«

»Krieg?«, fragte der Arzt und wollte schon eine Notiz auf dem Untersuchungsblatt machen.

»Nein«, sagte Mike, »es war nur ein Missverständnis. Man hat mich für einen Einbrecher gehalten.«

»Wo sind Sie eingebrochen?«

»Nirgends. Wie ich sagte: Es war ein Missverständnis.«

Hinterher, zurück im Warteraum, fiel ihm ein, dass er besser nicht hätte widersprechen sollen. Eine Kriegsverletzung wäre für ein Asylgesuch sicher nicht schlecht gewesen.

Er hatte denselben Fehler sogar zweimal gemacht. Als der Arzt wissen wollte, wo er seinen Finger verloren habe, hatte er gesagt: »Unfall.« Vielleicht wäre es klüger gewesen, »Folter« zu sagen.

Auch daran dachte er erst hinterher.

Der ältere Mann, der ihn vor Dieben gewarnt hatte, war jetzt zum Reden aufgelegt. »Heute passiert nichts mehr«, sagte er mit fachmännischer Miene. »Dein Interview ist frühestens übermorgen.«

»Hier steht, wir sollen uns zur Verfügung halten.« Der Uniformierte am Empfang hatte die Stelle auf dem Informationsblatt mit Leuchtstift hervorgehoben, bevor er Mike seinen Laufzettel in die Hand gedrückt hatte.

»Bist du schon einmal geflogen?«, fragte der Mann.

»Wie bitte?«, fragte Mike überrascht.

»In einem Flugzeug?«

»Nein.«

»Dort machen sie es genauso«, sagte der Mann. »Rufen einen ganz früh auf und lassen einen dann warten. Weil es ihnen so weniger Umstände macht. Willst du mit mir essen gehen?«

»Ich bleibe lieber hier. Vielleicht rufen sie mich ja doch noch heute auf. Außerdem habe ich kein Geld.«

»Du brauchst kein Geld«, sagte der Mann. »Und wir gehen auch nicht weg. Verhungern lassen sie einen nicht.«

Irgendwann, wie auf Kommando, standen alle auf und gingen zur Türe. Auf dem Flur drängten sich noch mehr Leute. Sie hatten es eilig, nicht weil sie solchen Hunger hatten, sondern weil das Essen eine Abwechslung in einem viel zu leeren Tag bedeutete.

»Man isst hier gut«, sagte der Mann. »Aber es schmeckt fad.«

Es gab Kartoffelstock mit einer Fleischsauce. Der Mann hinter dem Tresen machte sorgfältig eine kleine Kuhle in die Kartoffeln, die er dann mit der braunen Flüssigkeit füllte.

»Ein Seelein«, sagte er.

In dieser Nacht schlief Mike sehr schlecht. Nicht weil der Mann unter ihm so laut schnarchte, und auch nicht weil ein anderer schlecht träumte und immer wieder in einer unverständlichen Sprache um Hilfe schrie. Er lag wach, weil er sich dauernd dieselbe Frage stellte: War es nicht doch ein Fehler gewesen, ein Asylgesuch einzureichen?

Sein Interview fand schon am nächsten Nachmittag statt, nicht viel mehr als vierundzwanzig Stunden nachdem er sich in der Empfangsstelle gemeldet hatte. Man war hier wirklich gut organisiert.

»Sie sprechen Deutsch?«, sagte der Mann hinter dem Schreibtisch. Obwohl es in dem Büro heiß war, hatte er sein Jackett nicht ausgezogen. Auf der Fliege an seinem Hals flatterten weiße Schmetterlinge über eine grüne Wiese.

»Ich habe sogar ein bisschen Schweizerdeutsch gelernt«, sagte Mike.

»Das ist praktisch. Wir sind heute mal wieder knapp mit Übersetzern. Mein Name ist Hasler, vom Bundesamt für Migration. Und das …« – er wies auf eine Frau, die etwas abseits auf einem Stuhl saß – »… ist Frau Rebsamen von der Caritas. Sie wird bei unserem Gespräch dabei sein, ohne selber Fragen zu stellen.«

Frau Rebsamen nickte und lächelte.

»Also«, sagte Herr Hasler, »dann fangen wir an. Ihr Name?«

»Mike Keita.« Das war zwar nicht sein richtiger Vorname, aber er hatte sich an ihn gewöhnt.

»Keita? Wie der Fußballer?«

»Wie der Fußballer«, bestätigte Mike.

»Soso.« Es war nicht klar, was Herr Hasler damit sagen wollte.

»Wir stammen aus demselben Dorf.«

»Interessant«, sagte Herr Hasler, machte aber keine Notiz. »Herkunftsland?«

»Guinea.«

Frau Rebsamen zuckte zusammen, als ob er etwas Falsches gesagt hätte.

»Wann in die Schweiz eingereist? Aufenthalt seither? Haben Sie in dieser Zeit irgendwo gearbeitet?«

Es waren viele Fragen, und Herr Hasler wollte immer nur kurze Antworten hören. Obwohl man gerade die wichtigen Dinge oft nicht kurz erzählen kann.

»Welche Ausweispapiere haben Sie?«

Mike hätte gern erklärt, dass die spanischen Behörden seinen Pass beschlagnahmt hatten, damals, als ihre Küstenwache das Flüchtlingsschiff aufbrachte. Aber Herr Hasler winkte ab.

»Die Gründe sind für das Verfahren nicht relevant. Sie haben achtundvierzig Stunden Zeit, um gültige Ausweispapiere zu beschaffen und hieramts vorzulegen. Sollten Sie dieser Aufforderung nicht nachkommen, so wäre das ein Grund, auf Ihr Asylgesuch nicht einzutreten.«

»Aber …«

»Achtundvierzig Stunden«, wiederholte Herr Hasler. »Sie werden dann aufgerufen.«

Frau Rebsamen von der Caritas lächelte immer noch. Sie hatte während des ganzen Gesprächs kein Wort gesagt.

29

So ein Schulhaus am Abend hatte eine seltsame Atmosphäre. Nicht nur wegen der fahlen Beleuchtung. Ohne den Lärm der Schüler fehlte etwas, und die eigenen Schritte erschienen einem viel zu laut. Irgendwie feierlich.

Weit und breit kein Mensch. Nur irgendwo weiter oben übte jemand Geige. Immer die gleiche Passage und jedes Mal mit dem gleichen falschen Ton am Ende.

Eigentlich war es ja Verschwendung, dachte Eidenbenz. All diese vielen Räume, die nach Unterrichtsschluss leer standen. Man musste einmal überlegen, wie man die sonst noch nutzen konnte. Wirtschaftlich denken. Schließlich wurde das alles mit Steuergeldern bezahlt.

An den Haken vor den Schulzimmern überraschend viele Jacken und Taschen. Obwohl doch um diese Zeit gar keine Schüler da waren. Ließen ihr Zeug einfach hängen, und wenn es wegkam, war es ihnen auch egal. Eine verwöhnte Generation.

Zimmer 112 im ersten Stock.

Warum musste man sich eigentlich in einem Klassenzimmer treffen? Gab es hier keine Büros? Viel zu viele wahrscheinlich. Die Verwaltung machte sich überall breit.

In das Geländer der breiten Treppe hatten sie Metallkugeln eingelassen. Damit man nicht hinunterrutschen konnte. Manche Dinge änderten sich nie.

Zimmer 110. 111. 112.

Klasse Vc. Dr. Benedikt Vögeli.

Anklopfen? Er war ja kein Bittsteller. Man hatte ihn herbestellt. Hergebeten. Es sei wichtig, hatte Vögeli gesagt.

Wenn es nur nach seinem Kalender gegangen wäre, hätte Eidenbenz auch früher da sein können. Aber Philipps Klassenlehrer sollte nicht meinen, er brauche nur zu pfeifen, und schon komme man angerannt. »Halb neun«, hatte er gesagt. »Früher geht es wirklich nicht.« Er hatte im Büro sogar noch Zeit totschlagen müssen. Aber Vögeli sollte ruhig auch einmal Überstunden machen. Diese Herrschaften hatten ein viel zu leichtes Leben mit ihren permanenten Ferien.

Das Neonlicht, als er den Schalter endlich gefunden hatte, erschien ihm viel zu grell. Wo er sowieso schon Kopfschmerzen hatte. »Das kommt vom Stress«, hatte Gertsch gesagt. Man hatte einfach zu viel um die Ohren.

Man musste sich das Zimmer nur ansehen, um zu wissen, was dieser Vögeli für ein Lehrer war. Die Stühle und Tische in unordentlichen Gruppen zusammengestellt. Wie für eine Plauderstunde. Und das waren die Lektionen bei Philipps Klassenlehrer wohl auch: Plauderstunden.

Vögeli, da war sich Eidenbenz ganz sicher, war einer von diesen neumodischen Pädagogen, die ihre einzige Aufgabe darin sahen, den Schülern das Leben so angenehm wie möglich zu machen. Unterhaltung statt Unterricht. Da konnten sie ja gleich einen Fernseher vorne hinstellen. Und jedem Schüler eine Fernbedienung hinlegen.

Warten ließ er ihn auch. Um halb neun waren sie verabredet, und jetzt war es schon … Na schön, wirklich zu spät war Vögeli nicht. Aber wer einen Eidenbenz erwartet, hat ein bisschen vor der Zeit da zu sein. Das wäre nur anständig gewesen.

An der Wand Fotos von dieser peinlichen Schulaufführung. Maria mit dem ausgestopften Schwangerschaftsbauch. Josef in seinem weißen Nachthemd. Und Philipp als Gmeindsmuni in Eidenbenz' gutem Berner Anzug. Daneben, ganz unpassend, der Farbdruck von einem Bild, das schon zu seiner Zeit altmodisch gewirkt hatte. *Pestalozzi in Stans*. Von Albert Anker, wenn er sich recht erinnerte. Man kam so wenig dazu, sich mit kulturellen Dingen zu beschäftigen. Der Blocher hätte ihm das sagen können.

»Schön, dass Sie die Zeit gefunden haben.«

Vögeli war ins Zimmer gekommen, genau mit dem Halbstundenschlag von der Kirche nebenan. Er begrüßte Eidenbenz auf eine aufdringlich herzliche Weise. Umschloss seine Finger dabei mit beiden Händen, wie man es sonst nur bei einem Beileidsbesuch tut oder wenn man sich auf ein Geschäft geeinigt hat.

»Sind Sie allein gekommen?«

»Meine Frau ist gesundheitlich nicht in der Lage.«

»Ach so. Natürlich. Tut mir leid.«

Er hatte Sonja nichts von Vögelis Anruf gesagt. Man musste ihr Aufregungen ersparen. Auch wenn sie offiziell wieder als gesund galt, konnte man sie noch nicht wirklich in die Öffentlichkeit mitnehmen. Die Geschichte hatte sie verändert. Nicht unbedingt zum Besseren, schien ihm. Sie war so unangenehm direkt geworden.

»Bitte nehmen Sie doch Platz«, sagte Vögeli und rückte ihm einen Stuhl zurecht. Er selber setzte sich hinter einen Tisch, der wohl seiner war, aber sich von denen der Schüler überhaupt nicht unterschied. ›Ein Fehler‹, dachte Eidenbenz. Autorität muss man auch demonstrieren. Vor seinem Schreibtisch im Büro kam sich jeder Besucher winzig vor.

Vögeli räusperte sich mehrmals, wie es schlechte Redner tun, wenn sie im letzten Moment Angst bekommen, ihren Text nicht richtig gelernt zu haben. »Es geht um Ihren Sohn«, sagte er schließlich.

Am liebsten hätte Eidenbenz »Was für eine Überraschung!« gesagt und sein patentiertes Lachen losgelassen. Weshalb sonst sollte ihn Philipps Klassenlehrer hergebeten haben? Um ihn wegen eines Tickets für den nächsten Match des Vereins anzuschnorren? Um ihn als Mitglied bei den Sozis anzuwerben? Natürlich ging es um seinen Sohn.

»Ich mache mir Sorgen um ihn«, sagte Vögeli. »Als Klassenlehrer hat man eine besondere Verantwortung. Noch ist ja keine Gefahr, aber irgendwann könnte sogar die Versetzung gefährdet sein. Wenn es noch viel länger dauert.«

»Wenn was noch länger dauert?«

»Sein Problem.«

Wahrscheinlich redete Vögeli von Philipps Kifferei. Hatte das also doch noch mitgekriegt. Obwohl er damals die Ausrede von der Pilzvergiftung voll geglaubt hatte.

»Deswegen wird er ja nicht gleich eine Ehrenrunde drehen müssen. Bisher hatte er doch immer ganz anständige Noten, scheint mir. Besser als meine damals auf jeden Fall, hahaha.« Kleine Scherze lockern die Atmosphäre.

»Natürlich. Philipps Zeugnisse waren immer mehr als ausreichend. Bisher. Obwohl sie noch viel besser hätten sein können, wenn er sich ein bisschen mehr einsetzen wollte. Aber dieses Problem hat man oft bei wirklich begabten Schülern. Das Lernen fällt ihnen zu leicht und darum meinen sie, es müsse immer alles von selber gehen. Darum versuche ich ja auch immer, ihn für zusätzliche Projekte zu begeistern. Wie dieses Theaterstück.«

»Ja, ja«, sagte Eidenbenz ungeduldig. Es gibt Dinge, an die wird man nicht gern erinnert. Schon gar nicht von einem Herrn Vögeli. »Wenn ich Sie recht verstehe, erwarten Sie also, dass Philipps Noten schlechter werden.«

»Es ist fast unvermeidlich.« Vögeli klang jetzt seltsam schuldbewusst. »Sosehr ich auch Verständnis für seine Lage habe.«

Was für eine Lage? Dass sich diese Leute nie klar ausdrücken konnten. Aber Deutsch unterrichten!

»Ich werde natürlich nachhelfen, wo ich kann«, fuhr Vögeli fort. »In meinem Fach kann man auch mal eine halbe Note aufrunden. Oder sogar eine ganze. Aber in den exakten Fächern wird er dieselben Prüfungen schreiben müssen wie alle andern.

Und da wird ihm, je länger es dauert, immer mehr Stoff fehlen. Ich habe mit dem Kollegen gesprochen, der Physik und Chemie unterrichtet, und da ist nur schon in den zwei Wochen eine ganze Menge zusammengekommen. Das kann man auch mit der besten Auffassungsgabe nicht so einfach nachholen. Haben Sie eine Ahnung, wie lang es noch dauern wird?«

»Was?«

»Vielleicht hat Ihr Arzt ja schon eine Prognose stellen können. Obwohl das gerade bei dieser Krankheit scheinbar sehr schwierig ist. Ich habe mich im Internet ein bisschen kundig gemacht.«

Krankheit? Was für eine Krankheit?

»Ich hätte ihn ja gern mal besucht«, sagte Vögeli. »Wirklich sehr gern. Aber wie man liest, ist es sehr ansteckend. Das hätte ich meinen anderen Schülern gegenüber nicht verantworten können.«

Hier war etwas faul. Mehr als faul. Hier stank etwas zum Himmel. Philipp war nicht krank. Der war bestens im Schuss. So gut man das in seinem Alter sein konnte, wenn man kein Interesse am Sport hatte und jede Nacht wer weiß wie spät nach Hause kam. Und sein Lehrer faselte da etwas von ärztlicher Prognose und Klasse wiederholen.

Jetzt gar keine Überraschung zeigen. Nicht hineinschießen. Was immer da los war – Vögeli schien davon auszugehen, dass er Bescheid wusste.

Eidenbenz fasste nach dem kleinen Gummiball in den Vereinsfarben, den er wie immer in der Hosentasche trug, und fragte mit der ruhigsten Stimme, die er hinbekam: »Findet man im Internet wirklich so viele Informationen darüber?«

»Unwahrscheinlich. Man könnte sich fast den Doktor sparen. Ich war sehr beruhigt überall zu lesen, dass diese Form von Hepatitis fast immer vollständig ausheilt. Vor allem bei jungen Menschen.«

Hepatitis. Aha.

»Was war es jetzt schon wieder? Typ A oder Typ B? Das ist das Problem beim Internet: Man merkt sich die Dinge nicht richtig, weil man sie ja jederzeit wieder nachschlagen kann. Egal. Aber eben, Ihr Sohn. Er hat einen guten Kopf, und wenn er sich Mühe gibt, kann er eine ganze Menge Stoff zügig nacharbeiten. Aber es ist jetzt schon die dritte Woche.«

»Dass er nicht zum Unterricht kommt?« Eidenbenz versuchte die Frage so zu stellen, als ob es eigentlich gar keine Frage wäre, sondern nur so eine Konversationsfloskel. Als ob er selbstverständlich Bescheid wüsste über die Krankheit seines Sohnes. Dass der völlig gesund war, konnte er immer noch sagen.

»Eben«, sagte Vögeli.

Aber Philipp ging doch jeden Tag zur Schule. Zumindest verließ er pünktlich das Haus. Eidenbenz versuchte, sich die letzten Wochen in Erinnerung zu rufen, aber auch im Rückblick fiel ihm nichts Ungewöhnliches auf. Außer vielleicht, dass Philipp, wenn er ihn beim Morgenessen angetroffen hatte, immer überraschend guter Laune gewesen war. Geradezu gesprächig. Und das war, wenn er einen Schultag vor sich hatte, bei seinem Sohn keineswegs selbstverständlich.

»Augenblick. Ich muss es hier irgendwo …« Vögelis Stimme klang gepresst. Er hatte sich gebückt und suchte in einem Schubfach nach etwas. »Ah, da ist es ja.«

Aus einem Umschlag nahm er einen Brief und überflog ihn. »Diesmal werde ich es mir merken. Typ B.«

»Darf ich mal sehen?«

Ein ärztliches Zeugnis. Maschinengeschrieben und mit unleserlicher Unterschrift. Auf dem Briefpapier von Dr. Gertsch. Von seinem alten Dienstkollegen, der jetzt sein Hausarzt war. Hepatitis Typus B. Asymptomatischer Verlauf. Hochgradig infektiös. Je nach Krankheitsverlauf mehrere Wochen.

Aber Philipp war doch jeden Tag zur Schule gegangen.

Oder irgendwohin.

30

Ruhig bleiben, hatte Eidenbenz sich vorgenommen. Das Problem ganz sachlich auseinanderbeineln. Pädagogisch vorgehen.

Auch wenn sein Sohn wieder dieses herausfordernde Gesicht machte, das er an ihm so hasste. Und dazu dieses Grinsen, zu dem der Bub ja nun wirklich keinen Grund hatte. Weiß Gott keinen Grund. Wollte damit nur sein schlechtes Gewissen kaschieren. Jetzt, wo alles aufgeflogen war.

»Also, Philipp. Du schwänzt die Schule!«

»So würde ich das nicht sagen.«

»Sondern?«

»Ich gehe vorübergehend nicht hin.«

»Das ist dasselbe!«

»Aber du musst zugeben: Meine Formulierung klingt besser. Können wir uns auf ›kreative Pause‹ einigen?«

»Auch noch frech werden! Am liebsten würde ich …«

»Ich weiß. Links und rechts ein paar hinter die Ohren. Früher hat mir das mal richtig Angst gemacht.«

»Denk bloß nicht, du bist zu alt dafür!«

»Ich nicht. Aber du vielleicht.«

Warum sagte man eigentlich ›hinter die Ohren‹? Völlig sinnlos. Dort schlug doch niemand hin.

Aber das war jetzt nicht der Moment, um über solche Dinge nachzudenken. Konzentrieren musste er sich. Das Problem lösen.

»Reden wir vernünftig miteinander, Philipp. Was ist da in dich gefahren? Kannst du mir bitte erklären, warum du das gemacht hast? Mit einem gefälschten ärztlichen Zeugnis?«

»Das war deine Idee.«

»Meine? Ich habe nie …«

»Doch. Als mir damals im Unterricht schlecht geworden ist. Da hast du Dr. Gertsch angerufen, damit er mir eine Pilzvergiftung bestätigt.«

»Das war etwas anderes.«

»Wieso? Ich hatte damals keine Pilzvergiftung, und ich habe jetzt keine Gelbsucht.«

Die Flausen austreiben, dachte Eidenbenz. Zeigen, wo Bartli den Most holt. Hart, aber gerecht.

»Ich will mit dir nicht diskutieren! Antworten will ich haben. Nummer eins: Wie bist du überhaupt zu dem Briefpapier gekommen?«

»Hat mir Dr. Gertsch gegeben. Indirekt. Er ist hinausgegangen, um das Zeugnis wegen der Pilzvergiftung zu diktieren, und in der Zeit habe ich mich bedient.«

»Du hast also damals schon geplant …«

»Nicht so konkret. Aber wie sagst du immer so richtig? ›*Gouverner, c'est prévoir.*‹«

Der Bub nahm die Sache immer noch nicht ernst. Realisierte noch gar nicht, was er sich da eingebrockt hatte. Deutsch und deutlich mit ihm reden, dachte Eidenbenz.

»Du meinst wohl, das ist alles nur ein Spaß?«

»Ins Gefängnis wird man dafür nicht gleich kommen.«

»Aber von der Schule fliegen! Weißt du, was das bedeutet?«

»Schlechte Publicity für dich?«

»Es geht nicht um mich.«

»Das wäre mal was Neues.«

»Um deine Zukunft geht es! Ohne Matur hast du heutzutage im Berufsleben keine Chance.«

»Wie furchtbar.« Immer noch mit diesem ironischen Lächeln. »Und ich wollte doch unbedingt Karriere als arbeitsloser Akademiker machen.«

»Was ist eigentlich in dich gefahren? So kenne ich dich überhaupt nicht.«

»Du kennst mich überhaupt nicht sehr gut.«

»Du bist mein Sohn!«

»Das kommt erschwerend hinzu.«

Ist es ein Wunder, wenn einem die Galle hochkommt? Wenn der eigene Sohn … »Eine Erklärung will ich jetzt haben! Warum schwänzt du seit zwei Wochen?«

»Es sind schon bald drei. So eine Hepatitis ist langwierig.«

»Philipp! Ich warte.«

»Ist ja gut. Ich probier dir's zu erklären. Seit dieser Aufführung und dem ganzen Rummel, den die Zeitungen hinterher gemacht haben, war ich im Schulhaus der bunte Hund. Tuschel, tuschel, schau mal, das ist doch der Sohn vom Eidenbenz. Der seinem Vater ans Bein gepinkelt hat.«

»Das hättest du dir vorher überlegen müssen.« Streng, aber gerecht bleiben. Sich den kleinen Triumph nicht anmerken lassen.

»Ich bin mir vorgekommen wie Roger Federer nach dem Sieg in Paris. Da hab ich einfach mal Pause gebraucht.«

»Und nur deshalb …?«

»Nicht nur deshalb. Die Schule stinkt mir schon lang. So viel Langeweile hält man auf die Dauer nicht aus.«

»Unterricht ist kein Unterhaltungsprogramm.« Vorsicht. Nicht zu streng einfahren. Zeigen, dass man auch mal jung war. »Weißt du, mir hat die Schule damals auch keinen Spaß gemacht. Aber ich habe durchgehalten, und du siehst, was aus mir geworden ist.«

»Eben.«

Nicht provozieren lassen. Verständnis zeigen.

»Du lieber Gott, Philipp, ich kann dir das ja alles nachfühlen.«

»Wirklich?«

»Aber wie willst du sonst etwas lernen?«

»Ach, weißt du, da gibt es viele Möglichkeiten. Wikipedia zum Beispiel. Dort hab ich auch meine Hepatitis gefunden. Mit allen medizinischen Fachausdrücken. Eine praktische Krankheit, nicht? So wunderbar ansteckend.«

Pädagogische Zurückhaltung war ja gut und recht. Aber es gab Situationen, da konnte man gar nicht anders als mit der Faust auf den Schreibtisch hauen. Den Tarif erklären. Sich durchsetzen.

»Schluss jetzt!« Die alles übertönende Eidenbenz-Stimme, die keinen Widerspruch duldete. »Jetzt hörst du mir mal gut zu, Bürschchen. Wenn du glaubst, du kannst dir alles erlauben …«

»Störe ich?«

Ausgerechnet in diesem Moment musste Sonja hereinkommen. Mit dieser lästigen Kamera in der Hand, die sie seit ihrer Kur ständig mit sich herumschleppte.

»Nicht jetzt«, sagte Eidenbenz. »Wir haben etwas zu besprechen.«

»Ich weiß. Man hört dich im ganzen Haus. Geht es darum, dass Philipp die Schule schwänzt?«

Eidenbenz traute seinen Ohren nicht. »Das hast du gewusst?«

»So nach ein, zwei Tagen war es klar. Wenn man die Augen offen hat. Er hockte ja den ganzen Tag in seinem Zimmer vor dem Computer.«

»Warum hast du mich nicht verraten?« Philipps Stimme war voll ungläubigem Staunen.

»Ich hab mir gedacht, vielleicht brauchst du das. Und …« Sie lächelte ihren Mann an. »… bei dir wollte ich sehen, ob du von selber dahinterkommst. Oder ob es dir jemand sagen muss. So eine Art Wette mit mir selber. Ich glaube, ich habe sie gewonnen.«

Es hatte keinen Sinn, mit Sonja zu streiten. Seit sie aus der Klinik zurück war, kam er mit ihr noch weniger klar als vorher. Ruhig bleiben und das Heft wieder in die Hand nehmen.

»Ich möchte das jetzt gern mit Philipp in aller Ruhe …«

»Genau so«, sagte Sonja. »Nicht bewegen.« Und knipste schon wieder.

»Muss das sein?«

»Ja«, sagte sie. »Das muss sein.«

Klick. Und noch mal: klick.

Dann setzte sie sich einfach hin, schlug die Beine übereinander und verschränkte die Arme. Wie ein Zuschauer, der nach der Kinopause darauf wartet, dass der Film weitergeht.

»Lasst euch nicht stören«, sagte sie. »Ich glaube, jetzt wird es erst richtig interessant.«

Eidenbenz und Philipp hatten schon viele Kräche miteinander ausgefochten, aber nie, wenn Sonja dabei war. Eine der wenigen Regeln, an die sich Vater und Sohn immer gehalten hatten: Man durfte sie nicht aufregen. Und auch wenn sie aus ihrer Entziehungskur völlig verändert zurückgekommen war – so leicht legt man eine langjährige Gewohnheit nicht ab.

»Also, Philipp«, sagte Eidenbenz nach einer Pause und war plötzlich so unsicher, als habe er etwas angestellt und nicht sein Sohn, »also, Philipp, es ist dir wohl klar, dass es so nicht weitergehen kann.«

»Ja«, sagte Philipp. Sagte einfach: »Ja.« Ganz ohne Ironie und freche Sprüche.

»Diese Schwänzerei muss sofort aufhören.«

»Von mir aus. Es wird sowieso langsam fad. Wenn man nirgends hingehen kann, wo etwas los ist. Weil man ja offiziell im Bett liegt.«

»Gar nirgends wirst du hingehen. Außer in die Schule. Du hast so lange Hausarrest, bis du …«

Aber Sonja schüttelte den Kopf. Ganz ruhig und freundlich. Eine Lehrerin, die einen unbegabten Schüler diskret davor warnen will, sich in einer falschen Antwort zu verrennen. Die Selbstverständlichkeit, mit der sie das tat, brachte ihn völlig aus dem Konzept.

Philipp, ganz gegen seine Art, nützte die plötzliche Unsicherheit seines Vaters nicht aus, sondern kam ihm sogar zu Hilfe. »In den nächsten Wochen werde ich sowieso nicht viel freie Zeit haben. Bis zum Ende des Trimesters gibt es eine Menge nachzubüffeln, wenn ich nicht sitzenbleiben will.«

Beinahe hätte Eidenbenz ganz automatisch »Dann ist ja wieder mal alles klar« gesagt, so wie er Sitzungen im Parteivorstand oder im Verein zu beendigen pflegte. Aber es war eben nicht alles klar. Es gab da noch ein Problem, das überhaupt nicht gelöst war: Offiziell hatte Philipp immer noch die Gelbsucht.

Im Gespräch mit dem Klassenlehrer Vögeli hatte Eidenbenz dem nicht ausdrücklich widersprochen. Hatte es auch nicht bestätigt, so ungeschickt war er nicht gewesen. Aber Vögeli musste doch den Eindruck haben …

Man konnte den Mann natürlich ins Vertrauen ziehen. Theoretisch war das denkbar. Philipp war schon immer sein Lieblingsschüler gewesen, und vielleicht würde er mithelfen, die dumme Sache diskret vom Tisch zu bringen.

Aber andererseits …

Man konnte sich nicht darauf verlassen, dass solche Leute den Mund hielten. Und wenn die Geschichte publik würde – das wäre für Eidenbenz' politische Gegner ein gefundenes Fressen. Ein Käferfest wäre das für sie.

Die Lösung, die Sonja vorschlug, lehnte Eidenbenz zuerst strikt ab. Kategorisch. Aber irgendwann musste er widerwillig zugeben, dass er auch keinen besseren Vorschlag hatte.

Und so traf er sich noch am gleichen Tag mit seinem alten Dienstkameraden Gertsch zu einer guten Flasche Wein und erklärte ihm, was er brauchte. Zum Glück war sein

Hausarzt noch einer von der alten Garde und machte kein langes Theater. Lachte sogar über die Geschichte. Obwohl wirklich nichts Komisches daran war.

Das Entscheidende war: Er funktionierte. Fatzbumm.

Und so brachte Philipp am nächsten Tag ein ärztliches Zeugnis in die Klasse mit, wonach er nicht mehr ansteckend war und seine Hepatitis Typ B ausgestanden.

Herr Vögeli fand, Philipp habe sichtlich abgenommen. Aber das war ja auch kein Wunder nach einer so langen Krankheit.

31

Warum hast du überhaupt ja gesagt?«

Claudia war so in ihre Tätigkeit vertieft, dass sie seine Frage gar nicht hörte. Sie nahm das nächste Hemd aus seinem Schrank, hielt es ihm prüfend vor die Brust und schüttelte den Kopf.

»Alles viel zu businessmäßig«, sagte sie. »Für so eine Sendung brauchst du etwas Lockeres, Volkstümliches.«

Tom verkniff sich den Einwand, dass sie es ja war, die seine Garderobe einkaufte. Es war noch gar nicht so lange her, da hatte sie seine bequemsten Sachen in die Kleidersammlung gegeben, weil sie fand, er müsse seriöser aussehen. Bei Bayern München säßen sie schließlich auch in Maßanzügen auf der Bank.

»Ich habe überhaupt keine Lust, da hinzugehen.«

»Du hast nie Lust.« Wieder landete ein Hemd auf dem Haufen, den Frau Ramires aufbügeln und wieder zusammenlegen würde. »Wenn es nach dir ginge, würdest du überhaupt nie ein Fernsehstudio betreten.«

In diesem Punkt hatte Claudia recht. So sicher sich Tom Keita auf dem Spielfeld bewegte, so unwohl fühlte er sich, wenn eine Kamera auf ihn gerichtet war. Er wusste dann plötzlich nicht mehr, wo er mit den Händen hinsollte, und obwohl sein Deutsch unterdessen fast perfekt war, fielen ihm die einfachsten Wörter nicht ein. Er war schließlich kein Entertainer. Er war Fußballer.

»Warum ausgerechnet diese Sendung?«

»Weil sie wichtig für dich ist. Vor allem jetzt, wo Eidenbenz vorgeschlagen hat …«

Jetzt, wo Eidenbenz vorgeschlagen hat, dir einen Schweizer Pass zu besorgen. Seit einigen Wochen war das der Refrain in all ihren Gesprächen.

Claudia hatte sich endlich für ein Hemd entschieden. Für ihn sah es auch nicht anders aus als alle andern.

»Aber ich kann das doch überhaupt nicht!«

»Da helfen sie dir schon. Ohne dass es jemand merkt. Ich habe alles mit ihnen besprochen.«

Für gewöhnlich war Tom ja froh, dass all die Anfragen für Auftritte und Anlässe bei Claudia landeten. In einer Kultur aufgewachsen, in der es als äußerst unhöflich galt, jemandem direkt Nein zu sagen, wusste er nie, wie er sich vor all den Veranstaltungen drücken sollte, zu denen man ihn einlud. Besonders seit seinem großen Spiel hätte er fast jeden Abend irgendwo sein sollen. Zum Glück überwachte Claudia seinen Terminkalender rigoros. Und sie hatte auch überhaupt keine Probleme damit, drei Anrufern hintereinander mit der freundlichsten Stimme der Welt zu erklären, gerade ihre Einladung hätte Tom wirklich gern angenommen, aber leider, leider, der strikte Trainingsplan und die Konzentration auf das nächste Spiel, vielleicht ein andermal, vielen Dank für Ihr Interesse und auf Wiedersehen. Sie wusste, dass er das Repräsentieren nicht mochte.

Und jetzt schickte sie ihn ausgerechnet in den *Samschtigjass*.

»Weil das die schweizerischste aller Sendungen ist«, erklärte sie ihm auf der Fahrt ins Studio. »Die hat noch Kurt Felix erfunden.« Sie sprach den Namen so ehrfürchtig aus wie ein Museumsdirektor den von Leonardo da Vinci. »Und jetzt, wo Eidenbenz diesen Vorschlag gemacht hat …«

»Ich habe mich noch nicht entschieden.«

»Natürlich nicht, Schatz.« Aber ihr Ton ließ keinen Zweifel daran, wie diese Entscheidung ihrer Meinung nach auszusehen hatte.

Den eigentlichen Grund dafür, warum sie dieses Engagement so kurzfristig angenommen hatte, verriet sie Tom nicht. Sie hatte sofort Ja gesagt, als man ihr den Namen des zuständigen Redaktionsleiters nannte. Guido Kräpelin. Genau der Guido Kräpelin, der auch für das neue Quiz zuständig war, das im nächsten Winter starten sollte. Das Quiz, für das noch immer eine Moderatorin gesucht wurde.

Beim Empfang abgeholt wurden sie dann aber nur von einer Sekretärin, so einer grauen Maus, die ihr Klemmbrett mit den Produktionsplänen wahrscheinlich auch noch mit ins Bett nahm. Man habe noch ein bisschen Zeit, sagte sie, und ob es ihnen etwas ausmachen würde, so lang in der Kantine Platz zu nehmen.

Für gewöhnlich verteidigte Claudia Toms Prominentenstatus eifersüchtig, nicht zuletzt, weil ein bisschen davon immer auch auf sie abfärbte. In diesem Zusammenhang war ›Kantine‹ ein Reizwort. Nur unwichtige Leute stellten sich mit einem Tablett in eine Schlange und bedienten die Kaffeemaschine selber. Tom erwartete schon einen entsprechend bissigen Kommentar, aber zu seiner Überraschung lächelte seine Verlobte ihr bestes Lächeln und sagte: »Das ist eine sehr gute Idee. Vielleicht kann uns Herr Kräpelin ja dort ein bisschen Gesellschaft leisten. Tom freut sich schon so darauf, ihn kennenzulernen.«

»Wen will ich kennenlernen?«, fragte er, als sie vor ihren Kaffeetassen saßen.

»Lass mich nur machen«, sagte Claudia.

Samschtigjass war keine der Sendungen, für die man sich als Redaktionsleiter ein Bein ausreißen musste. Das Format stand schon seit der Steinzeit im Programm und organisierte sich von selber. Zweimal pro Jahr nickte Kräpelin die Liste der einzuladenden Cervelat-Prominenz ab und hatte das Gefühl, damit seine Pflicht und Schuldigkeit mehr als nur erfüllt zu haben. Und nun wollte dieser Fußballer unbedingt von ihm persönlich begrüßt werden.

Nun schön, warum nicht? Immerhin war er von einem Tag auf den andern eingesprungen, nachdem diese Jodlerin – wie hieß sie schon wieder? – wegen totaler Heiserkeit abgesagt hatte. Und den Couchepin hatten sie nicht als Ersatzmann gekriegt. Obwohl der nach seinem Rücktritt doch eigentlich Zeit haben müsste. Seine Leute waren ganz aufgeregt gewesen, als Tom Keita zugesagt hatte. Kräpelin nicht. Er interessierte sich nicht für Fußball. Er interessierte sich auch nicht fürs Fernsehen, aber das hatte er außer seinem Freund Hubert noch niemandem verraten.

Er beeilte sich nicht besonders, in die Kantine zu kommen. Schließlich hat man als Redaktionsleiter auch noch anderes zu tun. Als er dort eintraf, führte ein Aufnahmeleiter Tom gerade in Richtung Maske. »Das Hemd werden wir wechseln müssen«, hörte er ihn gerade noch sagen. »So feine Streifen flimmern manchmal in der Kamera.«

Er wollte ihnen nachgehen, aber eine Frauenstimme hielt ihn zurück. »Herr Kräpelin«, sagte sie. »Wie schön, dass wir uns endlich persönlich kennenlernen.«

Eine gutaussehende Frau. Attraktiv vermutlich, wenn man sich für Frauen interessierte. Sehr modisch angezogen.

»Setzen Sie sich einen Moment zu mir«, sagte sie. »Dann können wir ein paar Worte plaudern, bis Tom so weit ist.«

Jetzt wusste er, wer das war. Die Verlobte von Tom Keita. Ihr Bild hatte neben diesem Artikel in der *SI* gestanden. Das war die Frau, die ihm Klara Holzer als Moderatorin unterjubeln wollte.

»Sehr gern«, sagte er und rückte sich einen Stuhl zurecht. Lieber nett zu ihr sein. Nicht dass es so kurz vor der Aufzeichnung noch Probleme gab. Vielleicht war sie ja zickig.

Claudia war reizend. So liebenswürdig, dass Ilona Federspiel ihre helle Freude an ihr gehabt hätte. Sie sei ein Fan aller Sendungen, die der Herr Redaktionsleiter betreue, sagte sie, und wenn sie mal – »man hat ja so viele gesellschaftliche Verpflichtungen!« – eine verpassen müsse, dann sehe sie sich manchmal noch nachts spät die Aufzeichnung an.

›Mit anderen Worten: dumm und ohne jedes höhere Interesse‹, dachte Guido Kräpelin, der von seinen eigenen Sendungen keine sehr hohe Meinung hatte und viel lieber bei der Kultur gewesen wäre.

Fernsehen habe sie schon immer fasziniert, setzte Claudia ihren Charme-Feldzug fort, und ganz besonders hoch sei ihre Bewunderung für die Leute, die sich für diese Quizsendungen jede Woche neue Fragen ausdächten, sie stelle sich das sehr schwierig vor.

Das sorgsam vorbereitete Kompliment ließ Guido Kräpelins Herz nicht höher schlagen. Solang sie keine lästige Zuschauerpost auslösten, waren ihm die Fragen, die in seinen Sendungen gestellt wurden, völlig egal. Die meisten Produktionen kaufte er sowieso pfannenfertig bei einer externen Firma ein. Aber das konnte Claudia nicht wissen.

Sie habe sich schon oft gefragt … Claudia senkte verschämt den Blick, was bei Männern erfahrungsgemäß immer gut ankam. Der Herr Kräpelin dürfe sie aber dafür nicht auslachen. Wie es denn wäre, habe sie sich schon oft gefragt, wenn man selber vor der Kamera stünde und die Fragen stellte. Sie habe ja auch schon ein paar Modeschauen und Wohltätigkeitsveranstaltungen moderiert, und da habe man ihr immer wieder gesagt, sie habe Talent dafür.

Guido Kräpelin schaute auf die Uhr und meinte, man ginge jetzt wohl besser ins Studio, Claudia wolle doch bestimmt wissen, wie sich ihr Verlobter in der Sendung schlage. Für ihn, Kräpelin, selber sei es ja eine ziemliche Überraschung gewesen, dass jemand aus einem so weit entfernten Land überhaupt jassen könne.

Oh, sagte Claudia, schon auf der Passerelle, die zum Studiotrakt führte, die Menschen hätten manchmal ungeahnte Talente. Sie selber zum Beispiel …

Aber Guido Kräpelin hatte jetzt sein Handy am Ohr und hörte ihr überhaupt nicht mehr zu. Ein unhöflicher Mensch.

Claudias Plan war also gescheitert. Aber sie gab nur die Schlacht verloren, noch lange nicht den Krieg. So schnell gibt ein Erfolgstyp nicht auf.

Für Tom hingegen wurde der *Samschtigjass* zum Triumph. Zuerst gab es zwar eine kleine Panne. Man hatte ihn gefragt, ob er lieber deutsch oder lieber französisch jassen wolle, und er hatte das auf die Sprache bezogen und als höflicher Mensch »deutsch« gesagt. Dann stellte sich, zum Glück gerade noch rechtzeitig, heraus, dass er die Schellen und Schilten noch nicht mal zu benennen wusste. Man stellte dann im letzten Moment auf französische Karten um, und mit dem unauffälligen Knopf im Ohr, über den ihm jemand Stich für Stich vorsagte, was er zu tun hatte, lief das Spiel dann problemlos ab. Obwohl er im Leben noch nie gejasst hatte.

Es lief sogar zu gut, denn eigentlich war es nicht vorgesehen gewesen, dass am Schluss er zum samstäglichen Jasskönig gekürt wurde. »Nicht wirklich glaubhaft«, hatte man in der Redaktionskonferenz beschlossen.

Als es dann doch passierte, gratulierte ihm Monika Fasnacht besonders herzlich und wollte wissen, wo er denn den Differenzler so gut gelernt habe. Tom wusste nicht, was ein Differenzler war, und wich in seiner Hilflosigkeit auf den Satz aus, den er auch bei Pressekonferenzen immer benutzte, wenn er die Frage nicht verstanden hatte: »Der Dank gebührt der ganzen Mannschaft und vor allem dem Trainer, der mich taktisch richtig eingestellt hat.«

Die Phrase wurde allgemein belacht und als sehr sympathisch empfunden. Überhaupt waren alle der Meinung, dass sich Tom Keita schon gut, also wirklich sehr gut, in die eidgenössische Mentalität eingelebt habe. Auf dem Fußballfeld Tore schießen, das konnte jeder. Aber beim *Samschtigjass* gewinnen, das brachte nur ein echter Schweizer fertig.

32

Achtundvierzig Stunden sind nicht lang.

Achtundvierzig Stunden sind unendlich lang.

Wenn man nichts anderes zu tun hat, als darauf zu warten, dass man von der Stimme aus dem Lautsprecher aufgerufen wird, weil in seinem Büro ein Herr Hasler schon auf einen wartet, ein Herr Hasler vom Bundesamt für Migration, ein Herr Hasler, der einen fragen wird: »Hast du uns jetzt deine Papiere gebracht?«, und man hat doch keine Papiere, wenn man nichts anderes zu tun hat, als auf diesen Augenblick zu warten, dann vergeht die Zeit, je nach den Gedanken, die man denkt, quälend langsam oder schmerzhaft schnell.

›Vielleicht‹, denkt man, ›heißt der Herr Hasler diesmal anders, vielleicht trägt er keine Fliege, sondern eine Krawatte, vielleicht ist er alt oder jung, dick oder dünn, mit sorgfältig gescheitelten Haaren oder mit einer Glatze, vielleicht ist es diesmal sogar eine Frau, die möglicherweise mehr Verständnis zeigt als ein Mann, oder vielleicht auch weniger, weil sie beweisen will, dass sie genauso stark und entscheidungsfreudig ist wie all ihre Kollegen.

›Vielleicht …‹, denkt man, und man schaut auf die Uhr an der Wand, und der Zeiger hat sich überhaupt nicht bewegt.

›Vielleicht‹, fängt man dann wieder an zu denken, ›ist die Sache schon entschieden, so oder so, ja oder nein, vielleicht lassen sie einen nur warten, weil Wartenlassen die Vorschrift ist, zwei Tage, achtundvierzig Stunden, soundso viele Minuten oder Sekunden; irgendjemand hat die richtige Zeit ausgerechnet und in ein Gesetz geschrieben, es gibt für alles ein Gesetz oder eine Vorschrift. Vielleicht‹, denkt man, ›liegt das Papier schon längst bereit, ist das Formular schon ausgefüllt, die Unterschrift darunter gesetzt und der Stempel oder was immer es braucht.‹

Und dann denkt man wieder: ›Vielleicht haben sie das Gesetz geändert, genau jetzt, in diesen achtundvierzig Stunden, haben es sich anders überlegt, haben die Hände gehoben im Parlament oder auf einen Knopf gedrückt, oder wie immer sie das in diesem Land machen, haben beschlossen, dass sie die Türen aufsperren wollen, ganz weit, weil sie ja Leute brauchen, die für sie die Arbeit machen, Leute mit kräftigen Händen.‹

Ob es einem schadet, wenn man an einer Hand nur vier Finger hat?

»Es ist nur die linke Hand«, wird man sagen, »nur die linke, und ich bin Rechtshänder.«

Und dann läuft die Uhr plötzlich schneller, viel zu schnell, und man denkt: ›Ich hätte nicht hierherkommen sollen. Es war ein Fehler. Man hat es mir geraten, aber der Rat war nicht gut. Ich hätte unsichtbar bleiben sollen, wie so viele andere, die da sind und doch nicht da. Weil man nicht existiert, wenn man keine Papiere hat. Ein Papier ohne einen Menschen‹, denkt man, ›ist wirklicher als ein Mensch ohne ein Papier.‹

Und die Uhr läuft noch schneller, und man denkt: ›Ich kann immer noch weggehen, einfach weggehen und nicht wiederkommen, man ist hier ja nicht eingesperrt. Die blauen Männer, auf deren Rücken *Securitas* steht, würden einen nicht aufhalten. Man ist ja hier nicht in einem Gefängnis‹, denkt man, ›sondern in einer Empfangsstelle, man wird empfangen, man ist Gast. Die Worte, die sie verwenden, sind Worte, wie sie auch ein Hoteldirektor sagen könnte. In einem Hotel‹, denkt man, ›ist ja auch nicht jeder willkommen. Nur derjenige, der genügend Geld in der Tasche hat, um sich ein Zimmer zu mieten.‹

Man denkt und denkt und kann nicht schlafen, obwohl unter einem im Kajütenbett jetzt ein anderer liegt, einer, der nicht schnarcht. Der Schnarcher ist nicht mehr da, er hat seine Sachen genommen, viele waren es nicht, und ist gegangen, ohne sich zu verabschieden. Warum soll man »auf Wiedersehen« sagen, wenn man sich doch nicht wiedersehen wird?

Aber er hätte einem erzählen sollen, warum sie ihn abgewiesen haben. Vielleicht hätte man daraus etwas gelernt. Vielleicht wüsste man dann, was man sagen muss, wenn man wieder dem Herr Hasler gegenübersitzt.

Dem Herr Hasler vom Bundesamt für Migration.

So war das gewesen, und wenn er auf seine Landsleute gehört hätte, die sich auskannten und sich nichts vormachten, wenn er nur auf sie gehört hätte, dann hätte er sich das alles erspart. Sie hatten ihm gesagt, es habe keinen Zweck, und es hatte ja auch wirklich keinen gehabt.

Irgendwann, langsam oder schnell, war dann die Zeit vorbei, und man rief ihn auf.

Er kletterte von seinem Bett, eilig, denn sicher machte es einen besseren Eindruck, wenn man niemanden warten ließ. Sie hatten viele Fälle zu bearbeiten, hier in der Empfangsstelle, und je zügiger sie vorankamen, desto schneller wurden wieder Betten frei für die nächsten, die sich morgen melden würden oder übermorgen, mit kleinem Gepäck und großen Hoffnungen. Mit dem Glauben an das Zauberwort ›Asyl‹.

Unter der Türe fiel ihm ein, dass er seine Wertsachen nicht mitgenommen hatte. Der Mann, der ihn vor Dieben gewarnt hatte, war tags zuvor fortgegangen, kopfschüttelnd und mit hoffnungslosen Augen. Er wollte schon umkehren, aber dann dachte er: ›Wer sich von meinen wenigen Habseligkeiten etwas nimmt, der wird es nötiger haben als ich.‹ Und er wollte auch keine Zeit mehr verlieren. Das Wichtigste, das, was er auf gar keinen Fall verlieren durfte, steckte ja in seinem Brustbeutel: ein Stein, eine Feder und der Zettel mit der Adresse von Tom Keita.

Von seinem Vetter mit den goldenen Füßen.

Auf dem Weg zum richtigen Büro zählte er die Türen, an denen er vorbeikam. ›Wenn es eine gerade Zahl ist‹, sagte er sich, ›dann bedeutet das, dass ich heute Glück habe, dass ich hierbleiben darf, mit oder ohne Papiere, dass sie verstehen werden, warum es für mich keinen anderen Weg gab, um hierherzukommen. Wenn es aber eine ungerade Zahl ist …›

Als er dann vor der richtigen Türe stand, wurde ihm klar, dass seine abergläubische Regel unvollständig war. Diese letzte, entscheidende Türe: Musste sie mitgezählt werden? War das Ergebnis jetzt gerade oder ungerade?

Es musste ungerade gewesen sein. Hinterher war ihm das klar.

Es war dasselbe Büro und derselbe Herr Hasler. Nur dass seine Fliege diesmal rot war und mit kleinen blauen Blümchen verziert.

Auch Frau Rebsamen von der Caritas saß wieder da und lächelte. Vielleicht weil sie sich freute, ihn zu sehen, oder vielleicht weil das zu ihrer Funktion gehörte. ›Vielleicht‹, dachte er, ›ist die Caritas überhaupt nur dazu da, dass überhaupt irgendjemand in diesem Gebäude lächelt.‹

»Also?«, sagte Herr Hasler, und der Ton seiner Frage machte Mike endgültig klar, dass es falsch gewesen war, hierher nach Kreuzlingen zu kommen.

»Also, Herr Keita?«

Eindeutig falsch.

»Haben Sie uns heute Ihre Ausweispapiere mitgebracht?«

Er hätte gern erklärt, dass er Papiere gehabt hatte, gute Papiere, fast echt, ein Reisepass mit seinem eigenen Foto, bei einem Mann gekauft, der tatsächlich in einem Ministerium in Conakry arbeitete, ein Mann, den er hätte beschreiben können, mit einer großen Narbe an der linken Backe. Er hätte gern gesagt, dass das die besten Papiere waren, die das Dorf sich leisten konnte, dass man ihm die aber in Spanien weggenommen hatte, dass kein Geld da gewesen war, um andere zu beschaffen, und dass er deshalb, nur deshalb, in diesem Lastwagen …

Aber er schüttelte nur den Kopf und sagte: »Nein, ich habe keine Papiere.«

Herr Hasler nickte nur, wie jemand, der nichts anderes erwartet hat.

Frau Rebsamens Lächeln war ganz mitleidig geworden.

»Dann habe ich Ihnen Folgendes zu eröffnen«, sagte Herr Hasler.

Mike, der das Wort ›eröffnen‹ so noch nie gehört hatte, dachte einen Moment lang an eine Tür, die sich für ihn öffnen würde. Aber das war es nicht, was Herr Hasler meinte.

»Gestützt auf das Asylgesetz vom 26. Juni 1998, insbesondere auf die Artikel 32, 33 und 34, kann auf Ihr Gesuch nicht eingetreten werden.«

Durch eine Türe, die nicht eröffnet ist, kann man auch nicht eintreten.

»Zu Ihrer Information lese ich Ihnen die entsprechenden Paragrafen vor. Artikel 32, Absatz 2, Buchstabe a: ›Auf Asylgesuche wird nicht eingetreten, wenn Asylsuchende den Behörden nicht innerhalb von 48 Stunden nach Einreichung des Gesuchs Reise- oder Identitätspapiere abgeben.‹ Diese Anforderung haben Sie eindeutig nicht erfüllt.«

Eindeutig. Auch wenn es Gründe dafür gab, viele gute Gründe. Aber die interessierten hier nicht.

»Haben Sie das verstanden, Herr Keita?«

Ja, Mike hatte das verstanden.

»Ebenfalls anzuwenden ist Artikel 34, Absatz 2, Buchstabe a: ›Auf Asylgesuche wird in der Regel nicht eingetreten, wenn Asylsuchende in einen sicheren Drittstaat nach Artikel 6a, Absatz 2, Buchstabe b zurückkehren können‹ und so weiter und weiter. Ihr Herkunftsland Guinea zählt zu diesen sicheren Drittstaaten. So weit klar, Herr Keita?«

Ja, so weit war alles klar.

»Zusätzlich kommt auch noch Artikel 33, Absatz 1 in Betracht: ›Auf das Asylgesuch einer Person, die sich illegal in der Schweiz aufhält, wird nicht eingetreten, wenn sie offensichtlich bezweckt, den drohenden Vollzug einer Weg- oder Ausweisung zu vermeiden.‹ Konnten Sie mir folgen, Herr Keita?«

Ja, Mike hatte ihm folgen können.

»Aus den genannten Gründen«, sagte Herr Hasler und redete immer schneller, wie man es tut, wenn man eine lästige Sache zu Ende bringen will, »kann auf Ihr Asylgesuch nicht eingetreten werden. Sie haben die Schweiz so schnell wie möglich zu verlassen.«

Diesmal wartete Mike die Frage nicht ab, sondern sagte gleich: Ja, auch das habe er verstanden.

»Gegen diese Entscheidung können Sie innerhalb von vier Tagen Rekurs einlegen. Allerdings besteht nach Lage der Dinge keinerlei Aussicht, dass einem solchen Rekurs stattgegeben wird. Noch Fragen?«

Nein, Mike hatte keine Fragen mehr.

»Gut«, sagte Herr Hasler, und dann erledigte er den Papierkram. Es war alles schon vorbereitet, in einem Sichtmäppchen, auf dem ein gelber Post-it-Zettel mit dem Namen ›Keita‹ klebte.

Ein Zettel, den man ohne Spuren abnehmen und wegwerfen konnte, wenn man ihn nicht mehr braucht.

Es dauerte nicht lange.

»Ich wünsche Ihnen viel Glück in Ihrem weiteren Leben«, sagte Herr Hasler dann noch, und er sah dabei tatsächlich so aus, als ob er das auch meine. Sie gaben sich zum Abschied sogar die Hand.

Beim Hinausgehen drehte sich Mike noch einmal um und stellte fest, dass Frau Rebsamen nicht mehr lächelte.

33

Und warum willst du in deinen Sommerferien gerade hier arbeiten?«

Philipp hatte sich das Job-Interview anders vorgestellt. Nicht weil er der Sohn des berühmten Eidenbenz war, natürlich nicht. Aber wenn man schon Leute suchte, die umsonst mitarbeiteten, konnte man mit den Bewerbern ruhig ein bisschen netter umgehen. Das hier war mehr wie ein Verhör.

»Warum?«, sagte er. »Nun ja, das Thema interessiert mich halt.«

»Das ist bekannt. Sie haben dich ja genügend durch die Zeitungen geschleppt, damals nach deinem Bethlehem-Theaterstück. Bist du da eigentlich stolz drauf?« Der Mann hinter dem Schreibtisch schien es darauf abgesehen zu haben, ihm seine Bewerbung zu verleiden. Hugo Heimgartner hieß er und war der Chef des Flüchtlingsbüros. Ein Mann, der überhaupt nicht wie ein Aktivist aussah, sondern eher wie ein Buchhalter. Ein Buchhalter, der in den letzten Wochen jede Menge Überstunden gemacht hat und deshalb schlecht gelaunt ist.

»Ich kann nichts dafür, dass sie so viel darüber geschrieben haben«, verteidigte sich Philipp. »Es war nur eine Schulaufführung.«

»Bei der du dir den Jux gemacht hast, deinen Vater öffentlich in die Pfanne zu hauen. Hast dich bestimmt sehr amüsiert dabei.«

»Darum ging es nicht.«

»Sondern?«

Wirklich wie ein Verhör. Da wollte man sich für eine gute Sache einsetzen, war bereit, seine Sommerferien dafür zu opfern, und dann musste man sich die ganze Zeit nur verteidigen.

»Gerade Sie ... Ich meine: Sie müssten doch damit einverstanden sein. Bei der Arbeit, die Sie hier machen ... Die Politik, die mein Vater betreibt, ist schließlich ...«

»Wir betreiben keine Politik.« Hugo Heimgartner nahm seine Brille ab und rieb sich die Augen. Die Geste eines Lehrers, dem es verleidet ist, seinen Schülern immer wieder dieselbe Sache erklären zu müssen. »Manchmal hat das, was wir tun, politische Auswirkungen, und das ist mir dann auch recht. Aber das ist nicht der Zweck der Übung. Wir helfen Menschen. Einzelnen Menschen. Und das, was wir für sie tun können, ist meistens nicht spektakulär. Wir haben hier keinen Platz für Selbstdarsteller.«

»Ich bin kein ...«

»Das wird sich herausstellen. Arbeitszeiten unregelmäßig, Bezahlung nicht existent. Bist du damit einverstanden?«

»Heißt das, dass ich ... ?«

»Ich kann es mir gar nicht leisten, einen Freiwilligen abzulehnen. Bist du gut im Betteln?« Heimgartner lachte. »An Finanzen fehlt es uns immer. Weil das, was wir hier machen, eben nicht spektakulär ist.«

»Sie meinen: Ich soll Geld sammeln gehen?«

Philipp war mit der Vorstellung nicht glücklich. Auf der Straße Leute anquatschen – das war wirklich nicht, was er sich unter diesem Sommerjob vorgestellt hatte. Die zudringlichen Typen mit ihrer aufgesetzten Freundlichkeit, denen man manchmal in der Fußgängerzone nicht ausweichen konnte, waren ihm schon immer unsympathisch gewesen.

»Kein Geld. Obwohl wir dringend welches brauchen könnten. Windeln.«

»Was?«

»Mach nicht so ein überraschtes Gesicht. Wir brauchen Windeln für Erwachsene. Vlieseinlagen oder wie immer das heißt. Das ist ein guter Test für dich. Einen Hersteller finden oder eine Apotheke, irgendjemanden, der uns die Dinger gratis zur Verfügung stellt.«

Das scheinbare Chaos auf Heimgartners Schreibtisch schien eine exakte Ordnung zu haben. Auf jeden Fall griff er zielsicher nach einem Mäppchen und schob es Philipp hin.

»Hier, schau dir das an. Er kommt aus Darfur. Granatsplitter, innere Verletzungen, falsch behandelt, schlecht verheilt. Seither ist er inkontinent. Sitzt wortwörtlich in der Scheiße.« Heimgartner sagte das, ohne eine Miene zu verziehen. »Darum braucht er Windeln, und die sind teuer.«

»Gibt es da nicht Behörden, die für so etwas zuständig sind? Das Sozialamt oder so?«

»Im Prinzip ja. Aber die meisten Leute, die wir betreuen, ziehen es vor, mit Behörden nichts zu tun zu haben. Also müssen wir für sie betteln gehen. Traust du dir das zu?«

»Ich kann's versuchen.«

»Du wirst bald merken: Als Bittsteller kriegt man keinen Applaus. Für unsere Arbeit gibt's auch keine Schlagzeilen. Es ist ein Rattenrennen.«

Philipp hatte den Ausdruck noch nie gehört und musste ihn sich von Heimgartner erklären lassen.

»In Amerika nennen sie das so. Wir strampeln uns ab wie Ratten im Laufrad. Wir können uns dabei anstrengen, wie wir wollen – wir kommen doch nie vorwärts. Wenn wir für einen Fall etwas haben tun können, stehen schon wieder zwei neue vor der Türe. Noch Fragen?«

Heimgartner hatte sich wieder seinem Computer zugewandt.

»Nur eine«, sagte Philipp. »Wann soll ich anfangen?«

»Sofort. Im Büro da drüben ist ein Schreibtisch frei. Mit Telefon. Und Telefonbuch. S wie Sanitätsbedarf.«

Büro war ein großes Wort für das Kabäuschen, in dem Philipp arbeiten sollte. Der Raum war wohl früher einmal, als das Flüchtlingsbüro noch eine Wohnung war, die Abstellkammer gewesen, und die Regale an den Wänden sahen aus, als ob sie immer noch aus jener Zeit stammten. Nur dass sie jetzt voller Flugblätter und Broschüren waren.

Kein Fenster. Wenn man die Türe schließen wollte, musste man zuerst das Licht anmachen. Die Ständerlampe mit ihren drei biegsamen Armen stammte wahrscheinlich aus dem Brockenhaus.

Auch der Schreibtisch, den ihm Heimgartner angewiesen hatte, verdiente diesen Namen nicht. Ein ganz gewöhnlicher Küchentisch. Aber ein Telefon stand da, und eine vollständige Sammlung aller Schweizer Telefonbücher war auch vorhanden.

Jetzt war es an ihm.

In dem Mäppchen, das ihm Heimgartner in die Hand gedrückt hatte, steckte neben dem Lebenslauf auch eine Fotografie. Ein verschrecktes Gesicht mit weit aufgerissenen Augen. In den Fernsehkrimis sahen Täter so aus, kurz nachdem sie verhaftet worden waren.

Windeln? Wo bekam man Windeln für Erwachsene her?

Er hatte gerade begonnen, im Telefonbuch der Stadt zu blättern, als Heimgartner nebenan seinen Namen rief.

»Philipp! Komm noch mal her! Ich will dir etwas zeigen.«

Auf dem Bildschirm seines Computers hatte Heimgartner die Website einer Zeitung angewählt. Ein Artikel mit der Überschrift ›Einer von vielen‹.

»Vor ein paar Wochen erschienen«, sagte er. »Ich habe ihn gespeichert, weil er so typisch ist. Lies ihn schnell durch, und dann sag mir, was du davon hältst.«

Es war kein langer Text. Die Geschichte eines afrikanischen Flüchtlings, der sich in einem Lastwagen versteckt in die Schweiz geschmuggelt hatte. Auf den man mit einem Gewehr geschossen hatte, nur weil irgendein Schweizer Einfamilienhausbesitzer sich von dem harmlosen Obdachlosen bedroht gefühlt hatte. Der dann in die Fänge eines skrupellosen Ausbeuters geraten war, und der nutzte die Notlage des wehrlosen Fremden aus, um ihn ohne jegliche Sicherheitsvorkehrung in seiner Werkstatt arbeiten zu lassen. Und wollte ihn dann nicht mehr kennen, als ihm eine der lebensgefährlichen Maschinen einen Finger abriss. Die Geschichte eines Menschen, der in der Schweiz Hilfe gesucht und nur Feindschaft und Ausbeutung gefunden hatte. In dem Foto, das den Artikel illustrierte, hielt der Mann eine Hand vors Gesicht, vielleicht um unerkannt zu bleiben, oder auch, weil der Fotograf die verstümmelte Hand gut im Bild hatte haben wollen.

»Na?«, fragte Heimgartner. »Was hältst du von dem Artikel?«

»Gar nicht schlecht.«

»Nicht schlecht?« Heimgartner machte schon wieder dieses enttäuschte Gesicht. Ein Lehrer, der an der Intelligenz eines Schülers verzweifelt. »Ich wollte dir das zeigen, damit du siehst, wie wir es hier ganz bestimmt nicht machen.«

»Aber …« Philipp suchte nach den richtigen Worten. »Er setzt sich doch für ihn ein.«

»So?«

»Ja. Er erweckt Mitgefühl. Aufmerksamkeit für das Problem.«

»Daran habe ich gar nicht gedacht«, sagte Heimgartner sarkastisch. »Aufmerksamkeit. Und genau das braucht dieser Mensch natürlich.« Sein Arbeitgeber, so gut glaubte ihn Philipp schon zu verstehen, war ein Typ, der aus demonstrativem Zynismus Kraft schöpfte. »Weil jemand, der illegal in der Schweiz ist, natürlich nichts lieber will, als mit Bild in der Zeitung zu stehen.«

»Das Gesicht ist verdeckt.«

»Von einer Hand, die man umso besser erkennt. Ja, dieser Journalist … Wie heißt er? Den Namen muss man sich merken. Dieser Alwin Berger meint es gut. Denn einem Menschen, der untertauchen will, hilft man natürlich am besten, indem man neben ihm ein großes Schild aufstellt, mit Leuchtschrift und mit blinkenden Lichtern, auf dem steht: ›Hier ist er!‹«

»Man muss doch die Öffentlichkeit …«

»Man muss die Öffentlichkeit überhaupt nicht«, sagte Heimgartner. »Nicht so. Weil Schicksale nämlich nicht dazu da sind, dass man mit ihnen Politik macht. Außerdem: Meinst du, dass ein einziger Fremdenfeind, der diesen Artikel liest, deshalb seine Meinung ändert?«

»Wahrscheinlich nicht.«

»Ganz bestimmt nicht. Mit solchen Texten überzeugt man immer nur die bereits Überzeugten. Der Einzige, der vielleicht davon profitiert, ist dieser Herr Berger. Der Mann, über den er schreibt, ganz bestimmt nicht.«

»So habe ich das noch nie gesehen.«

»Deshalb habe ich dir den Artikel ja auch gezeigt. Weil es kaum jemand so sieht. Weil viel zu viele Leute soziales Showbusiness mit wirklicher Hilfe verwechseln. Pass auf: Was kann so ein Artikel bestenfalls bewirken?«

»Dass sich Leute betroffen fühlen und sich für ihn einsetzen.«

»Klar. Mit einer Unterschriftensammlung und einer Kerze im Fenster. Da kann er sich dann darüber freuen, wenn er im Flugzeug zurück nach Afrika sitzt.«

»Warum …?«

Heimgartner beantwortete die Frage schon, bevor Philipp sie fertig gestellt hatte.

»Weil, sobald so eine Sache öffentlich wird, nicht nur die Unterstützer aktiv werden, sondern auch die Gegner. Und die haben das Gesetz auf ihrer Seite. Also werden sie den Behörden Schlamperei und Pflichtverletzung vorwerfen, und weil es auch in den Ämtern um Karrieren geht, setzen die sich dann in Marsch. Streng nach Vorschrift. Und dieser Mike kann sich nur noch aussuchen, ob er mit oder ohne Fesseln im Flugzeug sitzen will.«

»Meinen Sie?«

»Ich meine nicht. Ich weiß. Man kann also nur hoffen, dass möglichst wenig Leute den Artikel gelesen haben. Zum Glück war es ja keine wichtige Zeitung. So, und jetzt los, ans Telefon! Da braucht jemand frische Windeln.«

34

Für den erfolglosen Asylbewerber, der mangels gültiger Papiere nicht ausreisen kann, ist so ein Nichteintretensentscheid ein bisschen wie die Ziehung in einer Lotterie, in der es nichts zu gewinnen gibt. Er weiß zwar bereits, dass sein Los eine Niete ist, und trotzdem ist er gespannt zu erfahren, welche Art von Niete er gezogen hat. Denn nicht alle Nieten sind gleich. Pech ist einem in dieser Lotterie zwar garantiert, aber ob es nur ein kleines oder das ganz große Pech ist, das entscheidet der Zufall oder möglicherweise auch die Tageslaune des zuständigen Beamten. Vielleicht hat es aber auch gar nichts mit dem Mann hinter dem Schreibtisch zu tun, und es ist ein neutraler Computer, der die Schicksale nach einer exakten Quote berechnet und sie auf Knopfdruck ausspuckt.

Das alles erfährt der Asylbewerber nicht, wenn er seine Niete in Empfang nimmt.

Der Zettel, den man ihm in die Hand drückt, ist grün, was in diesem Fall eigentlich die falsche Farbe ist. Denn dieses Grün bedeutet nicht freie Fahrt. Es bedeutet: Stopp. Es bedeutet: Einbahnstraße. Von hier bis zur Grenze.

Auf dem Zettel steht: »Verlassen Sie das Land!« Es steht natürlich noch sehr viel anderes darauf, eine ganze Liste von Dingen, die er nun darf oder nicht darf, aber das ist das Wichtigste.

Verlassen Sie das Land!

Regeln sind Regeln, und Vorschriften sind dazu da, dass man sie einhält. Die Bürokratie bestimmt nicht, sie führt nur aus. Das tut sie nicht immer sinnvoll, aber stets konsequent.

Weil Mike keine Papiere hatte, konnte auf sein Asylgesuch nicht eingetreten werden. Das war logisch. Weil auf sein Asylgesuch nicht eingetreten werden konnte, sollte er die Schweiz verlassen. Das war konsequent. Er konnte die Schweiz aber nicht verlassen, weil er keine Papiere hatte. Das war ein Problem.

Aber – *»gouverner, c'est prévoir«*, hätte Eidenbenz gesagt – es war ein vorhergesehenes Problem. Ein Problem, auf das man amtlicherseits eingerichtet war. Auch für diesen Fall gab es eine Vorschrift und ein detailliertes Reglement. Der Betroffene wurde einem Kanton zugeteilt, der sich so lang um ihn zu kümmern hatte, bis die Ausreise möglich geworden war.

Welchem Kanton? Da setzte eben die Lotterie ein. Oder doch zumindest der erste Teil der Lotterie. Für einen abgewiesenen Asylbewerber – wenn das Mike in diesem Moment auch noch nicht wusste – gibt es nämlich gute und schlechte Kantone. Und in den Kantonen wiederum bessere und schlechtere Gemeinden. Aber das ist dann schon die nächste Ziehung. Mit einem neuen Lostopf, in dem wieder nur lauter Nieten warten.

Von dem Kanton, dem er zugeteilt wurde, hatte Mike noch nie etwas gehört. Er lag in einem Teil des Landes, in dem er noch nie gewesen war. Aber das hatte Herrn Hasler nicht zu interessieren. Es gab so viele Anträge zu bearbeiten. Wo käme man hin, wenn man auch noch auf jeden Sonderwunsch Rücksicht nehmen wollte?

»Melden Sie sich in der Kantonshauptstadt«, hatte Herr Hasler gesagt. »Dort wird man Ihnen mitteilen, welche Gemeinde in Zukunft für Sie zuständig ist.«

»Wie soll ich denn …?«, setzte Mike an. Die Frage wurde jedes Mal gestellt, und Herr Hasler musste sie nicht zu Ende hören, um die Antwort zu geben. Es war alles vorgesehen.

»Kein Problem«, sagte er. »Hier haben Sie eine Tageskarte der SBB. Vergessen Sie nicht, sie am Bahnhof abzustempeln, bevor Sie in den Zug einsteigen.«

Es war Mikes eigener Fehler, dass er noch am selben Tag losgefahren war. Wenn er sich ein bisschen mehr mit der Geografie der Schweiz befasst hätte – und das konnte man, nicht nur nach Herrn Haslers Meinung, durchaus von ihm verlangen –, dann hätte er sich ausrechnen können, wie lang die Fahrt mit dem Zug von Kreuzlingen aus dauern würde. Ganz exakt hätte er es sich ausrechnen können, denn in diesem Land fahren die Züge pünktlich. Dann hätte er auch gewusst, dass dort alle Büros der Verwaltung schon geschlossen sein würden, wenn er ankam. Erst am nächsten Morgen, exakt um acht Uhr fünfzehn, gingen sie wieder auf.

Es war ein hübsches Städtchen, in das man ihn geschickt hatte, mit vielen alten Häusern. Die Luft war mild, und es wäre gar nicht so unangenehm gewesen, eine Nacht lang durch die Gassen zu schlendern und sich irgendwann auf einer Parkbank ein wenig hinzulegen. Aber dann begann es zu regnen, ein ruhiger, ausdauernder Sommerregen, von der Art, die einen im Bett nicht aufweckt, sondern nur noch fester in den Schlaf wiegt.

Wenn man ein Bett hat.

Er hatte nicht einmal mehr den alten Marabu-Mantel.

Durch den breiten Torbogen, unter dem er Schutz suchte, waren früher bestimmt einmal Kutschen gefahren. Seit in den Schaufenstern die Lichter ausgegangen waren, sah die leere Straße nicht viel anders aus, als sie wohl vor ein paar hundert Jahren schon ausgesehen hatte. Als ob Herr Hasler ihm nicht nur einen anderen Landesteil, sondern auch eine andere Zeit zugeteilt hätte. Eine Zeit, die noch keine Grenzkontrollen und Aufenthaltsbewilligungen kannte, und wo man nicht lange fragte, wenn jemand nur bereit war, den Pferdestall auszumisten oder Wasser aus dem Brunnen heranzuschleppen.

Wenn man sich auf den Boden hockte und aus seiner Reisetasche ein Kissen machte, konnte man hier ganz gut ein bisschen träumen. Träumen und schlafen.

Das plötzliche Licht war so grell, dass er zuerst, noch nicht ganz wach geworden, an einen Blitz dachte. Aber es war nur eine Taschenlampe.

»Was machen Sie hier?«, fragte der Mann mit der Lampe.

Mike hielt sich eine Hand vor die Augen. »Ich soll mich auf dem Amtshaus melden. Aber die Büros haben noch nicht offen.« Er wollte in die Tasche fassen, um die Verfügung der Empfangsstelle herauszuholen, aber das wollte der Mann nicht.

»Lass deine Hände, wo ich sie sehen kann«, sagte er.

Es klang nicht wie eine Drohung, sondern eher wie ein freundlicher Ratschlag.

Ein Polizist. Natürlich ein Polizist.

»Es tut mir leid«, sagte Mike. »Ich bin eingeschlafen.«

»Das ist hier nicht erlaubt.«

Ein paar Augenblicke lang – er war wirklich noch nicht wach – sah sich Mike in einem Land, in dem das Schlafen ein für alle Mal verboten war, wo sich jeder strafbar machte, der für eine Minute die Augen schloss, wo man gebüßt wurde, wenn man eindöste, und im Gefängnis landete, wenn man bei einem Nickerchen erwischt wurde. In diesen paar Augenblicken – so schnell lassen sich Träume nicht abschütteln – kam ihm ein solches Gesetz auch ganz logisch und selbstverständlich vor, völlig passend zu dem fleißigen und ordentlichen Land, in dem er sich befand.

Aber dann rieb er sich die Augen, mit ganz langsamen Bewegungen, um den Polizisten nicht zu erschrecken, und verstand endlich, was der uniformierte Mann gemeint hatte: Nur hier, unter diesem Torbogen, war das Schlafen nicht erlaubt.

Auch nicht, wenn es regnete.

»Es tut mir leid«, sagte er noch einmal.

Der Polizist ließ die Taschenlampe sinken und steckte sie in eine Halterung an seinem Gürtel. Es hingen da auch noch andere Gerätschaften, was man eben so braucht, wenn man Polizist in einer Kantonshauptstadt ist.

»Komm mit«, sagte er und ging voraus, ohne sich umzusehen. Er kam wohl gar nicht auf den Gedanken, dass Mike ihm nicht folgen könnte.

Auf dem Posten roch es nach Kaffee, und sie schenkten ihm eine Tasse ein. Der Beamte, der ihn aufgeweckt hatte, schimpfte über den Regen, aber nicht wirklich ärgerlich, sondern mehr, als ob sich das gehörte, so wie man ganz automatisch »Gesundheit« sagt, wenn jemand niest.

Sein Kollege, ein nicht mehr ganz junger Mann mit einem fröhlichen Bäuchlein, sah Mike prüfend an und sagte dann: »Lass mich raten. Senegal?«

»Guinea.«

»Nicht schlecht getippt.« Der Postenchef war sichtlich zufrieden mit sich. »Hast du Hunger?«

Sie behandelten ihn wie einen Gast, wohl nicht, weil er ihnen so sympathisch war, sondern ganz einfach, weil sie sich langweilten und für jede Ablenkung dankbar waren. Die Stadt, für deren Sicherheit sie zu sorgen hatten, war so ordentlich und sauber, dass es für einen Polizisten wahrscheinlich nicht viel zu tun gab. Ein paar Betrunkene vielleicht ab und zu oder ein gestohlenes Fahrrad.

Es fanden sich ein Apfel und eine Packung Kekse für ihn, und eine Bank, auf der er es sich bequem machen durfte.

»NEE?«, fragte der freundliche Mann mit dem Bäuchlein. Mike hatte die Abkürzung noch nie gehört und musste sie sich erklären lassen.

»Nichteintretensentscheid?«

»Ja, heute bekommen. Oder«, verbesserte er sich nach einem Blick auf die Uhr, »eigentlich gestern.«

»Du hättest es schlechter treffen können«, sagte der Postenchef. »Bei uns im Kanton sind sie nicht allzu stur. Es kommt natürlich drauf an, in was für eine Gemeinde sie dich schicken.«

»Das ist mir egal. Solang ich dort nur Arbeit finden kann.«

»Das ist nicht erlaubt«, sagte der Polizist, der schon das Schlafen unter Torbögen verboten hatte. »Da hast du deine Verfügung nicht richtig gelesen. Keinerlei Art von bezahlter Arbeitstätigkeit.«

»Aber ich muss doch leben!«

»Dafür wird schon gesorgt«, sagte der Postenchef. »Das, was du brauchst, bekommst du von deiner Gemeinde. Verpflegung und Unterkunft.«

Es war wirklich nicht viel los um diese Zeit, und so hatten sie Zeit, ihm zu beschreiben, was es da alles für Möglichkeiten gab. Er konnte zum Beispiel einen Platz in einer Zivilschutzanlage bekommen, die waren zwar ein bisschen stier, aber immer sehr sauber und mit allem ausgestattet, was man zum Übernachten brauchte. Solche Anlagen gab es allerdings nur in den größeren Orten, und wenn ihn die Nietenverlosung in ein kleines Dorf verschlug, wenn er Pech hatte irgendwo ganz oben in einem Tal, dann würde er wohl mit einer sehr viel bescheideneren Unterbringung zufrieden sein müssen. Und was die Verpflegung anbelangte …

»Ich möchte niemandem zur Last fallen«, sagte Mike schon zum zweiten Mal.

»Das hättest du dir früher überlegen müssen«, sagte der Polizist. »Bevor du in die Schweiz gekommen bist.«

Auf der Bank hätte man sich auch ausstrecken können, aber das wäre unhöflich gewesen. Mike versuchte nicht zu gähnen. Der Postenchef hielt den unterdrückten Laut wohl für ein Stöhnen und sagte tröstend: »Mach dir keine Sorgen. Verhungert ist bei uns noch keiner.«

»Außer dem einen«, wandte sein Kollege ein.

»Der zählt nicht«, sagte der Postenchef. »Das war ein Hungerstreik. Da hat er es sich selber zuzuschreiben.« Und zu Mike gewandt: »Möchtest du noch einen Apfel?«

35

Es war Klara Holzers eigene Idee gewesen, eine jener Ideen, auf die sie mindestens so stolz war wie ein Chemiker auf einen neuen Wirkstoff. Ein großer Bericht, ›Wie unsere Promis Urlaub machen‹, sechs volle Seiten in der *Schweizer Illustrierten,* und alles an Originalschauplätzen fotografiert. Die Reportage, das war das Brillante daran, sollte nicht erst nach den Ferien im Blatt stehen, wo das Thema schon zehnmal ausgelutscht war, sondern ganz am Anfang, zu einem Zeitpunkt, wo die Promis eigentlich alle noch zu Hause waren. Man musste also mit ihnen eigens zu ihren Traumzielen hinfahren, und so war Klara Holzer auf Verlagskosten zu ein paar sehr netten Reisen gekommen. Mit DJ Bobo in New York zum Beispiel und mit Jürg Marquard auf einem Golfplatz mitten in der Wüste.

Kurt Schädler, der beste, wenn auch schlechtgelaunteste Society-Fotograf des Landes, hatte zwar gegrummelt, er habe immer noch einen Vertrag mit einem Verlagshaus und nicht mit einem Reisebüro, aber seine Aufnahmen waren genial geworden, absolut genial, und das war eine Formulierung, die Klara Holzer nur sparsam verwendete, obwohl sie sonst durchaus zu Superlativen neigte.

Der Einzige, den sie noch nicht im Kasten hatten, war Eidenbenz. Sie hatte seinen Fototermin ganz nach hinten geschoben – wenn sie ehrlich war: viel zu weit nach hinten –, weil sie gerade bei ihm keine Schwierigkeiten erwartet hatte. Er verbrachte seine Ferien nie irgendwo weit weg im Ausland, sondern immer gut eidgenössisch im eigenen Ferienhaus im Berner Oberland. »Wandern, Lesen, gute Gespräche mit der Familie«, pflegte er in den rituellen Sommerinterviews als seine liebsten Ferienbeschäftigungen zu nennen, und genau so ein bodenständiges Element fehlte Klara noch zum perfekten Mix. Zwar hatten sie für den Notfall immer noch Monika Kälin in Reserve, die für einen Medienauftritt jederzeit zu allem bereit war, wenn verlangt auch zu Urlaub in einem Iglu am Nordpol. »Aber diesmal«, hatte Klara Holzer in der Redaktionskonferenz gesagt, »will ich nur Entrecôtes haben und keine Cervelats.«

Das Problem, von dem sie aber nichts wusste, bestand darin, dass Philipp sich standhaft weigerte, für Familie Eidenbenz im Urlaub zu posieren. Er fände solche Pseudoreportagen sowieso total verlogen, hatte er erklärt, und in diesem Fall ganz besonders, weil er nämlich nicht die Absicht habe, sich wie jedes Jahr drei Wochen lang in einem alten Bauernhaus zu langweilen, nein, vielen Dank, auch nicht mit Blick auf Jungfrau, Mönch und Eiger. Außerdem habe er in diesem Sommer sowieso keine Zeit. Er habe einen Ferienjob angenommen und müsse arbeiten.

Das war das Erste, das Eidenbenz von der neuen Beschäftigung seines Sohnes hörte, und im Prinzip war er damit ja auch durchaus einverstanden. Schließlich hatte er Philipp oft genug gepredigt, man könne sich nicht früh genug aufs praktische Leben vorbereiten, und es war schön zu sehen, dass seine Ermahnungen endlich Früchte trugen.

Die Versetzung in die nächste Klasse hatte der Stammhalter auch geschafft, haarscharf zwar nur, aber doch ohne im Provisorium zu landen. Eidenbenz war für einmal zufrieden mit seinem Sohn. Was in seinem Fall hieß: Er war zufrieden mit sich selber und seinen pädagogischen Fähigkeiten. Es war halt doch richtig gewesen, den Buben einmal richtig in den Senkel zu stellen.

Nur eben: Diese Ferienreportage wäre schon eine gute Sache gewesen. Gerade jetzt. Dr. Häberle hatte ihm erst letzte Woche wieder eine Umfrage gezeigt, und seine persönlichen Beliebtheitswerte waren … Nicht gerade im Keller, das konnte man nicht sagen, aber auch im Parterre fühlte sich ein Eidenbenz nicht wohl.

»Du musst ja nicht wirklich mitkommen«, hatte er zu seinem Sohn gesagt, »nur für den einen Tag, damit sie ihre Fotos machen können. Ich stifte auch ein Abendessen im *Viktoria-Jungfrau*. Die haben sechzehn Gault-Millau-Punkte.«

Aber trotz dieses großzügigen kulinarischen Angebots war Philipp stur geblieben. Und sich nur mit Sonja vor dem umgebauten Stöckli fotografieren zu lassen, das entsprach nicht dem Bild, das Eidenbenz der Öffentlichkeit von sich zeigen wollte. Mit Sohn wirkt man familienväterlich, fürsorglich und zuverlässig, genau die richtigen Eigenschaften für jemanden, dem die Stimmbürger ihre Geschicke anvertrauen sollen.

Nur zu zweit dagegen – das sah viel weniger dynamisch aus. Als ob man sich schon aufs Altenteil zurückgezogen hätte. Ein Ätti, der auf dem Bänklein vor dem Haus in die Abendsonne blinzelt und sein letztes Pfeifchen schmaucht.

Das war keine Rolle für einen Eidenbenz. Schließlich war er noch voll im Saft.

Man hätte sich natürlich von den Nachbarn den Berner Sennenhund ausleihen können, das wirkte auch immer gut auf Bildern. Aber irgendwie war es eben doch nicht dasselbe.

Außerdem war Sonja nach ihrer Kur nicht vorzeigbarer geworden. Eher im Gegenteil. Vorher hatte man ihr noch sagen können: »Du setzt dich jetzt hier neben mich hin und lächelst!« – und dann hatte sie sich hingesetzt und gelächelt. Vielleicht ein bisschen im Dusel, aber das sah man den Bildern ja nicht an. Seit sie aus der Klinik zurück war, ging das nicht mehr so einfach. Sonja hatte neuerdings ihren eigenen Kopf und wollte den auch durchsetzen. Richtig bockig war sie geworden.

Und dazu noch dieser Tick mit der ständigen Fotografiererei. Hatte da während der Kur irgend so ein Kürslein mitgemacht – »Kreativ-Therapie« nannte sich das und wurde einem extra in Rechnung gestellt –, und jetzt, wo sie wieder zu Hause war, konnte sie nicht mehr damit aufhören. Schleppte ständig diese Kamera mit sich rum und nervte die Leute damit. Letzthin hatte sie ihn sogar ums Verrecken zu einer Sitzung des kantonalen Parteivorstands begleiten wollen. Die Männer dort, hatte sie gesagt, passten genau in die Reihe der Porträts, an der sie arbeite. Als ob so ein bisschen in der Gegend herumfotografieren irgendetwas mit Arbeit zu tun hätte! Er hatte natürlich nein gesagt, hatte ihr gehörig den Marsch geblasen. Es wäre ja noch schöner gewesen, wenn sie ihn vor den wichtigen Leuten seiner Partei mit ihrem neuen Hobby blamiert hätte.

Bei der *SI*-Reportage hätte sie zu seiner Überraschung

sogar gern mitgemacht. »Den Kurt Schädler wollte ich schon lang mal kennenlernen«, sagte sie. »Ich glaube, der hat eine ganz ähnliche Einstellung zum Fotografieren wie ich.«

Nein, ein Bild nur mit ihm und Sonja, das hätte falsch ausgesehen. Und ganz allein, das ging schon gar nicht. Wer eine Partei vertritt, in der die Familie ganz weit oben im Programm steht, der fährt nicht allein in den Urlaub. Schon gar nicht nach den Gerüchten, die während Sonjas Klinikaufenthalt im Umlauf gewesen waren. Und am allerwenigsten in der Reportage einer Journalistin, von der man munkelte, dass sie als Kassandra hinter dem bösartigsten Blog des ganzen Internets stecke. Dann lieber gar nicht in der *SI* vorkommen.

Also ließ Eidenbenz sein Sekretariat ausrichten, es tue ihm furchtbar leid, der übervolle Terminkalender und die Dreifachbelastung als Geschäftsmann, Politiker und Präsident eines Fußballklubs, ein andermal gern, aber diesmal ließe es sich einfach nicht richten. Was man in solchen Fällen eben sagt.

Zehn Minuten später war Klara Holzer am Telefon, ließ sich einfach nicht abwimmeln und wollte unbedingt mit ihm selber sprechen. Sie wäre in ihrem Beruf nicht so weit gekommen, wenn sie neben ihrer zuckersüßen Freundlichkeit nicht auch über eine gehörige Portion Penetranz verfügt hätte.

»Ich habe ja volles Verständnis, lieber Herr Eidenbenz«, flötete sie ins Telefon. »Ein Mann mit so vielen Verpflichtungen! Aber gerade deshalb kann ich nicht auf Sie verzichten. Die anderen, die Calmy-Rey oder der Roger, das sind doch verglichen mit Ihnen alles nur Leichtgewichte.« Sie hatte berufsbedingt keinerlei Hemmung vor schamlosen Schmeicheleien.

Der Hintergrund ihrer Insistenz, aber das wusste wiederum Eidenbenz nicht, war die Tatsache, dass die Besetzung der Story hausintern schon längst verkauft und auch das Layout schon gemacht war. Wenn sie jetzt statt mit Eidenbenz mit Monika Kälin ankam, machte sie sich vor den Kollegen nur lächerlich.

»Bedaure«, sagte Eidenbenz, »aber auch meine Woche hat leider nur sieben Tage, und davon kann ich auf keinen verzichten.«

»Es muss ja kein ganzer Tag sein«, zwitscherte Klara Holzer.

»Bis man nur schon in Interlaken ist …«

»Aber eine halbe Stunde werden Sie doch für mich erübrigen können, lieber Herr Eidenbenz. Wofür gibt es denn die moderne Technik? Passen Sie auf: Ihr Bauernhaus haben wir noch von früher. Wenn Sie nur ganz kurz zu uns ins Fotostudio kommen könnten, in Ferienkleidung natürlich, wirklich nur auf einen Sprung, dann würden wir den Rest im Computer machen. Unser Kurt Schädler hat auch schon eine wunderbare Bildidee: Sie halten einen Fußball in der Hand und schauen verträumt zu den Alpengipfeln hinauf. Und im Lauftext schreibe ich dann etwas von ›denkt in der klaren Bergluft darüber nach, wie er nach dem knapp verpassten Meistertitel seine Mannschaft wieder zur Nummer eins machen will‹.«

»Tut mir leid«, sagte Eidenbenz. »Aber ich habe keine Minute.«

»Wie Sie meinen«, setzte Klara ihre stärkste Waffe ein, »dann muss ich eben Gigi Oeri fragen. Die ist für ein Urlaubsbild immer gut, so schön braun, wie sie das ganze Jahr ist.«

Gigi Oeri? So weit kam es noch! Damit die dann im FCB-Dress in ihrem Puppenmuseum stand? Nein, das konnte Eidenbenz nicht zulassen.

»Wissen Sie was, Frau Holzer? Mir kommt da eben eine Idee. Ganz spontan. Ich weiß jetzt, wen Sie statt mir in Ihren Bericht einbauen sollten.«

»Monika Kälin?«

»Wer? – Nein, ich meinte unseren Mittelstürmer. Den Tom Keita. Erstens sieht der bedeutend besser aus als ich ...« Er lachte sein Eidenbenz-Lachen in den Hörer. »... und zweitens ist er im Moment ein richtiger Volksheld, seit diesem legendären Spiel. Auch wenn wir wegen der vielen Verletzungen am Ende doch nicht Meister geworden sind.«

»Tom Keita?« Keine schlechte Idee eigentlich, dachte Klara. Er mit seinem Traumkörper in ganz knappen Badehosen an einem Swimmingpool. Und daneben seine Verlobte im Bikini. Nur ...

»Das geht leider nicht, Herr Eidenbenz. Mein Chef besteht darauf, dass in dieser Reportage nur Schweizer vorkommen dürfen.«

Worauf Eidenbenz fatzbumm einen Entschluss fasste.

»Das müsste eigentlich kein Hindernis sein. Passen Sie auf, Frau Holzer. Wenn Sie mir versprechen, dass Sie darüber schweigen, bis ich Ihnen grünes Licht für die Veröffentlichung gebe, dann habe ich eine Sensation für Sie!«

36

›Lebenshilfe‹, dachte Claudia verächtlich und ließ die schon etwas durchweichte *Weltwoche* über den Rand der Badewanne fallen. Das mochte ja recht sein für Leute, die sich nicht selber zu helfen wussten. Sie hatte das nicht nötig. Sie war – und sie kicherte, weil ihr das gerade in der Badewanne einfiel – mit allen Wassern gewaschen. ›Besser hätte es nicht laufen können‹, dachte sie.

Sie hatte heute den ganz teuren Badeschaum genommen – Freesie, Mango, rosa Pfeffer und Magnolien –, den sie damals wegen der Homestory gekauft hatte. Gar nicht zum Brauchen, sondern nur, um ihn dekorativ aufzustellen. Der Schriftzug auf der Packung hatte ihr so gut gefallen. *Style*. Genau das Wort, das zu ihr passte.

Eigentlich war es ja reine Verschwendung, in solchem Badeschaum auch tatsächlich zu baden. Wahrscheinlich hätte man in der Migros für einen Zehntel des Preises etwas bekommen, das genauso gut roch. Aber heute war ein besonderer Tag, und besondere Tage muss man feiern.

Sie hatte es wirklich geschickt gemacht, das musste sie selber sagen. Direkt schade, dass sie niemandem erzählen konnte, wie clever sie gewesen war. Das hätte einen Lebenshilfe-Artikel ergeben! Nun ja, irgendwann – nein, nicht irgendwann, sondern bald – würden ja alle das Ergebnis sehen. Und sich dann fragen: Wie hat die das jetzt wieder geschafft?

Dabei war es eigentlich ganz einfach gewesen. Wenn man nur genügend Grips hatte, um eine Chance, die sich einem bot, auch zu erkennen. Und genügend Mut, um sie auch zu nutzen.

Sie ließ heißes Wasser nachlaufen, obwohl allzu langes Baden nicht gut für die Haut ist. Manchmal muss man sich auch verwöhnen. Sie hatte eine Belohnung verdient.

Nur schon dafür, dass sie bei Klara Holzers Anruf so cool geblieben war. Obwohl sie am liebsten den Telefonhörer geküsst hätte, so sehr war ihr ums Jubeln zumute gewesen. Aber wie hatte ihnen Ilona Federspiel damals zu Miss-Swiss-Zeiten eingetrichtert? »Wer etwas erreichen will, muss sich vor allem selber im Griff haben.« Die beste Lebenshilfe, die sie je bekommen hatte. Man durfte sich nichts anmerken lassen. Auch wenn gerade ein Traum in Erfüllung ging. Gerade dann.

Wie unsere Promis Urlaub machen, sechs Seiten in der *SI* und sie mit dabei! Neben DJ Bobo, Jürg Marquard und Micheline Calmy-Rey! Das war nicht mehr zweite Reihe, sondern allererste. Wie eine Member-Card für die VIP-Area im exklusivsten Club war das.

Und sie konnten sich erst noch aussuchen, wo sie hinfahren wollten. »Wir haben da einen Deal mit einer Fluggesellschaft«, hatte Klara Holzer gesagt. »Business-Class natürlich. Und sie haben mir fest zugesagt: Wenn es irgendwie geht, graden sie uns sogar auf First auf.«

»Nett«, hatte sie geantwortet. Nicht mehr als »nett«. Supercool.

»Nur schnell muss es gehen.« Man hatte Klara Holzers Stimme angemerkt, dass bei ihr etwas schiefgelaufen war. »Am besten noch diese Woche.«

»Das wird schwierig«, hatte sie zur Antwort gegeben. Ganz automatisch und nicht weil ihr Terminkalender so furchtbar voll gewesen wäre. Sie hatte sich nur angewöhnt, jedes Mal, wenn jemand sie oder Tom für eine Veranstaltung buchen wollte, diesen Satz zu sagen. Wer zugibt, dass er Zeit hat, gibt auch zu, dass er nicht gefragt ist. Das hätte man auch in der *Weltwoche* schreiben können.

»Eidenbenz hat Sie beide empfohlen. Ich soll ausrichten: Es wäre ihm sehr wichtig, dass Sie dabei sind.«

Womit eigentlich klar war, dass sie nicht Nein sagen konnte. Man sagt einem Eidenbenz nicht Nein. Schon gar nicht als Verlobte eines Mannes, der als Fußballspieler in seinem Verein angestellt ist.

Und sie hatte doch Nein gesagt. Einfach aus einem Bauchgefühl heraus. Aus dem Gefühl, dass aus dieser Geschichte noch mehr herauszuholen war als nur eine schöne Reise und eine Menge Publicity.

»Tut mir leid, liebe Klara«, hatte sie gesagt. »Ich hätte Ihnen gern den Gefallen getan. Gerade Ihnen. Sie wissen, wie sehr ich Sie schätze. Als Journalistin und als Mensch. Aber es sind da ein paar Dinge im Tun, da kann ich einfach nicht wegfahren. Geht es wirklich nicht erst in zwei Wochen?«

Danach hätte sie sich vor Aufregung fast die Fingernägel abgekaut. Hätte es vielleicht sogar getan, wenn sie nicht gerade erst bei der Maniküre gewesen wäre. So musste sich ein Pokerspieler fühlen, wenn er ein schwaches Blatt hat und doch alle seine Chips über den Tisch schiebt. Aber Bluffen gehört mit zum Spiel. Wer nicht wagt, der nicht gewinnt.

Und ihr Bauchgefühl war richtig gewesen.

Eidenbenz hatte angerufen. Höchstpersönlich. Auf seiner privaten Linie. Sie hatte die Nummer auf dem Display gesehen und hatte es klingeln lassen. Und noch mal und noch mal. Er musste nicht merken, dass sie seit dem Gespräch mit Klara Holzer neben dem Telefon wartete.

Und dann: »Ach, Sie sind es, Herr Eidenbenz? Das ist aber eine nette Überraschung! Sie wollen sicher mit Tom sprechen. Er ist gerade nicht … Mit mir? Tatsächlich? Was verschafft mir denn diese Ehre?«

Ein bisschen dick aufgetragen, aber Eidenbenz schien das nicht aufzufallen.

»Was hast du denn so Wichtiges, Mädchen«, hatte er gesagt, »dass du mir den kleinen Gefallen nicht tun kannst?«

Das war der entscheidende Moment gewesen, und sie hatte alles richtig gemacht. ›Eigentlich müsste man jetzt eine Flasche Champagner neben der Badewanne stehen haben‹, dachte sie. ›Wie im Film. Und auf den eigenen Triumph anstoßen.‹

Aber Alkohol macht dick, und es war auch gar niemand da, mit dem sie hätte anstoßen können. Tom, dieser Sturkopf, schuftete immer noch im Kraftraum.

Dabei hätte sie, nur schon für ihre Schlauheit, den teuersten Champagner verdient, den es zu kaufen gab.

»Ich kann im Moment einfach nicht weg«, hatte sie gesagt. »Wegen dieser Fernsehgeschichte. Ich weiß nicht, ob ich Ihnen davon erzählt habe und ob Sie sich erinnern.«

»Natürlich«, hatte Eidenbenz gesagt und sich überhaupt nicht erinnert. Das war auch nicht zu erwarten gewesen. Zwar hatte er für alles, was mit Politik oder mit Fußball zusammenhing, ein Elefantengedächtnis – »passend zu meiner Elefantenfigur«, hatte er einmal in einer Fernsehsendung gesagt und dann sein Eidenbenz-Lachen gelacht –, aber alles andere ließ er an sich vorbeirauschen.

Darauf hatte sie sich auch verlassen, denn sonst hätte sie es nicht wagen können, ihm zu erklären, dass sie für eine Fernsehsendung im Gespräch sei, für dieses neue Quiz, das schon bald auf Sendung gehen sollte. »Ich weiß auch nicht, wie die auf mich gekommen sind, aber es scheint, dass ich eine echte Chance auf den Job habe. Das wird in diesen Tagen entschieden, mit Probeaufnahmen und so. Da muss ich jederzeit abrufbar sein, das werden Sie doch verstehen.«

Natürlich gab es gar keine Probeaufnahmen, aber das würde Eidenbenz nicht wissen. Fernsehen war nicht sein Fachgebiet.

Er hatte denn auch nicht sehr beeindruckt geklungen. »Ein Quiz?« In den Politsendungen, *Arena* oder *Classe Politique,* da kannte er sich aus. In einer Gameshow war er nur ein einziges Mal als Promigast aufgetreten und hatte erfahren müssen, dass man dort als Politiker nicht im Mittelpunkt steht, sondern bloß als Stichwortgeber für andere fungiert. Seither interessierte ihn das ganze Genre nicht mehr.

Sie hatte mit ihrer demütigsten Kindergartenstimme betont, wie wichtig diese Sendung für sie sei. Nicht nur wegen der eigenen Karriere, die stelle sie gern zurück, sondern vor allem auch wegen Tom. Weil ihn das bei den Leuten bestimmt noch beliebter machen würde, so als Lebenspartner eines Fernsehstars. Das könne für die Schweiz so etwas werden wie David Beckham und Posh Spice.

Wer Beckham war, wusste Eidenbenz. Und dass Tom Keita noch populärer werden sollte, als er ohnehin schon war, das passte exakt in seine Pläne.

»Na schön«, hatte er gesagt. »Dann sollen die halt ihre Probeaufnahmen um ein paar Tage verschieben. Das wird ja wohl möglich sein.«

»Vielleicht. Aber ich kann es nicht riskieren, sie darum zu bitten. Man will ja nicht gleich bei der ersten Begegnung zickig wirken. Andererseits würde ich Ihnen so gern den Gefallen tun. Wirklich, Herr Eidenbenz …« An dieser Stelle hatte sie die Stimme brechen lassen. »… ich weiß überhaupt nicht, was ich tun soll.«

Bei den Männern, vor allem bei den nicht ganz jungen, kam es immer gut an, wenn man auf hilfloses kleines Mädchen machte. Um die Wirkung zu verstärken, hatte sie sogar ein bisschen geweint. Am Telefon, wo man keine echten Tränen brauchte, ging das, ohne das Make-up zu gefährden.

»Das lässt sich schon irgendwie regeln«, hatte Eidenbenz tröstend gesagt.

»Ich würde die Sendung halt so gern präsentieren«, hatte sie geschnieft.

»Ich kümmere mich darum. Sorg du dafür, dass ihr beide auf euren Fotos gut ausseht.«

»Versprochen.«

An dieser Stelle hatte sie, weil alles so perfekt klappte,

ein bisschen kichern müssen. Aber das hatte er wohl für einen Schluchzer der Erleichterung gehalten.

»Lass mich nur machen, Mädchen.« Eidenbenz' Onkelstimme, das hatte einmal ein Zeitungsschreiber prophezeit, würde ihn irgendwann noch bis in den Bundesrat bringen. »Der Leuenberger hat zwar die besseren Texte«, hatte in dem Artikel gestanden, »aber der Eidenbenz versteht sich auf die Melodie.«

»Lass mich nur machen«, hatte er gesagt. Hatte ihr praktisch versprochen, dass sie den Job beim Fernsehen bekommen würde. Wie er das anstellen wollte, hatte er ihr nicht verraten, nur, dass es in der SRG noch nie in erster Linie ums Programm gegangen sei, sondern immer um die Politik. Und von Politik verstünde er was. »Du wirst schon sehen, Mädchen, der Eidenbenz kriegt das für dich hin.«

Claudia streckte ein wohlgeformtes Bein aus dem Wasser und betrachtete es wohlgefällig. Schade, dass ganz kurze Röcke im Moment nicht in waren. Und als Fernsehpräsentatorin wurde man von irgendwelchen Modefirmen eingekleidet, die natürlich ihre aktuellen Eigenkreationen präsentieren wollten. ›Vielleicht‹, dachte sie und war der Wirklichkeit damit schon sehr weit voraus, ›vielleicht kann man ja in einer Sendung mal eine entsprechende Frage einbauen. Wann der Bikini erfunden wurde, oder so etwas. Und ich mache dann selber das Model.‹

Sie begann plötzlich laut zu lachen und hätte nicht sagen können, warum. Vielleicht, weil sie es selber lächerlich fand, wie sie schon Auftritte plante, obwohl das Fernsehen sie noch nicht einmal angefragt hatte. Oder aus dem Triumph heraus, dass sie alles richtig gemacht hatte. Genau wie man es machen muss, wenn man es zu etwas bringen will im Leben.

Vielleicht sollte sie doch einmal so einen Lebenshilfe-Artikel schreiben.

37

Wenn Mike die seltsamen Rituale, die man in diesem Land pflegte, auch nicht wirklich verstand, der 1. August unterbrach die Monotonie seiner Existenz doch auf sehr angenehme Weise. Zwar wurde das Haus, in dem er mit den beiden anderen untergebracht war, auch an diesem Tag um neun Uhr geschlossen und durfte erst abends um sieben wieder betreten werden, aber die Zeit verging schneller als sonst, weil es im Dorf einiges Ungewöhnliche zu beobachten gab. Von einer amtlichen Vorschrift zehn Stunden täglich zum Spazierengehen verpflichtet, ist man für jede Abwechslung dankbar.

Wenn man darüber nachdachte, gehörten im Grunde auch die Schließzeiten ihrer Schlafstelle zu den lokalen Gebräuchen, die man als Außenstehender nicht wirklich verstehen konnte. Warum gerade neun Uhr und sieben Uhr? Jeden Tag, außer am Sonntag? Es war ja nicht so, dass das Gebäude zwischen diesen Zeiten für irgendetwas anderes gebraucht wurde. Es wäre auch nicht für vieles zu gebrauchen gewesen. Schließlich, und das merkte man ihm an, hatte es schon seit Längerem leer gestanden und sollte eigentlich bereits abgerissen sein. Aber dann war wohl eine Bewilligung nicht rechtzeitig eingetroffen – in diesem Land, so viel hatte Mike verstanden, brauchte man für alles, was man vorhatte, eine Bewilligung –, oder das Geld für einen geplanten Neubau war einfach nicht da gewesen.

So oder so: Das Haus stand leer. Und trotzdem wurde seine Tür an jedem Morgen um neun Uhr zugesperrt und erst am Abend um sieben Uhr wieder aufgeschlossen. Und zwar pünktlich. Es war schon mehr als einmal vorgekommen, dass sie alle drei schon ein paar Minuten vor der Zeit dagestanden hatten, und auch Frau Abderhalden, die über den Schlüssel verfügte, bereits eingetroffen war. Sie hatten dann jeweils gemeinsam gewartet, die drei auf der einen Seite des Eingangs und Frau Abderhalden auf der andern, und erst wenn die Kirchturmuhr die volle Stunde schlug, hatte sie den Schlüssel ins Schloss gesteckt und umgedreht. Nicht etwa schon wenn die hellere Glocke die vier Viertel anzeigte, sondern immer erst, wenn die tiefere mit ihren sieben Schlägen begann.

Wie gesagt: ein schwer verständlicher Brauch. Mike hätte nicht einmal zu sagen gewusst, ob er für die ganze Schweiz Gültigkeit hatte, nur für diesen speziellen Kanton oder vielleicht sogar nur für das Dorf, in das man ihn geschickt hatte. Das hatte man ihm damals in der Kantonshauptstadt alles nicht gesagt. Man hatte ihm nur den Namen des Dorfes auf einen Zettel geschrieben und freundlicherweise auch noch die Abfahrtszeiten des Postautos dazu notiert. Es fuhr dreimal am Tag.

Nun ja, jedes Land hat seine Traditionen, die man als Fremder nicht nachzuvollziehen vermag. Er hätte ja auch Mühe gehabt, einem Ausländer zu erklären, was das für eine Frauenrevolte war, deren Gedenken man bei ihm zu Hause in Guinea jedes Jahr im August so feierlich beging.

Aber dass man die Türe ihres Hauses zu so exakten Zeiten auf- und zusperren musste ... Besonders seltsam wurde diese Pünktlichkeit durch die Tatsache, dass die Fenster des alten Gebäudes nicht richtig schlossen und man jederzeit auf diesem Weg hinein- und wieder hinausgelangen konnte. Manchmal, zum Beispiel wenn das Wetter plötzlich umschlug und sie nicht daran gedacht hatten, ihre Regenjacken mitzunehmen, taten sie das auch. Aber immer nur ganz schnell und heimlich. Sich nicht an die Regeln zu halten, das hatte man jedem von ihnen bei der Ankunft im Dorf eingeschärft, würde, je nach der Schwere der Verfehlung, für einen oder mehrere Tage den Entzug der Verpflegungsgutscheine zur Folge haben.

Diese Gutscheine, die ihnen Frau Abderhalden an jedem Morgen in die Hand drückte, immer exakt um neun Uhr, das war auch so ein nationaler Brauch, den man wahrscheinlich nur wirklich verstehen konnte, wenn man hier aufgewachsen war. Sie lauteten auf acht Franken am Tag, einzulösen im Konsum, dem einzigen Laden im Ort. Das Problem bestand darin, dass man immer nur einen ganzen Gutschein einlösen konnte, keinen Bruchteil davon, es sei denn, man verzichte aufs Wechselgeld. Sie waren dadurch alle drei zu sehr guten Kopfrechnern geworden und kannten alle Kombinationen auswendig, die zusammen exakt acht Franken ergaben. Schwierig war es nur bei den Früchten, deren Preise jeden Tag wechselten. Aber Früchte konnten sie sich sowieso nur selten leisten.

Heute am Samstag war der Konsum geschlossen, zu Ehren des 1. August, hatte Frau Abderhalden gesagt. Am Freitag hatte man jedem von ihnen drei Gutscheine aufs Mal in die Hand gedrückt, vierundzwanzig Franken pro Person, mit denen sie sich für das Wochenende eindecken sollten. Der plötzliche Reichtum hatte allerdings einen Nachteil: Da sie ihr Haus ja tagsüber nicht betreten durften, mussten sie ihre Einkäufe den ganzen Tag lang in einer Plastiktüte mit sich herumtragen. Und da war die Gefahr groß, dass einen die Gier übermannte, sodass man dann am Sonntag nichts Essbares mehr übrighatte.

Nur bei U, der immer so beherrscht war, stand das nicht zu befürchten. Er hieß natürlich nicht wirklich U, das war nur der erste Teil seines schwer auszusprechenden Namens. Aber sie nannten ihn so, weil das einfacher war. U war Burmese und früher einmal Mönch gewesen. Zumindest glaubte Mike das verstanden zu haben. Es ist nicht leicht, sich miteinander zu unterhalten, wenn eine gemeinsame Sprache fehlt. U redete etwas, das er selber, wie sie nach einiger Zeit herausgefunden hatten, für Englisch hielt. Er hatte es wohl heimlich gelernt, aber nur aus einem Buch, ohne je mit der gesprochenen Sprache in Kontakt gekommen zu sein. Dass sie ihn nicht verstanden, schien ihn nicht weiter zu stören und hinderte ihn auch nicht daran, immer weiter freundlich zu lächeln.

Mit U war gut auszukommen. Ihm fiel es auch am leichtesten, die langen Tage hinter sich zu bringen. Er besaß die beneidenswerte Fähigkeit, sich einfach irgendwo hinzusetzen, unter einen Baum beispielsweise, und die Zeit vergehen zu lassen.

Sie gingen oft in den Wald, nicht aus Liebe zur Natur, sondern weil sie dort niemanden störten. Im Dorf, das hatten sie bald gelernt, waren sie nicht so gern gesehen. Ein

Weilchen lang hatten sie, vor allem bei Regenwetter, den kleinen Unterstand benutzt, wo man auf das Postauto warten konnte, dreimal am Tag. Aber man hatte ihnen klargemacht, dass das nicht erlaubt war. Der Unterstand, das war wohl auch ein Gesetz, musste für Postautobenutzer frei bleiben, auch wenn nirgends ein solcher Benutzer zu sehen war und der nächste Bus erst in ein paar Stunden auf dem Fahrplan stand. Das gehörte auch zu den Gebräuchen des Dorfes. Irgendeine alte religiöse Überlieferung, vermutete Mike.

Der dritte Bewohner des Hauses hieß Abdullah und stammte aus dem Irak. Was er dort erlebt hatte und wie er es in die Schweiz geschafft hatte, darüber sprach er nicht. Er sagte überhaupt sehr wenig. Seine Erfahrungen hatten Narben hinterlassen, nicht an seinem Körper, sondern an ihm selber. Manchmal, wenn man ihm zu nahe kam, knurrte er wie ein Hund, und einmal hatte Mike ihn dabei beobachtet, wie er auf einer Waldlichtung ein Feuer anzündete und dann seine Hand darüber hielt, näher und länger, als ein Mensch das eigentlich aushalten konnte.

Sie schliefen im selben Raum, obwohl man das auch anders hätte regeln können, besonders jetzt im Sommer, wo man ja nicht zu heizen brauchte. Es gab da zwei altmodische Betten, die wohl früher einmal in einem Eheschlafzimmer gestanden hatten, und als Mike ankam, hatte man für ihn noch eine Klappliege dazugestellt, mit einer Matratze, die ein bisschen zu groß war. Aber es war nicht allzu unbequem, und es gab keinen Grund, sich zu beschweren.

Selbst wenn man gewusst hätte, an wen so eine Beschwerde zu richten wäre.

In der Küche gab es zwei Kochplatten, die man aber nicht gleichzeitig einschalten durfte, weil die Sicherungen dafür zu schwach waren. Bei den aktuellen Temperaturen wäre auch ein Kühlschrank nützlich gewesen, aber andererseits blieb von ihrer täglichen Ration selten so viel übrig, dass es eine sorgfältige Aufbewahrung verdient hätte.

Und vielleicht hätte ein solches Gerät ja auch den lokalen Gebräuchen widersprochen.

Am Morgen dieses 1. August waren sie von einer Schießerei geweckt worden. Aus dem Fenster hatte man Männer sehen können, die mit Gewehren auf dem Rücken durch die Straße gingen. Abdullah war in Panik geraten und hatte versucht, sich unter seinem Bett zu verkriechen. Aber Frau Abderhalden hatte ihnen dann erklärt, dass die Männer nicht aufeinander schossen, sondern auf Zielscheiben, und dass da kein Krieg und kein Putsch im Gange war, sondern wieder nur ein alter Brauch. Dann hatte sie, präzis um neun Uhr, die Haustüre abgeschlossen und ihnen einen schönen Tag gewünscht.

An vielen Häusern hingen heute Fahnen. Mike fiel auf, dass die Schweizer Farben sehr gut zu den Geranien auf den Fensterbrettern passten. Er wusste aber nicht, ob das Zufall war oder Absicht.

Es musste ein wichtiger Feiertag für die Schweiz sein, der wichtigste vielleicht überhaupt, aber seltsamerweise waren die Leute trotzdem nicht so festlich gekleidet wie am Sonntag, wenn sie zur Kirche gingen.

Am Abend versammelte sich das ganze Dorf auf der Wiese am Berghang. Dort war ein großer Holzstoß aufgebaut. U, sie verstanden es mehr aus seinen Gesten als aus seinen Worten, war überzeugt, dass jemand Wichtiges im Dorf gestorben sein musste und jetzt hier kremiert würde. Er war das aus seinem Land so gewohnt. Aber es wurde dann niemand verbrannt, zumindest nicht so, dass man es sehen konnte.

Der Gemeindepräsident hielt eine Ansprache, in der er sich auch ganz direkt an Mike, U und Abdullah wandte. Sie könnten glücklich sein, sagte er, dass die Schweiz eine so alte Tradition der Gastfreundschaft habe und sie deshalb in der Gemeinde so freundliche Aufnahme gefunden hätten. Alle Leute schauten zu ihnen hin, was Mike sehr unangenehm war. Aber man wandte sich bald anderen Dingen zu; es gab gebratene Würste, und die jungen Leute schossen Raketen ab. Als die erste losging, warf sich Abdullah auf den Boden und verbarg seinen Kopf in den Armen. Er musste wirklich Schlimmes durchgemacht haben.

Dann, als es dunkel war, wurde der Holzstoß angezündet. Von ferne konnte man sehen, dass auch an anderen Abhängen Feuer brannten. Mike hätte gern jemanden gefragt, welche Bedeutung das hatte, aber er störte dann doch lieber niemanden in seiner Festfreude.

Es war schließlich seine eigene Schuld, wenn er die Schweizer Volksbräuche nicht kannte.

38

Ich kündige«, sagte Guido Kräpelin. »Ich gebe meinen Job beim Fernsehen auf.«

Sein Freund Hubert schien die dramatische Ankündigung nicht zu hören und rührte weiter mit der Konzentration eines Gehirnchirurgen in der Saucenpfanne.

Kräpelin stellte sein Weißweinglas so heftig auf die Platte des Küchentischs, dass der teure Sancerre überschwappte. »Versuch nicht, es mir auszureden. Mein Entschluss steht fest. Morgen, gleich als Erstes, setze ich mich an den Computer und schreibe meinen Kündigungsbrief.«

Hubert wandte den Blick immer noch nicht von der Pfanne ab. »Warum ist es diesmal?«, fragte er.

»Diesmal?« Kräpelin nahm beleidigt einen Schluck Wein. »Man könnte meinen, ich beschließe das jede Woche.«

»So einmal im Monat kommt es schon vor.«

»Erstens stimmt das nicht«, sagte Kräpelin würdevoll, »und zweitens tue ich es diesmal wirklich.«

»Können wir das nicht beim Essen besprechen? Der Fisch ist gleich fertig. Und meine Sauce …«

»Deine Sauce! Deine Sauce! Gibt es nichts Wichtigeres auf der Welt? Wenn ich bald nichts mehr verdiene, werden wir uns auf Tütensaucen aus dem Denner umstellen müssen!«

Hubert schaltete widerstrebend den Herd aus. Gas natürlich, nicht diese elektrischen Platten, bei denen man die Hitze nie fein genug dosieren kann. Mit einem letzten sehnsüchtigen Blick in Richtung Pfanne setzte er sich zu seinem Freund an den Tisch. Wenn der Fisch jetzt völlig verkochte – seine Schuld war es nicht.

»Was ist denn passiert?«, fragte er.

»Es interessiert dich ja nicht wirklich.« Aber das war nur noch ein Rückzugsgefecht. Guido Kräpelin brannte darauf, jemandem die Geschichte von der bodenlosen Gemeinheit zu erzählen, die man ihm angetan hatte. Aus heiterem Himmel.

»Du weißt doch, dass ich an diesem neuen Quiz arbeite?«

Ja, Hubert wusste es. Er wusste auch, dass Guido diese neue Sendung hasste, noch bevor sie erfunden war. Er hatte in diesem Zusammenhang schon mindestens drei Mal gedroht, seinen Job aufzugeben. Erstens weil die Pressestelle die Sendung angekündigt hatte, ohne diese Meldung vorher mit ihm abzustimmen. Zweitens weil Quizsendungen seiner Meinung nach ein alter Hut und völlig out waren. Und drittens ... An das Drittens konnte sich Hubert im Moment nicht erinnern, aber es hatte bestimmt eines gegeben.

»Natürlich, das neue Quiz. Hast du jetzt eine Idee für das Konzept?«

Das war die falsche Frage.

»Das spielt jetzt keine Rolle mehr. Wo ich definitiv kündige. Soll sich doch mein Nachfolger um den Scheiß kümmern.«

Er hatte also noch keine Idee.

»Weißt du, was die heute allen Ernstes von mir verlangt haben?«

»Erzähl«, sagte Hubert und schenkte sich auch ein Glas Sancerre ein. Der Fisch war sowieso nicht mehr zu retten. »Erzähl mir ganz genau, was sie meinem armen Liebling angetan haben.«

Passiert war Folgendes: Studacher, Kräpelins Abteilungsleiter, war zu ihm ins Büro gekommen und furchtbar freundlich gewesen. Das war schon mal ein schlechtes Zeichen. Vorgesetzte sind immer dann besonders nett, wenn sie etwas von einem wollen. Wenn sie sich auch noch verpflichtet fühlen, einem auf die Schulter zu klopfen und dabei ein breites Lächeln aufzusetzen, dann bedeutet das in der Regel, dass es sich um etwas wirklich Unangenehmes handelt. Studacher war sehr, aber schon sehr freundlich gewesen. Zuerst hatte er nur ein bisschen geplaudert, über das Thema, das überall im Haus besprochen wurde: der neue Superdirektor für Radio und Fernsehen, und was das wohl für Auswirkungen haben würde. Als wäre Studacher nur zu einem Schwätzchen vorbeigekommen.

»Hat auf Kumpel gemacht«, sagte Guido Kräpelin. »Hat gedacht, ich würde auf seine Heuchelei reinfallen. Diese Hetis halten einen wirklich für blöd.«

Ja, bestätigte Hubert, das habe er auch schon oft beobachtet. Dann hatte Studacher ganz plötzlich das Thema gewechselt. »Wie weit bist du denn mit dem neuen Quiz?«, hatte er gefragt, und Kräpelin hatte zugeben müssen, dass er ein konkretes Konzept, so ein richtig endgültig ausgefeiltes, wohl noch nicht in den allernächsten Tagen würde vorlegen können.

Studacher hatte ihn nicht gedrängt, was auch wieder sehr verdächtig gewesen war. Hatte nicht einmal auf den Fristenplan verwiesen, nach dem das Konzept schon seit mehr als einem Monat … Im Gegenteil, er hatte genickt, wie bei einer wirklich guten Nachricht, und gesagt: »Das ist ja wunderbar.«

Kräpelin machte eine dramatische Pause.

Hubert wusste, dass das sein Stichwort war, und versuchte, möglichst viel fassungsloses Staunen in seine Stimme zu legen. Obwohl ihn diese dauernden Erzählungen von irgendwelchen Bürokriegen eigentlich schon immer gelangweilt hatten. »›Wunderbar‹ hat er gesagt?«

»Wörtlich! Und weißt du warum?«

Hubert wusste es nicht.

»Da kannst du am Konzept ja noch Anpassungen vornehmen«, hatte Studacher gesagt. »Entsprechend der Persönlichkeit der Präsentatorin.«

Dabei hatte Kräpelin noch nicht einmal angefangen, über diese Besetzung nachzudenken.

Er wolle ihm natürlich nichts aufzwingen, hatte Studacher gesagt, Kräpelin wisse ja, dass es ihm fernliege, absolut fern, sich in die Entscheidungen seiner Mitarbeiter einzumischen. Vor allem, wenn sie so viel Erfahrung hätten wie sein lieber Freund Guido. Nein, er habe sich nur gerade ganz zufällig mit der Fernsehdirektion über dieses Thema unterhalten, und da seien sie, ganz spontan, auf einen Namen gekommen, der ihnen gar nicht schlecht gefalle. Überhaupt nicht schlecht gefalle. Natürlich sei Kräpelin in seiner Entscheidung frei, hundertprozentig, aber er solle doch einmal darüber nachdenken. Ganz unverbindlich.

»Und weißt du, wen er mir vorgeschlagen hat?«

Hubert wusste, was von ihm erwartet wurde, und machte sein fragendstes Gesicht.

»Die Freundin von diesem afrikanischen Fußballer. Von Tom Keita. Diese Claudia.«

»Was? Die Tussi?«

»Genau! Dieser menschgewordene Blondinenwitz! Die sich das Hirn hat aus dem Kopf blasen lassen, damit die Frisur besser hält! Als Präsentatorin meiner Sendung!«

»Du hast natürlich Nein gesagt.«

Guido Kräpelin nahm einen tragischen Schluck Sancerre. »Da merkt man, dass du vom Schweizer Fernsehen keine Ahnung hast. Das habe ich natürlich nicht getan. Weil es nichts genutzt hätte. Ein Vorschlag aus der Direktion, das ist für einen Redaktionsleiter etwa so unverbindlich wie ... wie ...« Es dauerte ein Weilchen, bis er den richtigen Vergleich gefunden hatte. »So unverbindlich wie eine päpstliche Bulle für einen Dorfpfarrer!«

»Aber warum ...?«

»Keine Ahnung. Da muss irgendetwas gelaufen sein, von dem ich nichts weiß.«

Was gelaufen war und wovon Kräpelin nichts wusste, war eine Dienstreise in den Pazifik. Und die wiederum hing damit zusammen, dass das Schweizer Fernsehen seinen Domainnamen geändert hatte. Aus www.sf.ch war irgendwann einmal www.sf.tv geworden, und die Domain .tv gehörte ja eigentlich zum Inselstaat Tuvalu, von dem man sie über einen Zwischenhändler gemietet hatte. Da war es nicht mehr als ein selbstverständlicher Akt internationaler Höflichkeit gewesen, eine Delegation der Generaldirektion zu einem Dankesbesuch nach Tuvalu zu entsenden. Mit dem Auftrag, dort gleichzeitig auch die Mediensituation in einem anderen Kleinstaat zu studieren. Tuvalu war verkehrstechnisch schwer erreichbar, und via Fidschi dorthin zu fliegen wäre aus ökologischer Sicht völlig unverantwortbar gewesen. Der Besuch hatte deshalb per Kreuzfahrtschiff stattgefunden.

Die Information über diese höchst harmlose Dienstreise, die wirklich nur betriebsintern von Interesse sein konnte, war durch eine bedauerliche Kommunikationspanne einem leitenden Mitglied der Regionalgesellschaft SRG idée suisse Deutschschweiz zu Ohren gekommen, einem Parteipolitiker, der das Thema eigentlich bei der nächsten Delegiertenversammlung hatte zur Sprache bringen wollen. Da er zur selben Partei gehörte wie Eidenbenz, hatte auch der davon erfahren und als alter Politprofi sofort die Möglichkeiten erkannt, die sich aus der Situation ergaben. Er hatte deshalb seinen Parteikollegen davon überzeugt, die Delegierten nicht mit dem Thema zu belästigen, denn was in so einer Trägerschaftsversammlung besprochen wird, interessiert die Öffentlichkeit etwa so viel wie die exakte Anzahl der Löcher in einem Laib Emmentaler. Statt also das Thema auf dieser Ebene zu verschießen, hatte er es sich lieber aufgespart. Man weiß schließlich spätestens seit Wilhelm Tell, dass es sich immer empfiehlt, den einen oder anderen Pfeil als Reserve im Köcher zu haben.

Um das Versprechen, das er Claudia gegeben hatte, einzulösen, war dann nur ein Anruf nach Bern nötig gewesen, eine kurze, harmlose Plauderei über die Annehmlichkeiten von Kreuzfahrtschiffen und die landschaftlichen

Reize südlicher Atolle. Übrigens, hatte er dann gesagt, als er seinen Gesprächspartner genügend verunsichert hatte, übrigens, es sei ja weiß Gott nicht seine Sache, sich in die Geschäfte der SRG einzumischen, aber es sei ihm da eine lustige Idee gekommen, eine idée suisse sozusagen, und da man sich sowieso schon so nett unterhalte, könne es ja nicht schaden, wenn er die Gelegenheit benutze, sie bei seinem Gesprächspartner zu deponieren. Er habe da in seinem Fußballklub diesen Afrikaner, den Tom Keita, und dessen Verlobte sei einmal Miss Swiss gewesen oder doch beinahe. Man müsse als Vereinspräsident immer auch ein bisschen an den PR-Aspekt denken, und eine bessere PR könne es gar nicht geben, als wenn diese Verlobte … Aber wie gesagt, das sei natürlich nur eine völlig laienhafte Überlegung.

Worauf die Generaldirektion bei der Fernsehdirektion anrief, ausdrücklich betonend, dass man in Bern keineswegs die Absicht habe, sich ins Leutschenbacher Tagesgeschäft einzumischen. Nicht die geringste Absicht.

Und wenig später unterhielt sich dann die Fernsehdirektion mit der Abteilungsleitung, und man kam im Gespräch ganz spontan auf einen Namen, der für die Präsentation der neuen Quizsendung gar nicht so völlig undenkbar war. Aber natürlich nur, wenn er auch ins Konzept des zuständigen Redaktionsleiters passte.

Aber eben: Von alldem wusste Guido Kräpelin nichts. Er wusste nur, dass man ihm eine Präsentatorin aufoktroyieren wollte, die nie, aber wirklich nie für diesen Job infrage kam.

»Nur über meine Leiche!«, sagte er beim letzten Schluck Sancerre. »Gleich morgen schreibe ich meine Kündigung.«

»Tu das«, sagte Hubert. »Aber mach jetzt keine zweite Flasche mehr auf. Wir müssen auswärts essen gehen. Meine Sauce ist nicht mehr zu retten.«

39

Ich hatte Ihre Studenten anders erwartet«, sagte Eidenbenz.

Der Sommerkurs zum Thema *Demoskopie: Werkzeug oder Selbstzweck?* war gerade zu Ende gegangen, und er war immer noch überrascht, dass seine Ausführungen auf ein so positives Echo gestoßen waren. Er hatte dem knappen Dutzend Teilnehmern eine Doppelstunde lang versichert, dass Meinungsumfragen für einen richtigen Politiker – »und ich bin ein richtiger, das können Sie mir glauben, meine Damen und Herren!« – zwar nützlich, aber niemals entscheidend sein könnten. Ein Werkzeug, warum nicht? Aber Selbstzweck? Niemals! »Politisieren muss man nach seinen Überzeugungen«, hatte er gesagt, »und nicht nach irgendwelchen weltanschaulichen Tagesmoden. Auch wenn morgen eine Umfrage ergibt, dass Leute in Badehosen beliebter sind als andere, fahre ich trotzdem nicht im Bikini zur nächsten Session.« Er hatte sein patentiertes Lachen gelacht, und die Studenten hatten eingestimmt. Er konnte es immer noch nicht fassen. Nicht eine einzige wirklich kritische Frage hatten sie ihm gestellt. Und dabei waren diese Studenten doch alle links. Schon immer gewesen.

»Das ischt früher einmal gwää«, sagte Dr. Häberle in seinem fürchterlichen Schwäbisch. »Diese Generation will die Welt nicht mehr verändern. Sie will darin etwas werden. Karriere statt Klassenkampf. Es würde mich nicht wundern, wenn der eine oder andere meiner Studenten bereits Mitglied Ihrer Partei wäre. Nur schon wegen der nützlichen Kontakte, die man dort knüpfen kann. Wenn Sie wollen, kann ich Ihnen eine ganz aktuelle Untersuchung über die Lebensplanung von Akademikern in der Wirtschaftskrise …«

»Ein anderes Mal gern.« Dr. Häberle war sichtlich enttäuscht.

Eidenbenz hatte Häberles Einladung auch deshalb angenommen, weil er sich so für einmal ohne jede Geheimnistuerei mit dem Demoskopen treffen konnte. Auch der misstrauischste Journalist konnte nichts Auffälliges daran finden, dass ein Dozent seinen Gastredner hinterher noch zu einem Glas Tee in sein Büro einlud. Das heißt: Nur Dr. Häberle trank Tee. Kamille natürlich. Eidenbenz hatte das Angebot diskret schaudernd abgelehnt.

Dr. Häberle war nur Privatdozent, und sein Büro entsprechend klein. Eidenbenz hatte seinen Stuhl so unangenehm nahe an den Schreibtisch heranrücken müssen, dass er jetzt nicht einmal die Beine übereinanderschlagen konnte. Und an das Bier, das er jetzt gebraucht hätte, durfte er nicht einmal denken.

Ringsherum in den Regalen standen die Bücher militärisch stramm in Reih und Glied, und die Unterlagen auf der Tischplatte waren so perfekt ausgerichtet, dass auch nicht ein Blatt über die Kante seines Stapels hinausragte. Zu sagen, dass Dr. Häberle ein ordentlicher Mensch war, wäre eine Untertreibung gewesen. Er war in allem, was er tat, so pingelig, dass er wahrscheinlich sogar seine getragenen

Hemden nur frisch gebügelt in die Waschmaschine steckte. Überhaupt kein Typ, wie ihn Eidenbenz mochte.

Aber der Beste seines Fachs.

»Noch einmal vielen Dank, dass Sie sich für meine Studenten Zeit genommen haben«, sagte Häberle. Es klang wie die Ansage auf einem Telefonbeantworter. Auf einem schwäbischen Telefonbeantworter. Mit spitzen Fingern fischte er den Teebeutel aus seiner Tasse und deponierte ihn auf einem Stück Zeitungspapier, aus dem er sorgfältig ein präzises Päckchen faltete, bevor er das Ganze in den Papierkorb warf. Wie so oft, wenn er mit dem Demoskopen zu tun hatte, konnte Eidenbenz seine Ungeduld nur mühsam im Zaum halten. Aber wenn er einem auch noch so sehr auf die Nerven ging, in Sachen Meinungsforschung war dieser Langweiler nun mal der Guru aller Gurus.

Endlich war der Schreibtisch wieder zu Häberles Zufriedenheit aufgeräumt, und man konnte versuchen, sich vernünftig mit ihm zu unterhalten.

»Ich hätte da eine konkrete Frage ...«, setzte Eidenbenz an.

»Wegen Ihrer persönlichen Umfragewerte, nehme ich an. Die Zahlen sind ja, vorsichtig ausgedrückt, eher unerfreulich.« Häberle wiegte bedenklich den Kopf hin und her, ein Mediziner, der einem Patienten vorsichtig beizubringen versucht, dass seine Heilungschancen gering sind.

»Es geht nicht um meine persönlichen Werte.«

»Nicht?« Der Mediziner schaute jetzt so ungläubig, als habe ihm sein Patient eben erzählt, er sei nicht wegen seiner Krebsgeschwulst zu ihm gekommen, sondern nur um seinen Fußpilz behandeln zu lassen.

»Oder es geht doch nur indirekt darum. Ich habe darüber nachgedacht, was Sie mir letztes Mal gesagt haben. Sie erinnern sich doch?«

Die Vorstellung, dass er etwas vergessen könnte, ließ Dr. Häberle ein ganz beleidigtes Gesicht aufsetzen. »Wir sprachen von der suboptimalen Wirkung einer zu häufigen Iteration xenophober Argumentationsketten.« Er liebte Fremdwörter noch mehr als Kamillentee.

Eidenbenz brauchte einen Moment, bis er sich den Satz in vernünftiges Deutsch übersetzt hatte. »Die Leute mögen es nicht, wenn Sie allzu häufig auf den Ausländern rumhacken«, hieß das wohl.

»Ich glaube, ich habe da eine sehr gute Idee, um in dieser Hinsicht ein bisschen Gegensteuer zu geben. Die gut schweizerische Alinghi-Taktik gewissermaßen: dem politischen Gegner den Wind aus den Segeln nehmen, ohne dabei den eigenen Kurs zu ändern. Denn meinen politischen Überzeugungen bleibe ich selbstverständlich treu.«

»Selbstverständlich.«

»Es geht nur noch darum, den optimalen Zeitpunkt für die entsprechende Ankündigung zu finden. Vielleicht gibt es ja eine wissenschaftliche Methode, um den zu errechnen.«

»Es gibt für alles eine wissenschaftliche Methode.«

»Jetzt sofort kann es nicht sein. Die Leute sind gerade erst aus den Ferien zurückgekommen und interessieren sich noch nicht für Politik.«

»Eine sehr richtige Beobachtung. Ich habe vor Jahren einmal eine Untersuchung zur saisonalen Variation politischer Präferenzen durchgeführt, die ganz klar ergab ...«

Dr. Häberle wollte schon nach dem entsprechenden Ordner greifen. Eidenbenz unterbrach ihn schnell. Wenn man den Schwaben zu einem seiner Exkurse ansetzen ließ, das wusste er aus Erfahrung, dann dauerte es immer ewig, bis man ihn wieder beim Thema hatte.

»Ich sage immer: Bei Pressemeldungen ist es wie beim Sex. Wenn man im falschen Moment kommt, kann man alles verderben.« Er lachte sein Eidenbenz-Lachen, aber im Gegensatz zu seinen Studenten stimmte Häberle nicht mit ein. Ein Mann ohne jeden Humor.

»Ich habe mir gedacht«, fuhr Eidenbenz fort, »vielleicht mache ich es am besten gleich zu Beginn der Herbstsession. Sobald die Ersatzwahl in den Bundesrat vorbei ist. Allzu lang möchte ich es auf jeden Fall nicht hinausschieben.«

Häberle legte die Fingerspitzen seiner beiden Hände so sorgfältig aneinander, als ob er diese Geste zum ersten Mal in seinem Leben ausprobierte. Einen nach dem andern. Dann hüstelte er. »Ich könnte Ihre Frage wahrscheinlich besser beantworten, lieber Herr Eidenbenz, wenn Sie mir verraten wollten, um was für eine Ankündigung es sich handelt.«

»Natürlich. Klar. Blöd von mir.« Eidenbenz hatte sich so an Dr. Häberles Allwissenheit gewöhnt, dass er ganz automatisch angenommen hatte, der Meinungsforscher wisse auch in diesem Fall Bescheid. »Ich will den Leuten beweisen, dass ich gar nichts gegen Ausländer habe. Nicht prinzipiell. Dass ich die Einbürgerung von Einwanderern sogar befürworte.«

»Sie? Du liebes Herrgöttle von Biberach!«

»Wie bitte?«

»Da haben Sie sich keine ganz einfache Aufgabe gestellt«, dolmetschte Häberle.

»Umso mehr Aufmerksamkeit wird die Geschichte erregen.«

»Die Sie mir immer noch nicht erzählt haben.«

»Passen Sie auf! Ich stelle mich also vor die versammelten Presseleute hin und sage: ›Es gibt da einen ganz konkreten Fall, bei dem ich mich ganz persönlich, als Staatsbürger und Politiker, für die Einbürgerung eines Ausländers eingesetzt habe. Ein Schwarzafrikaner, der in unser Land gekommen ist, um an den Segnungen der Demokratie und der freien Marktwirtschaft teilzuhaben. Und ich freue mich, Ihnen heute mitteilen zu können, dass die zuständigen Stellen meiner Empfehlung gefolgt sind und dem Antrag schnell und unbürokratisch stattgegeben haben.‹ Und dann: Fanfare, Türe auf, und Tom Keita kommt herein. Was sagen Sie dazu?«

Dr. Häberle nahm seine schwarzgeränderte Brille ab, hauchte die Gläser an und rieb sie sauber. Er faltete das Taschentuch wieder zusammen, exakt Kante auf Kante, und fragte erst dann: »Tom Keita?«

»Wissen Sie nicht, wer das ist?«

»Doch, natürlich. Ein Fußballspieler.«

»Nicht einfach ein Fußballspieler. Der beste!«

Dr. Häberle griff nach seinem Teeglas, führte es halb zum Mund und stellte es wieder hin. »Ich verstehe nicht ganz«, sagte er.

»Das ist doch der absolute Hammer! Drei auf einen Streich! Erstens beweise ich damit, dass ich gar nichts gegen Einbürgerungen habe. Wenn sich jemand den roten

Pass ehrlich verdient hat. Zweitens wird die Nationalmannschaft verstärkt, was bei den Leuten bestimmt gut ankommt. Und drittens ist es auch noch Werbung für meinen Verein.«

»So weit ist mir das klar«, sagte Dr. Häberle. »Was ich nicht ganz verstehe, ist etwas anderes. Warum fragen Sie mich nach dem idealen Zeitpunkt für so eine Ankündigung? Wo die Geschichte doch bereits bekannt ist.«

»Kein Mensch weiß davon«, protestierte Eidenbenz.

»Ich glaube, da irren Sie sich.« Dr. Häberle klappte sein Notebook auf. »Haben Sie heute noch nicht in den Blog von dieser Kassandra reingeschaut?«

»Für solche Spielereien habe ich keine Zeit.«

»Sollten Sie aber.« Häberles Finger hüpften in überraschender Gelenkigkeit über die Tastatur. »Sodele«, sagte er nach wenigen Sekunden. »Da haben wir's ja schon.« Er drehte den Computer um, sodass Eidenbenz jetzt den Artikel lesen konnte. ›Das jüngste Gerücht‹ stand als Titel über der Seite. Und darunter: ›Fußballspieler als Spielball: Eidenbenz will mit Keita punkten‹.

Wie zum Teufel hatte das passieren können?

40

Im Militär ist der bestimmt Korporal«, flüsterte Mirko Milatovic.

Dass er es nicht laut sagte, hatte nichts mit Schüchternheit zu tun. Wenn es darum ging, das Maul aufzureißen, hatte der Verteidiger noch nie Hemmungen gekannt. Aber jetzt reichte die Luft in seinen Lungen einfach nicht für mehr.

Heute war ein Krähenbühl-Tag, und es gab wenig, was die Spieler so hassten, als wenn der Assistenztrainer ihre Fitnessübungen leitete. Der Trainer schaute sich irgendwo ein hochgelobtes Jungtalent an, und Krähenbühl genoss die geborgte Macht. Es machte ihm sichtlich Spaß, die Spieler, die so viel mehr verdienten als er, einmal nach Strich und Faden schikanieren zu dürfen. Seine Kommandos würzte er mit sarkastischen Kommentaren, über die allerdings nur die ganz jungen Nachwuchsspieler lachten. Die hätten noch ganz anderes auf sich genommen, um ihre Chancen zu verbessern, irgendwann einmal in der Startaufstellung der Mannschaft zu figurieren.

»Ich kann mir ihn gut in Uniform vorstellen«, flüsterte Tom Keita zurück. »Aber doch eher als Briefträger.«

Mirko lachte, und das war ein großer Fehler. Krähenbühl hatte zwar nicht gehört, was sie gesagt hatten, aber gute Laune war ihm bei seinen Trainings generell suspekt.

»Ach, die Herrschaften amüsieren sich? Da muss ich wohl auch etwas zum allgemeinen Vergnügen beitragen und die Frequenz ein bisschen erhöhen.«

Ein allgemeines Stöhnen war die Antwort, was Krähenbühl befriedigt zur Kenntnis nahm. Er hatte für heute eine nicht enden wollende Serie von Temposprints angesetzt, und die Verschnaufpausen waren schon vorher so kurz gewesen, dass sie nicht mal zu einem richtigen Durchatmen reichten. Jetzt wurden sie noch kürzer.

»Los!«, rief Krähenbühl.

Tom musste die Zähne zusammenbeißen, um nicht hinter Mirko zurückzubleiben. Bei dem Fototermin auf dieser doofen Insel war Klara Holzer auf den neckischen Gedanken gekommen – »das wird meinen Lesern bestimmt gefallen!« –, dass er sich am Strand schlafend stellen und Claudia ihn im Sand eingraben sollte. Und dabei hatte ihn irgend so ein giftiges Insekt in den Hintern gestochen. Die Schwellung war immer noch nicht ganz abgeklungen.

»Tempo, Tempo!«, rief Krähenbühl. »Slow Motion gibt's im Fernsehen, aber nicht im Training.«

»Irgendwann bring ich ihn um«, keuchte Mirko.

»Ich helfe dir dabei«, keuchte Tom zurück. Wahrscheinlich hätte Krähenbühl noch zehnmal »Los!« gerufen, wäre da nicht plötzlich ein fremder Mann aufgetaucht.

Rannte einfach quer über den Trainingsplatz. Direkt auf Tom zu.

›Ein wild gewordener Fan‹, dachte der zuerst. Es wäre nicht das erste Mal gewesen, dass ein Anhänger des Klubs aus lauter Begeisterung über den Zaun kletterte. Allerdings trugen die typischen Trainingszuschauer nur selten Anzug und Krawatte.

Der Mann kam bei ihm an und streckte ihm etwas entgegen. Es war aber nicht das erwartete Autogrammbuch, sondern ein Handy.

»Ein Anruf für Sie, Herr Keita«, sagte er und war nach der kurzen Strecke über das Feld so außer Atem, als ob er sämtliche Temposprints mitgemacht hätte.

Noch bevor Tom das Telefon nehmen konnte, kam Krähenbühl herbeigestürmt. »Was fällt Ihnen ein?«, schrie er den Störenfried an. »Das ist doch hier kein öffentlicher Spazierweg! Wer sind Sie überhaupt?«

»Schneebeli ist mein Name.« Der Mann richtete seine vom Rennen verrutschte Krawatte. »Ich bin der neue Leiter Öffentlichkeitsarbeit.«

Er war also nicht über den Zaun geklettert, sondern nur vom Klubhaus herübergekommen.

»Und was wollen Sie hier? Das Training stören? Ich wusste gar nicht, dass das die Aufgabe von euch Werbefritzen ist.«

»Herr Keita wird am Telefon verlangt.«

Krähenbühl, der schon von Natur aus einen roten Kopf hatte, lief noch dunkler an. »Telefon? Mitten im Training? Jetzt hören Sie mal gut zu, Herr Schneebeli! Mit Ihrem verdammten Telefon können Sie von mir aus den Papst beim Beten stören oder den Bundesrat beim Regieren. Aber nicht mein Training! Wenn Sie nicht in null Komma plötzlich hier verschwinden …«

Seine Schimpfkanonade wäre wohl noch ein Weilchen so weitergegangen, wenn Schneebeli nicht das Zauberwort gesagt hätte. Das einzige Wort, das die Macht hatte, Krähenbühl sofort zum Verstummen zu bringen.

»Eidenbenz«, sagte Schneebeli.

»Was?«

»Herr Eidenbenz will mit Herrn Keita sprechen. Und zwar sofort.« Wieder streckte er dem immer noch zögernden Tom das Handy hin.

»Wenn es denn unbedingt sein muss«, grummelte der Assistenztrainer. Er sah demonstrativ auf die Uhr, und als Tom immer noch zögerte, fauchte er ihn an: »Jetzt nimm das Handy schon, Keita! Oder brauchst du eine spezielle Einladung? – Und die andern: Los, los, los! Wir sind hier nicht auf dem Pausenplatz!«

Und die Sprints gingen wieder los.

»Keita!« Eidenbenz hatte lange warten müssen und brüllte jetzt umso mehr. »Verdammt noch mal, Keita! Wie konnte das passieren?«

Tom war so verwirrt, dass er zuerst meinte, der Vereinspräsident wolle sich nach dem Insektenstich an seinem Hintern erkundigen. »Es war bei diesen Fotoaufnahmen«, begann er deshalb. »Für die *Schweizer Illustrierte*. Frau Holzer wollte, dass ich mich in den Sand lege, und da …«

»Frau Holzer! Natürlich! Und du musstest bei ihr natürlich das Maul aufreißen!«

»Nein, ich sollte mich schlafend stellen und Claudia …«

»Dabei hatte sie mir in die Hand versprochen, die Sache noch nicht zu publizieren.«

»Claudia?«

»Die Süßholzer! Und sie hätte sich auch daran gehalten.

Es ist ja nicht das erste Mal, dass wir so einen Deal miteinander machen. Aber wenn du natürlich den Mund nicht halten kannst und ihr alles erzählst …«

»Was sollte ich ihr denn …?«

»… dann ist sie an unsere Abmachung nicht mehr gebunden. Dann bist du eine unabhängige Quelle, und ich kann ihr noch nicht einmal an den Karren fahren, wenn sie einen Artikel daraus macht!«

»Ich verstehe nicht …« Klara Holzer hatte doch gar nichts über den Insektenstich an seinem Hintern geschrieben.

Aber Eidenbenz war nicht in der Stimmung für Erklärungen. Zuerst musste er sich einmal leer schimpfen.

»Die Frau ist nicht blöd. Sie wusste, dass ich sauer werden würde, und hat es deshalb schlauerweise nur in ihrem Blog gemacht. Da kann sie immer abstreiten, dass sie überhaupt etwas damit zu tun hat. Obwohl natürlich jeder weiß, wer hinter dieser Kassandra steckt!«

»Kassandra? Blog?«

»Hast du das noch gar nicht mitbekommen? Ja, schaust du eigentlich überhaupt nie ins Internet?«, brüllte Eidenbenz.

Tom hätte erklären können, dass er das Internet eigentlich nur benutzte, um die Namen seiner Kollegen aus Guinea zu googeln, um festzustellen, wie es ihnen, dem Feinduno, dem Thiam und dem Jabi, bei ihren verschiedenen europäischen Vereinen erging. Aber er schwieg lieber, und die Frage war sowieso nur rein rhetorisch gewesen. Eidenbenz schimpfte schon wieder weiter.

»Der ganze Effekt verpufft! Und wofür? Für nichts und

wieder nichts! Am liebsten würde ich die Aktion abbrechen.«

»Welche Aktion?«

Es dauerte eine ganze Weile, bis Tom begriff, über was sich Eidenbenz so aufregte. Die Idee, dass er Schweizer werden sollte, war vorzeitig publik geworden, und aus irgendeinem Grund schien das den Vereinspräsidenten furchtbar zu ärgern.

Hinter ihm trainierten seine Kollegen unterdessen Sprints.

»Wirklich, Herr Eidenbenz, ich habe mit niemandem auch nur ein Wort …«

Er brach mitten im Satz ab, was Eidenbenz zum Glück nicht bemerkte. Ihm war plötzlich eingefallen, dass ›mit niemandem ein Wort‹ nicht wirklich stimmte. Er hatte mit jemandem darüber gesprochen. Mit Mirko Milatovic. Aber nur unter dem Siegel strengster Verschwiegenheit, und Mirko würde doch niemals …

Eidenbenz' Explosionen dauerten nie lange, und er fing schon wieder an, sich abzuregen. »Kann man nichts machen«, sagte er. »Das Kind liegt im Brunnen, und künstliche Beatmung wird auch nicht mehr viel nützen. Nun ja, mir wird schon etwas einfallen. Aber du hast mich sehr enttäuscht, Keita. Wirklich sehr enttäuscht.«

Klick.

Tom hätte das Handy wohl noch ein ganzes Weilchen angestarrt, aber Krähenbühl stand schon neben ihm. »Schau an«, sagte er sarkastisch, »der Herr Keita hat seine geschäftlichen Besprechungen tatsächlich schon beendet. Wie überaus freundlich von Ihnen. Wenn Sie uns also die

Ehre geben wollten, an unseren bescheidenen Übungen wieder teilzunehmen?«

Diesmal lachten nicht einmal die Nachwuchsspieler.

Herr Schneebeli von der Öffentlichkeitsarbeit nahm sein Handy wieder entgegen und marschierte quer über den Platz in Richtung Klubhaus. Er tat es sehr viel langsamer als bei seiner Ankunft. Seine feinen Schuhe waren wirklich nicht für Rasen gemacht.

Während des ganzen restlichen Trainings war Tom nicht bei der Sache. Beim abschließenden Spiel vier gegen vier wurde er ein ums andere Mal umdribbelt und musste sich von Krähenbühl noch mehr bissige Kommentare anhören. Aber Ärger mit dem Assistenztrainer zu haben war nicht weiter schlimm. Ärger mit Eidenbenz, das war ein echtes Problem. Denn es war Eidenbenz, der die Verträge mit den Spielern abschloss und unterschrieb.

Oder eben nicht unterschrieb.

Nach dem Training, nahm sich Tom vor, musste er Mirko unbemerkt zur Seite nehmen. Nicht um herauszufinden, ob sich sein Kollege irgendwo verplaudert hatte. Das war jetzt gar nicht mehr wichtig. Aber Mirko war der Einzige, der ihm wahrscheinlich einen vernünftigen Rat geben konnte. Wegen Eidenbenz und wegen der Einbürgerung und überhaupt.

Er kam nicht dazu. Vor dem Klubhaus lauerte die Reporterin eines Lokalradios, streckte ihm ihr Mikrofon ins Gesicht und überschüttete ihn mit einem Wasserfall von Fragen. Ob die Meldung heute im Internet stimme? Wann es definitiv so weit sein würde? Ob sich Ottmar Hitzfeld schon bei ihm gemeldet habe? Und ob er nicht so gut sein wolle, seine neue eidgenössische Identität auch praktisch unter Beweis zu stellen und einmal kurz ins Mikrofon zu jodeln? Oder zumindest *»Chuchichäschtli«* zu sagen?

Als er sie endlich abgeschüttelt hatte, war Mirko bereits weggefahren. Und Tom graute davor, das Problem jetzt mit Claudia besprechen zu müssen.

41

Sie fanden Abdullah am Morgen.

Zuerst dachten sie, er sei, aus welchem Grund auch immer, ganz früh aus dem Haus gegangen, aber dann bemerkten sie, dass in seinem Bett das Leintuch fehlte, und das kam ihnen seltsam vor. Noch seltsamer war, dass seine Schuhe, ordentlich nebeneinander, immer noch in der Küche standen, wo er sie gestern geputzt hatte. Er besaß nur dieses eine Paar.

Sie riefen nach ihm und machten sich zunächst keine Sorgen, als sie keine Antwort bekamen. Es wäre nicht das erste Mal gewesen, dass er sich ein Versteck suchte, von irgendeiner Erinnerung oder einem bösen Traum verfolgt. Einmal, im Wald, hatte ihn das Geräusch einer Kettensäge aufgeschreckt, nur dieses Geräusch, das doch gar nichts Bedrohliches an sich hatte, und er hatte sich auf den Boden geworfen, sich mit den Händen in die feuchten Überreste von altem Laub gewühlt und versucht, sich zu verkriechen. U hatte damals beide Hände über ihn ausgebreitet, ohne ihn zu berühren, hatte etwas gesungen, das vielleicht ein Gebet aus seiner Heimat war oder auch nur ein Schlaflied für von Alpträumen geplagte Kinder. Und irgendwann hatte sich Abdullah dann wieder beruhigt. Sie hatten ihn nicht gefragt, was ihn so verängstigt habe. Er hätte es ihnen nicht sagen können, selbst wenn er gewollt hätte. Ihnen fehlte die gemeinsame Sprache.

Mike hatte Frau Abderhalden davon erzählt, hatte ihr gesagt, dass Abdullah krank sei und einen Arzt brauche, einen dieser speziellen Doktoren, die es verstehen, die Köpfe zu heilen und die Seelen. Sie hatte ihm auch versprochen, seine Bitte an den Gemeindepräsidenten weiterzuleiten. Man werde sich um das Problem kümmern, ganz bestimmt. Er hatte nie erfahren, ob letzten Endes etwas passiert war.

Sie entdeckten Abdullah auf dem Dachboden, dort, wo sie einmal das Nest eines Siebenschläfers gefunden hatten. Die Ziegel waren von vielen Stürmen durchgerüttelt, und der Aufwand, einen Dachdecker zu bestellen, hätte sich für das alte Haus nicht gelohnt. Es gab also genügend Licht, und sie konnten Abdullah deutlich sehen. Sie erkannten auch die Wäscheleine aus der Küche. Abdullahs Füße hingen nicht weit über dem Boden. Ein paar Zentimeter mehr, und er wäre noch am Leben gewesen.

Der Hocker, auf dem er gestanden und den er dann umgeworfen hatte, lag halb auf dem Leintuch, das doch eigentlich in Abdullahs Bett gehört hätte. Es war sorgfältig auf dem schmutzigen Bretterboden ausgebreitet. U versuchte zu erklären, in Abdullahs Land sei es üblich, Tote ohne Sarg, nur in ein Tuch gehüllt zu begraben, und der Iraker habe mit dieser Geste wohl darum bitten wollen, auch mit ihm so zu verfahren. Aber man verstand ihn nicht oder wollte ihn nicht verstehen. So oder so, gerade jetzt mochte niemand im Dorf von gewohnten Traditionen abweichen. Die Ordnung, die man in diesem Land so schätzte, war durch den Selbstmord schon viel zu sehr gestört worden.

Der Sarg, den sie dann für Abdullah brachten, war aus Fichtenholz, und der Geruch der frisch gesägten Bretter ließ Mike an die Schreinerei denken, in der er ein Weilchen gearbeitet und wo er auch seinen Unfall gehabt hatte. Er fragte sich, was Martin und die andern wohl machten, ob Hansueli immer noch alles besser wusste und ob Sven, der Hamburger Zimmermann, wohl schon wieder weitergezogen war. Er hatte ihnen immer mal schreiben wollen, aber gerade weil die Tage hier oben so voller langer, leerer Stunden waren, hatte er sich nie aufraffen können, den Brief auch tatsächlich zu beginnen.

Damals, im Krankenhaus, hatte ihm Gebi, der dritte der Kollegen, eine seiner Schnitzarbeiten mitgebracht, mit denen er sich die Winterabende vertrieb. Ein winziger Bauer stand da neben einem Fahnenmast, an dem man die Schweizer Farben richtig hissen und wieder senken konnte. Mike nahm sich vor, das kleine Kunstwerk auf Abdullahs Grab zu stellen, nicht weil es zu seinem Schlafgenossen gepasst hätte, sondern weil er nichts anderes besaß, das er dem Toten hätte schenken können. Es gab dann aber gar kein Grab. Sie hatten Abdullah verbrennen lassen, und was sie mit der Asche gemacht hatten, erfuhr Mike nicht.

Wahrscheinlich hätte sich die Aufregung im Dorf bald wieder gelegt, so wie die Bugwelle eines vorbeifahrenden Schiffes das Wasser eines Sees auch nicht lange in Unruhe versetzt. Man wäre wieder zur Tagesordnung übergegangen, Frau Abderhalden hätte die Haustüre um neun Uhr zugesperrt und um neunzehn Uhr wieder aufgeschlossen, und früher oder später hätte die Verwaltung in der Kantonshauptstadt den nächsten abgewiesenen Asylbewerber ins Dorf geschickt, und Abdullahs Bett wäre nicht mehr leer gewesen. Der Alltag war schon wieder dabei, das Regiment zu übernehmen, als sich die Presse für den Selbstmord zu interessieren begann.

Nicht die ganze Presse, natürlich. Der Tod eines nicht aufgenommenen Flüchtlings ist keine Geschichte, die sich mit einer wirklichen Aktualität vergleichen ließe. Aber doch immerhin ein Journalist. Alwin Berger.

Den interessierte das Thema, seit sich damals die Geschichte über Mike so gut hatte verkaufen lassen. Und gerade erst hatte er eine Reportage über einen Pfarrer, der Sans Papiers in seiner Kirche Asyl gewährte, gleich bei drei Zeitungen unterbringen können. Er betrachtete sich deshalb als Spezialisten für Flüchtlingsfragen und dachte bereits darüber nach, irgendwann einmal ein kleines Buch zu dem Thema zu schreiben. Es müsste sich doch bestimmt eine Stiftung finden lassen, die das finanzierte.

Als er die Dreizeilen-Meldung über Abdullahs Tod gelesen hatte, war ihm sofort klar gewesen: Die Story war gut für mindestens zwei Spalten. An einem Sonntag fuhr er dann ins Dorf – wozu investierte er schließlich jedes Jahr so viel Geld in ein GA? –, und als er in dem Asylantenhaus ganz überraschend auf Mike traf, machte es in seinem Kopf: ›Bingo!‹ Zuerst der abgeschnittene Finger und jetzt noch ein erhängter Mann auf einem Dachboden. Das waren nicht zwei Spalten, sondern mindestens vier, wenn man es richtig anstellte.

Sie saßen dann zusammen im einzigen Wirtshaus des Dorfes, wo unter den Wolken von Stumpenrauch immer noch der Geruch des Sonntagsbratens zu ahnen war. Die andern Gäste, zufrieden satt gegessen und nur noch mit der Frage beschäftigt, ob sie sich zur besseren Verdauung einen zweiten Kirsch genehmigen oder gleich zum Jassen übergehen wollten, warfen ihnen nicht sehr gastfreundliche Blicke zu.

Alwin Berger hatte sich einen Notizblock zurechtgelegt. Er besaß zwar auch ein sehr elegantes Diktafon aus dem Media Markt, aber bei dem kam er mit der Bedienung nicht zurecht und hatte schon zweimal aus Versehen eine wichtige Aufnahme gelöscht. Außerdem, fand er, hatte Hemingway ja schließlich auch alle seine Bücher auf einer Hermes Baby geschrieben.

»War er verzweifelt? Hat man ihm vorher etwas angemerkt? Hat er es nicht mehr ausgehalten, in diesem Kaff eingesperrt zu sein?«

Als Interviewpartner war Mike eine Enttäuschung und hatte der Meldung, die Alwin schon kannte, kaum etwas hinzuzufügen. Viel erzählen könne er eigentlich gar nicht, sagte er. Ein Mann habe sich aufgehängt, das sei alles. Es sei ihnen auch vorher nichts aufgefallen. Nichts Außergewöhnliches. Natürlich war Abdullah immer ein bisschen seltsam gewesen, aber wirklich gekannt, so überraschend das vielleicht klinge, habe er den Iraker nicht. Obwohl sie im selben Raum geschlafen und oft auch die Tage miteinander verbracht hätten. Das habe aber nichts mit Freundschaft zu tun gehabt, sondern nur damit, dass sie beide – alle drei, denn U durfte man natürlich auch nicht vergessen – an denselben Orten im Dorf nicht erwünscht gewesen seien.

»Das ist interessant!« Alwin machte sich eine Notiz. »Warum nicht erwünscht?«

Ach, meinte Mike, er könne gut verstehen, dass Leute wie die hier im Dorf, die immer alle so fleißig seien, nicht ständig andere um sich herum haben wollten, die den ganzen Tag nichts taten. Nichts tun durften, aber das konnte man ja nicht gut auf ein Schild schreiben und sich das dann um den Hals hängen.

»Und Abdullah? Hat er unter dieser Ablehnung gelitten?«

Das könne er nicht sagen, meinte Mike. Sie hätten sich über solche Dinge nie unterhalten. Dazu hätte man die gleiche Sprache sprechen müssen oder zumindest eine ähnliche. Aber man habe sie demselben Dorf zugeteilt und dort im selben Haus untergebracht, ohne sich vorher zu fragen, ob sie auch zusammenpassten. Da seien überhaupt keine Fragen gestellt worden, davon sei wohl nichts in den Vorschriften gestanden, sondern eine Quote habe das so bestimmt. Und deshalb, beteuerte Mike, könne er wirklich nicht sagen, was in Abdullah vorgegangen sei.

»Du hast überhaupt keine Erklärung dafür, dass er sich aufgehängt hat?«

Es habe wohl mit der Erinnerung an schlimme Dinge zu tun, meinte Mike. Dinge, die Abdullah in seiner Heimat erlebt habe. So eine Erinnerung, habe ihm einmal ein alter Mann erklärt, könne wie ein Fleck sein, der sich nicht abwaschen lässt und sich immer weiterfrisst. Dass die Tat etwas mit schlechter Behandlung hier im Dorf zu tun gehabt haben solle, das könne er sich eigentlich nicht vorstellen. Man hungere ja nicht, und untergebracht sei man auch. Nur dass man immer für exakt acht Franken einkaufen müsse, weil es kein Wechselgeld gebe, das mache das Leben manchmal ein bisschen schwierig. Mehr könne er dazu nicht sagen, wirklich nicht. »Es tut mir leid.«

›Nun ja‹, dachte Alwin, ›er ist kein Journalist und weiß nicht, wie man diese Dinge formuliert. Das muss man natürlich alles ganz anders erzählen. Mit sehr viel mehr Empörung.‹ Aus Verzweiflung in den Tod getrieben, so würde das in seinem Artikel heißen.

Aber vier Spalten ergab das noch nicht. Noch nicht einmal drei.

Doch dann – man muss als Journalist auch kreativ sein – hatte Alwin Berger eine brillante Idee. Ihm war plötzlich klar, wie sich aus zwei halben Geschichten eine ganze machen ließ. Eine wirklich große Story.

»Hör zu«, sagte er und war ganz aufgeregt, »es kann niemand von dir verlangen, dass du hier oben bleibst. In dem Haus, in dem sich ein so enger Freund von dir umgebracht hat.«

»Er war kein …«, setzte Mike an, aber Alwin ließ sich jetzt nicht mehr unterbrechen.

»Du packst jetzt deine Sachen zusammen und kommst mit mir. Ich bringe dich an einem viel besseren Ort unter.«

»Aber es ist verboten …«

»Vertrau mir«, sagte Alwin Berger. »Ich weiß, was ich tue. Du darfst die Macht der Presse nicht unterschätzen.«

42

Das Büro mit seinen Designersesseln hätte auch gut zu einem angesagten Architekten gepasst oder zu einem Immobilienmakler mit exklusiver Kundschaft. Aber die Fotos an den Wänden zeigten weder futuristische Museumsbauten noch unbezahlbare Villen mit Seeanstoß. Sie zeigten Hochzeitspaare. Perfekt ausgeleuchtet posierten sie eines neben dem andern in ihren dezent mattsilbernen Rahmen, lächelten vor malerischen Bergkapellen, küssten sich zwischen geschmackvollen Blumenarrangements oder strahlten als Schlossbesitzer für einen Tag. Lauter Gesichter, die Claudia aus den Klatschspalten ihrer Lieblingszeitschriften kannte. Und alle verdankten sie ihr unbeschwertes Glück den Dienstleistungen von Gugler Dreams, Hochzeitsmanagement für höchste Ansprüche.

Claudia und Tom wurden natürlich von der Chefin persönlich betreut. Sabrina Gugler war eine Frau von unbestimmbarem Alter. Irgendwann einmal war sie beim Blick in den Spiegel mit sich selber zufrieden gewesen und hatte beschlossen, sich nicht mehr zu verändern. Jetzt ließ sie einen perfekt manikürten Zeigfinger über die Tastatur ihres Notebooks kreisen wie einen parfümierten Raubvogel und fragte mit einschüchternder Freundlichkeit: »Kutsche oder Rolls-Royce?«

»Wie bitte?«

»Das sind unsere beiden Hauptkategorien. Damit wir schon mal einen ersten Ansatzpunkt für kreative Überlegungen haben.«

Claudia war für gewöhnlich nicht leicht zu beeindrucken, aber wenn man überlegte, wie viele Prominentenhochzeiten Gugler Dreams in den letzten Jahren schon ausgerichtet hatte, dann konnte man schon ein bisschen Gänsehaut bekommen. Hilfesuchend wandte sie sich an ihren Bräutigam. »Was meinst du, Schatz?«

Tom Keita machte ein so unglückliches Gesicht wie sonst nur in Interviews, wenn ihm ein Sportreporter mal wieder eine dieser unbeantwortbaren Fragen gestellt hatte. »Was ist in Ihnen vorgegangen, als Ihr Schuss nur das Außennetz traf?« und so ähnlich. »Kutsche oder Rolls-Royce?« – das gehörte in dieselbe Kategorie. Und hier konnte man nicht mal antworten: »Das fragen Sie am besten meinen Trainer.« Also sagte er lieber gar nichts und hob nur die Schultern.

»Ich weiß nicht genau, was Sie meinen, Frau Gugler«, musste Claudia schließlich zugeben.

Die Seniorchefin von Gugler Dreams zeigte die demonstrative Geduld eines Oberkellners, dessen Gäste schon viel zu lang unentschlossen in der Speisekarte blättern. »Es geht um die gewünschte Stilrichtung«, erklärte sie. »Kutsche steht für Romantik, Kerzen, ein Streichquartett vor dem Fenster, Rosenblätter auf dem Leintuch …«

»Schön«, sagte Claudia hingerissen.

»Rolls-Royce hingegen bedeutet Status, Prominenz, vielleicht ein Starfriseur aus Paris, ein DJ aus New York …«

»Das wollen wir auf keinen Fall. Paris und New York, meine ich. Schweizerisch soll es werden. Sehr schweizerisch.«

»Soll das heißen: Jodler und so?« Sabrina Gugler war zu höflich und zu oft geliftet, um angeekelt das Gesicht zu verziehen. Aber man merkte ihrem Oberkellnergesicht an: In diesem Michelin-besternten Lokal war man es nicht gewohnt, dass Gäste statt des zwölfgängigen Degustationsmenus eine Bratwurst mit Rösti bestellen wollten.

»Die Schweiz als Thema natürlich nur«, beeilte sich Claudia zu präzisieren. »Weil Tom doch eingebürgert wird.«

»Ich habe davon gehört.« Sabrina Gugler, das gehörte zu ihrem Beruf, hatte immer alles gehört. »Herzlichen Glückwunsch, Herr Keita.«

»Was den Stil angeht …«, meinte Claudia, »… mal ganz abgesehen vom Thema …« Sie hatte immer noch das Gefühl, sich rechtfertigen zu müssen. »… da denke ich natürlich schon mehr an Rolls-Royce.«

»Hispano-Suiza«, korrigierte die Hochzeitsplanerin. »Sehr exklusive Oldtimer. Mit einem Schweizerkreuz im Logo. Die Miete ist allerdings nicht ganz billig …«

»Daran soll's nicht scheitern.«

Sabrina Gugler nickte. Oder genauer gesagt: Sie neigte zustimmend das Haupt. Kunden, die ihr Geld nicht allzu genau zählten, waren ihr immer willkommen. »Damit hätten wir ja schon mal einen ersten Ansatz«, sagte sie und tippte eine Notiz in die Tastatur. »*High Class Swissness*. Mit einem Brautkleid im Trachtenlook.«

»Tracht?« Claudia war erschrocken. »Ist das nicht ein bisschen sehr Gotthelf?«

»Wir gehen dafür ja nicht in den Kostümfundus.« Sabrina Gugler erlaubte sich ein kurzes gehüsteltes Lachen über den eigenen Scherz. »Wir bitten Jean Paul Gaultier oder Christian Lacroix, sich von Schweizer Trachten zu einer individuellen Kreation für Sie inspirieren zu lassen. Was haben Sie übrigens für eine Kleidergröße?«

»Vierunddreißig«, sagte Claudia, obwohl das nicht mehr ganz stimmte. Aber damals, bei der Miss-Swiss-Wahl, hatte sie auch noch im letzten Moment die paar entscheidenden Pfunde abgenommen.

»Und für den Bräutigam …« Sabrina Gugler stützte ihr Kinn auf die Hand und dachte nach. Vor lauter Konzentration schloss sie sogar die Augen. Niemand hätte es in diesem Moment gewagt, sie in ihrem Gedankengang zu unterbrechen. Nach ein paar Sekunden schlug sie die Augen wieder auf. »Ich sehe da einen ganz klassischen Smoking.«

»Meinen Sie?« Claudia klang enttäuscht.

»Aber aus einem ungewöhnlichen Material. Weiße Seide, stelle ich mir vor, diskret bedruckt mit Edelweiß. Nur aus der Nähe wirklich zu erkennen.«

»Gibt es denn so ein Material?«

»Noch nicht. Aber ich habe sehr gute Beziehungen zu Fabric Frontline. Alles nur eine Frage vom Stutz.« Wieder lachte Sabrina Gugler, und Claudia lachte mit, obwohl sie das Wortspiel nicht wirklich verstanden hatte.

»Außerdem, lieber Herr Keita, ist Weiß ein sehr hübscher Kontrast zu Ihrem … wie soll ich sagen? Teint. – Ja, meine Lieben, damit kommen wir zu einem entscheidenden Punkt. Wünschen Sie sich denn einen bestimmten Ort für Ihren Freudentag?«

»Wir haben gedacht, dass Sie uns vielleicht ein paar Vorschläge …«

»Schweizerisch …« Sabrina Gugler drehte nachdenklich einen silbernen Füllfederhalter zwischen den Fingern. »Da denkt man natürlich sofort ans Rütli, aber das würde ich Ihnen nicht empfehlen. Die Assoziationen sind doch seit den letzten Jahren nicht mehr so positiv. Und außerdem: das Wetterrisiko. Vor allem jetzt, wo es schon langsam auf den Winter zugeht. Hatten Sie denn schon ein bestimmtes Datum ins Auge gefasst?«

»Ich habe mir gedacht: Es wäre schön, wenn es exakt der Tag sein könnte, an dem auch Toms Einbürgerung …« Was nicht ganz stimmte. Es war nicht Claudias eigener Einfall gewesen. Von ihr aus hätte die Verlobungszeit auch ruhig noch ein bisschen länger andauern können. Und Tom hatte sogar regelrecht protestiert. Nicht gegen die Hochzeit an sich, natürlich nicht. Sie liebten sich ja und wussten, dass sie für immer zusammenbleiben wollten. Aber die Verbindung mit seiner Einbürgerung passte ihm nicht. Richtig bockig war er geworden.

Bis Eidenbenz ihn dann überzeugt hatte. Das sei Tom ihm einfach schuldig, hatte der argumentiert. Nachdem er die Sache zu früh ausgeplaudert und ihm damit den ganz großen Effekt verdorben habe. Da müsse jetzt wenigstens eine medienwirksame Eheschließung her.

Eigentlich, aber daran dachte Claudia nicht gern, war die ganze Hochzeit Eidenbenz' Vorschlag gewesen. Er hatte sich auch gleich selber als Trauzeugen angeboten. Und Klara Holzer – auch das hatte Eidenbenz schon organisiert – hatte ihnen zu dem Anlass ein Titelblatt garantiert. Mit Claudia, Tom und Eidenbenz. Drei glückliche Schweizer. Nun ja, vielleicht würde man auch noch Mirko Milatovic aufs Bild nehmen müssen, auf dem Tom so stur als zweitem Trauzeugen bestand. Aber wie die sich dann bei der *SI* das Bild zurechtschnitten, das war ja nicht ihre Sache.

Sabrina Guglers Stimme riss Claudia unsanft aus einem Tagtraum, in dem sie sich an allen Kiosken der Schweiz von den Aushängen lächeln sah, in einer schneeweißen Bernertracht von Gaultier oder Lacroix.

»Dann stellen wir das Datum also noch ein bisschen zurück. Zur nächsten Frage: Soll es eine große Hochzeit werden oder eine kleine?«

»Eine große«, sagte Claudia.

Und Tom gleichzeitig: »Eine kleine.«

Sabrina Gugler war es gewohnt, dass ihre Brautpaare sich in diesem Punkt nicht einig waren, und wusste: Man löste solche Probleme am elegantesten, indem man beiden Seiten recht gab. »Ich würde auch für einen eher intimen Rahmen plädieren«, sagte sie deshalb. »Das liegt sowieso mehr im Trend.«

»Meinen Sie wirklich?«

»Auf keinen Fall mehr als zwei- oder dreihundert Leute«, fuhr die Hochzeitsplanerin fort. »Man kommt ja sonst gar nicht dazu, sich um jeden Einzelnen zu kümmern. Einverstanden?«

»Ich …«, setzte Tom zum Widerspruch an, aber Claudia fiel ihm ins Wort. »Natürlich«, sagte sie. »Ganz intim. Auf keinen Fall mehr als zweihundertfünfzig Gäste.«

»Und schweizerisch …« Sabrina Gugler, auf der Spur

einer wirklich kreativen Idee, ließ den Füller immer schneller kreisen. »Ein Bauernhof oder ein Chalet kommt nicht infrage. Das ist dann doch mehr Kutsche als Rolls-Royce. Wir können das eidgenössisch Rustikale in Zitaten durchschimmern lassen. Ein Bläserensemble, das auf Alphörnern den Hochzeitsmarsch spielt, oder so etwas. Aber wo? Die klassischen Orte gehen alle nicht mehr. In Interlaken sind nur Japaner und in St. Moritz lauter Russen. Man könnte natürlich ein Schloss nehmen, die Lenzburg oder Chillon – aber das ist alles auch schon sehr déja vu. Man müsste … man müsste …«

Und dann strahlte sie plötzlich, soweit ihr das mit ihren operationsgestrafften Gesichtszügen möglich war, und sagte: »Ich glaube, jetzt ist mir der ideale Ort eingefallen.«

Und so mieteten Claudia und Tom schließlich für einen Tag das frisch sanierte Landesmuseum. Die Verwaltung machte zwar zuerst ein paar Schwierigkeiten, aber mit Eidenbenz' diskreter Hilfe hinter den Kulissen ließen die sich rasch beheben. Vom Apéro in der Schatzkammer bis zum Diner inmitten der Waffensammlung sah das Programm einen Höhepunkt nach dem andern vor. Und die neue Ausstellung *Niemand war schon immer da* passte perfekt zur Einbürgerung.

Nein, Gugler Dreams, Hochzeitsmanagement für höchste Ansprüche, konnte wirklich nichts dafür, dass die Hochzeit am Ende gar nicht stattfand.

43

Wenn man es ganz genau nahm, war es gar keine Kirche, sondern nur eine Kapelle. Reizvoll im Grünen gelegen, aber fast immer leer. Früher einmal war man jeweils im Mai in feierlicher Prozession hierher zum lokalen Schutzpatron gepilgert, aber der fromme Brauch war längst eingeschlafen, und wenn jemand heute den Weg unter die Füße nahm, dann meist nur, weil er ein romantisches Plätzchen für ein Picknick oder ein noch intimeres Vorhaben suchte.

Pfarrer Linsi, eigentlich für die Antonius-Kirche mitten im Ort zuständig, betreute die Kapelle denn auch nur im Nebenamt. Viel Arbeit machte sie ihm nicht. Nur die eine oder andere Hochzeit fand dort statt, und auch das nur in den warmen Monaten.

Linsi war ein junger, moderner Priester, der regelmäßig Jazzmessen und Sing-ins veranstaltete und sich selber gern als Public Relations Manager des lieben Gottes bezeichnete. Ein konservatives Mitglied der Kirchenpflege, ein Rechtsanwalt Eichenberger, dem die ganze Richtung nicht passte, hatte ihm bei der letzten monatlichen Sitzung sogar vorgeworfen, er habe die Besetzung der Kapelle selber inszeniert, als PR-Gag. Linsi wies den Verdacht weit von sich. Allerdings, fügte er hinzu, da die Sans Papiers jetzt schon einmal da seien, wäre es unchristlich, sie einfach so zu vertreiben. Unchristlich und gegenüber der Öffentlichkeit auch höchst unvernünftig. Eine Kirche, die den Armen und Schwachen Asyl gewähre, das sei doch genau die Botschaft, die man den Menschen vermitteln wolle. Er jedenfalls spüre in diesem Zusammenhang bereits ein vermehrtes Interesse junger Leute, und das müsse doch auch im Interesse der Kirchenpflege liegen, nicht wahr, meine Herren?

Das Gremium beschloss daraufhin, Eichenbergers Antrag auf sofortige Räumung abzulehnen und erst mal gar nichts zu entscheiden. Einerseits, weil Pfarrer Linsi so schwungvoll argumentiert hatte, und andererseits, weil man in öffentlichen Ämtern am wenigsten falsch macht, wenn man gar nichts tut. Und es war ja nicht so, dass die Kapelle dringend gebraucht würde.

Als Mike zu den Besetzern stieß, hatte die ganze Sache schon ihre Ordnung, und es war eine Ordnung im gut schweizerischen Sinn. Protest ja, aber doch bitte so, dass es eine Gattung macht. Keine Abfälle herumliegen lassen und die Matratzen jeden Morgen sauber zudecken. Selbst die Transparente, die nun mal zu so einer Aktion gehören, hatte man nicht direkt an der Fassade der Kapelle befestigt, um nur ja nicht den Putz zu beschädigen. Man spannte sie stattdessen zwischen den Ästen der Bäume auf, was mehr romantisch als bedrohlich wirkte. »Bleiberecht für alle!« konnte man da mit einiger Mühe zwischen den Blättern entziffern oder auch – der Länge halber auf zwei Transparente verteilt – »In der Schweiz gibt es eine halbe Million Identitätskarten für Hunde – warum also Menschen ohne Papiere?«

Zum ursprünglichen Kreis der Unterstützer waren bald weitere Freiwillige gestoßen. Hier draußen, fern einer größeren Stadt, hatte man als junger Mensch nicht so viele andere Möglichkeiten, die eigene Solidarität mit den Unterdrückten dieser Erde zu demonstrieren. Außer man kaufte am Drittwelt-Basar des Kirchenchors zu überhöhten Preisen selbstgebackene Kuchen oder selbstgestrickte Pulswärmer ein. Da war so eine Kirchenbesetzung doch eine ganz andere Sache, gewissermaßen Hilfeleistung am lebenden Objekt. Selbst wer sich vorher nie für die Probleme in der Schweiz gestrandeter Ausländer interessiert hatte, war gern dabei.

Zwischen den Frauen, die das knappe Dutzend Sans Papiers mit Essen versorgten, entwickelte sich sogar ein regelrechter Wettbewerb. An manchen Tagen hatte man die Auswahl zwischen einem halben Dutzend liebevoll zubereiteter Menus. Die Männer kümmerten sich unterdessen um die technischen Details. Sogar eine Art Dusche installierten sie für die Kirchenbesetzer, einen schwarzen, an einem Baum befestigten Plastikbehälter, in dem die Sonne das Wasser erwärmte.

An den Abenden, die zum Glück angenehm lau waren, saßen manchmal zwei Dutzend Leute um ein pfadfinderhaftes Lagerfeuer und sangen Lieder zur Gitarre. Es war gar nicht so einfach gewesen, Mike zu erklären, dass *Kumbaya, my Lord* kein schweizerisches Volkslied war. Alles in allem glich die Stimmung mehr einem Ferienlager als einer politischen Demonstration.

Und das war genau das Problem, zumindest aus der Sicht von Alwin Berger.

Über eine Besetzung, die auf keinerlei Widerstand stößt, lassen sich keine gut verkäuflichen Artikel schreiben, und friedlich picknickende Menschen, auch wenn sie verschiedener Hautfarbe sind, geben kein Fotosujet ab, für das sich sensationslüsterne Bildredakteure interessieren. Dabei tat Alwin sein Bestes. Die vom dörflichen Verschönerungsverein eingerichtete Feuerstelle auf dem Picknickplatz, die ihm zu sehr nach vergnüglicher Freizeitgestaltung aussah, ergänzte er durch eine offene Raviolibüchse auf dem Grill und setzte als Bildunterschrift dazu: ›Selbst primitivste Lebensumstände können sie nicht abschrecken.‹ So passte auch dieses Lieblingsziel ausflügelnder Familien plötzlich perfekt zum Thema.

Denn das war die Geschichte, die Alwins journalistische Karriere endlich in höhere Sphären, vielleicht sogar in den Olymp einer Festanstellung beim *Blick*, katapultieren sollte: Diese Kirche – na schön: diese Kapelle – war besetzt von verzweifelten Menschen, die sich anders nicht mehr zu helfen wussten. Leute wie Mike.

Dabei hatte der die Idee zuerst überhaupt nicht verstanden. Von der Macht der Presse hatte man da unten in Afrika wohl noch nie etwas gehört. Alwin hatte auf ihn einreden müssen wie ein Telefonverkäufer, der jemandem ein Heftliabonnement aufschwatzen will. Aber wozu war man schließlich Journalist und wusste mit Worten umzugehen?

»Du darfst dich nicht einfach so herumschubsen lassen«, hatte er ihm gesagt. »Sonst verlochen sie dich da oben in deinem Kaff, bis du schimmlig wirst. Die Schweiz ist das Land der Unternehmer, hier wird nur geschätzt, wer etwas unternimmt. Deine Kollegen wissen schon, was sie tun. In

Zürich haben sie mit einer solchen Aktion sogar einmal den Hans Hollenstein dazu gebracht, etwas fast definitiv zu entscheiden, und wer den Hans Hollenstein kennt, weiß, dass das eine große Leistung ist.«

»Aber wenn man eine Kirche besetzt«, hatte Mike gefragt, »stört das die Leute nicht?«

Es war ihm einfach nicht beizubringen, dass genau das der Zweck der Übung war. Stachel im Fleisch sein. Ein öffentliches Ärgernis, das man nicht einfach so ignorieren konnte. Und natürlich: gutes Material für den Artikel – ach was, für die Artikelserie, die Alwin darüber schreiben würde.

»Und kann ich dann in der Schweiz bleiben?«, hatte Mike gefragt.

Alwin hatte ihm nichts versprochen. Nichts Definitives. Er hatte nur eine wissende Miene aufgesetzt, aus der man herauslesen konnte: »Lass mich nur machen, das kommt schon gut.«

Und Mike, das lag wohl an der Kultur, in der er aufgewachsen war, war nicht der Typ, der ein »Nein« lange durchhalten konnte. Wenn man nur entschieden genug auftrat, dann machte er am Ende, was man ihm sagte. Und so hatte er sich den friedlichen Sans Papiers angeschlossen.

Den viel zu friedlichen Sans Papiers. Alwin Berger hatte sich wirklich mehr von der Geschichte versprochen. Wenn man einfach gastfreundlich aufgenommen wird und sich so gar kein Widerstand regt, macht eine Besetzung rein journalistisch gesehen nicht viel her.

Alwin gab sich große Mühe, die Sache in seinen Texten ein bisschen dramatischer zu machen. In den Artikeln, die er an die größeren und – man hatte schließlich eine Informationspflicht – auch an die kleineren Zeitungen des Landes schickte, verwendete er eine Technik, für die er das schöne Wort *journalistische Zuspitzung* gefunden hatte. Man hätte sie auch einfach Übertreibung nennen können, aber so formulierten das seiner Meinung nach nur Leute, die vom Presseberuf nichts verstanden. Es war ja nicht etwa so, dass er einfach etwas erfand. Wenn er von heftigen Diskussionen mit Gegnern der Besetzung schrieb, dann hatte auch tatsächlich einmal eine ältere Dame angesichts der Transparente den Kopf geschüttelt und gesagt: »Also, das geht ja wirklich nicht.« Einmal, als die Unterstützer die ganze Nacht vor Ort geblieben waren, weil es am Lagerfeuer so gemütlich und die Nacht so lau gewesen war, deutete Alwin diese Tatsache ein ganz kleines bisschen um und vermeldete, man habe einen Wachdienst rund um die Uhr einrichten müssen, weil jederzeit mit Angriffen fremdenfeindlicher und rechtsradikaler Elemente zu rechnen sei. Dass diese Angriffe dann ausblieben, dafür konnte er nichts. Es war doch möglich, dass es tatsächlich die Nachtwache gewesen war, die sie verhindert hatte. Zumindest konnte niemand das Gegenteil beweisen.

Und doch wurden seine Artikel nur spärlich abgedruckt. Und das, obwohl der neue Bundesrat doch nun endlich gewählt und in den Zeitungen wieder Platz für anderes war. Da hätten die Redaktionen doch eigentlich über einen Mann wie Alwin glücklich sein müssen. Bloß waren sie es nicht. Die erste Meldung hatten ihm noch ein paar Blätter abgenommen. Aber dann war schon wieder die nächste Sau durchs Dorf getrieben worden.

Es passierte eben auch anderswo immer wieder etwas, und die Zeitungsschreiber landauf und landab warfen dann immer gleich dankbar ihre Computer an und kommentierten ihre vorgegebenen Spalten voll.

»Tut uns leid«, ließen die Redakteure Alwin wissen, »aber die Story von der Kirchenbesetzung ist gegessen, ausgelutscht bis auf die Gräten. Melden Sie sich wieder, wenn in der Sache etwas Neues passiert, vielen Dank und tschüss.«

Aber was sollte Neues passieren? Darüber zerbrach sich Alwin ganze Nächte lang den Kopf. Wenn nur Pfarrer Linsi und seine Kirchenpfleger nicht so ekelhaft tolerant gewesen wären. Oder wenn wenigstens die Behörden auf stur geschaltet hätten. Aber nein, die versuchten, die Angelegenheit einfach durch Nichtbeachten einschlafen zu lassen. Und dabei hatte Alwin doch so sehr auf eine dramatische Räumungsaktion, komplett mit Knüppel schwingenden Polizisten, gehofft. Und was passierte? Nichts. Auf allen Seiten nichts als Friede, Freude, Eierkuchen und *Kumbaya, my Lord*.

Sein Lebenstraum von einer Festanstellung beim *Blick* rückte in immer weitere Ferne. Aber Alwin war keiner, der so leicht aufgab. Und so beschloss er, den Ereignissen um der journalistischen Effektivität willen ein kleines bisschen nachzuhelfen.

44

Idioten. Totale Idioten. Hirnamputierte Blödmänner.« Hugo Heimgartner sagte das nicht einmal wütend, sondern nur resigniert. Er war im Lauf der Jahre zur Erkenntnis gekommen, dass Homo sapiens nicht wirklich zu den intelligenten Tierarten zu rechnen sei, und fühlte sich durch die heutigen Zeitungsmeldungen in dieser Überzeugung nur wieder einmal bestätigt.

Philipp Eidenbenz, der auch nach den Sommerferien immer mal wieder im Flüchtlingsbüro aushalf, ließ sich durch Heimgartners Schimpfmonolog nicht ablenken und steckte weiter Bettelbriefe und Einzahlungsscheine in die voradressierten Umschläge. »Du meinst die Sache mit dieser Kirchenbesetzung?«

»Nein. Ich meine natürlich die neuste Affäre von Silvio Berlusconi.« Philipp hatte sich an Heimgartners Sarkasmen ebenso gewöhnt wie an die dauernd flackernde Neonröhre, die den längst fälligen neuen Starter nicht bekam, »weil wir unser Geld für dringendere Sachen brauchen«.

»Natürlich meine ich die Besetzung. Was habe ich von Anfang an gesagt? Solche Aktionen bringen nichts und machen nur Ärger. Und jetzt ist der Ärger da. Hast du die Meldung gesehen?«

Es war eine rhetorische Frage. In der letzten Zeit hatte

sich Philipp angewöhnt, die Tageszeitungen schon beim Frühstück sehr gründlich zu lesen. Von Leuten, die sich nicht informierten, hielt Heimgartner nämlich gar nichts. Und sagte das auch gerne laut und deutlich.

Philipps Vater, der Nationalrat Eidenbenz, war übrigens von dieser neuen Angewohnheit seines Sohnes sehr angetan, weil er sie den eigenen pädagogischen Bemühungen zuschrieb. »Schön, dass er endlich aus seiner Trotzphase herauskommt und sich mit den wirklich wichtigen Dingen beschäftigt«, hatte er gerade vor ein paar Tagen zu seiner Frau gesagt. Sie hatte ihn daraufhin nur angesehen und gelächelt.

Was Philipp heute in der Zeitung gelesen hatte und worüber sich Heimgartner so aufregte, war nur das letzte Glied in einer ganzen Kette von Ereignissen, die sich rund um eine kleine Kirchenbesetzung von Sans Papiers entwickelt hatte. Nur waren die ersten Stationen nicht spektakulär genug gewesen, um es in die überregionalen Zeitungen zu schaffen.

Passiert war, kurz gefasst, Folgendes:

Der Rechtsanwalt Eichenberger, Mitglied der Kirchenpflege und dort mit seinem Antrag auf polizeiliche Räumung der besetzten Kapelle gescheitert, ertrug Abstimmungsniederlagen schlecht, vor allem, wenn er davon überzeugt war, recht zu haben. Und davon war er eigentlich immer überzeugt. Er hatte deshalb auf eigene Kosten ein Inserat im örtlichen Anzeiger publiziert, in dem er gegen die Entscheidung protestierte. Seine Kollegen in der Kirchenpflege, schrieb er darin, litten leider alle unter einem modischen Toleranzreflex sowie unter mangelnder Entschlusskraft. Gegenüber den kriminellen Machenschaften dieser illegal in die Schweiz eingedrungenen Besetzer dürfe es kein falsch verstandenes *Liebe deinen Nächsten* geben, es sei vielmehr ein ganz anderer Bibelvers anzuwenden, der da laute: *Auge um Auge, Zahn um Zahn.*

Die Anzeige erregte in der Gemeinde kein besonderes Aufsehen, denn Eichenberger war allgemein als rechthaberischer Querkopf bekannt. »Wenn die andern alle für eine Räumung gestimmt hätten«, so war man sich am Stammtisch in der *Heimat* einig, »dann hätte er sich bestimmt mit den Besetzern solidarisiert.«

Aber in der nächsten Nacht flog ein großer Stein durch die Fensterscheibe in Eichenbergers Schlafzimmer und landete nicht weit von seinem Bett. Auch davon hatte noch nichts in den überregionalen Zeitungen gestanden, denn was ist schon eine irgendwo im Hinterland eingeschlagene Fensterscheibe gegen Michelle Hunziker bei *Wetten, dass …*?

Eichenberger selber, von der eigenen Wichtigkeit überzeugt, hätte zumindest eine Sondersendung der Tagesschau erwartet. Er glaubte nicht an einen Nachtbubenstreich, sondern war fest davon überzeugt, das Opfer eines gezielten Attentats geworden zu sein, wie es al-Qaida nicht perfider hätte ausführen können.

»Ich war in akuter Lebensgefahr«, gab er einem Journalisten zu Protokoll. »Wenn der Stein einen Meter weiter geflogen wäre, hätte ich tot sein können.«

Der Journalist nickte zustimmend und notierte. Genau das war es, was er hatte hören wollen. Sein Name war Alwin Berger, und er hatte den Stein selber geworfen, um die

Geschichte, von der er sich einen großen Karriereschritt versprach, am Kochen zu halten. Aber das erzählte er Eichenberger natürlich nicht, sondern notierte brav, dass der Anwalt entschlossen sei, Strafanzeige gegen unbekannt einzureichen, und zwar nicht nur wegen Sachbeschädigung, sondern auch wegen versuchten Mordes.

»Und wegen Beleidigung«, fügte Eichenberger, sichtlich stolz auf die eigene juristische Spitzfindigkeit, hinzu. Der Stein war nämlich in ein Papier gewickelt gewesen, auf dem in großen Lettern das Wort *Rassist!* stand. Mit Ausrufezeichen. Damit hatte Alwin sicherstellen wollen, dass die Schuldigen nicht etwa am falschen Ort gesucht würden. Es gab im Ort zu viele Leute, die Grund hatten, Eichenberger nicht zu mögen.

Bei der Polizei nahm man die Angelegenheit nicht so ernst. Seit der Anwalt einmal einen Autofahrer wegen eines weggeschnappten Parkplatzes auf Nötigung verklagt hatte, ermittelte man in Fällen, die mit ihm zu tun hatten, nicht mit letztem Einsatz. Eine Aufsichtsbeschwerde wollte man aber auch nicht riskieren und schickte deshalb zwei Beamte auf der Suche nach dem nächtlichen Steinewerfer zu den Besetzern. Da keine Autostraße zur Kapelle führte, kamen sie auf Fahrrädern, was ihnen trotz ihrer Uniformen ein sehr ziviles Aussehen verlieh. Trotzdem verwehrten ihnen die Unterstützer den Zugang zu den Sans Papiers. Von ihren Schützlingen könne es gar niemand gewesen sein, argumentierten sie, schließlich hätten die sich die ganze Nacht nicht aus der Kapelle entfernt. Und überhaupt sei nur schon der Verdacht gegen sie ein Beweis für Vorurteile, wenn nicht sogar für Rassismus. Die Beamten mussten unverrichteter Dinge wieder abziehen, was ihnen eigentlich ganz recht war. Wegen einer einfachen Sachbeschädigung, meinte einer von ihnen, schickt man ja in der Regel auch nicht gleich das Überfallkommando los.

Eichenberger, der unterdessen auf seinen Status als Attentatsopfer richtiggehend stolz war, ließ sich mit den üblichen Floskeln wie *die Ermittlungen laufen* und *vorläufig noch keine konkreten Ergebnisse* nicht abwimmeln und beschwerte sich an höherer Stelle. Er tat das nicht etwa mit einem offiziellen Schreiben, sondern so, wie es in kleinen Städtchen üblich ist, wo man sich gegenseitig kennt, zumindest, wenn man jemand ist. Dieser kleine Dienstweg sah in seinem Fall so aus: Er setzte sich in der *Heimat* mit dem alten Schulkollegen, der vor Ort für Recht und Ordnung zuständig war, bei einem Glas Bier zusammen. Man beredete zuerst dies und das, das Wetter und den Fußball, und kam dann schließlich aufs Thema. »Deine Leute scheinen die Weisheit auch nicht gerade mit Löffeln gefressen zu haben«, sagte Eichenberger. »Am verdächtigsten sind doch die jungen Leute, die diese ganze Besetzung organisiert haben. Wenn du mich fragst, sind das alles linke Extremisten, denen ohne Weiteres auch ein Mord zuzutrauen ist.«

»So weit würde ich nicht gleich gehen«, sagte sein Schulkamerad und winkte der Serviertochter, um die nächste Runde zu bestellen. »Aber ich kümmere mich um die Sache.«

Die Polizisten bekamen also einen Anschiss und mussten noch einmal ausrücken. Diesmal erschienen sie zu viert, und das wiederum wirkte auf die Unterstützer bedrohlich. Sie empfingen die Hüter des Gesetzes also mit einem

Pfeifkonzert und einer schnell improvisierten Menschenkette, es kam zu kleinen Schubsereien, und Alwin Berger, immer noch als einziger Vertreter der vierten Gewalt vor Ort, konnte zufrieden auf seinem Block notieren: »Handgreifliche Auseinandersetzungen.«

Das stand denn auch am nächsten Tag so im Lokalblättchen, worauf die Kirchenpflege zu einer Sondersitzung zusammentrat, bei der Eichenberger gewaltig auf den Putz haute. Schuld sei diese neumodische Idee, dass die Kirche nicht mehr der Grundpfeiler der moralischen Weltordnung zu sein habe, sondern so eine Art weltanschaulicher Freizeitpark, wo sich jeder vergnügen könne, wie er gerade lustig sei. Er wolle ja keine Namen nennen, aber der Pfarrer Linsi werde wohl wissen, wie es gemeint sei.

Der neue Beschluss der Kirchenpflege lautete daraufhin: Da leider die öffentliche Sicherheit und Ordnung nicht mehr gewährleistet sei, sähe man sich bedauerlicherweise nicht länger in der Lage, den Besetzern Kirchenasyl zu gewähren, und müsse wohl oder übel die Behörden bitten, die Kapelle zu räumen.

Worauf diesmal acht Polizisten ausrückten und von mindestens doppelt so vielen zum Widerstand bereiten Unterstützern empfangen wurden. Mit dem Foto, auf dem sich die beiden Gruppen drohend gegenüberstanden, hatte es die Geschichte endlich auch in die überregionalen Zeitungen geschafft. Wenn man Alwin Bergers Artikel dazu las, musste man den Eindruck bekommen, dass eine größere Schlacht nur noch eine Frage von Stunden sein konnte.

»Schwachköpfe«, knurrte Heimgartner.

»Meinst du die Steineschmeißer?«, fragte Philipp.

»Die auch. Aber genauso diese Typen, die Flüchtlingshilfe mit Straßentheater verwechseln. Die zu einer Demonstration gehen wie zu einer Party. Und ihre künstlerische Ader beim Transparente-Malen ausleben. Und warum?«

Philipp rieb sich die Augen. Diese ständig flackernde Neonröhre machte das Arbeiten wirklich sehr anstrengend.

»Warum, habe ich dich gefragt.«

»Weil ihnen die Sache wichtig ist.«

»Quatsch«, sagte Heimgartner aus tiefster Überzeugung. »Wenn das so wäre, würden sie hier im Flüchtlingsbüro mitarbeiten und etwas Nützliches tun.«

»Warum denn sonst?«

»Aus reinem Egoismus«, sagte Heimgartner und sah, wie immer, wenn er sich über etwas ärgerte, besonders glücklich aus. »Weil ihnen ihre Aktion so ein gutes Gefühl gibt. Weil sie sich dabei gegenseitig auf die Schulter klopfen können. Weißt du, was jetzt passieren wird?«

»Es wird Ärger geben.«

»Verdammt großen Ärger sogar.« Heimgartner, der sich gerne als Zyniker gab, schien diese düsteren Aussichten geradezu zu genießen. »Bis jetzt haben sie alle weggeschaut. Aber jetzt geht es los. Verlass dich drauf, Philipp: Jetzt geht es los!«

45

Süß«, sagte Klara Holzer.

»Total verkrampft«, sagte Kurt Schädler. »Ein Gesicht, als ob es hier nicht um seine Hochzeit ginge, sondern um eine Hinrichtung.«

Aber genau das fand Klara Holzer so süß. Dass Männer immer so niedlich verlegen guckten, wenn sie sich einmal elegant anziehen mussten.

»Niedlich hin oder her.« Kurt Schädler war heute wieder mal besonders schlechter Laune. »Ich kann keine Bilder abliefern, auf denen der Bräutigam aussieht, als ob er die Hosen voll hätte.«

Klara Holzer lachte, und Tom Keita versuchte mitzulächeln. Nicht weil ihm darum zumute war, sondern weil er hoffte, die unangenehme Situation so schneller hinter sich zu bringen. Es war ihm einfach nicht wohl. Der weiße Seidensmoking mit dem diskreten Edelweißmuster mochte lange nach Maß geschneidert sein, er fühlte sich darin trotzdem wie in einer Zwangsjacke. Und die Frage, wo er mit seinen Händen hinsollte, wurde mehr und mehr zu einem unlösbaren Problem.

»Lehnen Sie sich einfach ganz locker an«, hatte Klara Holzer gesagt. Das klang so einfach und war so schwierig. Wie lehnt man sich ganz locker im Licht von fünf Scheinwerfern an eine lebensgroße Plastikkuh, die vor einem gemalten Panorama von Eiger, Mönch und Jungfrau steht?

Wenn doch nur Claudia schon da gewesen wäre! Aber die saß – seit Stunden, kam ihm vor – in ihrer Garderobe vor dem Spiegel und war mit ihrem Make-up immer noch nicht zufrieden. Darum hatten sie seine Fotos ja vorgezogen, obwohl letzten Endes natürlich nur eine Aufnahme wichtig war: das Doppelporträt von Claudia und ihm als glückliches Ehepaar. Das Bild, das auf dem Titelblatt der *SI* erscheinen sollte.

Ein Titelblatt! Für ein Titelblatt hätte Claudia sich auch verhaften lassen wie Roman Polanski. Sie konnte sich kein erstrebenswerteres Lebensziel vorstellen, als von jedem Kiosk der Stadt in den Verkehr hinaus zu lächeln. Darum hatte sie auch zugestimmt, die Hochzeitsfotos schon ein paar Wochen im Voraus zu machen, obwohl das doch nach dem alten Aberglauben nur Unglück bringen konnte. Aber man musste einer Klara Holzer und ihren Produktionsfristen schon ein bisschen entgegenkommen, wenn man wirklich prominent werden wollte. Und überhaupt: Der Renzo Blumenthal hatte seine Hochzeit auch exklusiv an die *SI* verkauft. Warum sollte das also für sie beide falsch sein?

Und darum stand Tom Keita jetzt vor dieser blöden Plastikkuh und versuchte zu lächeln.

»So hat das keinen Sinn«, sagte Kurt Schädler resignierend. »Wenn ich per Photoshop aus dieser Grimasse ein seliges Lächeln machen will, kündigt mir mein Computer wegen seelischer Grausamkeit.« Er schaltete die Musik aus, mit der er vergeblich versucht hatte, Tom Keita in eine hochzeitsgemäß glückliche Stimmung zu versetzen. André Rieu verstummte mitten im Dreivierteltakt.

»Aber wir werden doch nicht fertig«, jammerte Klara Holzer.

»Ich bin fertig«, knurrte der Fotograf. »Fix und. Warten wir, bis seine Alte kommt, dann wird das schon werden. Und überhaupt brauche ich jetzt erst mal eine Zigarette.« Und damit marschierte er aus dem Fotostudio.

Klara Holzer schickte sich in das Unvermeidliche. »Ein Päuschen wird uns allen guttun. Ich mache ganz, ganz schnell ein Telefon, und bis dann wird die liebe Claudia ganz bestimmt auch so weit sein. Nehmen Sie doch so lang hier Platz, lieber Tom. Wir haben etwas Feines zum Knabbern für Sie vorbereitet. Und selbstverständlich etwas zum Lesen.«

Die Knabberei bestand wie immer aus Sushi. An solchen Orten gab es das jedes Mal. Wahrscheinlich, weil Sushi nichts Billiges war und man demonstrieren wollte, dass man sich die Gastfreundschaft etwas kosten ließ. Er setzte sich in einen der gelb überzogenen Sessel, ganz vorsichtig, um keine Falten in den Smoking zu machen. Auf einem niedrigen Tischchen lagen fächerförmig angeordnet alle Zeitschriften des Verlags. Und der *Blick*. Das war genau, was er brauchte.

Er schlug die Zeitung auf – zum Glück hatten sie jetzt wieder dieses größere Format! – und legte sie sich über die Knie. Bloß kein Fleck auf den weißen Seidenhosen! Das würde ihm Claudia nie verzeihen.

Er streckte gerade seine Hand nach einem Sushi mit Aal aus, seiner Lieblingssorte, als er plötzlich erstarrte. Auf der

Zeitungsseite, die er ganz zufällig aufgeschlagen hatte, war ein Foto zu sehen. Eine Gruppe von Männern vor einer Kapelle. Und genau in der Mitte …

Das war doch …

Ja, das war doch …

Tom sprang so hastig auf, dass er das kleine Tischchen umstieß. Die Platte mit den Sushis landete auf dem Boden. Aber das war jetzt nicht wichtig.

»Claudia!«, rief er und rannte auf den Gang hinaus. »Claudia! Ich habe ihn gefunden!«

Als er in ihre Garderobe stürmte, drehte Claudia den Kopf nur mit einer ganz winzigen Bewegung. Man muss stillhalten, wenn man geschminkt wird. Aus der Mona Lisa wäre auch nichts geworden, wenn ständig jemand an der Staffelei gerüttelt hätte.

»Bist du schon fertig mit deinen Fotos?«, fragte sie. Die Worte waren kaum zu verstehen, weil sie versuchte, den Mund dabei so wenig wie möglich zu bewegen.

Sie sah ein bisschen seltsam aus, fand Tom, als ob jemand eine Puppe aus zwei ganz verschiedenen Teilen zusammengesetzt hätte. Ihre untere Hälfte war in einen schlabberigen violetten Morgenmantel gehüllt, während sie vom Hals aufwärts so perfekt hergerichtet war, als müsste sie gleich auf einem roten Teppich in die jubelnde Menge lächeln.

Das Hochzeitskleid hing, immer noch in seiner Plastikhülle, an einem Bügel.

»Schau dir das an!«

Claudia versuchte über die hingestreckte Zeitung weg weiter in den Spiegel zu schauen.

»Nicht jetzt, Schatz! Du willst doch nicht, dass ich auf unserem Hochzeitsfoto aussehe wie eine alte Frau.«

»Wir können gern eine Pause machen«, sagte die Maskenbildnerin eifrig. Sie machte einen recht gestressten Eindruck. »Wenn Sie mit Ihrem Mann etwas zu besprechen haben …«

»Noch ist er nicht mein Mann. Und wenn Sie die Frisur nicht besser hinbekommen, werden wir die Hochzeit wohl verschieben müssen.« Tom kannte den überfreundlichen Tonfall. Claudia benutzte ihn immer, wenn sie ernsthaft genervt war.

»Jetzt schau doch!«

Claudia atmete tief aus, und jede Frau der Welt hätte verstanden, was diese Andeutung eines Seufzers bedeuten sollte: Männer haben einfach keinen Sinn für Prioritäten – aber was kann man machen?

Die Maskenbildnerin benutzte die Gelegenheit und rettete sich aus der Tür.

»Was ist denn?« Der demonstrativ geduldige Ton war bei Claudia immer ein Zeichen höchster Ungeduld.

»Das ist er!«

»Wer?«

»Mein Vetter! Hier auf dem Foto!«

Claudia fasste die Zeitung mit ganz spitzen Fingern, die durch die perfekt manikürten Nägel noch länger wirkten.

»Das ist er nicht«, sagte sie.

»Ich werde doch meinen eigenen Vetter erkennen!«

»Eine zufällige Ähnlichkeit. Schau dir nur seine Hand an! Dem Mann auf dem Foto fehlt ein Finger. Und dein Vetter …«

»Vielleicht hatte er einen Unfall.«

»Vielleicht.« Wenn Claudia ihr sarkastisches Gesicht aufsetzte, wurden ihre Lippen immer ganz schmal. »Aber selbst wenn er es wäre – und ich bin sicher, dass du dich irrst –, kannst du froh sein, dass er sich nicht mehr bei dir gemeldet hat.«

»Froh?«

»Hast du denn den Text unter dem Bild nicht gelesen?« Tom musste zugeben, dass er den Text nicht gelesen hatte.

»Kirchenbesetzung. Illegaler Protest. Widerstand gegen die Staatsgewalt.«

»Das heißt: Er ist in Schwierigkeiten. Also muss ich sofort hinfahren und ihn unterstützen.«

»Nein, das heißt: Du musst vergessen, dass du ihn jemals gekannt hast. Wenn er es überhaupt ist.«

»Er ist es!«

»Und selbst wenn ... Ich habe dir von Anfang an gesagt: Mit diesem Mann will ich nichts zu tun haben.«

»Er stammt aus meinem Dorf!«

»Wenn es ein Kinderschänder aus deinem Dorf wäre – würdest du dich dann auch für ihn verantwortlich fühlen?«

»Die Frage ist völliger Unsinn. Er ist kein Kinderschänder!«

»Woher willst du das wissen?«

Eigentlich war es ja schade, dass Kurt Schädler irgendwo draußen seine Zigarette rauchte. Hier vor dem großen Garderobenspiegel hätte sich seiner Kamera ein interessantes und ungewöhnliches Motiv geboten: eine perfekt frisierte und gestylte blonde Frau in einem violetten Morgenmantel in heftiger Diskussion mit einem aufgeregten dunkelhäutigen Mann im weißen Smoking. Allerdings wäre das Resultat für eine *SI*-Reportage über ein glückliches junges Ehepaar wohl kaum zu brauchen gewesen.

Sonst hatte Claudia ihren Tom immer ganz gut im Griff, mit vernünftigen Argumenten oder, wenn ihr keine einfielen, mit dem unschuldig hilflosen Lächeln, das ihm an ihr so gefiel.

Aber heute versagte das Lächeln seinen Dienst, und ihre Argumente schien er gar nicht zu hören. Und dabei waren die doch wirklich einleuchtend. Man musste nur einmal überlegen, was Eidenbenz wohl zu dieser illegalen Aktion sagen würde, zu dieser Kirchenbesetzung, und was zu einem Spieler seines Klubs, der sich mit diesen Illegalen solidarisierte.

»Vergiss die ganze Sache!«, sagte Claudia. »Der Mann kann dir nur schaden.«

»Darauf kommt es nicht an! Er ist ein Freund!«

Die zu groß geratene Geste, mit der Tom bei diesem Satz eine ganze Kollektion von Schönheitsprodukten auf den Boden fegte, war keine Absicht gewesen. Aber sie tat ihm seltsam wohl, und so pfefferte er auch noch eine Dose mit Haarspray hinterher. Claudia überlegte kurz, ob sie ihre letzte Waffe, einen Schwall von Tränen, einsetzen wollte. Aber sie ließ das dann doch lieber bleiben. Dafür war die Maquillage einfach zu aufwendig gewesen.

Als Klara Holzer aus ihrem Büro zurückkam, bot sich ihr ein unerwarteter Anblick. Tom war nirgendwo zu sehen, und Claudia saß wie eingefroren vor ihrem Spiegel und zupfte an einer Haarsträhne herum.

»Wo ist denn Ihr lieber Mann geblieben?«, fragte Klara.

»Mein Mann?«, sagte Claudia, und mit ihrem Lächeln hätte man Glas ritzen können. »Ich habe keine Ahnung, wen Sie meinen.«

46

Einer der Journalisten musste einen Witz gemacht haben, und obwohl Eidenbenz nicht zugehört hatte, lachte er ganz automatisch mit, »ha, ha, ha«, jede Silbe wie ein ganzes Wort. Humor war sein Markenzeichen, und ein Markenzeichen musste man verteidigen, so wie der Media Markt immer der Billigste sein musste oder der Mörgeli der Bissigste.

Zugfahrten schläferten ihn ein, und wenn er schläfrig wurde, kam er ins Grübeln. Er hatte noch einmal über das Programm von heute nachgedacht und war zum Schluss gekommen, dass es keinen Fehler hatte. Dr. Häberle hatte ihm zwar davon abgeraten, ganz dringend abgeraten sogar, aber manchmal muss man auf den eigenen Bauch hören und nicht auf fremde Köpfe. »Es könnte zu Ausschreitungen kommen«, hatte Dr. Häberle gesagt, und Eidenbenz hatte für sich gedacht: Das wäre nicht das Schlechteste. Wenn jemand einen Pflasterstein auf ihn schmisse – nun ja, es musste nicht gerade ein Pflasterstein sein, wo man sich ernsthaft verletzen konnte, es gab ja auch kleinere harte Gegenstände –, wenn jemand, sagen wir, einen Kieselstein auf ihn schmisse, und er würde dann mit einer blutenden Wunde, am besten an der Stirne, vor den Kameras stehen und sagen: »Gewalt darf in unserm Land nie und nimmer ein Mittel der politischen Auseinandersetzung werden«, dann wäre das mehr wert als eine ganze Inseratenkampagne. Und erst noch gratis, was nicht unwichtig war. Seit der Finanzkrise brachte man das Geld für Kampagnen nicht mehr so leicht zusammen wie auch schon.

Und wenn zuerst alles friedlich bliebe, wenn diese Typen so abgefeimt waren, dass sie ihm keinen öffentlichen Skandal liefern wollten, dann würde er eben in seiner Ansprache ein bisschen mehr Pfeffer geben, so eine richtig zünftige Prise. Es gab da ein paar Stichworte, auf die reagierten sie garantiert, wie die Hunde von diesem russischen Professor, wie hieß der schon wieder?

Nein, die Idee war gut, ganz egal, was Dr. Häberle sagte. Und schließlich: Wenn die da eine Kirche besetzen durften, ein offener Gesetzesbruch, und kein Mensch schritt ein, dann war es ja wohl nicht mehr als sein gutes demokratisches Recht, wenn er diese Leute zur Rede stellte und ihnen einmal deutsch und deutlich sagte, dass das hier immer noch die Schweiz war, ein Staat, wo man Gesetze hat und wo die auch gelten. Auch wenn das manchen von diesen rosaroten, pflüderweichen Zuckerwattepolitikern nicht passen wollte, die sich so reflexartig mit allem verbündeten, was das eigene Land kritisierte. »Nestbeschmutzer«, wollte er in seiner Ansprache sagen, »hat es ja schon immer gegeben, aber manche Leute, scheint mir, leiden in dieser Hinsicht unter permanentem Durchfall.«

Oder vielleicht doch lieber nicht. In diesem Punkt hatte Dr. Häberle wahrscheinlich recht: Allzu träfe Sprüche konnten einem von böswilligen Leuten im Munde verdreht werden.

»Warum machen wir nicht am Wochenende eine richtige Demonstration?«, hatte ihn einer in der Vorstandssitzung gefragt und damit bewiesen, dass er von Öffentlichkeitsarbeit keine Ahnung hatte. An einem Wochenende wären, wenn sie Pech hatten und das Wetter schön war, viel zu viele Leute gekommen, und das hätte dann in den Reportagen ganz falsch ausgesehen. Ein mächtiger Haufen von Demonstranten gegen ein hilfloses Grüppchen von Besetzern, das hätte diesen linken Fernsehredaktoren mit ihren vorgefassten Meinungen allzu gut ins Konzept gepasst. Nein, wenige mussten sie sein, ein Fähnlein der sieben Aufrechten, am besten wacker im strömenden Regen ausharrend, während die Besetzer es sich in der gemütlichen Kapelle bequem machten. Direkt schade, dass der Regen vor zwei Tagen aufgehört hatte und die Wetterprognose nicht so schlecht war, wie es gut gewesen wäre.

Als einsamer Kämpfer für Recht und Ordnung wollte er sich präsentieren. Und erst noch als ein Mensch mit einem guten Herzen. Das war nämlich das Brillante an seinem Einfall, dass er einen großen Korb mit Lebensmitteln mitbrachte, lauter gut schweizerische Spezialitäten, von Glarner Landrauchschinken und St. Galler Bratwürsten bis zu Basler Läckerli und Willisauer Ringli. »Mit jedem Einzelnen von euch habe ich Mitgefühl«, wollte er damit sagen, »aber wenn wir anfangen, unsere persönlichen Emotionen über das Gesetz zu stellen, dann ist das Chaos nicht mehr weit. Das Asylgesetz«, wollte er sagen, »ist von der Bundesversammlung so beschlossen worden, die Bundesversammlung ist vom Volk gewählt, und das Volk ist in unserm Land der Souverän. Und wenn der Souverän bestimmt, dass ihr das Land zu verlassen habt, dann verlasst ihr es gefälligst.«

Doch, doch, ganz egal was Dr. Häberle einwenden mochte: Der Plan war gut.

Nicht so gut fand es Eidenbenz, dass seine Frau darauf bestanden hatte, ihn zu begleiten. Früher, als Sonja noch diese Pillen genommen hatte, war sie nie auf solche Ideen gekommen. Aufnahmen wolle sie dort machen, hatte sie gesagt, und sie habe das Gefühl, während seiner Ansprache würde sie genau die Motive finden, die sie interessierten. Diese Fotoleidenschaft, die sie aus ihrer Kur mitgebracht hatte, war wie eine dieser Krankheiten, die man in den Spitälern auflas: Den einen Virus trieben sie einem aus, dafür brachte man einen anderen mit nach Hause. Unheilbar. Auf jeden Fall hatte sie sich nicht abwimmeln lassen.

Aber andererseits: Im Fernsehen machte sich das sicher gut, wenn er mit seiner Frau ankam. »Ob ich nun Politiker bin und sie eine ganz gewöhnliche Hausfrau«, würde er in die Mikrofone sagen … Nein, das »ganz gewöhnliche« ließ er besser weg. Sonst hatte er gleich wieder die rabiaten Feministinnen auf dem Hals. »Ob Politiker oder Hausfrau«, würde er sagen, »das macht überhaupt keinen Unterschied. Wir machen uns die gleichen Sorgen um unser Land.« Nein: »um unser schönes Land«. Es war immer gut, wenn man seine spontanen Antworten gründlich vorbereitet hatte.

Eidenbenz nickte zufrieden und hörte schon wieder das nervende Klicken von Sonjas Kamera. Oder war es doch einer der Reporter gewesen? Zur Sicherheit setzte er sein nachdenkliches Gesicht auf, das sich auf den Fotos immer so schön staatsmännisch machte.

Der Zug hielt an jeder zweiten Station, was wirklich lästig war. Mit dem Auto wäre man viel schneller gewesen. Aber im Auto hätte man die Journis nicht mitnehmen können, um die es doch letzten Endes ging. Immerhin ein knappes Dutzend. Mit denen vom Fernsehen. Manchmal dachte Eidenbenz, es wäre viel effizienter, wenn man sich den öffentlichen Teil solcher Veranstaltungen sparen könnte, das ganze Affentheater, das ja doch nur stattfand, damit darüber berichtet werden konnte. Einfach mit den Journalisten besprechen, was man vorhatte, und was sie darüber schreiben sollten. So wie das der Blocher in seinem Privat-TV mit dem Ackeret machte. Der immer so lauthals darauf bestand, er sei ein unabhängiger Journalist, ein gleichberechtigter. Klar, ein Hund und der Schwanz, mit dem er wedelt, sind ja auch gleichberechtigt.

Jemand hatte ihn etwas gefragt. So ein junger Schreiberling mit viel zu langen Haaren. Einer, den er nicht auf Anhieb einer Zeitung zuordnen konnte. Eidenbenz hatte die Frage nicht gehört, aber für solche Fälle gab es eine Allzweckformel. »Das lässt sich nicht so einfach beantworten«, sagte er. »Können Sie Ihre Frage ein bisschen präzisieren?«

Klick, machte eine Kamera. Diesmal war es wirklich Sonja.

»Ich wollte nur wissen«, sagte der Journalist schüchtern, »ob Sie feste Schuhe eingepackt haben.«

Schuhe?

»Es ist nur …«, sagte der Journalist. »Weil doch …« Er machte einen regelrecht verschreckten Eindruck, was Eidenbenz nicht unangenehm war. Bei aller gern betonten demokratischen Gesinnung mochte er es ganz gern, wenn seine natürliche Autorität die Menschen ein bisschen ins Zittern brachte.

»Weil doch was?«

»Nun ja, der Weg zur Kapelle geht durch den Wald, und weil man dort nicht fahren kann und der Pfad immer ein bisschen matschig ist …«

›Mist, verdammter‹, dachte Eidenbenz. ›Man hätte sich doch ein bisschen genauer erkundigen müssen.‹ Für Wanderungen hatte er schon in der Schule nicht viel übriggehabt. Er ließ sich den Ärger aber nicht anmerken, sondern sagte mit seinem jovialsten Landesvaterlächeln: »Sie scheinen sich hier ja gut auszukennen, junger Mann. Für welche Zeitung schreiben Sie?«

»Ähm …«, sagte der Journalist und schaute noch verlegener in die Welt. »Für … äh … verschiedene. Ich bin freischaffend. Berger ist mein Name. Alwin Berger. Ich war der Erste, der über diesen Skandal berichtet hat.«

»Dann hat Ihnen unser Land ja eine Menge zu verdanken.« Alwin Berger strahlte vor Dankbarkeit über dieses Lob. »Und wenn Sie so ortskundig sind, dann bleiben Sie doch nach dem Aussteigen in meiner Nähe, und wir können uns auf dem Weg noch ein bisschen unterhalten.«

Der junge Mann nickte mit so glücklichem Gesicht, dass Eidenbenz geradezu lesen konnte, was hinter seiner Stirne vor sich ging. ›Exklusiv!‹, dachte es dort, und das ist das schönste Wort, das ein Journalist kennt. Vor allem, wenn er es noch bei keiner Zeitung zu einer festen Anstellung gebracht hatte. ›Ich bekomme ein Exklusivinterview mit Eidenbenz!‹

Der Weg bis zur Kapelle war dann tatsächlich matschig,

und einmal trampte Eidenbenz sogar bis zum Knöchel in eine Pfütze. Er durfte gar nicht daran denken, wie seine Schuhe wohl aussehen mussten. Obwohl, andererseits … Da konnten die Leute einmal sehen, dass er sich, wenn die Situation es verlangte, für nichts zu schade war. Dass er sich einsetzte. Als die Eidgenossen damals nach St. Jakob an der Birs marschierten, hatten sie auch kein Schuhputzzeug dabei.

Der Pfad war teilweise schmal, und sie marschierten alle, Eidenbenz mit seinem Geschenkkorb genauso wie die Journalisten, in Einerkolonne hintereinander her. Zum Glück waren die Kameras der Fernsehleute in den letzten Jahren immer kleiner und handlicher geworden.

Die Kolonne wurde von Alwin Berger angeführt, der wohl aus der Gegend stammte und den Weg kannte. Der junge Mann kam dauernd ins Stolpern, weil er sich immer wieder zu Eidenbenz umdrehte, um ihm Fragen zu stellen. Keine besonders gescheiten Fragen übrigens. Man konnte sie beantworten, während man über etwas anderes nachdachte oder sich die Ansprache, die man gleich halten würde, noch einmal durch den Kopf gehen ließ.

Endlich wurde der Weg breiter, und sie kamen zu der Lichtung, auf der die Kapelle stand.

Eidenbenz hatte mit vielem gerechnet, mit Transparenten, mit Pfuirufen, mit einer Gegendemonstration. Aber was ihn da auf der Wiese erwartete – nein, das hatte er nicht erwartet.

47

Das war doch … das war doch …

Die Reporter konnten ihr Glück nicht fassen. Wenn ihre Augen sie nicht täuschten, war gerade aus einem nicht besonders aufregenden Stück Polittheater eine Seite-1-Geschichte geworden. Eine Story, fast so gut wie ›Briefträger beißt Hund‹.

Wenn er es wirklich war.

Sie bildeten einen engen Kreis um ihre Entdeckung, und in Eidenbenz' Ohren klang das Klicken der Kameraverschlüsse schmerzhaft laut. Denn ganz plötzlich war nicht mehr er der Mittelpunkt des Interesses, sondern …

Wie kam der hierher? Was zum Teufel hatte der hier zu suchen? An einem Ort, wo er nun wirklich ganz und gar nicht hingehörte?

Mit dem Gefühl für solche Dinge, das man im Lauf einer langjährigen Politikerkarriere erwirbt, merkte er, dass zumindest eine Kamera immer noch auf ihn gerichtet war. Ganz automatisch ließ er den Ärger aus seinem Gesicht verschwinden und setzte eine neutrale Miene auf. Er durfte sich auf keinen Fall anmerken lassen, dass er von dieser neuen Entwicklung überrascht war. Ein Mann wie Eidenbenz ist nie überrascht.

Klick, machte die Kamera.

Er drehte den Kopf und sah …

Natürlich. Sonja. Seine Frau hatte mal wieder nichts Gescheiteres zu tun, als ihrem neuen Hobby zu frönen. Sie hatte wahrscheinlich nicht einmal gemerkt, dass er, Eidenbenz, jetzt dastand wie der letzte Trottel. Mit diesem blöden Lebensmittelkorb in der Hand, von dem jetzt samt seiner ganzen Symbolik keine Sau mehr etwas wissen wollte. Wer interessierte sich schon für eine sorgfältig ausgewogene Mischung aus Menschenfreundlichkeit und Gesetzestreue, wenn da vorne …

Was fiel dem Kerl eigentlich ein? Um diese Zeit hatte er gefälligst beim Training seinen Arsch zu bewegen. Dafür wurde er schließlich bezahlt. Und nicht schlecht. Weiß Gott nicht schlecht.

Was war bloß in diesen Tom Keita gefahren?

Stand da vor dem Eingang der Kapelle, hinter sich diesen ganzen Mob von Illegalen und ihren Unterstützern, und gab ein Interview. Nein, Interview konnte man dem gar nicht sagen. Ein Interview besteht aus Fragen und Antworten. Aber Tom Keita wartete die Fragen gar nicht ab, sondern redete auf die Journalisten ein, als habe er mit Beni Thurnheer den Job getauscht und sei jetzt der neue Schnurri der Nation. Der gleiche Tom Keita, der sonst nur widerwillig »Ja« und »Nein« sagte, wenn man ihm ein Mikrofon vors Gesicht hielt. Bestenfalls gerade noch: »Das müssen Sie den Trainer fragen.«

Jetzt redete der plötzlich wie ein Wasserfall. Und neben ihm …

Man sagte das so leichthin: Jemand traut seinen Augen nicht. Aber genau so ging es ihm jetzt. Er sah etwas, das es überhaupt nicht geben konnte. Neben Tom Keita stand …

Ja, neben Tom Keita stand – noch einmal Tom Keita. Oder doch zumindest ein Mann, der ihm aufs Haar glich. Und zwar ganz wörtlich. Die gleiche schwarze Löcklifrisur. Dieselbe Nase. Derselbe gedrungene Körperbau. Nein, nicht ganz derselbe. Wenn man genauer hinschaute, gab es da doch den einen oder anderen Unterschied. Der andere war nicht so durchtrainiert wie Tom. Und seine Hand …

Eidenbenz ließ den Korb fallen, den er – bestellt und nicht abgeholt – bis jetzt immer noch festgehalten hatte, und rieb sich die Augen. Doch, es war so: Dem Mann fehlte ein Finger.

Klick. Klick. Klick.

Wenn Sonja nur endlich mit dieser verdammten Fotografiererei aufhören wollte!

Er ging ein paar Schritte an die Gruppe heran und merkte zu seiner eigenen Überraschung, wie ein unvertrautes Gefühl in ihm aufstieg. Etwas, das er sonst überhaupt nicht an sich kannte. Ja, einen Moment lang – aber wirklich nur einen Moment! – war Eidenbenz tatsächlich verunsichert.

Es war aber auch eine total ungewohnte Situation: Da drängelte sich ein Rudel von Journalisten im Halbkreis, und nicht er stand im Mittelpunkt ihres Interesses, sondern jemand ganz anderes. Ihm drehten sie den Rücken zu. Drehten Eidenbenz den Rücken zu! Dieselben Journalisten, die in aller Herrgottsfrühe in einen Zug gestiegen waren, nur weil er ihnen versprochen hatte, es würde da heute etwas Berichtenswertes geben. Dieselben Schreiberlinge, die für das Versprechen eines Primeurs jedes Mal brav Männchen machten, wie ein Hund, wenn man ihm mit seinem Lieblingsguetzli zeuklet. Und jetzt? Nahmen ihn nicht einmal mehr zur Kenntnis.

Und wem galt ihre Aufmerksamkeit? Es war ja nicht so, als ob da vorne die englische Königin samt einer wiederauferstandenen Lady Di zum Staatsbesuch gekommen wäre. Nein, der Mann, der da im Halbkreis der Journalisten stand und Hof hielt, das war ein ganz gewöhnlicher Fußballspieler. Einer aus seinem Verein. Einer, dem er jeden Monat den Lohn bezahlte. Ein ganz gewöhnlicher Angestellter. Und sie himmelten ihn alle an, als ob er gerade bei der Weltmeisterschaft das entscheidende Tor geschossen habe. Im Endspiel. In der Verlängerung. Gegen Brasilien.

Klick.

Verdammt noch mal, Sonja, jetzt hör doch endlich mit diesem Scheißdreck auf!

Jetzt, ein paar Schritte näher gekommen, konnte er auch hören, was Tom Keita sagte. »Dieser Mann«, sagte er und legte den Arm um die Schultern seines Fast-Zwillings, »dieser Mann kommt aus demselben Dorf wie ich. Als Buben haben wir miteinander Fußball gespielt. Wir hatten keinen richtigen Ball, aber das hat uns nicht gestört.«

Sie hingen an seinen Lippen, als ob er versprochen hätte, ihnen die Lottozahlen der nächsten Woche zu verkünden. Dabei war die Geschichte mit dem Ball aus zusammengeschnürten Lumpen, mit dem Tom Keita das Dribbeln gelernt hatte, ein alter Hut. Die konnte man sogar in den Unterlagen des Vereins finden. »So was macht sympathisch«, hatte der neue junge Mann von der Pressestelle gemeint.

»Jetzt ist er in die Schweiz gekommen«, sagte Tom Keita,

»aber nicht wie ein Tourist, der sich das Matterhorn und das Jungfraujoch ansehen will, nicht wie einer, der sich ein Hotelzimmer mieten kann, mit Frühstücksbuffet und Minibar. Nicht wie ein reicher Geschäftsmann, der von Kanton zu Kanton die günstigsten Tarife sucht, und dem man überall den roten Teppich ausrollt. Nicht wie einer, den man fragt: ›Wie viel Steuern möchten Sie denn gern bezahlen, mein Herr?‹ Er ist nicht im Auto an der Grenze vorgefahren und hat dort seinen Pass und sein Visum vorgezeigt. Den Pass hat man ihm beschlagnahmt, und ein Visum hätte er nie bekommen. In einem Lastwagen hat er sich versteckt und hat sich in die Schweiz schmuggeln lassen, eingeklemmt zwischen Kisten voller Waren, mit denen andere Geschäfte machten.«

»Illegal also?«, fragte einer der Journalisten.

»Man nennt das wohl so«, sagte Tom Keita. »Aber kann es wirklich illegal sein, wenn man sich Hilfe verspricht von einem Verwandten aus demselben Dorf?«

›Er redet wie ein Sonntagsprediger‹, dachte Eidenbenz. ›Sonst bringt er das Maul nicht auseinander, und jetzt hält er hier Vorträge. Das muss ihm doch einer beigebracht haben. Den hat doch jemand unterwandert. Irgend so einer von diesen krankhaften Weltverbesserern. Und der Keita, in seiner Naivität, ist natürlich darauf hereingefallen.‹

Klick.

Also wirklich, Sonja!

Den Journis, diesen Allesfressern, passte das natürlich. Politik und Sport im gleichen Artikel, das bekommt man nicht alle Tage auf dem Silbertablett serviert. Schon gar nicht, wenn es um einen wirklich prominenten Sportler geht, einer, von dem schon der Name auf dem Aushang genügt, um die Auflage zu erhöhen. Einer, der nächstens eine Miss Swiss heiraten wird oder doch eine Fast-Miss-Swiss.

»Dann stimmt es also«, fragte einer der Reporter, »was man heute im Kassandra-Blog lesen kann?«

»Und was steht da?«, fragte Tom.

»Dass aus Ihrer Hochzeit vielleicht gar nichts wird. Weil Sie sich wegen Ihres Kollegen da mit Ihrer Verlobten verkracht haben?«

»Sagen wir es so ...« Tom Keita überlegte einen Moment und schien dann einen Entschluss zu fassen. »Wir sind uns in diesem Punkt nicht ganz einig.« Nach einer Pause fügte er mit leiserer Stimme hinzu: »Nicht nur in diesem Punkt.«

»Sie setzen sich jetzt also für das Bleiberecht dieser Leute ein?«, fragte ein anderer Reporter. Tom nickte. »Und wenn Ihr Jugendfreund trotzdem ausgeschafft werden sollte – wollen Sie dann trotzdem Schweizer werden?«

Keita zögerte. Dann lächelte er plötzlich und sagte: »Das müssen Sie meinen Trainer fragen.« Und wies mit einer Handbewegung in Richtung Eidenbenz.

Der Halbkreis der Interviewer teilte sich in zwei Hälften – ›wie wenn gleich einer von der eigenen Mannschaft zum Elfmeter antritt‹, dachte Eidenbenz –, und die Kameras und Mikrofone richteten sich auf ihn.

»Was sagen Sie zu Tom Keitas Einsatz für die Sans Papiers?«

Es war eine Scheißsituation. Die schöne Aktion, die er sich ausgedacht hatte, konnte er jetzt glatt vergessen. Dabei wäre sie, theoretisch, ganz bestimmt sehr pressewirksam gewesen. Ganz egal, was Dr. Häberle gemeint hatte. Aber jetzt interessierte sich niemand mehr dafür. Jetzt wurde eine neue Sau durchs Dorf getrieben, und die quiekte bedeutend lauter als die alte. Jetzt hofften die Journalisten – man konnte es ihnen an den giggerigen Gesichtern ansehen – alle darauf, dass sie auch noch über ein Zerwürfnis zwischen dem Torschützenkönig Keita und seinem Vereinschef würden berichten können. Publikumsliebling gegen Volkstribun, das würde ihnen so passen.

Eidenbenz redete sich heraus. Es war nicht seine beste Rede, aber er hatte sie auch nicht vorbereiten können. Wie immer, wenn jemand nicht wirklich weiß, was er sagen soll, brauchte er einen Haufen Wörter, jede Menge einerseits und andererseits, »in unserem Land muss jeder seine Meinung sagen können« und »man muss aber gleichzeitig auch bedenken, dass«. Nein, es war kein Meisterstück von einer Ansprache.

Vor allem, weil er beim Reden die ganze Zeit darüber nachdachte, wie er diesem Keita unter vier Augen gründlich die Meinung geigen würde. Der sollte gefälligst Tore schießen und sonst den Mund halten, wo er noch nicht mal das Bürgerrecht hatte.

Und was ihn noch mehr aus der Fassung brachte, war diese dauernde Knipserei. Nicht von den Fotografen, das war er gewohnt, sondern von Sonja.

Klick. Klick. Klick.

48

Alle waren sie gekommen, auch diejenigen, die sich noch nie in ihrem Leben für Kunst interessiert hatten. Nicht nur die Cervelat-Prominenz von der B-Liste war da, sondern auch die A- und die C-Leute, also gewissermaßen die ganze Wurstpalette von den größten Salamis bis zu den ganz kleinen Würstchen. Es war ja auch viel mehr ein gesellschaftlicher und nicht nur ein kultureller Anlass. Die Gattin eines prominenten Politikers und Vereinspräsidenten hatte zur Vernissage ihrer ersten Fotoausstellung geladen, und die *SI* hatte das Patronat übernommen. Da musste man ganz einfach dabei sein, wenn man nicht hoffnungslos out sein wollte. Und dann hörte sich ja auch der Titel der Ausstellung richtig vielversprechend an: *Heuchler – Sonja Eidenbenz präsentiert ehrliche Fotos*.

Man erscheint bei solchen Anlässen prinzipiell nicht pünktlich, weil das so aussehen könnte, als wäre der eigene Terminkalender nicht übervoll. Aber heute kamen auch die noch so stilvoll Verspäteten zu früh, denn auch jetzt, schon bald eine Stunde über die angekündigte Eröffnungszeit hinaus, war die Tür der Altstadtgalerie immer noch verschlossen. Erst um neun sollte man eingelassen werden, verkündete ein Zettel am Eingang.

Man stand also auf der Gasse herum und machte Konversation. Die Damen küssten mit spitzen Lippen neben den Wangen der anderen ins Leere, die Herren, die sich doch gerade erst beim Mittagessen der Rotarier getroffen hatten, schüttelten sich die Hände wie lang vermisste Freunde, und die Schönheitschirurgen sahen sich diskret nach neuen Kundinnen um. Und immer wieder, vor allem, wenn gerade eine Fernsehkamera in der Nähe war, versicherte man sich gegenseitig, dass einem die Verzögerung überhaupt nichts ausmache, das sei ja heutzutage in der Kunstszene geradezu üblich, und wahrscheinlich erwarte einen dafür eine ganz besondere Überraschung.

Eidenbenz, um den die Vernissagebesucher herumwuselten wie die Honigbienen um ihre Königin, versicherte schon zum zwanzigsten Mal, auch er habe keine Ahnung, was für Bilder seine Frau heute Abend präsentieren wolle, er sei genauso gespannt wie alle andern, aber er finde es wunderbar, einfach wunderbar, dass seine Sonja nach einer schwierigen Zeit der gesundheitlichen Beschwerden nun ein Hobby gefunden habe, das sie derart begeistere. Und nein, an der Meldung heute im Blog von dieser Kassandra sei kein wahres Wort. Tom Keita, der Leistungsträger seiner Mannschaft, denke gar nicht daran, sich einen neuen Verein zu suchen, warum sollte er auch? Wegen politischer Meinungsverschiedenheiten mit ihm, Eidenbenz? Da könne er doch, ha, ha, ha, nur lachen. Wenn es um Fußball gehe, dann sei für ihn zwischen links und rechts der einzige Unterschied, mit welchem Fuß einer mehr Tore schieße. Aber wissen würde er schon gern, fügte er mit seiner durchdringenden Ansprachenstimme hinzu, wer sich hinter dem Pseudonym Kassandra verstecke; mit diesem feigen Kerli hätte er das eine oder andere Hühnchen zu rupfen, ganz egal, ob es dann letzten Endes ein Mann sei oder eine Frau.

Bei diesen Worten schaute er wie zufällig auf Klara Holzer, und weil alle anderen seinem Blick folgten, war die Klatschreporterin plötzlich furchtbar verlegen. Sie war tatsächlich die Einzige, die noch nie etwas von dem Gerücht gehört hatte, sie selber sei die gefürchtete Kassandra.

Dann war es endlich so weit. Die Tür der Galerie wurde geöffnet. Die Menge bewegte sich im Prominenten-Trippelschritt in Richtung Eingang: Einerseits galt jede Eile in diesen Kreisen als unfein, andererseits wollte man doch gern bei den Vordersten sein. Die Lachs- und die Shrimps-Canapés waren nämlich immer als erste weg, und wenn man sich zu lange abdrängen ließ, musste man am Ende mit den ungeliebten Salamibrötchen vorliebnehmen.

Wie meistens bei Vernissagen drängelten sich so viele Leute in der Galerie, dass man gar nicht richtig dazu kam, die Bilder zu betrachten. Was in diesem Fall schade war, denn die Gesichter auf den großformatigen Schwarzweiß-Porträts kannte man doch. Die kannte man sogar sehr gut.

Da war zum Beispiel Eidenbenz zu sehen, so wie man ihn schon oft gesehen hatte und doch völlig anders. Sein Lachen, das schon von so vielen Wahlplakaten gestrahlt hatte, hatte auf dem Bild etwas Öliges, ein Autoverkäufer, der versucht, die Rostlöcher unter dem dünnen Lack und den zurückgedrehten Kilometerstand mit gebleckten Zähnen wegzulächeln. Das Bild war von den Porträts zweier Parteikollegen aus dem Kantonalvorstand flankiert; ihre Eidenbenz zugewandten Blicke wirkten kritiklos anbetend, als ob er die neuste Gesangssensation aus *MusicStar* wäre und sie wild entschlossen, mindestens hundert Mal beim Sender für ihn anzurufen.

Überhaupt hingen nur Prominente an den Wänden, Gesichter, die man aus der *Arena* kannte, aus dem *Zischtigsclub* oder doch zumindest aus *glanz & gloria*. Sie waren alle nicht wirklich unvorteilhaft aufgenommen, das konnte man nicht sagen, nur so, dass sie sich selber ähnlicher waren, als es ihnen lieb sein konnte. »Zur Kenntlichkeit entstellt«, sagte ein prominenter Kunstkritiker schon zum dritten Mal, und das Bonmot wäre noch brillanter gewesen, wenn er es nicht seit Jahren in jeder zweiten Ausstellungsbesprechung verwendet hätte.

Claudia, Tom Keitas Verlobte, stand vor ihrem eigenen Bild und versuchte ein Gesicht zu machen, als ob sie daran überhaupt nichts auszusetzen hätte. Womit sie, ohne es zu merken, ihrem Porträt noch sehr viel mehr entsprach, einer Fotografie, auf der ihr Lächeln so verrutscht war wie ein schief aufgetragener Lippenstift. Sie konnte sich noch gut erinnern, wann diese Aufnahme entstanden war. Sie hatte damals Sonja Eidenbenz besucht, spontan, wie sie es sich vorgenommen hatte, und sie hatte – aus reiner Rücksichtnahme, um Sonja nicht allzu sehr in den Schatten zu stellen – an jenem Tag praktisch überhaupt fast gar kein Make-up aufgelegt. Es war ausgesprochen unfair, einen so zu fotografieren. Wie ein Überfall aus dem Hinterhalt. Aber andererseits … Was da in dieser Galerie an den Wänden hing, das war alles Prominenz, und ihr Bild, mochte es noch so wenig schmeichelhaft sein, war folglich auch ein Beweis dafür, dass sie dazugehörte. Und das tat sie ja auch, jetzt, wo sie eine eigene Fernsehsendung bekam. Am Ende dieses Gedankengangs angekommen, musste sich Claudia überhaupt nicht mehr anstrengen, um ganz natürlich zu lächeln.

Sonja Eidenbenz hatte sich auch selber porträtiert, ganz rücksichtslos mit Tränensäcken und Krähenfüßen und allem, und jetzt stand sie vor ihrem eigenen Porträt und klopfte mit einem Löffel an ein Glas. ›Mit so einem Kleid‹, dachte Claudia noch in die sich ausbreitende Stille hinein, ›geht man doch nicht an eine Vernissage.‹

»Ich freue mich«, sagte Sonja Eidenbenz, »dass Sie heute Abend alle gekommen sind. Nicht unbedingt, weil ich mich freue, Sie zu sehen …« – ein leises Murmeln ging durch den Raum –, »… sondern weil ich mich freue, Ihnen etwas zu zeigen. Diejenigen, die mich kennen, wissen, dass ich nicht gerne Ansprachen halte. Das besorgt in unserer Familie mein Mann, und glauben Sie mir: Er tut das auch, wenn kein Mikrofon da ist.«

Sie machte eine Pause, die seltsam lang anzuhalten schien, bis dann Eidenbenz selber das betretene Schweigen zulachte. »Ha, ha, ha«, machte er, jede Silbe wie ein eigenes Wort, und dann trauten sich auch die andern einzustimmen.

»Um mir das Reden zu ersparen«, fuhr Sonja Eidenbenz fort, »habe ich einen Kollegen, der unterdessen ein Freund geworden ist, gebeten, ein paar Worte zu diesen Bildern zu sagen. Ich glaube, Sie kennen ihn alle.«

Die Leute sahen sich um. Welchen prominenten Fotografen hatten sie bisher übersehen? Michel Comte? Oder gar Oliviero Toscani? Nein, der konnte ja wohl gar kein Deutsch. Einer aus Amerika?

Den Mann, der da neben Sonja Eidenbenz trat, kannten

sie tatsächlich. Aber das war doch kein Star. Das war doch nur dieser Typ von der *SI*. Der immer hinter Klara Holzer herdackelte. Wie hieß er schon wieder?

»Wissen Sie, was mir an Sonjas Fotos so gefällt?«, fragte Kurt Schädler. »Dass sie so etwas völlig anderes macht, als ich es jeden Tag treibe. Ich lüge mit meiner Kamera, und mit meinem Computer erst recht. Mit allen möglichen Hilfsprogrammen bearbeite ich die Fotos der Schönen und Sympathischen so lange, bis sie tatsächlich schön und sympathisch aussehen. Ich müsste schon lang nicht mehr arbeiten, wenn ich für jeden Quadratzentimeter Orangenhaut, den ich ihnen allen im Laufe der Jahre weggemogelt habe, auch nur einen Franken bekommen hätte.«

Das war natürlich eine Provokation, und weil nur ein Teil der Anwesenden regelmäßig kulturelle Veranstaltungen besuchte, konnte man daraufhin eine doppelte Reaktion beobachten: Die Kulturlaien empörten sich, während die Profis sich wissend zunickten, aus langer Erfahrung davon überzeugt, dass Provokation immer auch künstlerischen Anspruch bedeute.

»Sonja Eidenbenz macht etwas anderes«, fuhr Schädler fort. »Sie bildet die Menschen nicht verlogen ehrlich ab, sondern ehrlich verlogen. So verlogen, wie man in diesen Kreisen nun mal ist. Darum hat sie die Sammlung dieser charakterlosen Charakterköpfe auch *Heuchler* genannt. Mir scheint das eine sehr sachliche Bezeichnung zu sein.«

Nun waren auch die provokationsgewohnten Kulturprofis beleidigt. Klara Holzer, das Groupie aller Groupies, wollte ihren Fotografen zur Seite ziehen und ihm etwas Empörtes ins Ohr flüstern. Aber er lächelte sie nur an und sprach weiter. »Am meisten bin ich Sonja dafür dankbar«, fuhr Kurt Schädler fort, »dass sie mir mit ihren Arbeiten endlich den Mut gegeben hat, meinen Job zu kündigen, und in Zukunft nur noch Dinge zu fotografieren, die mir gefallen. Und zu diesen Dingen, meine Damen und Herren, gehören Sie alle definitiv nicht. Ach ja, und noch etwas: Kassandra – das bin natürlich ich.«

Worauf ihn Sonja Eidenbenz umarmte, was ganz ohne Zweifel ein Skandal war.

Aber noch nicht der letzte Skandal an diesem Abend. Für den sorgte ein anderes Mitglied der Familie Eidenbenz.

Man war noch gar nicht dazu gekommen, die neusten Neuigkeiten miteinander zu besprechen und sich gegenseitig zu versichern, dass man diesen Fotografen schon immer im Verdacht gehabt habe, schließlich sei er im Schlepptau Klara Holzers ja immer und überall dabei gewesen, man hatte noch nicht einmal Zeit gehabt, diskret zu beobachten, ob sich Eidenbenz über das Geschehene auch wirklich so ärgerte, wie man es erwarten durfte, als sich sein Sohn Philipp mit einem Stapel Unterschriftenbögen durch die Menge drängte.

Unterschriftenbögen, auf denen Bleiberecht für Sans Papiers gefordert wurde. »Das willst du doch sicher auch unterschreiben«, sagte er zu seinem Vater.

49

Die Unterstützer der Kirchenbesetzung trösteten sich damit, dass sie immerhin das Bewusstsein der Öffentlichkeit für das Problem geschärft hätten. Mit anderen Worten: Sie hatten für ihre Schützlinge nichts Konkretes erreicht. Die Sache war eingeschlafen, wie das bei solchen Aktionen früher oder später immer der Fall ist. Nicht etwa, dass ihre Begeisterung nachgelassen hätte. Ganz im Gegenteil, wie sie sich gegenseitig versicherten. Aber der Alltag ist der Alltag, und man hat ja schließlich auch noch anderes zu tun. Außerdem wurde es nachts in der ungeheizten Kapelle empfindlich kühl, und man hatte ja schließlich auch eine Fürsorgepflicht.

Ganz erfolglos war die Kirchenbesetzung aber auch wieder nicht gewesen: Alwin Berger hatte als Lohn für seine Reportagen tatsächlich eine Anstellung beim *Blick* bekommen. Zwar nur probeweise, aber immerhin.

Nachdem die Besetzer die Kapelle verlassen hatten, wollte Tom Mike bei sich aufnehmen, auch gegen Claudias heftigen Protest. Aber Mike lehnte die Einladung ab und meldete sich lieber wieder in seinem zugeteilten Dorf zurück. Er hatte die Schweiz nun doch ein bisschen kennengelernt und eingesehen, dass hier nicht dieselben Regeln gelten konnten wie zu Hause in Guinea. Oder, wie er es ausdrückte: »Man ist in diesem Land mindestens so gastfreundlich wie bei uns. Nur einfach mehr in der Theorie.«

Und dann passierte die Sache mit der Delegation aus Conakry.

Dahinter steckte, wenn auch weder Mike noch Tom etwas davon wussten, Eidenbenz ganz persönlich. Dem war die ganze Geschichte, die sich pressemäßig so gar nicht nach seinen Wünschen entwickelt hatte, mehr als nur lästig geworden, und er wollte die Sache so schnell wie möglich vom Tisch haben. Und zwar endgültig. ›Wenn dieser Mike erst einmal zurück in Afrika ist‹, war seine Überlegung, ›dann ist er für die Presseheinis nicht mehr interessant, Jugendfreund von Tom Keita hin oder her. Weltanschauung gegen Reisespesen – wer diesen Match gewinnt, steht ja wohl außer Frage. Und Tom wird ihn auch bald vergessen, wird sich wieder auf den Fußball konzentrieren und auf seine Hochzeit, und wenn er dann mit meiner Hilfe Schweizer geworden ist und die Nationalmannschaft verstärkt, kann mir auch niemand mehr Fremdenfeindlichkeit vorwerfen. Ich habe ja auch nichts gegen Ausländer. Zumindest nicht gegen alle.‹

Die Kunst der Politik, so wie Eidenbenz sie verstand, bestand nicht nur darin, dass man überall Freunde hatte. Es war auch wichtig, dass diese Freunde in den richtigen Positionen saßen. Zum Beispiel im EJPD.

Das Problem mit einer Ausschaffung, so erklärte man ihm dort, waren Mikes fehlende Papiere. Man wusste zwar, wo er herkam, er hatte das ja auch nie bestritten, aber man konnte ihn ohne Ausweise nicht in sein Heimatland abschieben, solang dieses Heimatland nicht bereit war, ihn als Staatsbürger anzuerkennen.

»Kann man da gar nichts machen?«, fragte Eidenbenz.

»Eigentlich nicht«, sagte sein Parteifreund.

Worauf Eidenbenz zufrieden das Gespräch beendete. In der Sprache der Politik, besonders, wenn sie auf dem kleinen Dienstweg betrieben wird, ist ein *Eigentlich nicht* mindestens so gut wie ein *Ja*.

Die Lösung, die sich dann fand, war folgende: Man lud eine Regierungsdelegation aus Conakry in die Schweiz ein und bat sie, ihre papierlosen Landsleute als Guineer, die jederzeit nach Hause zurückkehren konnten, zu identifizieren. Als kleine Motivationshilfe bot man dem Delegationsleiter für jeden Guineer, der auf Grund dieser Aktion die Schweiz verlassen würde, ein diskretes Honorar an. Was als angenehmen Nebeneffekt zur Folge hatte, dass auch Sans Papiers aus ganz anderen Ländern, zum Beispiel aus dem Kongo oder aus Mali, plötzlich über gültige guineische Reisepapiere verfügten, auf Grund deren man sie in ein Flugzeug nach Conakry setzen konnte, freiwillig oder mit mehr oder weniger sanfter Gewalt.

Dieses Verfahren hatte selbstverständlich mit Bestechung nichts das Geringste zu tun, sondern diente ausschließlich der Effizienzsteigerung in den internationalen Beziehungen. Außerdem sparte es Geld. So eine diskrete Erfolgsprämie für einen schlecht bezahlten Beamten aus Afrika kam den Steuerzahler immer noch hundertmal billiger zu stehen als die noch so niedrig angesetzte Nothilfe für einen Sans Papiers, den man, wenn es schlecht lief, jahrelang nicht loswerden konnte. Und war es nicht die verdammte

Pflicht und Schuldigkeit einer Schweizer Behörde, mit dem Geld des Steuerzahlers so haushälterisch wie möglich umzugehen?

Ein amtliches Schreiben bestellte Mike zu einem Treffen mit dieser Delegation. Man schenkte ihm zu diesem Zweck sogar wieder eine Tageskarte der SBB. Als er in Bern aus dem Zug stieg, war er auf manches gefasst. Nur nicht auf die Überraschung, die ihn dort erwartete.

Man traf sich in dem Hotel, in dem die Schweizer Behörden ihre afrikanischen Gäste untergebracht hatten. Kein Luxushotel, man wollte sich ja keine Verschwendung vorwerfen lassen müssen, aber auch nicht gerade eine Absteige. Das Sitzungszimmer, in das man ihn führte, sah auf jeden Fall recht beeindruckend aus. Zumindest für Mikes in solchen Dingen ungeübte Augen. Hinter einem langen Tisch, bestückt mit Mineralwasserflaschen, Bleistiften und Notizpapier mit dem Logo des Hotels, saßen drei Herren in dunkeln, für den Vormittag vielleicht allzu eleganten Anzügen. Zwei von ihnen hatten sehr bunte Krawatten umgebunden. Vom dritten, der, nach seiner Position in der Mitte zu schließen, wahrscheinlich den Vorsitz führte, waren nur die Schultern zu sehen. Er hatte sich gerade gebückt, wohl um irgendwelche Unterlagen aus seiner Aktenmappe zu holen.

Mike setzte sich auf den Stuhl, den man ihm vor dem Tisch anwies, und wartete. Noch hatte niemand ein Wort mit ihm gesprochen.

Es dauerte, so kam es ihm zumindest vor, sehr lange, bis der dritte Mann sich wieder aufrichtete. Er schaute Mike ohne Interesse an und schien gar nicht zu merken, wie sehr der bei seinem Anblick erschrak. Das war doch … Das war doch tatsächlich …

Auf der linken Backe des Mannes prangte eine breite, schlecht verheilte Narbe. Eine Narbe, die Mike schon einmal gesehen hatte.

Er kannte diesen Mann! Da war er sich ganz sicher. So eine Blessur vergisst man nicht. Dieser Mann hatte ihm damals – hundert Jahre schien das her zu sein – in Conakry seinen fast echten Pass verkauft. »Mit lauter originalen Stempeln«, hatte der Mann gesagt, »schließlich arbeite ich im Ministerium.«

Sie hatten sich in einem Lokal getroffen, wo niemand zu erwarten schien, dass sie etwas bestellten. Mike war als Erster da gewesen und hatte, als der Mann eintraf, seinen Sitz mit ihm tauschen müssen, damit sein Geschäftspartner die Tür im Auge behalten konnte. Mike hatte den Packen mit den Geldscheinen auf den Tisch gelegt, und der Mann hatte das Bündel mit geübtem Daumen durchgeblättert. ›Wie einer, der das jeden Tag macht‹, hatte Mike damals noch gedacht. Dann hatte der Mann genickt und sich gebückt – hatte sich genau so nach seiner Aktentasche gebückt, wie er das auch hier in diesem Hotelsitzungszimmer gerade getan hatte –, und dann war das Bündel mit den Banknoten verschwunden gewesen, und stattdessen hatte ein Briefumschlag auf dem Tisch gelegen. Und darin …

»Du hast ein gutes Geschäft gemacht, *mon ami*«, hatte der Mann noch gesagt. »Der Pass ist beste Qualität. Wenn er den sieht, empfängt dich jeder Grenzbeamte mit offenen Armen.«

Und der Pass war tatsächlich gut gewesen. Nur das mit

den offenen Armen, das war dann nicht eingetroffen. Weil man dafür nicht nur einen Pass braucht, sondern auch ein Visum.

»Also«, sagte der Mann jetzt mit gelangweilter Stimme und rieb sich seine Narbe mit einer automatischen Bewegung, die Mike auch wiedererkannte. »Machen wir weiter. Name?«

»Ich kenne Sie«, sagte Mike.

»Das bezweifle ich«, sagte der Mann. »Ich bin zum ersten Mal in der Schweiz.«

»Ich kenne Sie aus Conakry.«

»Interessant«, sagte der Mann, und wenn er sich an Mike erinnerte, dann ließ er sich das nicht anmerken. »Sie sind also Guineer?«

»Sie haben mir damals meinen Pass verkauft.«

»Pässe kann man bei uns nicht kaufen«, sagte der Mann. »Das wäre illegal. Man kann sie nur gegen die festgelegte Gebühr bei den zuständigen Behörden beziehen.«

»Wenn man vorher das Bestechungsgeld bezahlt hat.«

Das Wort, das Mike dafür verwendete, war *pot-de-vin*. Das Geld, das der reguläre Beamte für seine Dienste forderte, hätte allerdings für mehr als einen *pot* gereicht. Für ein ganzes Fass. Deshalb hatten sie ja das günstigere Angebot des Mannes mit der Narbe angenommen, der für Pässe zwar nicht zuständig war, aber doch auch im Ministerium arbeitete und an die notwendigen Stempel heranzukommen wusste.

»Das ganze Dorf hat zusammengelegt, um Sie zu bezahlen«, sagte Mike.

»Ich habe keine Ahnung, wovon Sie reden«, sagte der

Mann und wandte sich an seine Kollegen. »Meine Herren, sind wir uns einig, dass unser Gast hier ganz eindeutig aus Guinea stammt? Und dass wir unseren schweizerischen Freunden bestätigen können, dass unsere Regierung selbstverständlich bereit ist, ihn als ihren Staatsbürger anzuerkennen und ihm die Einreise zu gestatten? Auch ohne Papiere? Ja? Dann wäre das erledigt.« Und zu Mike gewandt: »Seien Sie bitte so freundlich, und schicken Sie mir den Nächsten herein.«

So einfach ging das, wenn man die richtigen Leute kannte und die Vorschriften sinngemäß statt immer nur nach dem sturen Wortlaut auslegte. Mike war jetzt plötzlich kein Sans Papiers mehr, sondern ein Mensch, dessen Heimatland nur darauf wartete, ihn wieder aufzunehmen. Und die eidgenössischen Behörden waren in ihrer hilfsbereiten Art gern bereit, die Erfüllung dieses Wunsches mit allen Mitteln zu unterstützen.

Als Tom Keita davon erfuhr, regte er sich furchtbar auf. Auf dem Platz nahm er ein Foulspiel gelassen hin, das gehörte nun mal zum Fußball, und meistens pfiff der Schiedsrichter ja auch und stellte so die Ordnung wieder her. Aber hier ging es nicht um ein Spiel. Hier ging es um einen Freund.

»Ich werde dir den teuersten Rechtsanwalt besorgen, den ich nur finden kann«, sagte er zu Mike. »Den besten Spezialisten auf diesem Gebiet. Durch alle Instanzen werden wir …«

Aber Mike schüttelte nur den Kopf. »Es ist wohl besser so«, sagte er.

Es war das erste Mal, dass Claudia mit ihm gleicher Meinung war.

50

Mike verließ die Schweiz als ganz gewöhnlicher Passagier. Die beiden Beamten, die mit ihm und seinen Schicksalsgenossen in der Halle des Flughafens auf den Abflug warteten, verhielten sich ausgesprochen nett und wünschten ihnen sogar eine gute Reise. Mike fragte sich, ob das bei ihnen wohl angeborene Freundlichkeit war oder doch nur die Erleichterung, die unerwünschten Gäste endlich gehen zu sehen. Er kam zum Schluss, dass er die Schweizer immer noch nicht verstand. Sie warfen ihn aus ihrem Land, aber sie hielten ihm beim Weggehen höflich die Tür auf. Wenn seine Tasche schwer gewesen wäre, davon war er überzeugt, sie hätten ihm bestimmt auch noch beim Tragen geholfen.

Er verließ die Schweiz mit nicht sehr viel mehr Gepäck, als er mitgebracht hatte. Damals hatte er diesen viel zu langen Marabu-Mantel angehabt. Seine Tasche war mit dem Logo einer Fluggesellschaft verziert gewesen, und er hatte sich fest vorgenommen, einmal würde auch er in einem Flugzeug sitzen. Heute erfüllte sich dieser Wunsch, aber nicht so, wie er sich das damals ausgedacht hatte.

›Vielleicht ist es bei Wünschen immer so‹, dachte Mike.

Sie durften als Erste an Bord gehen oder doch fast als Erste. In der letzten Reihe saß bereits ein Mann. Seine

Handgelenke waren mit Kabelbinder zusammengebunden, und neben ihm hatte ein Mann in Zivil Platz genommen, der aber ganz bestimmt ein Polizist war. Der Gefesselte redete unaufhörlich auf seinen Nachbarn ein, in einem Französisch, das Mike mit diesem Akzent nicht kannte. Er komme gar nicht aus Guinea, wiederholte der Mann immer wieder, sondern aus Togo, in Guinea kenne er niemanden und könne sich dort auch nicht ernähren. Aber das interessierte jetzt niemanden mehr. Die Delegation aus Conakry hatte ein Papier ausgefüllt, und damit war amtlich festgestellt, dass er ein Guineer war. Der Mann mit der Narbe hatte die richtigen Stempel an den richtigen Ort gedrückt und dafür das richtige Honorar kassiert, also saß der Mann mit dem fremden Akzent zu Recht in diesem Flugzeug. Wenn man ihm die Hände zusammengebunden hatte, dann nur zu seinem eigenen Schutz. Es war schon zu bedauerlichen Verletzungen gekommen, nur weil sich jemand allzu heftig gegen seine Ausschaffung gewehrt und es mehrere Hände gebraucht hatte, um ihn zu beruhigen. Solche unliebsamen Vorkommnisse, das hatte man der Fluglinie versprochen, wollte man vermeiden.

Die Maschine war nicht ausgebucht. Zwischen den heimkehrenden Guineern und den anderen Passagieren blieben ein paar Reihen leer. Das war eigentlich ganz passend, fand Mike.

Er hatte einen Fensterplatz, und nach dem Start, als die Maschine eine lange Schleife flog, konnte er einen letzten Blick auf das Land werfen, in dem er fast ein ganzes Jahr verbracht hatte. Die Häuser standen ordentlich in Reih und Glied, und auf den Straßen fuhren die Autos brav hintereinander. ›Es ist ein schönes Land‹, dachte Mike. ›Aber es war wohl nicht für mich bestimmt.‹

Das Letzte, was er von der Schweiz sah, war ein See, friedlich zwischen seine Ufer eingebettet. Ein paar Häuser – die teuersten, hatte ihm Tom einmal erklärt – waren direkt ans Wasser gebaut. Hier musste man keine Angst vor Überschwemmungen haben. Hier musste man überhaupt keine Angst haben.

Der See kippte zur Seite, und dann wurde das Flugzeug von den Wolken verschluckt. Als es wieder aus ihnen herauskletterte, war die Schweiz verschwunden.

Das regelmäßige Brummen der Motoren hatte etwas Einschläferndes, und ohne dass Mike den Übergang bemerkt hätte, glitt er in einen Traum hinüber.

Er saß, wie damals, als er sich über die Grenze hatte schmuggeln lassen, im Laderaum eines Lastwagens. Der Boden unter ihm rüttelte, genau so, wie er damals gerüttelt hatte. Nur die Kisten um ihn herum waren keine Kisten mehr, sondern Fernsehgeräte. Lauter Bildschirme, und auf jedem Bildschirm ein Gesicht.

Da war Susi, die damals so plötzlich vor der Tür dieser Ferienwohnung gestanden hatte, Susi, die so genau wusste, was sie von ihm wollte. Sie lächelte ihn an, aus ihrem Fernseher heraus, und sagte: »Du hast geschickte Hände.«

Da war Gebi, der Schreiner, der nie viele Worte machte, und Gebi hatte ein neues Spielzeug für ihn gebastelt: ein beweglicher Schlagbaum und ein kleines, schwarzes Männchen, das darauf zumarschierte, immer wieder und wieder und wieder. Jedes Mal, wenn das Männchen fast angekommen war, ging die Schranke nach unten, und das Spiel fing wieder von vorne an. »Das habe ich für dich gebastelt«, sagte Gebi. »Du darfst es behalten.«

In einem anderen Fernseher war der alte Mann aus dem Spital zu sehen. »Mein Name ist Eugen«, sagte er immer wieder, und jedes Mal, wenn er es sagte, lachten ganz viele Stimmen. Mike wollte ihm eine Freude machen und mitlachen, aber es gelang ihm nicht.

Herr Hasler, der Mann vom Bundesamt für Migration, saß hinter einem Schreibtisch, der war aus lauter Papieren gemacht, Gesetzestexten und Vorschriften. Ein Blatt nach dem andern zog er heraus, faltete es mit sorgfältigen Bewegungen zu einer Fliege und klebte sie sich an den Hals. Die Frau auf seinem Schoß, Frau Rebsamen von der Caritas, war winzig klein. Sie lächelte Herrn Hasler an wie eine Verliebte, und wenn sie auch nichts sagte, konnte man ihr doch ansehen, dass ihr seine Fliegen gefielen.

Auch Frau Abderhalden hatte einen Fernseher für sich. Mit einem großen Schlüssel schaltete sie ihn ständig ein – und wieder aus. »Ordnung muss sein«, sagte Frau Abderhalden.

Der Wall aus Fernsehern wuchs und wuchs, wurde höher und höher, und Mike war sich ganz sicher, dass er jeden Moment einstürzen und ihn erschlagen würde. Er konnte sich nur retten, so schien ihm das in seinem Traum, wenn er auf einem der vielen Bildschirme Abdullah fand, den Iraker, der sich aufgehängt hatte, weil er zu viel Angst vor der eigenen Angst gehabt hatte.

Aber Abdullah war nirgends zu sehen. Nur Alwin Berger, der Journalist, war plötzlich da. Ganz weit lehnte er sich aus dem Rahmen seines Fernsehers hinaus, so weit, dass sein Hals sich immer mehr streckte und sein Arm immer länger wurde. Er hielt Mike eine Flasche hin und sagte: »Nimm nur einen Schluck, und es wird alles gut.«

Er tippte Mike auf die Schulter, und dann war es gar nicht mehr Alwin, sondern eine Frau mit einem freundlichen Gesicht, die lächelte ihn an und fragte: »Möchten Sie etwas trinken?«

Die Flasche war schwer zu öffnen, und auch das Sandwich, das die Frau ihm reichte, war so fest in eine Folie eingesiegelt, als ob es nur zum Anschauen, aber nicht zum Essen da wäre. Das musste so sein, hatte Mike gelernt, wegen der Hygiene.

Als er sich umsah, stellte er fest, dass man dem Mann aus Togo unterdessen seine Fessel abgenommen hatte. Man befürchtete wohl keine Störung mehr von ihm. Vielleicht hatte er ja eingesehen, dass schon alles seine Ordnung hatte.

Mike aß und trank. ›Vielleicht ist das ja meine letzte schweizerische Mahlzeit‹, dachte er. Aber dann sah er, dass der Orangensaft aus Spanien kam und das Sandwich in Frankfurt abgepackt worden war.

Der Mann, der direkt vor ihm saß – sie hatten sich in der Abflughalle kennengelernt –, drehte sich zu ihm um und fragte: »Was wirst du tun, wenn wir zurück in Guinea sind?«

»Ich weiß es noch nicht«, antwortete Mike.

»Ich schon«, sagte der Mann. »Ich werde versuchen, so schnell wie möglich wieder zurück nach Europa zu kommen.«

»Warum?«

Der Mann zuckte nur die Schultern. »Wo sollen wir denn sonst hin?«, fragte er.

Sie flogen über den Wolken, und niemand hätte sagen können, welcher Kontinent gerade unter ihnen lag. ›Vielleicht ist der Unterschied gar nicht so groß, wie die Leute immer meinen‹, dachte Mike.

Dann war er, wieder ohne es zu merken, in einen neuen Traum hineingerutscht. Es kam kein Lastwagen darin vor und keine Fernseher. Nur die große Kreissäge, die in Martins Schreinerei gestanden und in der er bei diesem Unfall seinen Finger verloren hatte. Mike war auf der Maschine festgebunden, so wie er es einmal in einem Agentenfilm im Fernsehen gesehen hatte. Ganz langsam wurde er auf das kreisende Sägeblatt zugeschoben. Seltsamerweise – sogar mitten im Traum wunderte ihn das – verspürte er dabei überhaupt keine Angst, eher eine Art von Vorfreude. Er hatte das Gefühl, jetzt müsste dann gleich alles gut werden.

Und dann stand plötzlich Toms Freundin Claudia neben ihm, in einem wunderschönen langen Kleid. Sie schaute auf ihn herunter und lächelte. »Wir werden dich in der Mitte auseinanderschneiden«, sagte sie. »Für einen halben Mike wird sich schon irgendwo ein Platz finden.«

Und dann war da auch Tom, natürlich im Trikot seiner Mannschaft. Nur dass die Werbung vorne auf seinem Leibchen nicht das gewohnte Firmenlogo zeigte, sondern das Gesicht von Eidenbenz. »Ha, ha, ha«, lachte Eidenbenz, genau so, wie er damals bei ihrem Zusammentreffen vor der besetzten Kapelle gelacht hatte.

Ha, ha, ha. Jede Silbe wie ein eigenes Wort.

»Dass du jetzt schlafen kannst!«, sagte Tom.

›Das ist seltsam‹, dachte Mike noch. ›Für gewöhnlich weiß man beim Träumen nicht, dass man gar nicht wach ist.‹

Aber dann sprach ihn Tom mit seinem Namen an. Er sagte nicht »Mike«, so wie man ihn in der Schweiz der Einfachheit halber genannt hatte. Er sagte seinen richtigen Namen, den Namen, den außerhalb ihres Landes niemand richtig auszusprechen wusste. Der Name, der wirklich zu ihm gehörte.

Ganz langsam öffnete Mike, der gar nicht Mike hieß, seine Augen und sah, dass Tom überhaupt kein Trikot anhatte. Ganz alltäglich war er gekleidet. Er stand auch nicht neben der Kreissäge in der Schreinerei, es gab keine Schreinerei und keine Säge, und auch keine Fesseln, die einen daran festbanden. Das Einzige, was einen festhielt, war der Sitzgurt, man war angeschnallt, wie man es in einem Flugzeug sein muss.

Nur Tom nicht. Der stand einfach da, als ob es das Selbstverständlichste von der Welt wäre. Stand einfach da im Gang zwischen den Sitzen.

Und dann setzte er sich auf den freien Platz, der auf ihn gewartet zu haben schien, setzte sich hin wie jemand, der nicht wieder aufstehen und weggehen will, und sagte: »Ich konnte dich doch nicht ganz allein nach Hause fliegen lassen.«